2010 高考备考指南

理科数学习题解答

(第四版)

广州市教育局教学研究室　编

华南理工大学出版社
·广州·

《2010高考备考指南》编委会

主　编　黄　宪

副主编　谭国华

编　委　语文分册主编　谭健文　李月容

数学分册主编　曾辛金　陈镇民

英语分册主编　黄丽燕　何　琳　镇祝桂

政治分册主编　张云平　胡志桥

历史分册主编　何　琼　刘金军

地理分册主编　许少星

物理分册主编　陈信余　符东生　刘雄硕

化学分册主编　李南萍　戴光宏

生物分册主编　麦纪青　钟　阳

图书在版编目(CIP)数据

2010高考备考指南. 理科数学习题解答/广州市教育局教学研究室编. —4版. —广州:华南理工大学出版社,2009.4

ISBN 978-7-5623-3054-7

Ⅰ.2… Ⅱ.广… Ⅲ.数学课-高中-解题-升学参考资料　Ⅳ.G634

中国版本图书馆CIP数据核字(2009)第045717号

总 发 行: 华南理工大学出版社(广州五山华南理工大学17号楼,邮编510640)

营销部电话:020－22236378　22236185　87111048(传真)

E-mail:z2cb@scut.edu.cn　　　　http://www.scutpress.com.cn

出版策划: 范家巧　潘宜玲

责任编辑: 赖淑华　黄丽谊

印 刷 者: 广州市师范学校印刷厂

开　　本: 889mm×1194mm　1/16　**印张:** 9　**字数:** 298千

版　　次: 2009年4月第4版　2009年4月第4次印刷

定　　价: 13.50元

前 言

《高考备考指南》丛书初版于1994年，是根据当时广州市有关领导的指示，为提高广州学生高考复习的效率，由广州市教育局教研室组织广州市100多名特级教师和骨干高级教师编写的，至今已出了十二版，一直是广州市高考备考的主流教辅，为大面积提高广州市的高考质量做出了显著的贡献。

每当广东高考方案发生变化的时候，《高考备考指南》丛书总是能率先做出调整，很好地适应了广东高考形式和内容的变化，满足了广大考生备考的需要，因而一直以来《高考备考指南》丛书都深受广大师生的喜爱。

从2010年开始，广东高考方案又做出了重大调整，由目前的“3＋文科基础/理科基础＋X”模式改为“3＋文科综合/理科综合”的新模式。由于“3＋文科综合/理科综合”的新模式在考试科目、时间和分值上都进行了调整，因而在命题范围和要求上必然要发生变化。为适应这种变化，供2010年广东高考考生复习使用的《高考备考指南》丛书第十三版又进行了重要的修订。修订后的《高考备考指南》丛书(第十三版)既保持了过去各版的优点，又注入了许多新的元素。概括起来，具有以下几个特点：

(1)科学性。内容全面、系统、科学、严谨，呈现方式合理，能较好地揭示知识间的内在联系，符合学生的认知规律和复习备考的规律。

(2)权威性。由广州市教育局教研室组织广州市具有丰富高考备考经验的教研员和骨干教师编写，对考点进行了准确的解读，对高考广东卷的试题特点和命题趋势有透彻的分析，对复习内容的选择、复习要求的把握、学习方法和解题方法的点拨有许多独到之处，反映了广州市多年来高考备考的研究成果。

(3)简明性。既覆盖全部考点，又突出重点，充分保证学科主干知识、重要题型、基本方法(通性通法)在全书中占有较大篇幅；对考点内容的选择在保证必需、够用的前提下，尽可能去除繁芜，减少容量，突显有效知识，以提高复习的针对性和有效性。

第十三版《高考备考指南》丛书总共由12种书构成，即语文、文科数学、文科数学习题解答、理科数学、理科数学习题解答、英语、文科综合政治分册、文科综合历史分册、文科综合地理分册、理科综合物理分册、理科综合化学分册、理科综合生物分册。每个学科只出一种，为方便使用，其中部分习题及其答案采用独立装订形式。每个考生的复习用书均为七种，即文科考生的复习用书有语文、文科数学、文科数学习题解答、英语、文科综合政治分册、文科综合历史分册、文科综合地理分册；理科考生的复习用书有语文、理科数学、理科数学习题解答、英语、理科综合物理分册、理科综合化学分册、理科综合生物分册。

多年来，华南理工大学出版社的领导、编辑和校对人员等为《高考备考指南》丛书的出版付出了辛勤的劳动，在此特表谢意！

编 者

2009年4月于广州

说　明

《高考备考指南·理科数学》包括复习用书和习题解答共两册书，两册书相互配套，构成了一个特别适合数学高考复习特点的内容体系。

其中，复习用书包含了高中数学课程标准中必修课程和选修系列2的全部内容。在充分考虑高中数学课程标准各种不同版本实验教科书的基础上，根据2009年新课程标准高考数学考试大纲(课程标准实验)及其考试大纲的说明(广东卷)，并对近几年高考数学命题趋势的分析，复习用书将高中数学课程标准中的必修内容和选修内容进行了有机的整合，使得知识之间的内在联系更加紧凑、连贯。为方便使用，复习用书按课时编写，而且将每课时的配套练习分为基础训练和综合提高两个部分。复习用书可供考生作为数学高考第一轮复习使用。

为了复习的系统性，复习用书配备了一本练习册，为每章提供了一套测试题，并在练习册的最后提供了四套综合测试题。为便于使用，练习册以活页形式独立装订，既可作为班级单元测试用，也可作为考生自行检测用。

习题解答一书给出了系统复习用书中全部习题的详尽解答，以方便考生解题时及时查对答案，比较解法的优劣。

《高考备考指南·理科数学》由广州市教育局教研室曾辛金、陈镇民担任主编。参加编写的人员分别是：许建中(第一章)，杨仁宽、宋洁云(第二章)，肖凌戆(第三章)，伍晓焰(第四章)，罗华、谭建东(第五章)，陈镇民、谭国华、罗晓斌(第六章)，刘殷(第七章)，曾辛金、赖青松(第八章)，许建中、吴华东(第九章)，翁之英、李大伟(第十章)，肖勇钢(第十一章)，彭雨茂(第十二章)，谭曙光、董大新(第十三章)，赵霞(第十四章)，严运华(第十五章)，谭曙光(第十六章)。另外，严运华、肖凌戆、李金龙、吴平生各命制了一套综合测试题。参加编写的人员均为广州市中学数学骨干教师，他们有着丰富的数学高考复习的实践经验，同时又都是高中数学课程标准实验的亲身参与者。

为了保证书稿的质量，《高考备考指南·理科数学》还邀请了一批无论在数学专业上、还是在课堂教学上都具有较高造诣的广州市高中数学青年教师参与审校工作。

感谢华南理工大学出版社的编辑和校对人员，正是由于他们的帮助，才使本书得以顺利出版。

尽管本书的编写、编辑和校对人员均抱着非常严肃认真的态度对待本书的编写与出版工作，但由于水平有限，或偶有疏忽，本书必定还存在一些不足之处，恳请广大教师和学生提出批评、建议，以便再版时修订。

编　者

2009年3月

目　录

第一章 集合与常用逻辑用语

第一节 集合

1. (D). $\complement B=\{1,3,4\}$, $A\cap(\complement_U B)=\{1,3\}$,故选(D).
2. (D).
3. (D). 因为$\complement_U B=\{x\mid -1\leqslant x\leqslant 4\}$,所以$A\cap(\complement_U B)=\{x\mid -1\leqslant x\leqslant 3\}$,故选(D).
4. (A). 因为$B\subseteq(A\cup B)$, $(B\cap C)\subseteq B$即$(B\cap C)\subseteq B\subseteq(A\cup B)$,而$A\cup B=B\cap C$,故$A\cup B=B\cap C=B$. 于是$A\subseteq B$, $B\subseteq C$,所以$A\subseteq C$,故选(A).
5. $P\cap\complement_U Q$. 因为$Q=\{x\mid g(x)\geqslant 0\}$,故$\complement_U Q=\{x\mid g(x)<0\}$,不等式组$\begin{cases}f(x)<0\\g(x)<0\end{cases}$的解集为

$$\left\{x\left|\begin{cases}f(x)<0\\g(x)<0\end{cases}\right.\right\}=\{x\mid f(x)<0\}\cap\{x\mid g(x)<0\}=P\cap(\complement_U Q).$$

6. $\{1,2,5\}$. 因$A\cap B=\{2\}$,则有$\log_2(a+3)=2$,故$a=1$,在$B=\{a,b\}$中,必有$b=2$,故$A=\{5,2\}$, $B=\{1,2\}$,由此可知$A\cup B=\{1,2,5\}$.
7. 因为$A\cap B=\{-3\}$,故$-3\in B$,由已知得$a^2+1\neq -3$,且$a^2+1\neq a^2$,故$\begin{cases}a-3=-3\\a^2\neq 2a-1\\a+1\neq a^2+1\end{cases}$

或$\begin{cases}2a-1=-3\\a^2\neq a-3\\a+1\neq a^2+1\end{cases}\Rightarrow\begin{cases}a=0\\a\neq 1\\a\neq 0\text{ 且 }a\neq 1\end{cases}$

或$\begin{cases}a=-1\\a\neq 0\text{ 且 }a\neq 1\end{cases}\Rightarrow a=-1.$

8. (1)因$B=\{1,2\}$,而$A\cup B=B$,故$A\subseteq B$. 故A可能有下列四种情形:

①当$A=\{1,2\}$时, $p=-3$, $q=2$;

②当$A=\{1\}$时, $p=-2$, $q=1$;

③当$A=\{2\}$时, $p=-4$, $q=4$;

④当$A=\varnothing$时, $p^2<4q$.

(2)解法1:由$A\cap\mathbf{R}^+=\varnothing$可知:

①当$A=\varnothing$时,有$\Delta<0$,即$(2+p)^2-4<0$,解得$-4<p<0$;

②当$A\neq\varnothing$时,但$A\subseteq\{x\mid x\leqslant 0\}$.

因$x^2+(2+p)x+1=0$不可能有根为0,且两根必同号,即$A\subseteq\mathbf{R}^-$.

故必有$\begin{cases}\Delta\geqslant 0\\x_1+x_2<0\end{cases}$,即$\begin{cases}p^2+4p\geqslant 0\\2+p>0\end{cases}$,解得$\begin{cases}p\leqslant -4\\p>-2\end{cases}$或$p\geqslant 0$,故$p\geqslant 0$.

综合①、②可知:p的取值范围是$\{p\mid p>-4\}$.

解法2:由于方程$x^2+(2+p)x+1=0$不可能有根为0,且两根必同号. 所以$A\cap\mathbf{R}^+\neq\varnothing$时的条件是$\begin{cases}\Delta\geqslant 0\\x_1+x_2>0\end{cases}$,即$\begin{cases}p^2+4p\geqslant 0\\2+p<0\end{cases}$,故$p\leqslant -4$.

故满足$A\cap\mathbf{R}^+=\varnothing$条件的$p$的取值范围是$p>-4$.

9. (C). 如图1-1,M是以原点为圆心、3为半径的上半圆,M与N有$M\cap N\neq\varnothing$,表明直线$l:y=x+b$与半圆有公共点,所以b的取值范围只能是$-3\leqslant b\leqslant 3\sqrt{2}$.

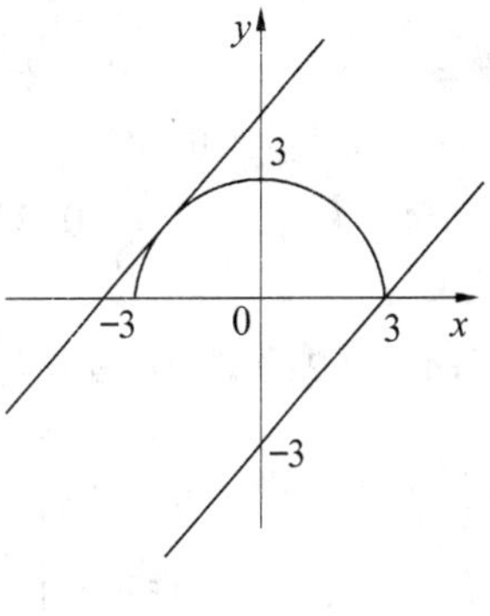

图1-1

10. $[-3,-1)\cup(1,+\infty)$.

$A\cap B=\{x\mid 4x^2-4>0\}\cap\{y\mid y\geqslant -3\}$

$=\{x\mid x>1\text{ 或 }x<-1\}\cap\{y\mid y\geqslant -3\}$

$=[-3,-1)\cup(1,+\infty)$.

11. $\left(\dfrac{2}{3},1\right]\cup\left[-\dfrac{1}{3},0\right)$. 由$\begin{cases}x=2\cos\theta\\y=\sin\theta\end{cases}$, $\theta\in[0,\pi]$,消去参数得$\dfrac{x^2}{4}+y^2=1(0\leqslant y\leqslant 1)$,把$y=kx+k+1$代入得$\left(\dfrac{1}{4}+k^2\right)x^2+(2k^2+2k)x+k^2+2k=0$,由$\Delta=3k^2-2k=0$得$k=0$或$k=\dfrac{2}{3}$,又因为直

线 $y=kx+k+1$ 恒过点 $(-1,1)$，其与点 $(-2,0)$ 连线的斜率为1，与点 $(2,0)$ 连线的斜率为 $-\dfrac{1}{3}$，由数形结合可得．

12. (1) $A=(2,4)$．①当 $a>0$ 时，$a<3a$，$B=(a,3a)$．若 $A\subsetneqq B$，则 $\begin{cases}a\leqslant 2\\3a\geqslant 4\end{cases}$，故 $\dfrac{4}{3}\leqslant a\leqslant 2$，即 $a\in\left[\dfrac{4}{3},2\right]$.

②当 $a<0$ 时，$3a<a<0$，故 $B=(3a,a)$．显然 $A\subsetneqq B$ 不满足，故 a 的取值范围是 $\left[\dfrac{4}{3},2\right]$.

(2)① $a>0$ 时，$B=(a,3a)$．因为 $A\cap B=\varnothing$，故 $a\geqslant 4$ 或 $a\leqslant\dfrac{2}{3}$，即 $0<a\leqslant\dfrac{3}{2}$ 或 $a\geqslant 4$.

② $a=0$ 时，$B=\varnothing$，故 $A\cap B=\varnothing$ 满足.

③ $a<0$ 时，$B=(3a,a)$．由于 $A\cap B=\varnothing$，故 $a\leqslant 2$ 或 $a\geqslant\dfrac{4}{3}$，即 $a<0$.

综上所述，a 的取值范围是：$\left(-\infty,\dfrac{2}{3}\right]\cup[4,+\infty)$.

第二节　充分条件与必要条件

1. (B)．$ab=ac\Leftrightarrow a(b-c)=0\nRightarrow b=c$，而 $b=c\Rightarrow a(b-c)=0$，则甲是乙的必要不充分条件．

2. (A)．因为 $A=(0,1)$，$B=(0,3)$，所以 $A\subsetneqq B$，故选(A).

3. (C)．方程 $ax^2+2x+1=0\ (a\neq 0)$ 有一个正根和一个负根的充要条件是 $x_1x_2=\dfrac{1}{a}<0$ 即 $a<0$.

4. (C)．只有 $l\perp\alpha$，才有 l 垂直平面 α 内无数条直线，故选(C).

5. $ab>0$ 是 $\dfrac{a}{b}>0$ 的充要条件；而 $ab\geqslant 0\Leftrightarrow\begin{cases}a\geqslant 0\\b\geqslant 0\end{cases}$ 或 $\begin{cases}a\leqslant 0\\b\leqslant 0\end{cases}$，$\dfrac{a}{b}\geqslant 0\Leftrightarrow\begin{cases}a\geqslant 0\\b>0\end{cases}$ 或 $\begin{cases}a\leqslant 0\\b<0\end{cases}$，因此 $ab\geqslant 0$ 是 $\dfrac{a}{b}\geqslant 0$ 的必要不充分条件．

6. $\left[0,\dfrac{1}{2}\right]$ 由 $|4x-3|\leqslant 1$ 解得 $\dfrac{1}{2}\leqslant x\leqslant 2$，即 $q: a\leqslant x\leqslant a+1$. 由题设条件得 q 是 p 的必要不充分条件，即 $p\Rightarrow q$，$q\nRightarrow p$，故 $\left[\dfrac{1}{2},1\right]\subsetneqq[a,a+1]$．所以 $a\leqslant\dfrac{1}{2}$ 且 $a+1\geqslant 1$ 得 $0\leqslant a\leqslant\dfrac{1}{2}$.

7. 逆命题："已知 a,b,c,d 是实数，若 $a+c>b+d$，则 $a>b$ 且 $c>d$"是假命题．否命题："已知 a,b,c,d 是实数，若 $a\leqslant b$ 或 $c\leqslant d$，则 $a+c\leqslant b+d$"是假命题(因逆、否命题同真假)．逆否命题："已知 a,b,c,d 是实数，若 $a+c\leqslant b+d$，则 $a\leqslant b$ 或 $c\leqslant d$"是真命题(因原命题为真).

8. (1)原命题为真．逆命题："若 $x,y\in\mathbf{R}$ 且 x,y 不全为0，则 $x^2+y^2\neq 0$"是真命题．否命题："若 $x,y\in\mathbf{R}$ 且 $x^2+y^2=0$，则 x,y 全为0"是真命题．逆否命题："若 $x,y\in\mathbf{R}$ 且 x,y 全为0，则 $x^2+y^2=0$"是真命题．

(2)原命题为假．逆命题："若二次函数 $y=ax^2+bx+c$ 的图象与 x 轴有公共点，则 $b^2-4ac<0$"是假命题. 否命题："若在二次函数 $y=ax^2+bx+c$ 中，$b^2-4ac\geqslant 0$，则该二次函数图象与 x 轴没有公共点"是假命题．逆否命题："若二次函数 $y=ax^2+bx+c$ 的图象与 x 轴没有公共点，则 $b^2-4ac\geqslant 0$"是假命题．

9. (A)．由 $A\subsetneqq B$ 利用韦恩图得 $(\complement_U A)\cup B=U$，故 $A\subsetneqq B$ 是 $(\complement_U A)\cup B=U$ 的充分条件，而 $A=B$ 时，$(\complement_U A)\cup B=U$，故 $A\subsetneqq B$ 不是 $(\complement_U A)\cup B=U$ 的必要条件．

10. (D)．因 $b/\!/\beta$，$\alpha\cap\beta=a$，故 a 与 b 无交点，若 $a/\!/b$，由 $b\perp\alpha$，得 $a\perp\alpha$，由题设有 $a\subseteq\alpha$，故 a 与 b 不可能平行，a 与 b 又无交点，故 a,b 是异面直线．

11. $1\leqslant m<2$. 因 $|x|+|x-1|>m$ 的解集为 $\mathbf{R}$，故 $m<(|x|+|x-1|)_{\min}$，$|x|+|x-1|\geqslant|x-(x-1)|=1$，故 $m<1$. 已知 $(5-2m)^x$ 为增函数，故 $5-2x>1$，$m<2$. 由于 p,q 一真一假，故 $\begin{cases}m\geqslant 1\\m<2\end{cases}$ 或 $\begin{cases}m<1\\m\geqslant 2\end{cases}$，即 $1\leqslant m<2$.

12. 必要性．因线段 AB 的方程为 $y=-x+3\ (0\leqslant x\leqslant 3)$，由 $\begin{cases}y=-x^2+mx-1\\y=-x+3\end{cases}\ (0\leqslant x\leqslant 3)$，得 $-x^2+(m+1)x-4=0\ (0\leqslant x\leqslant 3)$，令 $f(x)=x^2-(m+1)x+4\ (0\leqslant x\leqslant 3)$，则抛物线 C 与线段 AB 有两个不同交点等价于 $f(x)$ 与 x 轴在 $[0,3]$ 内有两个交点，即等价于

$$\begin{cases}\Delta>0\\f(0)\geqslant 0\\f(3)\geqslant 0\\0\leqslant-\dfrac{b}{2a}\leqslant 3\end{cases},\quad 即\begin{cases}m^2+2m-15>0\\10-3m\geqslant 0\\0\leqslant m+1\leqslant 6\end{cases}\Leftrightarrow$$

$\begin{cases} m<-5 \text{ 或 } m>3 \\ m\leqslant\frac{10}{3} \\ -1\leqslant m\leqslant 5 \end{cases}$

所以 $3<m\leqslant\frac{10}{3}$,从而必要性得证.

充分性.因 $m\in\left(-3,\frac{10}{3}\right]$,故

$$x_1=\frac{1+m-\sqrt{(1+m)^2-16}}{2}>\frac{1+m-\sqrt{(1+m)^2}}{2}=0,$$

$$x_2=\frac{1+m+\sqrt{(1+m)^2-16}}{2}\leqslant\frac{1+\frac{10}{3}+\sqrt{\left(1+\frac{10}{3}\right)^2-16}}{2}=3,$$

所以方程 $x^2-(1+m)x+4=0$ 有两个不同的实数根,且两根 x_1,x_2 满足 $0<x_1<x_2\leqslant 3$,即方程组 $\begin{cases} y=-x^2+mx-1 \\ y=-x+3 \end{cases}$ $(0\leqslant x\leqslant 3)$ 有两组不同的实数解.

所以,抛物线 $y=-x^2+mx-1$ 和线段 AB 有两个不同交点的充要条件是 $3<m\leqslant\frac{10}{3}$.

第三节　常用逻辑用语

1. (B).由于 $\forall x\in\mathbf{R}$ 都有 $x^2\geqslant 0$,因而有 $x^2+3\geqslant 3$,所以"$\forall x\in\mathbf{R}$, $x^2+3<0$"为假命题;由 $0\in\mathbf{N}$,当 $x=0$ 时,$x^2\geqslant 1$ 不成立,所以命题"$\forall x\in\mathbf{N},x^2\geqslant 1$"是假命题;由于 $-1\in\mathbf{Z}$,当 $x=-1$ 时,$x^5<1$,所以命题"$\exists x\in\mathbf{Z}$,使 $x^5<1$"为真命题;由于使 $x^2=3$ 成立的数只有 $\pm\sqrt{3}$,且均不是有理数,因此没有任何一个有理数的平方能等于3,所以"$\exists x\in\mathbf{Q},x^2=3$"是假命题.
2. (C).因为全称命题的否定形式是特称命题,而 $\sin x\leqslant 1$ 的否定是 $\sin x>1$,故选(C).
3. (C).因为 $p\vee q$ 为真,则 p,q 中至少有一个真;$p\wedge q$ 为假,则 p,q 中至少有一个假;因此,p,q 中必有一真一假,即 p,q 中有且只有一个为真.
4. (D).因为(A)的否命题"$\exists x\in\mathbf{R},x^2+3x+4\leqslant 0$"是假命题;(B)的否命题"$\forall x\in\mathbf{R},x^2+2x-3>0$"是假命题;(C)的否命题"所有三角形不是锐角三角形"是假命题;(D)的否命题"有些一元二次方程不一定有实数解"是真命题.
5. $\{-1,0,1,2\}$.因为 $\neg q$ 为假,故 q 为真,又因 $p\wedge q$ 为假,故 p 必假,故 $\begin{cases} |x^2-x|<6 \\ x\in\mathbf{Z} \end{cases}$,

   即 $\begin{cases} -6<x^2-x<6 \\ x\in\mathbf{Z} \end{cases}$, $\begin{cases} -2<x<3 \\ x\in\mathbf{Z} \end{cases}$,

   所以 $x=\{-1,0,1,2\}$.
6. $(0,1]\cup[4,+\infty)$.因为 p 中,因为 $y=a^x$ 在 $\mathbf{R}$ 上单调递增,所以 $a>1$.即 $p:a>1$.在 q 中,不等式 $ax^2-ax+1>0$ 对 $\forall x\in\mathbf{R}$ 恒成立,所以 $\Delta<0$ 即 $a^2-4a<0$.

   所以 $0<a<4$,即 $q:0<a<4$. $p\vee q$ 为真,$p\wedge q$ 为假.故 p 与 q 有且只有一个为真.

   (1)若 p 真 q 假,则 $a\geqslant 4$;

   (2)若 q 真 p 假,则 $0<a\leqslant 1$.
7. 若方程 $x^2+mx+1=0$ 有两个不等负根,则 $\begin{cases} \Delta=m^2-4>0 \\ x_1+x_2=-m<0 \end{cases}$,于是 $m>2$,即 $p:m>2$.若方程 $4x^2+4(m-2)x+1=0$ 无实根,则 $\Delta=16(m-2)^2-16<0$,于是 $1<m<3$,即 $q:1<m<3$.若"$p\vee q$"为真,则 p,q 至少有一个为真;若"$p\wedge q$"为假,则 p,q 至少有一个为假.或 p,q 一真一假,即 p 真 q 假或 p 假 q 真,所以 $\begin{cases} m>2 \\ m\leqslant 1 \text{ 或 } m\geqslant 3 \end{cases}$,或 $\begin{cases} m\leqslant 2 \\ 1<m<3 \end{cases}$,即 $m\geqslant 3$ 或 $1<m\leqslant 2$.

   故实数 m 的取值范围为 $(1,2]\cup[3,+\infty)$.
8. (1)命题的否定形式:$\exists x\in\mathbf{R}$,使 $3x-5\neq 0$,故 $x=3$ 时,$3\times 3-5=4\neq 0$,故命题的否定形式为真;

   (2)命题的否定形式:$\exists x\in\mathbf{R}$,使 $x^2\leqslant 0$,所以 $x=0,0^2=0$,故命题的否定形式为真;

   (3)命题的否定形式:$\forall x\in\mathbf{R},x^2\neq 1$,因 $x=1$ 时,$x^2=1$,故命题的否定形式为假;

   (4)命题的否定形式:$\forall x\in\mathbf{R}$,x 不是方程 $x^2-3x+2=0$ 的根,当 $x=1$ 时,$x^2-3x+2=0$ 成立,故命题的否定形式为假.
9. (C)."$\neg(p \text{ 或 } q)$"为假命题,则"p 或 q"为真命题,即 p,q 中至少有一个为真命题.
10. (C).①的否定是:有些实数的平方不是正数,因 $x=0$ 时,$x^2=0$ 不是正数,因而命题为真命

题;②的否定是:有些实数 x 不都是方程 $5x-12=0$的根,因 $x=1$,而$5\times1-12\neq0$,所以命题为真命题;③的否定是:有些数被 8 整除但不能被 4 整除,该命题为假命题;④的否定是:四边形,若它是正方形,则它的四条边中,至少有两条边不相等,这个命题是假命题.

11. (1)p 且 q,p:梯形的中位线平行于两底,q:梯形的中位线等于两底和的一半;

(2)$\neg p$,p:$\sqrt{3}>2$;

(3)p 或 q,p:方程 $x^2-16=0$ 的一个解是 $x=4$;q:方程 $x^2-16=0$ 的一个解是 $x=-4$.

12. (1)命题的否定:某些正方形不都是菱形,为假命题;

(2)命题的否定:$\forall x\in\mathbf{R}$,$4x-3\leqslant x$,因 $x=2$ 时,$4\times2-3=6>2$,故"$\forall x\in\mathbf{R}$,$4x-3\leqslant x$"是假命题;

(3)命题的否定:$\exists x\in\mathbf{R}$,使 $x+1\neq2x$,因$x=2$时,$x+1=2+1=3\neq2\times2$,故"$\exists x\in\mathbf{R}$,使 $x+1\neq2x$"是真命题;

(4)命题的否定:集合 A 既不是集合 $A\cap B$ 的子集,也不是集合 $A\cup B$ 的子集,是假命题.

习题一

1. (D). 解法 1:因集合 $U=\{1,2,3,4,5,6,7,8\}$,$A=\{2,5,8\}$,$B=\{1,3,5,7\}$. 故$\complement_U A=\{1,3,4,6,7\}$,故$(\complement_U A)\cap B=\{1,3,7\}$,故选(D).

解法 2:由选择支可排除(B)、(C),因$(\complement_U A)\cap B$中的元素必是 B 的元素,从选择支(A)可知 5 只能是 A 的元素,并不是$(\complement_U A)$中的元素,故排除(A). 选(D).

2. (A). 解法 1:因$\dfrac{x-1}{x-2}\leqslant\dfrac{1}{2}\Leftrightarrow\dfrac{x-1}{x-2}-\dfrac{1}{2}\leqslant0\Leftrightarrow$ $\dfrac{x}{x-2}\leqslant0\Leftrightarrow0\leqslant x<2$,故 $M=\{x\mid0\leqslant x<2\}$. 因 $x^2+2x-3<0\Leftrightarrow-3<x<1$,故 $N=\{x\mid-3<x<1\}$,$M\cap N=\{x\mid0\leqslant x<1\}$. 故选(A).

解法 2:由选择支,只需先验证 $x=1$ 时是不是两个不等式都成立. 显然 $x^2+2x-3<0$ 不成立,故选(A).

3. (D). 当 $k=2n$ $(n\in\mathbf{Z})$时,$Q=\{y\mid y=\dfrac{n}{2}\pi-\dfrac{1}{2}\pi,n\in\mathbf{Z}\}$;当$k=2n-1$时. $Q=\{y\mid y=\dfrac{n}{2}\pi+\dfrac{1}{4}\pi,n\in\mathbf{Z}\}$.

故 $P\subsetneqq Q$,选(D).

4. (A). 因$|x|=x\Leftrightarrow x\geqslant0$,而 $x^2\geqslant-x\Leftrightarrow x\leqslant-1$ 或 $x\geqslant0$,故$p\Rightarrow q$,但 $q\nRightarrow p$,故 p 是 q 的充分不必要条件. 故选(A).

5. (B). 因为$|x-1|<2\Rightarrow-1<x<3$,$x(x-3)<0$ $\Rightarrow0<x<3$,所以当$0<x<3$ 时,$-1<x<3$ 成立. 故选(B).

6. (A). 因 $a>b$ 与$\dfrac{1}{a}<\dfrac{1}{b}$同时成立$\Leftrightarrow\begin{cases}ab>0\\a>b\end{cases}\Leftrightarrow$ $a>b>0$或$b<a<0$. 故选(A).

7. (C). ①是真命题,③是真命题,其余均为假命题. 故选(C).

8. (C). (A)的否命题:"$\exists x\in\mathbf{R}$,$x^2-x+1<0$,故 $x^2-x+1=\left(x-\dfrac{1}{2}\right)^2+\dfrac{3}{4}\geqslant\dfrac{3}{4}$"为假命题;

(B)的否命题:"有些四边形内角和不等于 360°"为假命题;

(D)的否命题:"至少存在一个分数不是有理数"为假命题;

而(C)的否命题:"$\forall x\in\mathbf{R}$,$\sin\left(\dfrac{\pi}{2}-x\right)=\cos x$"为真命题. 故选(C).

9. 因 $A=\{y\mid y=x^2,x\in\mathbf{R}\}=\{y\mid y\geqslant0\}$,$B=\{y\mid y=2-|x|,x\in\mathbf{R}\}=\{y\mid y\leqslant2\}$,故$A\cap B=\{y\mid0\leqslant y\leqslant2\}$. 因$\complement_R B=\{y\mid y>2\}$,故$A\cap\complement_R B=\{y\mid y>2\}$.

10. 因 $P\subsetneqq Q\subsetneqq U$,故 $P\cap\complement_U Q=\varnothing$.

11. $B=\left\{(x,y)\left|\dfrac{y-1}{x-2}=\dfrac{1}{2}\text{且 }x,y\in\mathbf{R}\right.\right\}=\{(x,y)\mid x-2y=0$ 且 $x\neq2,y\neq1$,且 $x,y\in\mathbf{R}\}$.

故$\complement_U B=\{(x,y)\mid x-2y\neq0$ 或 $x=2$ 或 $y=1$ 且 $x,y\in\mathbf{R}\}$.

故 $A\cap(\complement_U B)=\{(x,y)\mid x=2$ 且 $y=1\}=\{(2,1)\}$.

12. 否命题是:若$(x-1)(y+2)=0$,则 $x=1$ 或 $y=-2$.

逆否命题是:若 $x=1$ 或 $y=-2$,则 $(x-1)(y+2)=0$.

13. 由$|x-a|<2$,得 $a-2<x<a+2$,故 $A=\{x\mid a-2<x<a+2\}$. 由$\dfrac{2x-1}{x+2}<1$,得$\dfrac{x-3}{x+2}<0$,即 $-2<x<3$,故 $B=\{x\mid-2<x<3\}$. 因$A\subseteq B$,所

以有$\begin{cases}a-2\geqslant -2\\ a+2\leqslant 3\end{cases}$,解得$0\leqslant a\leqslant 1$,故 a 的取值范围是$[0,1]$.

14. 由$a(x-2)+1>0, a>2$, 得$x>2-\frac{1}{a}$. 由$(x-1)^2>a(x-2)+1$,得$(x-a)(x-2)>0$,因$a>2$,故解得$x<2$或$x>a$. 由$a>2$得$0<\frac{1}{a}<\frac{1}{2}$, $-\frac{1}{2}<-\frac{1}{a}<0$,即$\frac{3}{2}<2-\frac{1}{a}<2$. 因 p,q 都成立的条件是$2-\frac{1}{a}<x<2$或$x>a$,故得 p,q 都成立的 x 的集合为$\left\{x \mid 2-\frac{1}{a}<x<2 \text{或} x>a\right\}$.

15. 由 $y=c^x$ 为减函数得 $0<c<1$. 当$x\in\left[\frac{1}{2},2\right]$时,因为$f'(x)=1-\frac{1}{x^2}$,所以$f(x)$在$\left[\frac{1}{2},1\right]$上为减函数,在$[1,2]$上为增函数,所以$f(x)_{\min}=f(1)=2$,当$x\in\left[\frac{1}{2},2\right]$时,由$f(x)>\frac{1}{c}$恒成立得$2>\frac{1}{c}$,所以$c>\frac{1}{2}$,因为$p\vee q$ 真,$p\wedge q$ 假,所以 p、q 有且只有一个真. ①当 p 真,且 q 假时,$0<c\leqslant\frac{1}{2}$;②当 p 假且 q 真时,$c\geqslant 1$. 故 c 的取值范围为$\left(0,\frac{1}{2}\right]\cup[1,+\infty)$.

16. 因 p 条件可化为$3a<x<a\ (a<0)$,q 条件可化为$-2\leqslant x\leqslant 3$或$x<-4$或$x>2$.
即 p:$(3a,a)$ 且 $a<0$;q:$(-\infty,-4)\cup[-2,+\infty)$,因$\neg p$是$\neg q$的必要不充分条件,故 p 是 q 的充分不必要条件,故$(3a,a)\subseteq(-\infty,-4)\cup[-2,+\infty)$,即$a\leqslant -4$或$\begin{cases}3a\geqslant -2\\ a<0\end{cases}$,故$a\leqslant -4$或$-\frac{2}{3}\leqslant a<0$,故 a 的取值范围是$(-\infty,-4]\cup[-\frac{2}{3},0)$.

17. 必要性:因为$\triangle ABC$是等边三角形,且 a,b,c 是其三边,所以$a=b=c$,所以$a^2+b^2+c^2=ab+bc+ca$.
充分性:因为$a^2+b^2+c^2=ab+bc+ca$,所以$\frac{1}{2}(a-b)^2+\frac{1}{2}(b-c)^2+\frac{1}{2}(c-a)^2=0$,即$(a-b)^2+(b-c)^2+(c-a)^2=0$.
即$a-b=0, b-c=0, c-a=0$. 所以$a=b=c$;因为 a,b,c 是$\triangle ABC$的三边,所以$\triangle ABC$是等边三角形. 即证.

18. (1)设此方程的两实根为x_1,x_2,则有两个正根的充要条件是

$$\begin{cases}1-a\neq 0\\ \Delta\geqslant 0\\ x_1+x_2>0\\ x_1\cdot x_2>0\end{cases}\Leftrightarrow\begin{cases}a\neq 1\\ a\leqslant 2 \text{ 或 } a\geqslant 10\\ \frac{a+2}{a-1}>0\\ \frac{4}{a-1}>0\end{cases}\Leftrightarrow$$

$$\begin{cases}a\neq 1\\ a\leqslant 2 \text{ 或 } a\geqslant 10\\ a<-2 \text{ 或 } a>1\\ a>1\end{cases}\Leftrightarrow 1<a\leqslant 2 \text{ 或 } a\geqslant 10,$$

故$1<a\leqslant 2$或$a\geqslant 10$是方程有两个正根的充要条件.
(2)从(1)可知,当$1<a\leqslant 2$或$a\geqslant 10$时方程有两个正根. 当$a=1$时,方程可化为$3x-4=0$,有一正根$x=\frac{4}{3}$. 又因为方程有一正根一负根时,充要条件是$x_1x_2<0$,即$\frac{4}{a-1}<0$,得$a<1$.
综上所述,方程$(1-a)x^2+(a+2)x-4=0$至少有一正根的充要条件是:$a\leqslant 2$或$a\geqslant 10$.

第二章　函数概念与幂函数、指数函数、对数函数

第一节　函数及其表示

第一课时

1. (A). $x=6, y=3$ 在集合 B 中没有元素对应.

2. (B). 由 $\begin{cases}1-x>0\\3x+1>0\end{cases}\Rightarrow -\frac{1}{3}<x<1$.

3. (B). 只有第二个图形满足映射定义.

4. (B). 代入点 $(0,0)$, $(1,\frac{3}{2})$ 验证.

5. (B). 因为 $\begin{cases}x-1\neq 0\\0\leqslant 2x\leqslant 2\end{cases}$, 所以 $0\leqslant x<1$.

6. 依题意,当 $0<s\leqslant 3$ 时, $Q=7$;当 $s>3$ 时, $Q=7+2.6(s-3)$,故 $Q=\begin{cases}7 & 0<s\leqslant 3\\7+2.6(s-3) & s>3\end{cases}$.

7. $f(x)=\begin{cases}2 & x>0\\x^2+4x+2 & x\leqslant 0\end{cases}$, 3

8. (1)因为 $3>2$,所以 $f(3)=-2\times 3+8=2$.

因为 $-\sqrt{2}<-1$,故 $f(-\sqrt{2})=2-\sqrt{2}$.

又 $-1<2-\sqrt{2}<2$,所以 $f(f(-\sqrt{2}))=f(2-\sqrt{2})=(2-\sqrt{2})^2=6-4\sqrt{2}$. 又 $a>0$,当 $0<a<2$ 时, $f(a)=a^2$;当 $a\geqslant 2$ 时, $f(a)=-2a+8$,综上

$$f(a)=\begin{cases}a^2 & 0<a<2\\-2a+8 & a\geqslant 2\end{cases}$$

(2) $f(x)$ 的图象如图 2－1 所示. $x\leqslant -1$ 时, $f(x)=x+2\leqslant 1$,此时不存在解;

$-1<x<2$ 时,由 $x^2=3$,得 $x=\pm\sqrt{3}$; $x=-\sqrt{3}<-1$ (舍去);

$x\geqslant 2$ 时,由 $-2x+8=3$,得 $x=\frac{5}{2}$.

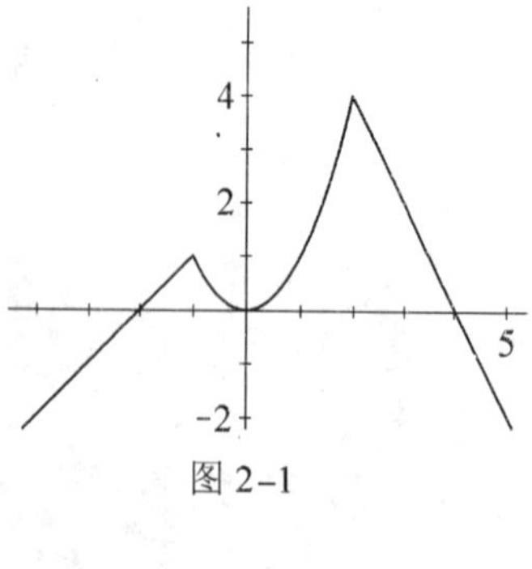

图 2–1

综上, $x=\sqrt{3}$ 或 $\frac{5}{2}$.

9. (C). 由 $-2\leqslant x^2-1\leqslant 2$, $0\leqslant x^2\leqslant 3$,于是 $-\sqrt{3}\leqslant x\leqslant\sqrt{3}$.

10. (C).

11. 当 $x\leqslant -1$ 时,所求射线的方程为 $f(x)=x+2$. 由偶函数可知,当 $x\geqslant 1$ 时, $f(x)=-x+2$. 由题设,二次函数 $f(x)=ax^2+2$ 过点 $(-1,1)$,于是 $a=-1$,所以

$$f(x)=\begin{cases}x+2 & x\leqslant -1\\-x^2+2 & -1<x<1.\\-x+2 & x\geqslant 1\end{cases}$$

12. (1)令 $1+\frac{1}{x}=t$,则 $x=\frac{1}{t-1}(t\neq 1)$,代入已知函数式得: $f(t)=\dfrac{1}{\frac{1}{t-1}}+\dfrac{(\frac{1}{t-1})^2+1}{(\frac{1}{t-1})^2}=t^2-t+1$,

所以 $f(x)=x^2-x+1\ (x\neq 1)$,所以 $f(x+\sqrt{2})=3+\sqrt{2}$.

(2)令 $t=1-\cos x$,则 $\cos x=1-t$, $f(t)=1-(1-t)^2=-t^2+2t$,所以 $f(x)=-x^2+2x$, $x\in[0,2]$.

第二课时

1. (B). 函数 $f(x)=\frac{1}{1+x^2}\ (x\in\mathbf{R})$,故 $1+x^2\geqslant 1$,

所以原函数的值域是 $(0,1]$.

2. (A). 由 $y=3^x>0$, $y=x^2-1\geqslant -1$ 可知.

3. (B). (A) $y=(x-\frac{1}{2})^2+\frac{3}{4}$, $x\geqslant 1$, $y\geqslant 1$.

(B) $y=3^x>0$.

(C) $y=\dfrac{-\frac{1}{2}(2x+5)+\frac{2}{5}+1}{2x+5}=-\frac{1}{2}+\dfrac{\frac{7}{2}}{2x+5}$,

故 $y\neq -\frac{1}{2}$.

(D) $2^x>0$, $-2^x<0$, $0\leqslant 1-2^x<1$,故 $0\leqslant y<1$.

4. (D). $f(x)=27-3x$,一次函数 $f(x)$ 为减函数, $x\in[-2,2]$,因为 $x=-2$ 时, $f(x)$ 取最大值

$f(-2)=27-3\times(-2)=27+6=33$.

5. -48. $f'(x)=6x^2-8x-40=0$, $x_1=-\dfrac{10}{3}$, $x_2=2$, 因为 $x\in[-3,3]$, 只需比较 $f(-3)$, $f(2)$, $f(3)$ 的大小, 所以 $f(x)_{\min}=f(2)=-48$.

6. 由 $a^x=\dfrac{1+y}{1-y}>0$, 得 $\dfrac{1+y}{1-y}>0$, 即

$$(1-y)(1+y)>0,$$

解得 $-1<y<1$, 即函数的值域是 $(-1,1)$.

7. 设长为 x(m), 则宽为 $\dfrac{4-2x}{3}$(m), 窗户的面积 $S=x\cdot\dfrac{4-2x}{3}=-\dfrac{2}{3}(x-1)^2+\dfrac{2}{3}\leqslant\dfrac{2}{3}$, 当 $x=1$ 时, 窗户的面积 S 有最大值. 故当长为 1 m、宽为 $\dfrac{2}{3}$ m时, 窗户透过的光线最多.

8. (1) $y\geqslant4$, 值域为 $[4,+\infty)$.

(2) $y=\dfrac{5(x-3)+15+3}{x-3}=5+\dfrac{18}{x-3}$, 故 $y\neq5$, 值域为 $(-\infty,5)\cup(5,+\infty)$.

(3) $x^2-6x+10=(x-3)^2+1$, 因为 $1\leqslant x\leqslant2$, 所以 $2\leqslant x^2-6x+10\leqslant5$, $\left(\dfrac{1}{2}\right)^5\leqslant\left(\dfrac{1}{2}\right)^{x^2-6x+10}\leqslant\left(\dfrac{1}{2}\right)^2$, $\dfrac{1}{32}\leqslant y\leqslant\dfrac{1}{4}$, 值域为 $\left[\dfrac{1}{32},\dfrac{1}{4}\right]$.

(4) 由于 $f(x)=2^{x-5}$ 和 $g(x)=\log_3\sqrt{x-1}$ 在区间 $[2,10]$ 上均为增函数, 所以原函数在已知区间上也是增函数, 从而可求得值域是 $\left[\dfrac{1}{8},33\right]$.

9. (A). 函数的定义域为 $(0,+\infty)$, $y=\dfrac{x^2-x+3}{x}=x-1+\dfrac{3}{x}\geqslant2\sqrt{3}-1$.

10. (C). 不等式 $-4\leqslant|x-3|-|x+1|\leqslant4$, $k\geqslant4$.

11. (A). 在同一坐标系中作出两函数的图象, 可知 $F(x)=\begin{cases}2-x^2 & x<-2\text{ 或 }x>1\\ x & -2\leqslant x\leqslant1\end{cases}$, 于是 $F(x)$ 的最大值是 $F(1)=1$, 故应选(A).

12. 如图 2-2, 分别过 B、C 作 AD 的垂线, 垂足分别为 H、G, 则 $AH=BH=1$, $AG=3$. 求解本题, 需分类讨论如下:

(1) 当 M 位于 H 左侧时, $AM=MN=x$, 此时

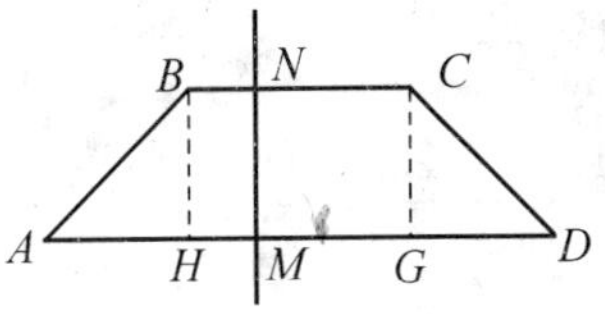

图 2-2

$y=S_{\triangle AMN}=\dfrac{1}{2}x^2\ (0<x<1)$;

(2) 当 M 在 H 与 G 之间时, 有 $y=S_{\text{梯形}MNBA}=\dfrac{1}{2}(x-1)\times1=x-\dfrac{1}{2}\ (1\leqslant x<3)$;

(3) 当 M 位于 G 与 D 之间时, 由图知

$y=S_{\text{梯形}ABCD}-S_{\triangle MDN}=\dfrac{2+4}{2}\times1-\dfrac{1}{2}(4-x)^2=-\dfrac{1}{2}x^2+4x-5\ (3\leqslant x\leqslant4)$.

$$y=f(x)=\begin{cases}\dfrac{1}{2}x^2 & 0<x<1\\ x-\dfrac{1}{2} & 1\leqslant x<3\\ -\dfrac{1}{2}x^2+4x-5 & 3\leqslant x\leqslant4\end{cases}$$

为所求函数表达式, 定义域为 $(0,4]$, 值域为 $(0,3]$.

第二节　函数的基本性质

第一课时

1. (B). 作出对应的图象, 易知①、④对应函数在 $(-\infty,0)$ 上是增函数.

2. (B). $y=\dfrac{x}{1-x}=\dfrac{-(1-x)+1}{1-x}=-1+\dfrac{1}{1-x}$.

3. (A). $-g(x)$ 是增函数, 则 $f(x)+(-g(x))$ 为增函数.

4. (B).

5. $[-4,-1]$. 求出 $u=-x^2-2x+8$ 的单调增区间, 结合原函数的定义域可得.

6. (1) 因为 $f(1)=3$, 所以 $\dfrac{a+2}{b}=3$　①

又 $f(2)=\dfrac{9}{2}$, 所以 $\dfrac{4(a+1)+1}{2b}=\dfrac{9}{2}$　②

由式①、式②解得 $a=1$, $b=1$,

所以 $f(x)=\dfrac{2x^2+1}{x}$.

(2) 函数 $f(x)$ 在区间 $[2,3]$ 上是增函数, 设 $x_2>x_1\geqslant2$, 则

$f(x_2)-f(x_1)=\frac{2x_2^2+1}{x_2}-\frac{2x_1^2+1}{x_1}$

$=\frac{(2x_2^2+1)x_1-(2x_1^2+1)x_2}{x_2x_1}=\frac{(x_2-x_1)(2x_1x_2-1)}{x_2x_1}$

因为 $x_1\geqslant 2, x_2>2$，所以 $2x_1x_2-1>0$，$x_1x_2>0$，又因为 $x_1<x_2$，所以 $x_2-x_1>0$. 所以 $f(x_2)-f(x_1)>0$，即 $f(x_2)>f(x_1)$，故函数 $f(x)$ 在区间 $[2,3]$ 上是增函数. 所以 $f(x)_{\max}=f(3)=\frac{19}{3}$.

7. 由 $y=\lg t, t=x^2-ax-3$ 复合成 $y=\lg(x^2-ax-3)$，因为 $y=\lg t$ 为增函数，原函数在 $(-\infty,-1)$ 上为减函数，故 $t=x^2-ax-3$ 在 $(-\infty,-1)$ 上为减函数，对称轴 $x=-\frac{-a}{2}=\frac{a}{2}$，所以 $\frac{a}{2}\geqslant -1, a\geqslant -2$，且 $f(x)=\lg(x^2-ax-3)$ 在 $(-\infty,-1)$ 上有意义，故 $x^2-ax-3>0$，因为 $t=x^2-ax-3$ 在 $(-\infty,-1)$ 上为减函数，所以 $t>(-1)^2-a(-1)-3\geqslant 0$，$a\geqslant 2$，$a$ 的取值范围为 $[2,+\infty)$.

8. (1) 设 $0<x_1<x_2$，

$f(x_1)-f(x_2)=2^{x_1}+\frac{1}{2^{x_1}}-\left(2^{x_2}+\frac{1}{2^{x_2}}\right)$

$=2^{x_1}-2^{x_2}+\frac{2^{x_2}-2^{x_1}}{2^{x_1}\cdot 2^{x_2}}$

$=(2^{x_1}-2^{x_2})\left(1-\frac{1}{2^{x_1}\cdot 2^{x_2}}\right)$

$=(2^{x_1}-2^{x_2})\cdot\frac{2^{x_1+x_2}-1}{2^{x_1+x_2}}$，

因为 $0<x_1<x_2$，$2^{x_1}<2^{x_2}$，$0<x_1+x_2$，$2^0<2^{x_1+x_2}$，$2^{x_1}-2^{x_2}<0$，$2^{x_1+x_2}-1>0$，$2^{x_1+x_2}>0$，所以 $f(x_1)-f(x_2)<0$，$f(x_1)<f(x_2)$，$f(x)$ 在 $(0,+\infty)$ 上是增函数.

(2) 因为 $f(x)$ 在 $(0,+\infty)$ 上是增函数，所以 $2+\frac{1}{2}\leqslant y\leqslant 2^3+\frac{1}{2^3}$，$\frac{5}{2}\leqslant y\leqslant\frac{65}{8}$，值域为 $\left[\frac{5}{2},\frac{65}{8}\right]$.

9. (D). $f(x)=-x^2+2ax=-(x-a)^2+a^2$，抛物线开口向下，对称轴 $x=a\leqslant 1$，$g(x)=\frac{a}{x+1}$ 在区间 $[1,2]$ 上是减函数，所以 $a>0$.

10. (D). 由函数的性质有 $f(x)$ 为增函数，则 $-f(x)$ 为减函数.

11. 证明：任取 $x_1,x_2\in\mathbf{R}$，且 $x_1<x_2$，则 $F(x_1)-F(x_2)=(f(x_1)-f(a-x_1))-(f(x_2)-f(a-x_2))=(f(x_1)-f(x_2))+(f(a-x_2)-f(a-x_1))$. 由 $x_1<x_2$，得 $a-x_2<a-x_1$. 由 $f(x)$ 是 $\mathbf{R}$ 上的增函数，得 $f(x_1)<f(x_2)$，$f(a-x_2)<f(a-x_1)$. 故 $f(x_1)-f(x_2)<0$，$f(a-x_2)-f(a-x_1)<0$. 故 $F(x_1)-F(x_2)<0$，即 $F(x_1)<F(x_2)$. 故 $F(x)$ 是 $\mathbf{R}$ 上的增函数.

12. 由 $f(-x^2+x-2)>f(-kx)$，得 $-x^2+x-2<-kx$，即 $x^2-(k+1)x+2>0$ 对一切实数 x 恒成立，于是 $8-(k+1)^2>0$，解得 $-2\sqrt{2}-1<k<2\sqrt{2}-1$.

第二课时

1. (D). (B)、(C) 定义域不关于原点对称.

2. (C).

3. (D). 设 $x<0$，则 $-x>0$，$f(-x)=-x(1+\sqrt[3]{-x})=-x(1-\sqrt[3]{x})$，由于 $f(x)$ 是奇函数，得 $f(x)=-f(-x)=x(1-\sqrt[3]{x})$.

4. (D). $f(x)$ 是定义在 $\mathbf{R}$ 上的以 3 为周期的奇函数，故 $f(2)=f(-1)<-1$，$\frac{3a-4}{a+1}<-1$，$-1<a<\frac{3}{4}$.

5. 由 $f(-2)=(-2)^2-a\sin(2)-2+8=10$，得 $f(2)=2^2+a\sin(2)+2+8=14$.

6. -1. 由于函数为奇函数，所以 $f(-1)=-f(1)$，$0=-\frac{2\times(1+a)}{1}$，$a=-1$.

7. 因 $f(x)$ 是定义在 $(-1,1)$ 上的奇函数，且在区间 $[0,1)$ 上单调递增，所以 $f(x)$ 在 $(-1,1)$ 上是递增的. 由 $f(1-a)+f(1-a^2)<0\Rightarrow f(1-a)<-f(1-a^2)=f(a^2-1)$，

得 $\begin{cases}-1<1-a<1\\-1<a^2-1<1\\1-a<a^2-1\end{cases}$，解得 $1<a<\sqrt{2}$.

8. 依题意，对一切 $x\in\mathbf{R}$ 都有 $f(-x)=f(x)$，即 $\frac{e^x}{a}+\frac{a}{e^x}=\frac{e^{-x}}{a}+\frac{a}{e^{-x}}$，故

$\frac{e^x}{a}+\frac{a}{e^x}=\frac{1}{ae^x}+ae^x\Rightarrow\left(a-\frac{1}{a}\right)\left(e^x-\frac{1}{e^x}\right)=0$

对一切 $x\in\mathbf{R}$ 成立.

故 $a-\frac{1}{a}=0$，$a^2=1$，又 $a>0$，故 $a=1$.

9. (B). $f(x)-f(-x)=f(x)+f(x)=2f(x)>-1$，

所以$f(x)>-\frac{1}{2}$. 由图得到选项.

10. 因为$f(x)$和$g(x)$分别是奇函数与偶函数,

由$f(-x)+g(-x)=\frac{1}{-x-1}$,得

$-f(x)+g(x)=\frac{1}{-x-1}$,

由$\begin{cases}f(x)+g(x)=\frac{1}{x-1}\\f(x)-g(x)=\frac{1}{x+1}\end{cases}$,得$\begin{cases}f(x)=\frac{x}{x^2-1}\\g(x)=\frac{1}{x^2-1}\end{cases}$.

11. (1) $2^x-1\neq0$, 故$x\neq0$, $f(x)$的定义域$\{x|x\neq0\}$关于原点对称.

$$f(-x)=\frac{1}{2^{-x}-1}+\frac{1}{2}=\frac{2^x}{1-2^x}+\frac{1}{2}$$
$$=\frac{-(1-2^x)+1}{1-2^x}+\frac{1}{2}$$
$$=\frac{1}{1-2^x}-1+\frac{1}{2}=\frac{1}{1-2^x}-\frac{1}{2}$$
$$=-\left(\frac{1}{2^x-1}+\frac{1}{2}\right)=-f(x).$$

(2)因为$f(x)=\frac{2^x+1}{2(2^x-1)}$,当$x>0$时,$2^x>1$,所以$2^x-1>0$,又$2^x+1>0$,所以$f(x)>0$,$g(x)=x\cdot f(x)>0$. 又$g(x)$为偶函数,故$x<0$时,$g(x)>0$. 综上,当$x\neq0$时,总有$g(x)>0$.

12. (1)由函数$f(x)$是偶函数,可知$f(x)=f(-x)$. 所以$\log_4(4^x+1)+kx=\log_4(4^{-x}+1)-kx$. 即$\log_4\frac{4^x+1}{4^{-x}+1}=-2kx$,$\log_4 4^x=-2kx$,所以$x=-2kx$对一切$x\in\mathbf{R}$恒成立. 所以$k=-\frac{1}{2}$.

(2)由$m=f(x)=\log_4(4^x+1)-\frac{1}{2}x$,所以$m=\log_4\frac{4^x+1}{2^x}=\log_4(2^x+\frac{1}{2^x})$. 因为$2^x+\frac{1}{2^x}\geqslant2$,所以$m\geqslant\frac{1}{2}$. 故要使方程$f(x)-m=0$有解,$m$的取值范围为$m\geqslant\frac{1}{2}$.

第三节　二次函数

1. (D). 顶点坐标为$\left(-\frac{b}{2a},\frac{4ac-b^2}{4a}\right)$,因为$a>0$,$b<0$,$c<0$,所以$-\frac{b}{2a}>0$,$\frac{4ac-b^2}{4a}<0$,或构造满足要求的二次函数进行判断.

2. (A). 由$f(2+t)=f(2-t)$知对称轴$x=2$且图象开口向上,所以$f(2)<f(3)<f(4)$. 令$t=1$,则$f(3)=f(1)$,所以$f(2)<f(1)<f(4)$.

3. (C). 因为$f(x)$为偶函数,所以$2m=0$,$m=0$,$f(x)=-x^2+3$.

4. (B). $x^2+(k+3)x+\frac{9}{4}>0$恒成立,

所以$\Delta=(k+3)^2-4\times1\times\frac{9}{4}<0$, $-6<k<0$.

5. $a\leqslant1$ 或 $a\geqslant2$. 函数$f(x)=x^2-2ax-3$在区间$[1,2]$上存在反函数,所以函数在$[1,2]$上为单调函数,$a\leqslant1$ 或$a\geqslant2$.

6. 因为$f(x)=-(x-a)^2+a^2-a+1$,所以对称轴$x=a$.

(1)当$0\leqslant a\leqslant1$时,$f(x)_{\max}=f(a)=a^2-a+1=2$,所以$a=\frac{1\pm\sqrt{5}}{2}\notin[0,1]$,舍去.

(2)当$a<0$时,$f(x)$在$[0,1]$上是减函数,所以$f(x)_{\max}=f(0)=1-a=2$,所以$a=-1$.

(3)当$a>1$时,$f(x)$在$[0,1]$上是增函数,所以$f(x)_{\max}=f(1)=2a-a=2$,所以$a=2$.

综上,$a=-1$ 或 $a=2$.

7. 因为$f(x)\leqslant0$有且仅有一个解,所以$\Delta=(-a)^2-4a=0$,所以$a=0$或$a=4$. 若$a=0$, $f(x)=x^2$,不满足存在$0<x_1<x_2$,使不等式$f(x_1)>f(x_2)$成立. 所以$a=4$,所以$f(x)=x^2-4x+4$.

8. (1)因为方程$ax^2+bx=2x$有等根,所以$\Delta=(b-2)^2=0$,得$b=2$.

由$f(x-1)=f(3-x)$知此函数图象的对称轴方程为$x=-\frac{b}{2a}=1$, 得$a=-1$,故$f(x)=-x^2+2x$.

(2)$f(x)=-(x-1)^2+1\leqslant1$,所以$4n\leqslant1$,即$n\leqslant\frac{1}{4}$,而抛物线$y=-x^2+2x$的对称轴为$x=1$.

所以$n\leqslant\frac{1}{4}$时,$f(x)$在$[m,n]$上为增函数,

若满足题设条件的m,n存在,则$\begin{cases}f(m)=4m\\f(n)=4n\end{cases}$,

即$\begin{cases}-m^2+2m=4m\\-n^2+2n=4n\end{cases}\Rightarrow\begin{cases}m=0\text{ 或 }m=-2\\n=0\text{ 或 }n=-2\end{cases}$.

又$m<n\leqslant\frac{1}{4}$,所以$m=-2$,$n=0$,这时定义域为$[-2,0]$,值域为$[-8,0]$.

由以上知满足条件的m,n存在,$m=-2$,$n=0$.

9. (C). 因为 $f(1-x)=f(1+x)$，所以 $f(x)$ 的对称轴 $x=1$，$x=-\frac{a}{2\times(-1)}=1$，$a=2$. $f(x)=-x^2+2x+b^2-b+1$，$x\in[-1,1]$，$f(x)$ 为递增函数，$f(-1)>0$，所以 $-1-2+b^2-b+1>0$，$b^2-b-2>0$，$(b-2)(b+1)>0$，$b<-1$ 或 $b>2$.

10. 4. 函数对称轴为 $x=1$，所以 $\frac{x_1+x_2}{2}=1$，

$\frac{x_3+x_4}{2}=1$，$x_1+x_2+x_3+x_4=4$.

11. (1) 因为 $f(x)+2x>0$ 的解集为 $(1,3)$. $f(x)+2x=a(x-1)(x-3)$，且 $a<0$. 因而

$$f(x)=a(x-1)(x-3)-2x=ax^2-(2+4a)x+3a. \quad ①$$

由方程 $f(x)+6a=0$ 得

$$ax^2-(2+4a)x+9a=0. \quad ②$$

因为方程②有两个相等的根，所以 $\Delta=[-(2+4a)]^2-4a\times 9a=0$，解得 $a=1$（舍去）或 $a=-\frac{1}{5}$，代入①得 $f(x)$ 的解析式 $f(x)=-\frac{1}{5}x^2-\frac{6}{5}x-\frac{3}{5}$.

(2) 由 $f(x)=ax^2-2(1+2a)x+3a=a(x-\frac{1+2a}{a})^2-\frac{a^2+4a+1}{a}$ 及 $a<0$，可得 $f(x)$ 的最大值为 $-\frac{a^2+4a+1}{a}$. 由 $\begin{cases}-\frac{a^2+4a+1}{a}>0\\ a<0\end{cases}$，

解得 $a<-2-\sqrt{3}$ 或 $-2+\sqrt{3}<a<0$. 故当 $f(x)$ 的最大值为正数时，实数 a 的取值范围是

$(-\infty,-2-\sqrt{3})\cup(-2+\sqrt{3},0)$.

12. (1) $f(x)=x|x-2|$

$$=\begin{cases}x^2-2x=(x-1)^2-1 & x\geqslant 2\\ -x^2+2x=-(x-1)^2+1 & x<2\end{cases},$$

故 $f(x)$ 的单调递增区间是 $(-\infty,1]$ 和 $[2,+\infty)$；单调递减区间是 $[1,2]$.

(2) 因为 $x|x-2|<3\Leftrightarrow\begin{cases}x\geqslant 2\\ x^2-2x-3<0\end{cases}$

或 $\begin{cases}x<2\\ x^2-2x+3>0\end{cases}\Leftrightarrow 2\leqslant x<3$ 或 $x<2$.

所以不等式 $f(x)<3$ 的解集为 $\{x|x<3\}$.

(3) 当 $0<a\leqslant 1$ 时，$f(x)$ 是 $[0,a]$ 上的增函数，此时 $f(x)$ 在 $[0,a]$ 上的最大值是 $f(a)=a(2-a)$；当 $1<a\leqslant 2$ 时，$f(x)$ 在 $[0,1]$ 上是增函数，在 $[1,a]$ 上是减函数，此时 $f(x)$ 在 $[0,a]$ 上的最大值是 $f(1)=1$；

当 $a>2$ 时，令 $f(a)-f(1)=a(a-2)-1=a^2-2a-1>0$，解得 $a>1+\sqrt{2}$ 或 $a<-1-\sqrt{2}$. 因 $a>2$，故 $a>1+\sqrt{2}$.

当 $2<a\leqslant 1+\sqrt{2}$ 时，此时 $f(a)\leqslant f(1)$，$f(x)$ 在 $[0,a]$ 上的最大值是 $f(1)=1$；

当 $a>1+\sqrt{2}$ 时，此时 $f(a)>f(1)$，$f(x)$ 在 $[0,a]$ 上的最大值是 $f(a)=a(a-2)$.

综上，当 $0<a\leqslant 1$ 时，$f(x)$ 在 $[0,a]$ 上的最大值是 $a(2-a)$；当 $1<a\leqslant 1+\sqrt{2}$ 时，$f(x)$ 在 $[0,a]$ 上的最大值是 1；当 $a>1+\sqrt{2}$ 时，$f(x)$ 在 $[0,a]$ 上的最大值是 $a(a-2)$.

第四节　幂函数、指数函数、对数函数

第一课时

1. (B). $\begin{cases}x\neq 0\\ \lg(x-2)\geqslant 0\\ x-2>0\end{cases}\Rightarrow x\geqslant 3$.

2. (D).

(A). 因为 $3\leqslant x\leqslant 7$，所以 $4\leqslant x+1\leqslant 8$，$-3\leqslant\log_{\frac{1}{2}}(x+1)\leqslant -2$，所以 $-2\leqslant y\leqslant -1$.

(B). 因为 $3^x>0$，所以 $-3^x<0$，所以 $0\leqslant 1-3^x<1$，所以 $0\leqslant y<1$.

(C). 因为 $|x|\geqslant 0$，所以 $2^{|x|}\geqslant 1$，$y\in[1,+\infty)$.

(D). 因为 $2-x\in\mathbf{R}$，所以 $\left(\frac{1}{8}\right)^{2-x}>0$，所以 $y>0$.

3. (C).

4. (A).

5. ②、③、④. 对于①，因为 $y_1=2^{1.8}$，$y_2=2^{1.44}$，$y_3=2^{1.5}$，$y=2^x$ 为增函数，$1.8>1.5>1.44$，$2^{1.8}>2^{1.5}>2^{1.44}$，即 $y_1>y_3>y_2$，所以①不正确.

对于②，因为 $\frac{2}{5}<\frac{1}{2}$，$2^{\frac{2}{5}}<2^{\frac{1}{2}}$，由 $y=x^{\frac{1}{2}}$ 为增函数，$\frac{2}{3}<2$，$\left(\frac{2}{3}\right)^{\frac{1}{2}}<2^{\frac{1}{2}}$，$2^{\frac{2}{5}}>2^0=1$，$\left(\frac{2}{3}\right)^{\frac{1}{2}}<\left(\frac{3}{2}\right)^0=1$，所以②正确；对于③，因为 $\log_2 3>\log_2 2=1$，$\log_3 1<\log_3 2<\log_3 3$，即 $0<\log_3 2<1$，所以 $\log_2(\log_3 2)<0$，所以 $P>Q>R$，所以③正确. 对于④，因为 $\log_a 2<\log_b 2<0$，所以 $0<a<1$，$0<b<1$，由对数的换底公式得 $\frac{\lg 2}{\lg a}<\frac{\lg 2}{\lg b}<0$，即

$\frac{1}{\lg a}<\frac{1}{\lg b}<0$,所以 $\lg b<\lg a<0$,所以 $0<b<a<1$.综上,故④正确.

6. $-x^2+6x-17=-(x-3)^2-8\leqslant -8$,值域为 $\left(0,\frac{1}{256}\right]$,递增区间是 $(-\infty,3]$.

7. (1)要使函数有意义,则 $a-a^x>0$,$a^x<a$,因为 $a>1$,所以 $x<1$,定义域为 $(-\infty,1)$;因为 $a^x>0$,$-a^x<0$,$0<a-a^x<a$,$\log_a(a-a^x)<1$,值域为 $(-\infty,1)$;

(2)$f(x)$在定义域上为减函数.

证明:设 $x_1<x_2<1$,$a>1$,所以 $a^{x_1}<a^{x_2}$,$-a^{x_1}>-a^{x_2}$,$a-a^{x_1}>a-a^{x_2}$,

$\log_a(a-a^{x_1})>\log_a(a-a^{x_2})$,所以 $f(x_1)>f(x_2)$,$f(x)$在定义域上为减函数.

8. 当 $a>1$ 时,原式为 $\frac{x+1}{1-x}>1$,解得 $0<x<1$;当 $0<a<1$ 时,原式为 $0<\frac{x+1}{1-x}<1$,解得 $-1<x<0$.

所以 x 的取值范围:当 $a>1$ 时是 $0<x<1$;当 $0<a<1$ 时是 $-1<x<0$.

9. (A).因为 $1<\log_2 3<2$,所以 $f(\log_2 3)=f(\log_2 3+1)=f(\log_2 6)=f(\log_2 6+1)=f(\log_2 12)=\left(\frac{1}{2}\right)^{\log_2 12}=\frac{1}{12}$.

10. (B).若 $a>1$ 时,$a^2\leqslant 2\Rightarrow 1<a\leqslant\sqrt{2}$,所以 $\log_2 1<\log_2 a\leqslant\log_2\sqrt{2}$,所以 $0<g(a)\leqslant\frac{1}{2}$.

若 $0<a<1$ 时,$a^{-2}\leqslant 2\Rightarrow\frac{\sqrt{2}}{2}\leqslant a<1$,$\log_2\frac{\sqrt{2}}{2}\leqslant\log_2 a<\log_2 1$,$-\frac{1}{2}\leqslant g(a)<0$.

则 $g(a)=\log_2 a$ 的值域为 $g(a)\in\left[-\frac{1}{2},0\right)\cup\left(0,\frac{1}{2}\right]$.

11. (1)因为 $x^2-2x+3=(x-1)^2+2\geqslant 2$,所以 $f(x)$的定义域为 $\mathbf{R}$.

当 $a>1$ 时,$f(x)\geqslant\log_a 2$,所以 $f(x)$的值域为 $[\log_a 2,+\infty)$.

当 $0<a<1$ 时,$f(x)\leqslant\log_a 2$,所以 $f(x)$的值域为 $(-\infty,\log_a 2]$.

(2)因为 $f(x)$有最小值 $\frac{1}{2}$,所以 $a>1$ 且 $\log_a 2=\frac{1}{2}$,所以 $\sqrt{a}=2$,$a=4$.

由 $\log_4(x-1)<2$,得 $\log_4(x-1)<\log_4 16$,所以 $0<x-1<16$,所以 $1<x<17$.

所以不等式的解为 $(1,17)$.

12. 由题意,得 $\Delta=(t-3)^2-4(t^2-24)>0$,解得 $-7<t<5$.

(1)由 $\alpha^2+\beta^2=(\alpha+\beta)^2-2\alpha\beta=-t^2-6t+57$,得 $f(t)=\log_a(-t^2-6t+57)$,其定义域是 $(-7,5)$.

(2)由(1)知 $f(t)=\log_a[-(t+3)^2+66]$,当 $a>1$时,$f(t)$在 $(-7,-3]$上递增,在 $[-3,5)$上递减;当$0<a<1$时,$f(t)$在 $(-7,-3]$上递减,在 $[-3,5)$上递增.

(3)当 $a=2$ 时,由(2)可知,$f(t)$的最大值是 $f(-3)=\log_2 66$,无最小值.

第二课时

1. (C).(A)、(D)非奇非偶函数,(B)为增函数.

2. (A).指数函数 $y=a^x$ 的反函数为 $y=\log_a x$,经过点 $(2,-1)$,$-1=\log_a 2$,$a=\frac{1}{2}$.

3. (A).因为 $\log_2\frac{1}{4}<\log_2\frac{1}{3}<\log_2 1$,$-2<\log_2\frac{1}{3}<0$,所以 $0<-\log_2\frac{1}{3}<2$,$f\left(-\log_2\frac{1}{3}\right)=f(\log_2 3)=2^{\log_2 3}-1=2$,所以 $f\left(\log_2\frac{1}{3}\right)=-2$.

4. (D).

5. $\frac{1}{2}$.

6. 若 $a+1>1$,即 $a>0$ 时,由于 $\log_{(a+1)}\frac{4}{5}<\log_{(a+1)}(a+1)$,$\frac{4}{5}<a+1$,所以 $a>-\frac{1}{5}$,又由于 $a>0$,所以$a>0$;若 $0<a+1<1$,即 $-1<a<0$ 时,$\frac{4}{5}>a+1$,$a<-\frac{1}{5}$,因为 $-1<a<0$,所以 $-1<a<-\frac{1}{5}$,所以$a>0$或 $-1<a<-\frac{1}{5}$.

7. $a=3$ 或 $\frac{1}{3}$.

8. 分 $0<x<1$,$x>1$ 两种情况讨论.

$f(x)-g(x)=\log_x\frac{3x}{4}$与 0 比较大小.

当 $0<x<1$ 或 $x>\frac{4}{3}$时,$f(x)>g(x)$;$x=\frac{4}{3}$时,

$f(x)=g(x)$；$1<x<\frac{4}{3}$时，$f(x)<g(x)$.

9. $f(x)$的最大值与最小值之和是$f(0)+f(1)=1+a+\log_a 2=a$，于是$a=\frac{1}{2}$.

10. 由于$y=2^x$的反函数为$y=\log_2 x$，$f(4x-x^2)=\log_2(4x-x^2)$中，由$4x-x^2>0$，得$0<x<4$，而$t=4x-x^2$的对称轴是$x=2$，于是$[2,4)$为所求.

11. 由$3+2x-x^2>0$，得$-1<x<3$，设$t=2^x$，则$t\in\left(\frac{1}{2},8\right)$，所以$g(t)=4t-3t^2$，由二次函数的图象及其性质可知$g(8)<g(t)\leqslant g\left(\frac{2}{3}\right)$，当且仅当$2^x=\frac{2}{3}$，即当$x=\log_2\frac{2}{3}=1-\log_2 3$时，$f(x)$取得最大值$\frac{4}{3}$，没有最小值. 所以$f(x)$的值域是$\left(-160,\frac{4}{3}\right]$.

12. (1)当$x<0$时，$f(x)=2^x-2^x=0\neq2$，所以x无解；当$x\geqslant0$时，$f(x)=2^x-\frac{1}{2^x}$.

由条件可知$2^x-\frac{1}{2^x}=2$，即$2^{2x}-2\cdot2^x-1=0$.

解得$2^x=1\pm\sqrt{2}$.

因为$x>0$，所以$x=\log_2(1+\sqrt{2})$.

(2)当$t\in[1,2]$时，$2^t\left(2^{2t}-\frac{1}{2^{2t}}\right)+m\left(2^t-\frac{1}{2^t}\right)\geqslant0$.

即$m(2^{2t}-1)\geqslant-(2^{4t}-1)$，因为$2^{2t}-1>0$，所以$m\geqslant-(2^{2t}+1)$.

因为$t\in[1,2]$，所以$-(2^{2t}+1)\in[-17,-5]$，所以$m\geqslant-5$.

故m的取值范围是$[-5,+\infty)$.

第五节　函数的图象

1. (D). 以$-y$，$-x$代替函数$y=3-2x$中的x，y，得$y=f(x)$的表达式为$y=-2x-3$.

2. (B).

3. (A). 见图2-3.

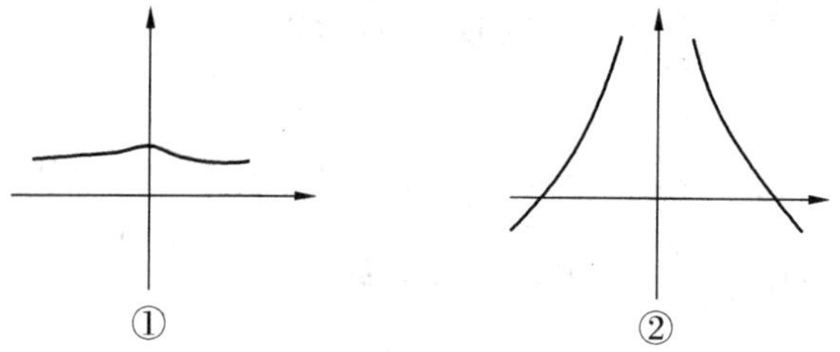

图2-3

4. (B). $g(x)=\log_e x$，$f(x)=g(-x)=\log_e(-x)$. 因为$f(m)=\log_e(-m)=-1$，所以$-m=e^{-1}$，所以$m=-\frac{1}{e}$.

5. (A). 向左移1个单位，再向下移2个单位.

6. $f(x)=\log_2(x-1)$，向右移2个单位，所以$g(x)=f(x-2)=\log_2(x-3)$. 横坐标变为原来的$\frac{1}{2}$倍，所以$h(x)=g(2x)=\log_2(2x-3)$. 所以$y=\log_2(2x-3)$.

7. 关于y轴对称，得到$y=\lg(-x)$，再向右平移3个单位，得到$y=\lg[-(x-3)]=\lg(3-x)$.

8. (1)、(2)、(3)小题的图象依次如图2-4、图2-5、图2-6所示.

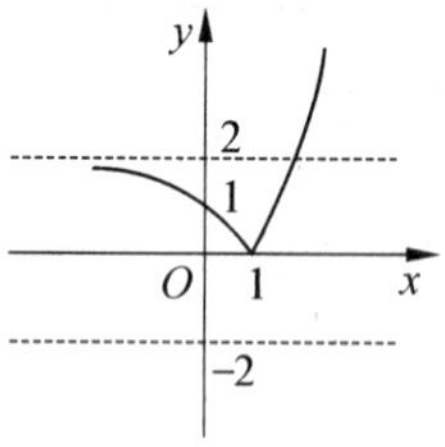

图2-4

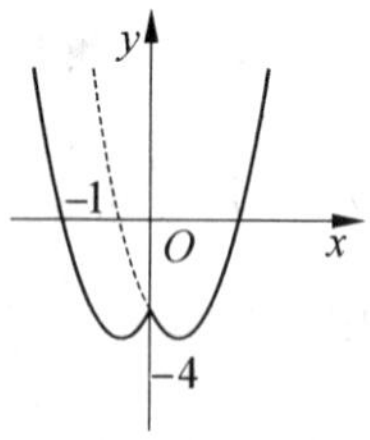

图2-5

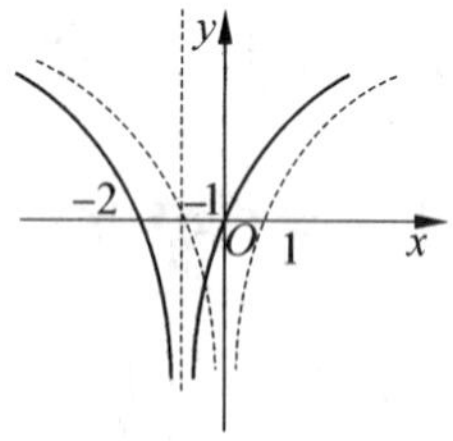

图2-6

9. (B). 画出图象可看到.

10. (B). 因为$f(x)=f(2-x)$，所以对称轴为$x=1$，$T=2$.

11. 函数$f(2x+1)$是偶函数，图象关于y轴对称，函数$f(2x)=f\left(2\left(x-\frac{1}{2}\right)+1\right)$，其图象由$f(2x+1)$的图象向右平移$\frac{1}{2}$个单位而得，故对称轴是$x=\frac{1}{2}$.

12. (1)见图2-7.

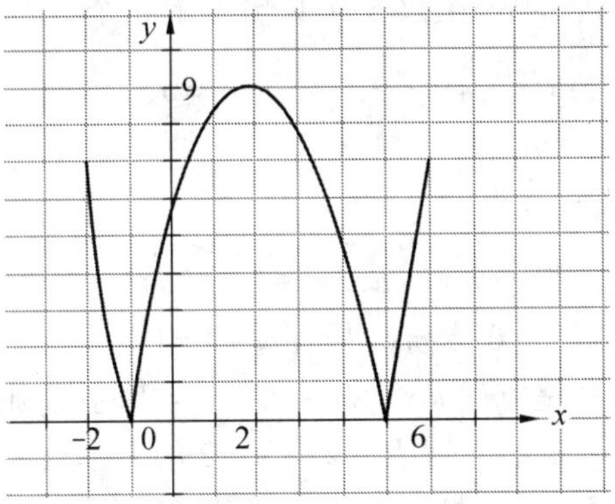

图 2－7

(2)方程 $f(x)=5$ 的解分别是 $2-\sqrt{14}$,0,4 和 $2+\sqrt{14}$,由于 $f(x)$ 在 $(-\infty,-1]$ 和 $[2,5]$ 上单调递减,在 $[-1,2]$ 和 $[5,+\infty)$ 上单调递增,因此 $A=(-\infty,2-\sqrt{14}]\cup[0,4]\cup[2+\sqrt{14},+\infty)$. 由于 $2+\sqrt{14}<6$, $2-\sqrt{14}>-2$,所以 $B\subsetneqq A$.

(3)略.

第六节　抽象函数

1. (B). 选一个特例函数图象即可知. 见图 2－8.

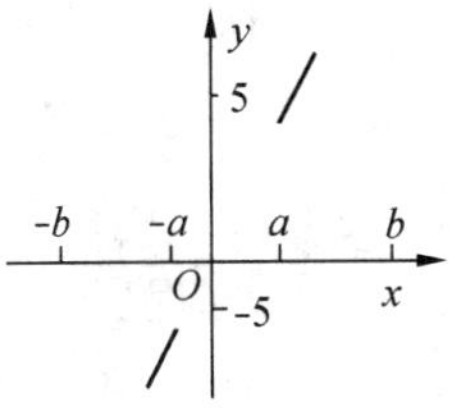

图 2－8

2. (A). 由题意作出简图可知 x 与 $f(x)$ 在 $(-2,0)$ 与 $(0,2)$ 上是异号的.

3. (B).

4. $-\frac{1}{5}$. 由 $f(x+2)=\frac{1}{f(x)}$ 得 $f(x+4)=\frac{1}{f(x+2)}=f(x)$,所以 $f(5)=f(1)=-5$, 则 $f(f(5))=f(-5)=f(-1)=\frac{1}{f(-1+2)}=-\frac{1}{5}$.

5. 由题意可知 $f(x)=f(x+5)$, 且 $f(-x)=-f(x)$,得 $f(4)+f(5)=f(-1+5)+f(0+5)=f(-1)+f(0)=-(-2007)+0=2007$.

6. ②③⑤.

7. 略

8. (1)因为 $f(x+y)=f(x)+f(y)$,所以 $f(0+0)=f(0)+f(0)$, $f(0)=0$.

令 $y=-x$, $f(x-x)=f(x)+f(-x)=0$, $f(-x)=-f(x)$,所以 $f(x)$ 是奇函数.

(2)因为 $f(x+y)=f(x)+f(y)$,所以 $f(x+y)-f(x)=f(y)$,令 $x_1<x_2$,

所以 $f(x_2)-f(x_1)=f(x_2-x_1)>0$, $f(x_2)>f(x_1)$, $f(x)$ 在 **R** 上是增函数.

9. (C). $f(3)=\frac{13}{f(1)}=\frac{13}{2}$, $f(5)=\frac{13}{f(3)}=2$,所以 $T=4$.

$f(99)=f(24\times4+3)=f(3)=\frac{13}{2}$.

10. (C). $f(-x+x)=f(-x)+f(x)+1$　(＊)

令 $x=0$,所以 $f(0)=f(-0)+f(0)+1$,所以 $f(0)=-1$. 代入(＊)式得 $f(-x)+f(x)+1=f(0)=-1$,所以 $f(-x)+1=-[f(x)+1]$,所以 $f(x)+1$ 为奇函数.

11. (1)由题意得 $\begin{cases}a+b>0\\f(a)+f(b)>0\end{cases}$,即

$\begin{cases}a>-b\\f(a)>-f(b)=f(-b)\end{cases}$ 满足增函数的定义;

同理,有 $\begin{cases}a+b<0\\f(a)+f(b)<0\end{cases}$,

即 $\begin{cases}a<-b\\f(a)<-f(b)=f(-b)\end{cases}$ 满足增函数的定义,所以 $f(x)$ 为增函数.

(2)由(1)得函数 $f(x)$ 为增函数. 原不等式化为 $x+\frac{1}{2}<\frac{1}{x-1}$,解得 $-\frac{3}{2}\leqslant x<-1$,结合定义域,原不等式的解集为 $\left\{x\,\middle|\,-\frac{3}{2}\leqslant x<-1\right\}$.

12. (1)令 $x=0$, $y=0$

$f(0+0)=f(0)+f(0)$, $f(0)=2f(0)$,

所以 $f(0)=0$, $f(x+(-x))=f(x)+f(-x)$,

$f(0)=f(x)+f(-x)$, $f(x)+f(-x)=0$,

所以 $f(x)=-f(-x)$,

所以 $f(x)$ 为奇函数. 因为已知 $f(x)$ 为单调函数, $f(3)>0$,即 $f(3)>f(0)$, $3>0$,

所以 $f(x)$ 为单调递增函数.

(2)因为 $f(k\cdot3^x)+f(3^x-9^x-2)<0$,

所以 $f(k\cdot3^x)<-f(3^x-9^x-2)$,

所以 $f(k\cdot3^x)<f(-3^x+9^x+2)$.

因为 $f(x)$ 为单调增函数,所以 $k\cdot3^x<-3^x+9^x+2$,所以 $(-3^x)^2-(1+k)3^x+2>0$ 恒成立.

设$t=3^x$，$t^2-(1+k)t+2>0$，$t>0$时，恒成立，分离参数，$(1+k)t<t^2+2$，$1+k<t+\frac{2}{t}$，

$k<t+\frac{2}{t}-1$.

因为$t>0$，所以$t+\frac{2}{t}\geqslant 2\sqrt{2}$，$k<2\sqrt{2}-1$.

第七节　函数与方程

1.(C). 由$\begin{cases}f(0)\cdot f(1)<0\\f(1)\cdot f(4)<0\end{cases}$，得$-\frac{7}{5}<m<-\frac{5}{4}$.

2.(B). 因为$f(1)\cdot f(10)<0$.

3.(C). 在零点的左、右，函数值的符号必须相反，只有图(C)满足.

4.(B). 设函数$f(x)=x^3-\left(\frac{1}{2}\right)^{x-2}$，两图象的交点即是新函数的零点，$f(1)\cdot f(2)<0$.

5.(C). 由图象可得，指数函数图象增长较快.

6. 当原函数有1个零点时，$x^2-ax+1=0$有唯一的实根，故$\Delta=a^2-4=0$，解得$a=\pm2$；当原函数有2个零点时，$x^2-ax+1=0$有两个不等的实根，故$\Delta=a^2-4>0$，解得$a<-2$或$a>2$.

7. (1)$m=0$时，$f(x)=0$，$x=-\frac{1}{4}$，满足题意.

(2)$m\neq0$时，若$\Delta=0$，$m=6\pm2\sqrt{5}$. 由于函数在原点左侧只有一个零点，所以$m=6-2\sqrt{5}$.

若$\Delta>0$，$m<6-2\sqrt{5}$或$m>6+2\sqrt{5}$，方程有两个不相等的根.

若原点左侧只有一个零点，则$x_1x_2=\frac{1}{m}<0$，所以$m<0$.

若原点左侧有两个零点，则$\begin{cases}x_1x_2>0\\x_1+x_2<0\end{cases}$，

所以$0<m<4$，又因为$\Delta>0$，所以$0<m<6-2\sqrt{5}$.

综上所述，$m\in(-\infty,6-2\sqrt{5}]$.

8. 因为$x\in\left(\frac{1}{100},1\right)$，所以$\lg x\in(-2,0)$，设$t=\lg x$，函数$f(t)=t^2+2at-a+2$在$(-2,0)$内有唯一零点，所以$f(-2)\cdot f(0)<0$，$\frac{6}{5}<a<2$.

或$\Delta=0$. $(2a)^2-4(-a+2)=0$，$a=-2$或$a=1$.

若$a=-2$则$t=2$，不符合题意，所以$a=1$.

9.(C). 在同一坐标系中作出$y=\sin x$和$y=\lg x$的图象，可知它们有三个交点.

10.(C). 单调函数若有零点，只有一个.

11. 因为$f(x)=\frac{x}{x^2+1}$，令$g(x)=0$，

即$\frac{x}{x^2+1}+\frac{mx}{1+x}=0$.

化简得$x(mx^2+x+m+1)=0$.

所以$x=0$或$mx^2+x+m+1=0$.

若0是方程$mx^2+x+m+1=0$的根，则$m=-1$，此时方程为$-x^2+x=0$的另一根为1，不满足$g(x)$在$(-1,1)$上有两个不同的零点.

所以函数$g(x)=f(x)+\frac{mx}{1+x}$在区间$(-1,1)$上有且仅有两个不同的零点等价于方程

$$mx^2+x+m+1=0\qquad(*)$$

在区间$(-1,1)$上有且仅有一个非零的实根.

(1)当$m=0$时，得方程$(*)$的根为$x=-1$，不符合题意.

(2)当$m\neq0$时，则

①当$\Delta=1^2-4m(m+1)=0$时，得$m=\frac{-1\pm\sqrt{2}}{2}$.

若$m=\frac{-1-\sqrt{2}}{2}$，则方程$(*)$的根为$x=-\frac{1}{2m}=-\frac{1}{-1-\sqrt{2}}=\sqrt{2}-1\in(-1,1)$，符合题意.

若$m=\frac{-1+\sqrt{2}}{2}$，则方程$(*)$的根为$x=-\frac{1}{2m}=-\frac{1}{-1+\sqrt{2}}=-\sqrt{2}-1\notin(-1,1)$，不符合题意. 所以$m=\frac{-1-\sqrt{2}}{2}$.

②当$\Delta>0$时，$m<\frac{-1-\sqrt{2}}{2}$或$m>\frac{-1+\sqrt{2}}{2}$.

令$\varphi(x)=mx^2+x+m+1$，

由$\begin{cases}\varphi(-1)\cdot\varphi(1)<0\\\varphi(0)\neq0\end{cases}$ 得$-1<m<0$.

综上所述，所求实数m的取值范围是

$(-1,0)\cup\left\{\frac{-1-\sqrt{2}}{2}\right\}$.

12. (1)证明：因为$f(1)=a+b+c=0$，所以$\Delta=b^2-4ac=(a+c)^2-4ac=(a-c)^2$，因为$a>c$，所以$(a-c)^2>0$.

所以$f(x)$的图象与x轴有两个相异交点.

(2)证明：令$g(x)=f(x)-\frac{f(x_1)+f(x_2)}{2}$. 则

$g(x_1)\cdot g(x_2)$

$=\left(f(x_1)-\dfrac{f(x_1)+f(x_2)}{2}\right)\cdot\left(f(x_2)-\dfrac{f(x_1)+f(x_2)}{2}\right)$

$=\dfrac{f(x_1)-f(x_2)}{2}\cdot\dfrac{f(x_2)-f(x_1)}{2}<0$

因此方程$f(x)=\dfrac{f(x_1)+f(x_2)}{2}$必有一实根在区间$(x_1,x_2)$内.

第八节　函数综合性问题

第一课时

1. (A). 由对数函数和指数函数的性质可知.

2. (B). $f\left(\dfrac{1}{3}\right)=f\left(2-\dfrac{1}{3}\right)=f\left(\dfrac{5}{3}\right)$, $f\left(\dfrac{2}{3}\right)=f\left(2-\dfrac{2}{3}\right)=f\left(\dfrac{4}{3}\right)$,当$x\geqslant1$时,$f(x)$为增函数.

3. (A).

4. -1.

5. 4, -2. $f(63)=f(60+3)=f(3)=f(1)$.

6. $a>5\sqrt{2}-1$ 或 $a<-5\sqrt{2}-1$.

7. (1)$f(x)$在区间$[3,+\infty)$上单调递增,证明略;

(2)$f(x)=\begin{cases}x+\dfrac{4}{x}+2 & x\geqslant3\\ 8-x+\dfrac{4}{6-x} & x<3\end{cases}$;

(3)$f(x)$的值域为$\left[\dfrac{19}{3},+\infty\right)$.

8. (1)因为$f\left(\dfrac{1}{2}+\dfrac{1}{2}\right)=f^2\left(\dfrac{1}{2}\right)=2$, 所以

$f\left(\dfrac{1}{2}\right)=\pm\sqrt{2}$.

因为$f\left(\dfrac{1}{2}\right)=f^2\left(\dfrac{1}{4}\right)$,所以$f\left(\dfrac{1}{2}\right)=\sqrt{2}$, $f\left(\dfrac{1}{4}\right)=\sqrt[4]{2}$.

(2)因为$f(x)$是定义在$\mathbf{R}$上的偶函数,其图象关于直线$x=1$对称,所以

$f(x+2)=f(2-(x+2))=f(-x)=f(x)$,所以$f(x)$是周期函数,周期为2.

9. (D). 由$f(x)=-f\left(x+\dfrac{3}{2}\right)$,得$f(x+3)=f(x)$. 因此,$f(x)$是周期函数,并且周期是3. 函数$f(x)$的图象关于点$\left(-\dfrac{3}{4},0\right)$成中心对称,因此,$f(x)=-f\left(-\dfrac{3}{2}-x\right)$.

所以,$f(1)=1$, $f(1)+f(2)+f(3)=0$,

$f(1)+f(2)+f(3)+\cdots+f(2008)=f(1)=1$.

10. 函数周期$T=2$. 画草图,可得交点有4个. 见图2-9.

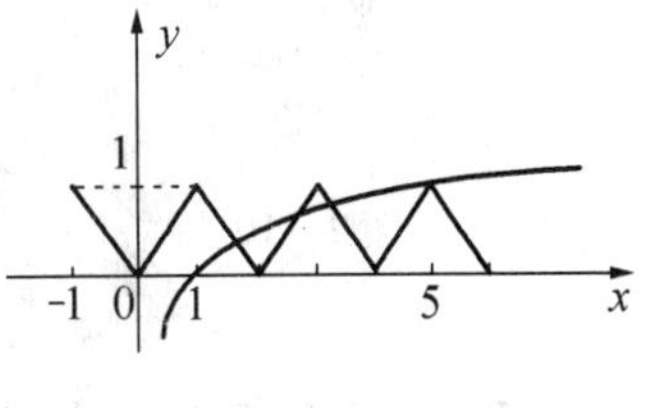

图2-9

11. (1)因为$f(x+2)=-f(x)$,所以$f(1+x)=f((x-1)+2)=-f(x-1)=f(1-x)$,直线$x=1$是函数$f(x)$图象的一条对称轴.

(2)$f(x)=\begin{cases}(2-x)^3 & 1\leqslant x\leqslant3\\ (x-4)^3 & 3<x\leqslant5\end{cases}$.

12. (1)设$f(x)$图象上任何一点$(x,f(x))$ $(x\in\mathbf{R})$关于点$(1,0)$的对称点为$(x',f(x'))$,则$\dfrac{x+x'}{2}=1$, $\dfrac{f(x)+f(x')}{2}=0$,所以$x'=2-x$,代入$f(x)+f(x')=0$得$f(x)+f(2-x)=0$,由x的任意性知$f(x)+f(2-x)=0$对$x\in\mathbf{R}$恒成立.

(2)由(1)知$f(x)+f(2-x)=0$ $(x\in\mathbf{R})$, $f(x)=-f(2-x)$, $f(x+4)=f(2-(x+4))=-f(-x-2)=-f(x+2)$,因为$f(x+2)=-f(2-x+2)=-f(-x)=-f(x)$,故$f(x+4)=f(x)$,所以$f(x)-f(x+4)=0$. 即$f(x)=f(4+x)$ $(x\in\mathbf{R})$,所以$f(x)$为周期函数,且最小正周期为4.

(3)当$x\in[-2,0]$时,$2\leqslant2-x\leqslant4$,所以$f(2-x)=[3-(2-x)]^3=(1+x)^3$.

又$f(x)+f(2-x)=0$,所以$f(x)=-f(2-x)=-(1+x)^3$. 当$x\in[0,2]$时,$-2\leqslant-x\leqslant0$,所以$f(-x)=-(1-x)^3$,又$f(x)=f(-x)$,所以$f(x)=-(1-x)^3=(x-1)^3$.

综上得$f(x)=\begin{cases}-(x+1)^3 & -2\leqslant x<0\\ (x-1)^3 & 0\leqslant x\leqslant2\end{cases}$.

由$f(x)$的图象(见图2-10)可知,$f(x)$在$[-2,2]$上的单调递增区间为$[0,2]$. 又$f(x)$在$\mathbf{R}$上以4为最小正周期,所以$f(x)$在$\mathbf{R}$上的递增区间为$[4k,4k+2]$ $(k\in\mathbf{Z})$.

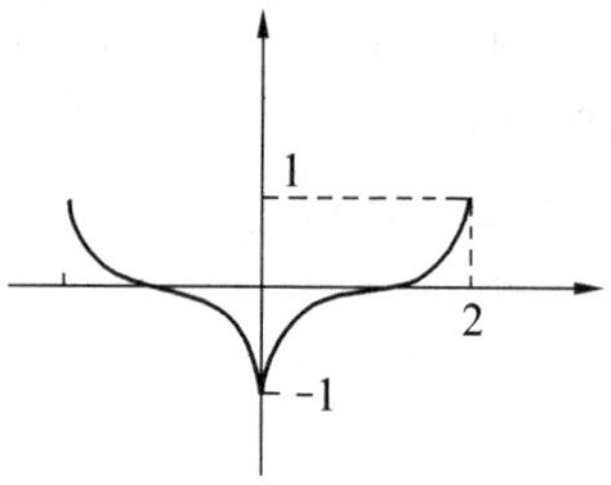

图 2－10

第二课时

1.（C）．由 $f(x)$ 和 $g(x)$ 有意义，分别得到 $x>-2$ 和 $x\geqslant 2$，结合数轴可得．

2.（B）．由 $f(-2)\cdot f(1)\leqslant 0$ 可得．

3.（A）．若"$a=1$"，则函数 $f(x)=|x-a|=|x-1|$ 在区间 $[1,+\infty)$ 上为增函数；而若 $f(x)=|x-a|$ 在区间 $[1,+\infty)$ 上为增函数，则 $a\leqslant 1$，所以"$a=1$"是"函数 $f(x)=|x-a|$ 在区间 $[1,+\infty)$ 上为增函数"的充分不必要条件．

4. 由 $f(8)=f(4+4)=f^2(4)$，$f(8)=f(7+1)=f(1)f(7)=2f(7)$，得原式为 4．

5. 易知为 $x+2$ 和 $x+2008$（f 的次数，即为原直线沿 y 轴方向向上平移的单位长度数）．

6. 易知 $f(x)=\begin{cases}x-1 & x\geqslant 0\\ -x-1 & x<0\end{cases}$，即 $f(x)=|x|-1$，所以由 $f(x-1)=|x-1|-1<0$，得 $0<x<2$．

7. 先由条件求得 $b=4$，$c=2$，令 $f(x)-x=0$，分类讨论可解得 $x_1=-2$，$x_2=-1$，零点个数为 3．

8.（1）$m=0$ 时，$f(x)=2x+\dfrac{-6}{x}=x$，$x^2=6$，所以 $x=\pm\sqrt{6}$．

故函数的不动点为 $(\sqrt{6},\sqrt{6})$ 与 $(-\sqrt{6},-\sqrt{6})$．

（2）因为 $y=f(x)$ 的图像恒在直线 $y=x$ 上方，故 $f(x)>x$．所以 $2x+\dfrac{2(m-3)}{x}+m>x$．

由于 $x\in[1,+\infty)$，故 $x^2+mx+2(m-3)>0$ 在区间 $[1,+\infty)$ 上恒成立．

设 $g(x)=x^2+mx+2(m-3)$ 的对称轴 $x=-\dfrac{m}{2}$．

①若 $-\dfrac{m}{2}<1$，即 $m>-2$ 时，因为 $x\in[1,+\infty)$，

故 $g(x)_{\min}=g(1)=1+m+2(m-3)>0$，

所以 $m>\dfrac{5}{3}$．

②若 $-\dfrac{m}{2}\geqslant 1$，即 $m\leqslant -2$ 时，

因为 $x\in[1,+\infty)$，故 $g(x)_{\min}=2(m-3)-\dfrac{m^2}{4}>0$．

$m^2-8m+24<0$．

$\Delta=(-8)^2-4\times 1\times 24<0$．故不等式无解．

综上所述，m 的取值范围为 $\left(\dfrac{5}{3},+\infty\right)$．

9.（D）．$\log_2(x^2-x+2)=\sin\alpha-\sqrt{3}\cos\alpha=2\sin\left(\alpha-\dfrac{\pi}{3}\right)$，由 $\alpha-\dfrac{\pi}{3}\in\left(\dfrac{\pi}{6},\dfrac{2\pi}{3}\right)$，得 $1<\log_2(x^2-x+2)\leqslant 2$，所以 $2<x^2-x+2\leqslant 4$，故 $x\in[-1,0)\cup(1,2]$．

10.（C）．设 $f(x)=x^2+ax+1$，

$x^2+ax+1\geqslant 0$，又 $x>0\Leftrightarrow a\geqslant -\left(x+\dfrac{1}{x}\right)$，而 $x\in\left(0,\dfrac{1}{2}\right]$．设 $t(x)=x+\dfrac{1}{x}$，因 $t'=1-\dfrac{1}{x^2}\geqslant 0$，则 $x^2\geqslant 1$，故 $x\in\left(0,\dfrac{1}{2}\right]$ 时，$t'\leqslant 0$，$t(x)$ 为减函数，

$\left(x+\dfrac{1}{x}\right)_{\min}=\dfrac{5}{2}$．

$-\left(x+\dfrac{1}{x}\right)_{\max}=-\dfrac{5}{2}$，所以 $a\geqslant -\dfrac{5}{2}$．

综上所述，有 $-\dfrac{5}{2}\leqslant a$，故选（C）．

11.（1）由题意知 $f(1)=1+2b+c=0$，

故 $c=-1-2b$．

记 $g(x)=f(x)+x+b=x^2+(2b+1)x+b+c=x^2+(2b+1)x-b-1$．

由于 $g(x)=0$ 两实数根在区间 $(-3,-2)$，$(0,1)$ 内，

则 $\begin{cases}g(-3)=5-7b>0\\ g(-2)=1-5b<0\\ g(0)=-1-b<0\\ g(1)=b+1>0\end{cases}\Rightarrow\dfrac{1}{5}<b<\dfrac{5}{7}$，

即 $b\in\left(\dfrac{1}{5},\dfrac{5}{7}\right)$．

（2）令 $u=f(x)$．因为 $0<\dfrac{1}{5}<b<\dfrac{5}{7}<1$，故 $\log_b u$ 在 $(0,+\infty)$ 是减函数．函数 $f(x)=x^2+2bx+c$ 的对称轴为 $x=-b$，而 $-1-c=2b>-b$．

故 $f(x)$ 在区间 $(-1-c,1-c)$ 上为增函数，从而 $F(x)=\log_b f(x)$ 在 $(-1-c,1-c)$ 上为减函数．

要使函数 $F(x)=\log_b f(x)$ 在 $(-1-c,1-c)$ 上有意义，则 $f(x)$ 在区间 $(-1-c,1-c)$ 上恒有 $f(x)>0$，只需 $f(-1-c)\geqslant 0$，即 $(-1-c)^2+$

$2b(-1-c)+c\geqslant 0$,因为 $2b=-1-c$,

故 $2(-1-c)^2+c\geqslant 0, 2c^2+5c+2\geqslant 0, c\leqslant -2$ 或 $c\geqslant -\frac{1}{2}$. 又 $2b=-1-c, \frac{1}{5}<b<\frac{5}{7}$,

故 $\frac{2}{5}<2b<\frac{10}{7}, \frac{2}{5}<-1-c<\frac{10}{7}, -\frac{17}{7}<c<-\frac{7}{5}$,所以 $-\frac{17}{7}<c\leqslant -2$.

12. (1)设函数 $g(x)$ 的图象与 x 轴的交点坐标为 $(a,0)$,因为点 $(a,0)$ 也在函数 $f(x)$ 的图象上,故 $a^3+a^2=0$. 而 $a\neq 0$,故 $a=-1$.

(2)依题意, $f(x)=g(x)$,即 $ax^2+ax=x-a$.

整理,得　$ax^2+(a-1)x+a=0$　①

因为 $a\neq 0$,函数 $f(x)$ 与 $g(x)$ 图象相交于不同的两点 A,B.

故 $\Delta>0$,即 $\Delta=(a-1)^2-4a^2=-3a^2-2a+1=(3a-1)(-a-1)>0$.

故 $-1<a<\frac{1}{3}$ 且 $a\neq 0$.

设 $A(x_1,y_1),B(x_2,y_2)$,且 $x_1<x_2$,由①式得, $x_1\cdot x_2=1>0, x_1+x_2=-\frac{a-1}{a}$. 设点 O 到直线 $g(x)=x-a$ 的距离为 d,则 $d=\frac{|-a|}{\sqrt{2}}$,

$$|AB|=\sqrt{(x_1-x_2)^2+(y_1-y_2)^2}$$
$$=\sqrt{1+k^2}|x_1-x_2|$$
$$=\sqrt{(1+1^2)[(x_1+x_2)^2-4x_1x_2]}$$
$$=\sqrt{2\cdot\left[\left(\frac{1-a}{a}\right)^2-4\right]}$$

故 $S_{\triangle OAB}=\frac{1}{2}\sqrt{1+k^2}|x_1-x_2|\cdot\frac{|-a|}{\sqrt{2}}$

$$=\frac{1}{2}\cdot\sqrt{2\left[\left(\frac{1}{a}-1\right)^2-4\right]\cdot\frac{a^2}{2}}$$
$$=\frac{1}{2}\sqrt{-3a^2-2a+1}$$
$$=\frac{1}{2}\sqrt{-3(a+\frac{1}{3})^2+\frac{4}{3}}.$$

因为 $-1<a<\frac{1}{3}$ 且 $a\neq 0$,故当 $a=-\frac{1}{3}$ 时, $S_{\triangle OAB}$ 有最大值 $\frac{\sqrt{3}}{3}$, $S_{\triangle OAB}$ 无最小值.

(3)由题意可知 $f(x)-g(x)=a(x-p)(x-q)$.

由于 $0<x<p<q<\frac{1}{a}$,故 $x-p<0, x-q<0$, $a(x-p)(x-q)>0$. 当 $x\in(0,p)$ 时, $f(x)-g(x)>0$,即 $f(x)>g(x)$.

又 $f(x)-(p-a)=a(x-p)(x-q)+x-a-(p-a)=(x-q)(ax-aq+1)$.

又 $ax>0, ax-aq+1>1-aq>0$,且 $x-p<0$.

故 $f(x)-(p-a)<0$, $f(x)<p-a$.

综上可知, $g(x)<f(x)<p-a$.

第九节　函数应用性问题

1. (D). 因为 $\begin{cases}0<x<10\\20-2x>0\\x+x>20-2x\end{cases}$,解得 $5<x<10$.

2. (C). 依题意,可知山高为

$$\frac{26-14.1}{0.7}\times 100=1700.$$

3. (D). 两年增长的人口应为

$$600\,000(1+1‰)^2-600\,000\approx 1200(万).$$

4. (D). 设原有空气为 a,则 $a\times 0.4^n<a\times 0.001$,所以 $n>\log_{0.4}0.001$. 因 $\log_{0.4}0.001=\frac{\lg 0.001}{\lg 0.4}=\frac{30}{4}$,因 $n>\frac{30}{4}, n\in\mathbf{N}^*$ 故 $n\geqslant 8$.

5. $y=\begin{cases}10t & 0\leqslant t\leqslant 0.1\\ \left(\frac{1}{16}\right)^{t-0.1} & t>0.1\end{cases}$;　0.6

6. 依题意得:

$$y=\begin{cases}0 & x\leqslant 1600\\(x-1600)\times 5\% & 1600<x\leqslant 2100\\500\times 5\%+(x-2100)\times 10\% & 2100<x\leqslant 3600\\500\times 5\%+1500\times 10\%+(x-3600)\times 150\% & 3600<x\leqslant 6600\\500\times 5\%+1500\times 10\%+3000\times 15\%+(x-6600)\times 20\% & 6600<x\leqslant 21600\end{cases},$$

$$y=\begin{cases}0 & x\leqslant 1600\\(x-1600)\times 5\% & 1600<x\leqslant 2100\\25+(x-2100)\times 10\% & 2100<x\leqslant 3600\\175+(x-3600)\times 15\% & 3600<x\leqslant 6600\\625+(x-6600)\times 20\% & 6600<x\leqslant 21600\end{cases},$$

$y=2350=625+(x-6600)\times 20\%$,解得 $x=15225$,即他当月的工资、薪金所得是15225.

7. 因为 $f(x)=px^2+qx+r\ (p\neq 0)$,由 $f(1)=2$, $f(2)=1.2, f(3)=1.3$,有:

$\begin{cases}p+q+r=1\\4q+2q+r=1.2,\\9p+3q+r=1.3\end{cases}$

解得 $p=-0.05, q=0.35, r=0.7$,故 $f(4)=1.3$.

又 $g(x)=a\cdot b^x+c$,由 $g(1)=1, g(2)=1.2$,

$g(3)=1.3$,有 $\begin{cases}a\cdot b+c=1\\a\cdot b^2+c=1.2,\\a\cdot b^3+c=1.3\end{cases}$

解得 $a=-0.8, b=0.5, c=1.4$,故 $g(4)=1.35$.

根据4月份的实际产量可知,选用 $y=-0.8\times(0.5)^x+1.4$ 作模拟函数较好.

8. (1)当 $0<x\leqslant100$ 时,$P=60$

当 $100<x\leqslant500$ 时,$P=60-0.02\times(x-100)=62-\frac{x}{50}$,所以

$$P=f(x)=\begin{cases}60 & 0<x\leqslant100\\62-\frac{x}{50} & 100<x\leqslant500\end{cases}\quad(x\in\mathbf{N}).$$

(2)设销售商的一次订购量为 x 件时,工厂获得的利润为 L 元,则

$$L=(P-40)x=\begin{cases}20x & 0<x\leqslant100\\22x-\frac{x^2}{50} & 100<x\leqslant500\end{cases}\quad(x\in\mathbf{N})$$

当 $x=450$ 时,$L=5850$,

因此,当销售商一次订购了450件服装时,该厂获得的利润是5850元.

9. (C). 此人购买的商品原价为 $168+423\div90\%=638$ 元,若一次购买同样商品应付款为 $500\times90\%+(638-500)\times70\%=450+96.5=546.6$ 元.

10. (1)由流程图可知:$p=1.2$. 依题意,得

$y=(1.2\times(1+0.75x)-1\times(1+x))\times10000\times(1+0.8x)$

$=-800x^2+600x+2000\quad(0<x<1)$

(2)要保证2008年的利润比2007年有所增加,当且仅当 $\begin{cases}y>(1.2-1)\times10000\\0<x<1\end{cases}$,即

$\begin{cases}-800x^2+600x>0\\0<x<1\end{cases}$.

解之得 $0<x<\frac{3}{4}$.

11. (1)如图2-11,依题意三角形 NDC 与三角形 NAM 相似,所以 $\frac{DC}{AM}=\frac{ND}{NA}$,即 $\frac{x}{30}=\frac{20-AD}{20}$,$AD=20-\frac{2}{3}x$,矩形 $ABCD$ 的面积为 $S=20x-\frac{2}{3}x^2$,定义域为 $0<x<30$,要使仓库占地 $ABCD$ 的面积不少于144平方米,即 $20x-\frac{2}{3}x^2\geqslant144$,

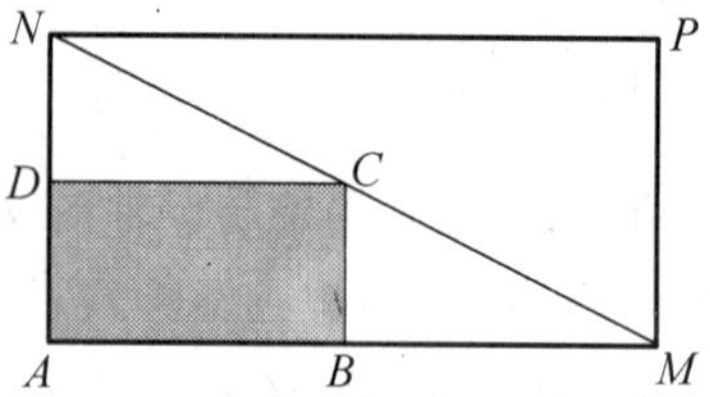

图2-11

化简得 $x^2-30x+216\leqslant0$,解得 $12\leqslant x\leqslant18$.

所以 AB 长度应在[12,18]内.

(2)仓库体积为 $V=20x^2-\frac{2}{3}x^3\ (0<x<30)$

$V'=40x-2x^2=0$,得 $x=0$ 或 $x=20$.

当 $0<x<20$ 时 $V'>0$,当 $20<x<30$ 时 $V'<0$

所以 $x=20$ 时 V 取最大值 $\frac{8000}{3}\text{m}^3$,

即 AB 长度为20m时仓库的库容最大.

12. (1)设投资为 x 万元,A、B两种产品的利润为 $f(x), g(x)$,则 $f(x)=k_1x, g(x)=k_2\sqrt{x}$,由图知 $f(1)=\frac{1}{4}$,所以 $k_1=\frac{1}{4}$. 又 $g(4)=\frac{5}{4}$,所以 $k_2=\frac{5}{4}$. 所以 $f(x)=\frac{1}{4}x\ (x\geqslant0)$, $g(x)=\frac{5}{4}\sqrt{x}\ (x\geqslant0)$.

(2)设A产品投入 x 万元,则B产品投入 $10-x$ 万元;设企业利润为 y 万元. 所以 $y=f(x)+g(x)=\frac{x}{4}+\frac{5}{4}\sqrt{10-x}\ (0\leqslant x\leqslant10)$. 令 $\sqrt{10-x}=t$,则 $0\leqslant t\leqslant\sqrt{10}$,所以 $y=\frac{10-t^2}{4}+\frac{5t}{4}=-\frac{1}{4}\left(t-\frac{5}{2}\right)^2+\frac{65}{16}$. 当 $t=\frac{5}{2}$, $y_{\max}=\frac{65}{16}\approx4$,

此时 $x=10-\frac{25}{4}=3.75$,所以当A产品投入3.75万元、B产品投入6.25万元时,企业获得最大利润约为4万元.

习题二

1. (B). 设(3,1)的原像是 (x,y),则有 $x+2y=3$ 且 $2x-y=1$,解得 $x=1, y=1$.

2. (A). 因为 $y=a^x+b$ 的图象是指数函数 $y=a^x$ 的图象向下平移 $|b|$ 个单位得到的.

3. (D).

4. (C). 在同一坐标系中画出函数 $f(x)=\log_3 x$ 和 $g(x)=-x+3$ 的图象,由图象可知.

5. (C). $x=\log_a\sqrt{6}$, $y=\log_a\sqrt{5}$, $z=\log_a\sqrt{7}$.

6. (A). 解法1:由题意可知 $f(x)=-f(-x)$,得 $a=0$.
   解法2:函数的定义域为 **R**,又 $f(x)$ 为奇函数,故其图象必过原点即 $f(0)=0$,所以得 $a=0$.
   解法3:由 $f(x)$ 是奇函数,用图象法画出 $f(x)=\sin x-|a|, x\in\mathbf{R}$ 的图象,选(A).

7. (C).

8. (B).

9. (A).

10. (B). 在同一坐标系中画出 $f(x)$ 与 $g(x)$ 的图象可知(过程略).

11. 2.

12. $\lg 0.9<\ln 2<0.9^{-2}$. 由于 $0<\ln 2<1$, $\lg 0.9<0$, $0.9^{-2}=\left(\frac{10}{9}\right)^2>1$.

13. $\frac{1}{24}$. $f(\log_2 3)=f(\log_2 3+1)=f(\log_2 3+3)$
$$=f(\log_2 24)=2^{-\log_2 24}=\frac{1}{24}.$$

14. ①③.

15. 命题 p 为真时,即真数部分能够取到大于零的所有实数,故 $x^2+2x+a\leqslant 0$ 有解. 所以判别式 $\Delta=4-4a\geqslant 0$,从而 $a\geqslant 1$;命题 q 为真时,$5-2a>1\Rightarrow a<2$. 若 p 或 q 为真命题,p 且 q 为假命题,则 p 和 q 中只有一个是真命题,一个是假命题. 若 p 为真,q 为假时,无解;若 p 为假,q 为真时,结果为 $1<a<2$.

16. 设 $t=\log_3 x\in[0,2]$,则由 $f(x)=\log_3 x+2$,得 $y=[f(x)]^2+f(x^2)=(\log_3 x+2)^2+(\log_3 x^2+2)=t^2+6t+6=g(t)$,所以 $y_{\max}=g(2)=22$ 为最大值.

17. (1)当 $a=0$ 时,$f(x)=x^2$,对任意 $x\in(-\infty,0)\cup(0,+\infty)$,$f(-x)=(-x^2)=x^2=f(x)$,所以 $f(x)$ 为偶函数. 当 $a\neq 0$ 时,$f(x)=x^2+\frac{a}{x}$ $(a\neq 0, x\neq 0)$,取 $x=\pm 1$,得 $f(-1)+f(1)=2\neq 0$,$f(-1)-f(1)=-2a\neq 0$,所以 $f(-1)\neq -f(1)$,$f(-1)\neq f(1)$,
所以函数 $f(x)$ 既不是奇函数,也不是偶函数.
(2)解法1:设 $2\leqslant x_1<x_2$,
$$f(x_1)-f(x_2)=x_1+\frac{a}{x_1}-x_2^2-\frac{a}{x_2}$$
$$=\frac{(x_1-x_2)}{x_1x_2}[x_1x_2(x_1+x_2)-a],$$
要使函数 $f(x)$ 在 $x\in[2,+\infty)$ 上为增函数,必须 $f(x_1)-f(x_2)<0$ 恒成立.
因为 $x_1-x_2<0$, $x_1x_2>4$,即 $a<x_1x_2(x_1+x_2)$ 恒成立. 又因为 $x_1+x_2>4$,所以 $x_1x_2(x_1+x_2)>16$.
所以 a 的取值范围是 $(-\infty,16]$.
解法2:当 $a=0$ 时,$f(x)=x^2$,显然在 $[2,+\infty)$ 上为增函数. 当 $a<0$ 时,反比例函数 $\frac{a}{x}$ 在 $[2,+\infty)$ 上为增函数,所以 $f(x)=x^2+\frac{a}{x}$ 在 $[2,+\infty)$ 上为增函数.
当 $a>0$ 时,同解法1.

18. (1)因为 $f(x)$ 是偶函数,
即 $\log_4\frac{4^x+1}{4^x}-kx=\log_4(4^x+1)+kx$,
解得 $k=-\frac{1}{2}$.
(2)由(1)得 $k=-\frac{1}{2}$,所以 $f(x)=\log_4(4^x+1)-\frac{1}{2}x$,又 $f(x)=g(x)$,则 $\begin{cases}4^x+1=2^x(2^x-\frac{4}{3})a\\ a(2^x-\frac{4}{3})>0\end{cases}$,
所以 $(a-1)2^{2x}-\frac{4a}{3}\times 2^x-1=0$,记 $2^x=t\ (t>0)$,
则方程 $h(t)=(a-1)t^2-\frac{4a}{3}t-1=0$ 只有一个正实根.
①当 $a=1$ 时,$h(t)=-\frac{4}{3}t-1=0$,无正实根;
②当 $a\neq 1$ 时,$\Delta=\frac{16}{9}a^2+4(a-1)=0$,解得 $a=\frac{3}{4}$ 或 $a=-3$.
而 $a=\frac{3}{4}$ 时,$t=-2$;$a=-3$ 时,$t=\frac{1}{2}>0$.
若 $\Delta=\frac{16}{9}a^2+4(a-1)>0$,即 $a<-3$ 或 $a>\frac{3}{4}$,则有 $t_1t_2=-\frac{1}{a-1}<0$,所以 $a>1$.
综上所述,当 $a\in\{-3\}\cup(1,+\infty)$ 时,函数 $f(x)$ 与 $g(x)$ 的图象有且只有一个公共点.

第三章　导数及其应用

第一节　导数的概念及其运算

1. (B). 因 $f'(x)=3x^2-1$,故 $f'(2)=11$.
2. (A). 因 $y'=3x^2-6x$, 故过点 $(1,\ -1)$ 的切线方程为 $y+1=-3(x-1)$, 即 $y=-3x+2$.
3. (D). $y'=(x^3-3x)'=3x^2-3=0\Rightarrow x=\pm1$, 故 $P(1,\ -2)$ 或 $P(-1,\ 2)$.
4. (C). 设切点为 $(x_0,\ x_0)$, 则 $\begin{cases}2ax_0=1\\ x_0=ax_0^2+1\end{cases}$, 解得 $a=\dfrac{1}{4}$.
5. $f'(x)=3\cos x-\sin x$.
6. $P(2,\ 4)$, $4x-y-4=0$. 设 $P(x_0,x_0^2)$, 则 $2x_0=4$, $x_0=2$, 过点 P 的切线方程是 $y-4=4(x-2)$, 即 $4x-y-4=0$.
7. (1) $y'=6x+\cos x-x\sin x$.

   (2) $y'=\left(\dfrac{\sin x}{\cos x}\right)'=\dfrac{\cos^2x+\sin^2x}{\cos^2x}=\dfrac{1}{\cos^2x}$.

   (3) $y'=\dfrac{(1-\cos x)'\cdot x^2-(1-\cos x)(x^2)'}{x^4}$
   $=\dfrac{x\sin x+2\cos x-2}{x^3}$.

   (4) $y'=\left(\dfrac{\ln x}{x}\right)'-(2^x)'=\dfrac{1-\ln x}{x^2}-2^x\ln2$.
8. 设切点为 $(x_0,\ \log_a x_0)$, 因 $y'=\dfrac{1}{x\ln a}$, 则
   $\begin{cases}x_0=\log_a x_0\\ \dfrac{1}{x_0\ln a}=1\end{cases}\Rightarrow\begin{cases}x_0=e\\ a=e^{\frac{1}{e}}\end{cases}$, 故当 $a=e^{\frac{1}{e}}$ 时, 直线 $y=x$ 与对数曲线 $y=\log_a x$ 相切, 切点坐标是 $(e,\ e)$.
9. ±1. 由于 $f(x)=x^3$, $f'(a)=3a^2$,所以切线方程为 $y-a^3=3a^2(x-a)$. 因此,切线、x 轴、直线 $x=a$ 围成的三角形面积为 $\dfrac{1}{2}\left|a-\dfrac{2}{3}a\right|\cdot|a^3|$ $=\dfrac{1}{6}a^4$, 由 $\dfrac{1}{6}a^4=\dfrac{1}{6}$, 解得 $a=\pm1$.
10. $(1,\ e)$, e . 因 $y'=e^x$, 设切点为 (x_0,y_0), 则有 $y_0=e^{x_0}$. 又过 $(0,\ 0)$ 及 $(x_0,\ y_0)$ 两点的直线斜率为 $\dfrac{y_0}{x_0}$, 所以 $\dfrac{e^{x_0}}{x_0}=e^{x_0}$, $x_0=1$, 从而 $y_0=e$, $e^{x_0}=e$.
11. 设 $P(x_0,y_0)$, 则曲线 $y=x^2+1$ 过点 P 的切线方程为 $y-y_0=2x_0(x-x_0)$, 即 $y=2x_0x+1-x_0^2$. 而此直线与曲线 $y=-2x^2-1$ 相切, 所以方程组 $\begin{cases}y=2x_0x+1-x_0^2\\ y=-2x^2-1\end{cases}$ 只有唯一实数解, 从而方程 $2x^2+2x_0x+2-x_0^2=0$ 有两相等实根, 即 $\Delta=4x_0^2-8(2-x_0^2)=0$, 解得 $x_0=\pm\dfrac{2\sqrt3}{3}$, 从而 $y_0=x_0^2+1=\dfrac{7}{3}$. 所以 P 点坐标为 $\left(\dfrac{2\sqrt3}{3},\ \dfrac{7}{3}\right)$ 或 $\left(-\dfrac{2\sqrt3}{3},\ \dfrac{7}{3}\right)$.
12. (1) $f'(x)=a-\dfrac{1}{(x+b)^2}$,

    于是 $\begin{cases}2a+\dfrac{1}{2+b}=3\\ a-\dfrac{1}{(2+b)^2}=0\end{cases}$,

    解得 $\begin{cases}a=1\\ b=-1\end{cases}$ 或 $\begin{cases}a=\dfrac{9}{4}\\ b=-\dfrac{8}{3}\end{cases}$.

    因 $a,b\in\mathbf{Z}$,故 $f(x)=x+\dfrac{1}{x-1}$.

    (2) 证明:在曲线上任取一点 $\left(x_0,x_0+\dfrac{1}{x_0-1}\right)$.

    由 $f'(x_0)=1-\dfrac{1}{(x_0-1)^2}$ 知,过此点的切线方程为

    $y-\left(x_0+\dfrac{1}{x_0-1}\right)=\left[1-\dfrac{1}{(x_0-1)^2}\right](x-x_0)$.

    令 $x=1$,得 $y=\dfrac{x_0+1}{x_0-1}$,切线与直线 $x=1$ 交点为 $\left(1,\ \dfrac{x_0+1}{x_0-1}\right)$.

    令 $y=x$ 得 $y=2x_0-1$,切线与直线 $y=x$ 交点

为 $(2x_0-1,2x_0-1)$.

直线 $x=1$ 与直线 $y=x$ 的交点为 $(1,1)$.

从而所围三角形的面积为

$\frac{1}{2}\left|\frac{x_0+1}{x_0-1}-1\right||2x_0-1-1|=$

$\frac{1}{2}\left|\frac{2}{x_0-1}\right||2x_0-2|=2$.

所以,所围三角形的面积为定值2.

第二节　导数在研究函数中的应用

1. (A). $f'(x)=3x^2+2ax+1$,依题意 $f'(-1)=4-2a=0$,所以 $a=2$,故选(A).

2. (D). $f'(x)=4x-3x^2<0\Rightarrow x<0$ 或 $x>\frac{4}{3}$.

3. (A). $f'(x)=3x^2-3$, 当 $x\in[0,1)$ 时,$f'(x)<0$;当 $x=1$ 时,$f'(x)=0$;当 $x\in(1,2]$ 时,$f'(x)>0$. 所以 $f(1)=-2$ 为函数 $f(x)$ 的极小值. 故选(A).

4. (C). $f'(x)=3x^2-3=0$,解得 $x=-1$ 或 $x=1$(舍去),当 x 变化时,$f'(x)$,$f(x)$ 的变化情况如下表:

x	-2	$(-2,-1)$	-1	$(-1,0)$	0
$f'(x)$		+	0	−	
$f(x)$	-1	↗	3	↘	1

比较可知,最大值为3,最小值为 -1,故选(C).

5. $\left(0,\frac{\sqrt{3}}{3}\right)$,$\left(\frac{\sqrt{3}}{3},+\infty\right)$. $f(x)$ 的定义域为 $(0,+\infty)$,$f'(x)=6x-\frac{2}{x}=\frac{2(3x^2-1)}{x}$. 解 $f'(x)>0$,得 $x>\frac{\sqrt{3}}{3}$;解 $f'(x)<0$,得 $0<x<\frac{\sqrt{3}}{3}$.

6. 2π, $-\pi$. $f'(x)=-x\sin x$, $x\in[0,2\pi]$,令 $f'(x)=0$ $(x\in[0,2\pi])$ 得 $x_1=0$, $x_2=\pi$, $x_3=2\pi$. 当 $0<x<\pi$ 时, $f'(x)<0$;当 $\pi<x<2\pi$ 时, $f'(x)>0$. 又 $f(0)=0$, $f(\pi)=-\pi$, $f(2\pi)=2\pi$, 故最大值为 2π, 最小值为 $-\pi$.

7. $f(x)=(x-1)^2$. 性质1表明, $x=1$ 是函数 $y=f(x)$ 的对称轴. 性质2说明1可能是 $f(x)$ 的极值点. 性质3表明 $f(x)$ 在 $(-\infty,1)$ 内单调递减, 在 $(1,+\infty)$ 内单调递增. 因此, 形如 $f(x)=a(x-1)^2+b$ $(a>0)$ 的函数都符合要求.

8. $(-\infty,2)$, $(2,+\infty)$. 由图象可知: 当 $x<0$ 时, $e^{f'(x)}>1$, $f'(x)>0$; 当 $0<x<2$ 时, $e^{f'(x)}>1$, $f'(x)>0$; 当 $x>2$ 时, $e^{f'(x)}<1$, $f'(x)<0$; 故 $f(x)$ 在 $(-\infty,2)$ 内单调递增, 在 $(2,+\infty)$ 内单调递减.

9. $f'(x)=3x^2-2x-1$, 令 $f'(x)=0$, 得 $x=-\frac{1}{3}$ 或 $x=1$. 当 x 变化时, $f'(x)$、$f(x)$ 的变化情况如下表:

x	$\left(-\infty,-\frac{1}{3}\right)$	$-\frac{1}{3}$	$\left(-\frac{1}{3},1\right)$	1	$(1,+\infty)$
$f'(x)$	+	0	−	0	+
$f(x)$	↗	极大值	↘	极小值	↗

所以, $f(x)$ 的极大值是 $f\left(-\frac{1}{3}\right)=\frac{5}{27}+a$; 极小值是 $f(1)=a-1$.

10. (1)由 $f(x)$ 的图象经过 $P(0,2)$, 知 $d=2$, 所以 $f(x)=x^3+bx^2+cx+2$, $f'(x)=3x^2+2bx+c$. 因在点 $M(-1,f(-1))$ 处的切线方程是 $6x-y+7=0$, 所以 $-6-f(-1)+7=0$, 即 $f(-1)=1$, 且 $f'(-1)=6$. 故

$\begin{cases}3-2b+c=6\\-1+b-c+2=1\end{cases}$, 即 $\begin{cases}b=-3\\c=-3\end{cases}$.

故所求的解析式是 $f(x)=x^3-3x^2-3x+2$.

(2) $f'(x)=3x^2-6x-3$. 令 $f'(x)=0$, 即 $x^2-2x-1=0$. 解得 $x_1=1-\sqrt{2}$, $x_2=1+\sqrt{2}$. 当 $x<1-\sqrt{2}$ 或 $x>1+\sqrt{2}$ 时, $f'(x)>0$; 当 $1-\sqrt{2}<x<1+\sqrt{2}$ 时, $f'(x)<0$, 故 $f(x)$ 在 $(-\infty,1-\sqrt{2})$、$(1+\sqrt{2},+\infty)$ 内是增函数, 在 $(1-\sqrt{2},1+\sqrt{2})$ 内是减函数.

11. (1) $f'(x)=-3x^2+6x+9$, 令 $f'(x)<0$, 解得 $x<-1$ 或 $x>3$. 所以 $f(x)$ 的单调递减区间是 $(-\infty,-1)$ 和 $(3,+\infty)$.

(2) $f(-2)=8+12-18+a=2+a$, $f(2)=-8+12+18+a=22+a$, 所以 $f(2)>f(-2)$. 因为在 $(-1,3)$ 上, $f'(x)>0$, 所以 $f(x)$ 在 $(-1,2]$ 上单调递增. 又由于 $f(x)$ 在 $(-2,-1)$ 单调递减, 因此 $f(2)$ 和 $f(-1)$ 分别是 $f(x)$ 在

$[-2,2]$上的最大值和最小值. 于是有$22+a=20$, $a=-2$. 从而$f(x)=-x^3+3x^2+9x-2$, $f(-1)=1+3-9-2=-7$, 即函数$f(x)$在区间$[-2,2]$上的最小值为-7.

12. $f'(x)=e^x(x^2+ax+a+1)+e^x(2x+a)$
$=e^x[x^2+(a+2)x+(2a+1)]$,
令$f'(x)=0$, 得
$x^2+(a+2)x+(2a+1)=0$　　$(*)$
(1) 当$\Delta=(a+2)^2-4(2a+1)=a^2-4a=a(a-4)>0$, 即$a<0$或$a>4$时, 方程$(*)$有两个不同的实根$x_1$, x_2, 不妨设$x_1<x_2$. 于是$f'(x)=e^x(x-x_1)(x-x_2)$. 从而有下表:

x	$(-\infty,x_1)$	x_1	(x_1,x_2)	x_2	$(x_2,+\infty)$
$f'(x)$	+	0	−	0	+
$f(x)$	↗	极大值	↘	极小值	↗

即此时$f(x)$有2个极值点.
(2) 当$\Delta=0$, 即$a=0$或$a=4$时, 方程$(*)$有两个相同的实根$x_1=x_2$, 于是有$f'(x)=e^x(x-x_1)^2$. 当$x<x_1$或$x>x_1$时, $f'(x)>0$. 因此$f(x)$无极值.
(3) 当$\Delta<0$, 即$0<a<4$时. 方程$(*)$无实数根, 即$f'(x)>0$. 故$f(x)$为增函数, 此时$f(x)$无极值.
综上所述, 当$a<0$或$a>4$时, $f(x)$有2个极值点; 当$0\leqslant a\leqslant 4$时, $f(x)$无极值点.

第三节　导数的综合应用

1. (B). 依题意, $f'(x)=3x^2-a\geqslant 0$对$x\in[1,+\infty)$恒成立. 即$a\leqslant 3x^2$对$x\in[1,+\infty)$恒成立, 所以$a\leqslant 3$, 故选(B).

2. (C). 由$y=xf'(x)$的图象可知: 当$-1<x<0$时, $xf'(x)>0$, 从而$f'(x)<0$; 当$0<x<1$时, $xf'(x)<0$, 从而$f'(x)<0$, 因此, $f(x)$在$(-1,1)$内单调递减, 故选(C).

3. (D). 当$x<0$时, $[f(x)g(x)]'>0$, 所以函数$f(x)\cdot g(x)$在$(-\infty,0)$上为增函数.
又$f(x)g(x)$为奇函数, 故$f(x)g(x)$在$(0,+\infty)$上为增函数. 且$f(-3)g(-3)=0$, $f(3)g(3)=0$, 故$f(x)g(x)<0$的解集为$(-\infty,-3)\cup(0,3)$, 因此选(D).

4. (C). 依题意, 有$m=2$, $a=1$, $f(x)=x^2+x$,
从而$\dfrac{1}{f(n)}=\dfrac{1}{n^2+n}=\dfrac{1}{n(n+1)}=\dfrac{1}{n}-\dfrac{1}{n+1}$,
所以$\dfrac{1}{f(1)}+\dfrac{1}{f(2)}+\cdots+\dfrac{1}{f(n)}=1-\dfrac{1}{n+1}=\dfrac{n}{n+1}$.
故选(C).

5. $\left[0,\dfrac{1}{2}\right]$. 因为$f'(x_0)=2x_0+b\in[0,1]$, 所以$0\leqslant x_0+\dfrac{b}{2}\leqslant\dfrac{1}{2}$. 即点$P$到曲线$y=f(x)$对称轴距离的取值范围为$\left[0,\dfrac{1}{2}\right]$.

6. $\left(\dfrac{1}{10},10\right)$. 因为当$x>0$时, $f'(x)<0$, 故$f(x)$在$(0,+\infty)$内为减函数. 又因为$f(x)$为偶函数, $f(\lg x)>f(1)$, 所以$|\lg x|<1$, 解得$\dfrac{1}{10}<x<10$.

7. $\dfrac{16}{9}$. 由图象知, $f(0)=0$, $f(-1)=0$, $f(2)=0$, 即$d=0$, $-1+b-c=0$, $8+4b+2c=0$. 故$b=-1$, $c=-2$, $d=0$, $f(x)=x^3-x^2-2x$, $f'(x)=3x^2-2x-2$. 由图象知x_1, x_2是两个极值点, 因此, $x_1+x_2=\dfrac{2}{3}$, $x_1x_2=\dfrac{-2}{3}$, $x_1^2+x_2^2=(x_1+x_2)^2-2x_1x_2=\dfrac{16}{9}$.

8. $[3,4]$. 依题意, $-3x^2+b\geqslant 0$对$x\in(0,1)$恒成立, 故$b\geqslant 3$, 又方程$-x^2+b=0$的根在$[-2,2]$内. 故$b\in[0,4]$. 综合得$3\leqslant b\leqslant 4$.

9. $f'(x)=-2x^2+2ax+4$, 因$f(x)$在$[-1,1]$上是增函数, 所以$f'(x)\geqslant 0$对$x\in[-1,1]$恒成立, 即$x^2-ax-2\leqslant 0$对$x\in[-1,1]$恒成立$(*)$
设$\varphi(x)=x^2-ax-2$, 则$(*)$等价于
$\begin{cases}\varphi(1)=1-a-2\leqslant 0\\ \varphi(-1)=1+a-2\leqslant 0\end{cases}\Leftrightarrow -1\leqslant a\leqslant 1$.
因对$x\in[-1,1]$, 当$a=1$时, $f'(-1)=0$; 当$a=-1$时, $f'(1)=0$; 当$-1<a<1$时, $f'(x)>0$. 故$A=\{a|-1\leqslant a\leqslant 1\}$.

10. 令$f(x)=x^3-x^2+\ln(x+1)$, 则
$f'(x)=3x^2-2x+\dfrac{1}{x+1}=\dfrac{3x^3+(x-1)^2}{x+1}$.
当$x\in[0,+\infty)$时, $f'(x)>0$, 所以函数$f(x)$在$[0,+\infty)$上单调递增. 又$f(0)=0$, 故当$x>0$

时，$f(x)>0$，即 $\ln(x+1)>x^2-x^3$.

11. (1)因为 $f'(x)=e^{x-1}(2x+x^2)+3ax^2+2bx=xe^{x-1}(x+2)+x(3ax+2b)$. 又 $x=-2$ 和 $x=1$ 为 $f(x)$ 的极值点，所以 $f'(-2)=f'(1)=0$，

因此 $\begin{cases}-6a+2b=0,\\3+3a+3b=0,\end{cases}$

解方程组得 $a=-\frac{1}{3}$，$b=-1$.

(2)因为 $a=-\frac{1}{3}$，$b=-1$. 所以

$$f'(x)=x(x+2)(e^{x-1}-1),$$

令 $f'(x)=0$，解得 $x_1=-2$，$x_2=0$，$x_3=1$.

因为当 $x\in(-\infty,-2)\cup(0,1)$ 时，$f'(x)<0$；

当 $x\in(-2,0)\cup(1,+\infty)$ 时，$f'(x)>0$.

所以 $f(x)$ 在 $(-2,0)$ 和 $(1,+\infty)$ 上是单调递增的；在 $(-\infty,-2)$ 和 $(0,1)$ 上是单调递减的.

(3)由(1)可知 $f(x)=x^2e^{x-1}-\frac{1}{3}x^3-x^2$，

故 $f(x)-g(x)=x^2e^{x-1}-x^3=x^2(e^{x-1}-x)$.

令 $h(x)=e^{x-1}-x$，则 $h'(x)=e^{x-1}-1$.

令 $h'(x)=0$，得 $x=1$，

因为 $x\in(-\infty,1]$ 时，$h'(x)\leqslant 0$，所以 $h(x)$ 在 $(-\infty,1]$ 上单调递减.

故 $x\in(-\infty,1]$ 时，$h(x)\geqslant h(1)=0$.

因为 $x\in(1,+\infty]$ 时，$h'(x)\geqslant 0$，所以 $h(x)$ 在 $x\in[1,+\infty)$ 上单调递增.

故 $x\in[1,+\infty)$ 时，$h(x)\geqslant h(1)=0$.

所以对任意 $x\in(-\infty,+\infty)$，恒有 $h(x)\geqslant 0$.

又 $x^2\geqslant 0$，因此 $f(x)-g(x)\geqslant 0$，故对任意 $x\in(-\infty,+\infty)$，恒有 $f(x)\geqslant g(x)$.

12. $f'(x)=3ax^2+2bx-3a^2$. ①

(1)当 $a=1$ 时，$f'(x)=3x^2+2bx-3$.

由题意知 x_1,x_2 为方程 $3x^2+2bx-3=0$ 的两个根，所以 $|x_1-x_2|=\frac{\sqrt{4b^2+36}}{3}$.

由 $|x_1-x_2|=2$，得 $b=0$.

从而 $f(x)=x^2-3x+1$，

$f'(x)=3x^2-3=3(x+1)(x-1)$.

当 $x\in(-1,1)$ 时，$f'(x)<0$；

当 $x\in(-\infty,-1)\cup(1,+\infty)$ 时，$f'(x)>0$.

故 $f(x)$ 的单调递增区间是 $(-\infty,-1)$ 和 $(1,+\infty)$，单调递减区间是 $(-1,1)$.

(2)由①式及题意知 x_1,x_2 为方程 $3ax^2+2bx-3a^2=0$ 的两个根，所以

$|x_1-x_2|=\frac{\sqrt{4b^2+36a^3}}{3a}$.

从而 $|x_1-x_2|=2\Leftrightarrow b^2=9a^2(1-a)$.

由上式及题设知 $0<a\leqslant 1$.

设 $g(a)=9a^2-9a^3$，则

$$g'(a)=18a-27a^2=-27a\left(a-\frac{2}{3}\right).$$

故 $g(a)$ 在 $\left(0,\frac{2}{3}\right)$ 上单调递增，在 $\left(\frac{2}{3},1\right)$ 上单调递减，从而 $g(a)$ 在 $(0,1]$ 的极大值为 $g\left(\frac{2}{3}\right)=\frac{4}{3}$.

又 $g(a)$ 在 $(0,1]$ 上只有一个极值，所以 $g\left(\frac{2}{3}\right)=\frac{4}{3}$ 为 $g(a)$ 在 $(0,1]$ 上的最大值，且最小值为 $g(1)=0$. 所以 $b^2\in\left[0,\frac{4}{3}\right]$，即 b 的取值范围为 $\left[-\frac{2\sqrt{3}}{3},\frac{2\sqrt{3}}{3}\right]$.

第四节　导数的实际应用

1. (B). 设矩形一边(垂直于半圆直径)的长为 $R\sin\theta$ $\left(0<\theta<\frac{\pi}{2}\right)$，则另一边长为 $2R\cos\theta$，于是内接矩形的周长 $l=2R(\sin\theta+2\cos\theta)$.

令 $l'=2R(\cos\theta-2\sin\theta)=0$，得 $\tan\theta=\frac{1}{2}$，从而 $\sin\theta=\frac{\sqrt{5}}{5}$，$\cos\theta=\frac{2\sqrt{5}}{5}$. 即周长最大的矩形的边长分别为 $\frac{\sqrt{5}}{5}R$ 和 $\frac{4\sqrt{5}}{5}R$，故选(B).

2. (D). 设圆锥的高为 x，则底面半径为 $\sqrt{20^2-x^2}$，其体积为 $V=\frac{1}{3}\pi x(20^2-x^2)$ $(0<x<20)$. $V'=\frac{1}{3}\pi(400-3x^2)$. 令 $V'=0$，得 $x=\frac{20\sqrt{3}}{3}$ 或 $x=-\frac{20\sqrt{3}}{3}$(舍去). 故当 $x=\frac{20\sqrt{3}}{3}$ 时，V 取最大值. 故选(D).

3. (B). 设剪去的小正方形的边长为 x，则铁盒的容积为 $V=(48-2x)^2x$ $(0<x<24)$. $V'=(48-2x)(48-6x)$. 令 $V'=0$，得 $x=8$ 或 $x=24$

（舍去）. 当 $0<x<8$ 时，$V'>0$；当 $8<x<24$ 时，$V'<0$. 所以当 $x=8$ 时，铁盒的容积最大. 故选(B).

4. (D). 由题意，总成本为 $C=20\,000+100x$，所以总利润为

$$P=R-C=\begin{cases}300x-\dfrac{x^2}{2}-20\,000 & 0\leqslant x\leqslant 400\\ 60\,000-100x & x>400\end{cases},$$

$$P'=\begin{cases}300-x & 0\leqslant x\leqslant 400\\ -100 & x>400\end{cases}.$$

当 $0\leqslant x\leqslant 400$ 时，令 $P'=0$，得 $x=300$；当 $x>400$ 时，$P'<0$. 故当 $x=300$ 时，总利润最大. 故选(D).

5. 4. 设底面边长为 x (m)，高为 h (m)，则 $x^2h=256$，$h=\dfrac{256}{x^2}$，所以 $S=x^2+4xh=x^2+4x\cdot\dfrac{256}{x^2}=x^2+\dfrac{4\times 256}{x}$，$S'=2x-\dfrac{4\times 256}{x^2}$，令 $S'=0$，得 $x=8$，从而 $h=\dfrac{256}{8^2}=4$.

6. 1.2 m. 设容器底面短边长为 x(m)，则另一边长为 $(x+0.5)$(m)，高为 $\dfrac{14.8-4x-4(x+0.5)}{4}=3.2-2x$(m).
由 $3.2-2x>0$ 和 $x>0$，得 $0<x<1.6$. 设容器的容积为 y (m^3)，则有 $y=x(x+0.5)(3.2-2x)$ $(0<x<1.6)$，即 $y=-2x^3+2.2x^2+1.6x$ $(0<x<1.6)$，所以 $y'=-6x^2+4.4x+1.6$. 令 $y'=0$，有 $-6x^2+4.4x+1.6=0$，即 $15x^2-11x-4=0$，解得 $x_1=1$，$x_2=-\dfrac{4}{15}$（舍去），从而在定义域 $(0,1.6)$ 内，只有在 $x=1$ 处使得 $y'=0$. 由题意，当 $x=1$ 时，y 取最大值. 此时高为 1.2 m.

7. $\dfrac{4\sqrt{3}}{3}$，$\dfrac{8}{3}$. 设 $|AD|=2x$，则 $|AB|=4-x^2$，矩形面积 $S=2x(4-x^2)$ $(0<x<2)$，即 $S=8x-2x^3$，$S'=8-6x^2$，令 $S'=0$，得 $x=\dfrac{2}{\sqrt{3}}$ 或 $x=-\dfrac{2}{\sqrt{3}}$（舍去）. 所以当 $x=\dfrac{2}{\sqrt{3}}$ 时，S 取最大值.

8. 32 m，16 m. 设长为 x (m)，则宽为 $\dfrac{512}{x}$(m). 新墙总长度 $l=x+\dfrac{2\times 512}{x}$ $(x>0)$. 所以 $l'=1-\dfrac{2\times 512}{x^2}$. 令 $l'=0$，得 $x=32$.

9. 每月生产 x 吨时的利润为

$$f(x)=\left(24\,200-\frac{1}{5}x^2\right)x-(50\,000+200x)$$
$$=-\frac{1}{5}x^3+24\,000x-50\,000\quad (x\geqslant 0).$$

由 $f'(x)=-\dfrac{3}{5}x^2+24\,000=0$，得 $x=200$ 或 $x=-200$（舍去）. 因 $f(x)$ 在 $[0,+\infty)$ 内只有当 $x=200$ 时使得 $f'(x)=0$，故它就是最大值点，且最大值为 $f(200)=-\dfrac{1}{5}\times 200^3+24\,000\times 200-50\,000=3\,150\,000$（元），故每月生产 200 吨产品时利润最大，最大利润为 315 万元.

10. (1) 设每年产销 Q 万件，则共计成本为 $(32Q+3)$ 万元，销售收入是

$$Q\left[\frac{32Q+3}{Q}\times 150\%+\frac{x}{Q}\times 50\%\right]$$
$$=\frac{3}{2}(32Q+3)+\frac{1}{2}x.$$

所以年利润为

$$y=\frac{3}{2}(32Q+3)+\frac{1}{2}x-(32Q+3)-x$$
$$=\frac{1}{2}(32Q+3-x)=\frac{1}{2}\left(32\times\frac{3x+1}{x+1}+3-x\right)$$
$$=\frac{-x^2+98x+35}{2(x+1)}\quad (x\geqslant 0).$$

当 $x=100$ 时，$y<0$，即当年广告费投入 100 万元时，企业亏损.

(2) 由 $y=\dfrac{-x^2+98x+35}{2(x+1)}$，可得 $y'=\dfrac{-x^2-2x+63}{2(x+1)^2}$. 令 $y'=0$，则 $x^2+2x-63=0$，得 $x=7$ 或 $x=-9$（舍去）. 当 $0\leqslant x<7$ 时，$y'>0$；当 $x>7$ 时，$y'<0$；当 $x=7$ 时，$y=42$. 故 $y_{max}=42$. 即年广告费投入 7 万元时，企业年利润最大.

11. 设剪去的正方形的边长为 x(cm)，于是盒子的容积

$$V(x)=x(5-2x)(8-2x)(\mathrm{cm}^3)\quad \left(0\leqslant x\leqslant\frac{5}{2}\right).$$

$V'(x)=4(x-1)(3x-10)$. 令 $V'(x)=0$, 得 $x=1$ 或 $x=\frac{10}{3}$(舍去). 又因为 $V(0)=0$, $V(1)=18, V\left(\frac{5}{2}\right)=0$. 故当$x=1$时, $V(x)$最大.

即剪去的正方形的边长为 1 cm 时, 无盖盒子的容积最大.

12. 由题意得 $xy+\frac{1}{4}x^2=8$, 故 $y=\frac{8}{x}-\frac{x}{4}$ $(0<x<4\sqrt{2})$. 于是框架用料长度为 $l(x)=2x+2\left(\frac{8}{x}-\frac{x}{4}\right)+2\left(\frac{\sqrt{2}}{2}x\right)=\left(\frac{3}{2}+\sqrt{2}\right)x+\frac{16}{x}$ $(0<x<4\sqrt{2})$, $l'(x)=\frac{3}{2}+\sqrt{2}-\frac{16}{x^2}$.

由 $l'(x)=0$, 得 $x=8-4\sqrt{2}$, 故当$x=8-4\sqrt{2}$, $y=2\sqrt{2}$ 时, $l(x)$有最小值.

即当 $x=8-4\sqrt{2}$, $y=2\sqrt{2}$ 时, 用料最省.

第五节　定积分与微积分基本定理

1. (B).

$$\int_{-\frac{\pi}{2}}^{\frac{\pi}{2}}(\sin x+\cos x)\,dx=(-\cos x+\sin x)\Big|_{-\frac{\pi}{2}}^{\frac{\pi}{2}}=2.$$

2. (D). 所围图形的面积为 $S=\int_0^1\sqrt{x}\,dx-\int_0^1 x^2dx$ $=\frac{2}{3}x^{\frac{3}{2}}\Big|_0^1-\frac{1}{3}x^3\Big|_0^1=\frac{2}{3}-\frac{1}{3}=\frac{1}{3}$.

3. (C). 所求路程为 $\int_0^1(gt)\,dt=\frac{1}{2}gt^2\Big|_0^1=\frac{1}{2}g$.

4. (D). 所围图形的面积

$$S=\int_{\frac{1}{2}}^{2}\frac{1}{x}dx=\ln x\Big|_{\frac{1}{2}}^{2}=2\ln 2.$$

5. -1 或$\frac{1}{3}$. 由于 $\int_{-1}^{1}(3x^2+2x+1)\,dx=(x^3+x^2+x)\Big|_{-1}^{1}=4$, 所以 $2(3a^2+2a+1)=4$, 即 $3a^2+2a-1=0$, 解得 $a=-1$ 或 $a=\frac{1}{3}$.

6. 1. 由$\begin{cases}y=e\\y=e^x\end{cases}$, 知 $x=1$. 所求面积为

$$S=\int_0^1 e\,dx-\int_0^1 e^x dx=e^x\Big|_0^1-e^x\Big|_0^1=1.$$

7. 13. $V(2)-V(0)=\int_0^2 a(t)\,dt=\int_0^2 6t\,dt$

$$=3t^2\Big|_0^2=12,$$

所以 $V(2)=V(0)+12=13$.

8. 3J. $W=\int_0^1 x\,dx+\int_1^2(x+1)\,dx$

$$=\frac{1}{2}x^2\Big|_0^1+\left(\frac{1}{2}x^2+x\right)\Big|_1^2=3.$$

9. $\frac{\sqrt{3}}{3}$. 由于 $\int_0^1 f(x)\,dx=\int_0^1(ax^2+c)\,dx=\left(\frac{1}{3}ax^3+cx\right)\Big|_0^1=\frac{1}{3}a+c=ax_0^2+c=f(x_0)$, $0\leqslant x_0\leqslant 1$, 所以 $x_0=\frac{\sqrt{3}}{3}$.

10. $f(a)=\int_0^1(2ax^2-a^2x)\,dx$

$$=\left(\frac{2}{3}ax^3-\frac{1}{2}a^2x^2\right)\Big|_0^1$$

$$=\frac{2}{3}a-\frac{1}{2}a^2=-\frac{1}{2}\left(a-\frac{2}{3}\right)^2+\frac{2}{9}.$$

所以当 $a=\frac{2}{3}$ 时, $f(a)$ 取最大值$\frac{2}{9}$.

11. S_1 等于边长分别为 t 与 t^2 的矩形面积减去曲线 $y=x^2$ 与 x 轴、直线 $x=t$ 所围成的面积, 即 $S_1=t\cdot t^2-\int_0^t x^2dx=\frac{2}{3}t^3$. 又 S_2 等于曲线 $y=x^2$ 与 x 轴、直线 $x=t$、$x=1$ 围成的面积减去边长分别为 t^2, $(1-t)$ 的矩形面积, 即

$$S_2=\int_t^1 x^2dx-t^2(1-t)=\frac{2}{3}t^3-t^2+\frac{1}{3}.$$

所以阴影部分的面积为 $S=S_1+S_2=\frac{4}{3}t^3-t^2+\frac{1}{3}$ $(0<t\leqslant 1)$. 从而

$$S'(t)=4t^2-2t=4t\left(t-\frac{1}{2}\right).$$

令 $S'(t)=0$, 得 $t=\frac{1}{2}$或 $t=0$(舍去). 当 $0<t<\frac{1}{2}$ 时, $S'(t)<0$; 当 $\frac{1}{2}<t\leqslant 1$ 时, $S'(t)>0$; 所以, 当 $t=\frac{1}{2}$ 时, $S_{\min}=S\left(\frac{1}{2}\right)=\frac{1}{4}$.

12. (1) 设 $f(x)=ax^2+bx+c$ $(a\neq 0)$. 则 $f'(x)=2ax+b$. 由 $f(-1)=2$, $f'(0)=0$,

得$\begin{cases}a-b+c=2\\ b=0\end{cases}$，即$\begin{cases}c=2-a\\ b=0\end{cases}$.

所以$f(x)=ax^2+(2-a)$. 又因为

$\int_0^1 f(x)\mathrm{d}x=\int_0^1[ax^2+(2-a)]\mathrm{d}x$

$=\left[\frac{1}{3}ax^3+(2-a)x\right]\Big|_0^1=2-\frac{2}{3}a=-2.$

故 $a=6$. 从而$f(x)=6x^2-4$.

(2) 因为$f(x)=6x^2-4$, $x\in[-1,1]$. 所以当$x=0$时，$f(x)_{\min}=-4$；当$x=\pm1$时，$f(x)_{\max}=2$.

习题三

1. (B). 因为$y'=3x^2-2$,所以$y'|_{x=1}=1$,从而切线的倾斜角为45°.
2. (D). 直线$2x-y+5=0$的斜率为2，令$y'=2x=2$，得$x=1$，故切点为(1, 1)，切线方程为$y-1=2(x-1)$，即$2x-y-1=0$.
3. (B). 先求导$y'=3x^2-3$. 令$y'<0$，得$-1<x<1$.
4. (D). 所求面积$S=\int_{-\frac{\pi}{2}}^{\frac{\pi}{2}}\cos x\mathrm{d}x-\int_{\frac{\pi}{2}}^{\frac{3\pi}{2}}\cos x\mathrm{d}x$

$=\sin x\Big|_{-\frac{\pi}{2}}^{\frac{\pi}{2}}-\sin x\Big|_{\frac{\pi}{2}}^{\frac{3\pi}{2}}=4.$
5. (C). 设$h(x)=\frac{f(x)}{g(x)}$，则

$h'(x)=\frac{f'(x)g(x)-f(x)g'(x)}{[g(x)]^2}<0$. 即$h(x)$在**R**上为减函数. 因$a<x<b$，故$h(a)>h(x)>h(b)$，即$\frac{f(a)}{g(a)}>\frac{f(x)}{g(x)}>\frac{f(b)}{g(b)}$. 因$g(x)$在**R**上恒大于零，所以$f(x)g(b)>f(b)g(x)$.
6. (A). $y'=\frac{x}{2}-\frac{3}{x}$,由$y'=\frac{1}{2}$,得$\frac{x}{2}-\frac{3}{x}=\frac{1}{2}$,解得$x=3$或$x=-2$(舍去),故选(A).
7. 极大值为-2，极小值为2. $f(x)=(x-1)+\frac{1}{x-1}$，令$f'(x)=1-\frac{1}{(x-1)^2}=0$，得到$x=0$或$x=2$. $f(x)$的定义域为$(-\infty,1)\cup(1,\infty)$. 讨论$f'(x)$在区间$(-\infty,0)$，(0, 1)，(1, 2)及$(2,+\infty)$的符号，可知函数$f(x)$在$x=0$时取极大值$-2$，在$x=2$时取极小值2.
8. $(-\infty,-3)$. 令$y'=ae^{ax}+3=0$ $(x>0)$,显然$a\neq0$,故$e^{ax}=-\frac{3}{a}>0$,所以$a<0$, $x=\frac{1}{a}\ln\left(-\frac{3}{a}\right)>0$. 解得$a<-3$. 反之,若$a<-3$,则当$x<\frac{1}{a}\ln\left(-\frac{3}{a}\right)$时,$y'<0$;当$x>\frac{1}{a}\ln\left(-\frac{3}{a}\right)$时,$y'>0$. 故$x=\frac{1}{a}\ln\left(-\frac{3}{a}\right)>0$为函数的极小值点. 综上所述,$a\in(-\infty,-3)$.
9. (1) $f(x)=x^3-ax^2-4x+4a$,

$f'(x)=3x^2-2ax-4$.

(2) 由$f'(-1)=0$，得$a=\frac{1}{2}$，故

$f(x)=(x^2-4)\left(x-\frac{1}{2}\right)$, $f'(x)=3x^2-x-4$.

由$f'(x)=0$，得$x=\frac{4}{3}$或$x=-1$. 又$f\left(\frac{4}{3}\right)=-\frac{50}{27}$, $f(-1)=\frac{9}{2}$, $f(-2)=0$, $f(2)=0$, 故$f(x)$在$[-2,2]$上的最大值为$\frac{9}{2}$，最小值为$-\frac{50}{27}$.
10. (1) $f'(x)=x(ax+2)e^{ax}$.

当$a=0$时，令$f'(x)=0$，得$x=0$. 若$x>0$，则$f'(x)>0$，故$f(x)$在$(0,+\infty)$上是增函数；若$x<0$，则$f'(x)<0$，故$f(x)$在$(-\infty,0)$上是减函数. 当$a<0$时，令$f'(x)=0$，得$x=0$或$x=-\frac{2}{a}$. 若$x<0$，则$f'(x)<0$，故$f(x)$在$(-\infty,0)$上是减函数；若$0<x<-\frac{2}{a}$，则$f'(x)>0$，故$f(x)$在$\left(0,-\frac{2}{a}\right)$上是增函数；若$x>-\frac{2}{a}$, $f'(x)<0$，故$f(x)$在$\left(-\frac{2}{a},+\infty\right)$上是减函数.

(2) 当$a=0$时，$f(x)$在$[0,1]$上的最大值为$f(1)=1$;当$-2<a<0$时，$f(x)$在$[0,1]$上的最大值为$f(1)=e^a$；当$a\leqslant-2$时，$f(x)$在$[0,1]$上的最大值为$f\left(-\frac{2}{a}\right)=\frac{4}{a^2e^2}$.
11. (1) $f'(x)=3x^2-2(1+a)x+a$，令$f'(x)=0$，得$3x^2-2(1+a)x+a=0$. (*)因$\Delta=4(a^2-a+1)>0$，故方程(*)有两个不等实根x_1，x_2. 设$x_1<x_2$. 由$f'(x)=3(x-x_1)\cdot(x-x_2)$可知：当$x<x_1$时，$f'(x)>0$；当$x_1<x<x_2$时，$f'(x)<0$；当$x>x_2$时，$f'(x)>0$. 故$x_1$

是极大值点，x_2 是极小值点.

(2) $f(x_1)+f(x_2)\leqslant 0\Leftrightarrow x_1^3+x_2^3-(a+1)(x_1^2+x_2^2)+a(x_1+x_2)\leqslant 0\Leftrightarrow (x_1+x_2)((x_1+x_2)^2-3x_1x_2)-(a+1)((x_1+x_2)^2-2x_1x_2)+a(x_1+x_2)\leqslant 0$. 又 $x_1+x_2=\frac{2}{3}(1+a)$，$x_1x_2=\frac{a}{3}$. 代入上式并两边同除以 $1+a$，得 $2a^2-5a+2\geqslant 0$，解得 $a\leqslant\frac{1}{2}$（舍去）或 $a\geqslant 2$. 故当 $a\geqslant 2$ 时，不等式 $f(x_1)+f(x_2)\leqslant 0$ 成立.

12. (1) 因为 $f(x)$、$g(x)$ 的图象都经过点 $P(t,0)$，所以 $t^3+at=0$，$bt^2+c=0$. 因 $t\neq 0$，所以 $a=-t^2$，$c=ab$. 又因为 $f(x)$、$g(x)$ 的图象在点 P 处有相同切线，所以 $f'(t)=g'(t)$. 而 $f'(x)=3x^2+a$，$g'(x)=2bx$，故 $3t^2+a=2bt$. 将 $a=-t^2$ 代入得 $b=t$，因此 $c=-t^3$. 故 $a=-t^2$，$b=t$，$c=-t^3$.

(2) $y=f(x)-g(x)=x^3-bx^2+ax-c=x^3-tx^2-t^2x+t^3$.

$y'=3x^2-2tx-t^2=(3x+t)(x-t)$.

因为函数 $y=f(x)-g(x)$ 在 $(-1,3)$ 上单调递减，且 $y'=(3x+t)(x-t)$ 是开口向上的抛物线，所以 $\begin{cases}y'|_{x=-1}\leqslant 0\\ y'|_{x=3}\leqslant 0\end{cases}$，即

$\begin{cases}(-3+t)(-1-t)\leqslant 0\\ (9+t)(3-t)\leqslant 0\end{cases}$. 解得 $t\leqslant -9$ 或 $t\geqslant 3$.

故 t 的取值范围为 $(-\infty,-9]\cup[3,+\infty)$.

13. (1) $f'(x)=3mx^2-6(m+1)x+n$. 因为 $x=1$ 是 $f(x)$ 的一个极值点，所以 $f'(1)=0$，即 $3m-6(m+1)+n=0$. 所以 $n=3m+6$.

(2) 由(1)知 $f'(x)=3mx^2-6(m+1)x+3m+6=3m(x-1)\left[x-\left(1+\frac{2}{m}\right)\right]$. 当 $m<0$ 时，$1>1+\frac{2}{m}$，当 x 变化时，$f(x)$ 与 $f'(x)$ 的变化如下表：

x	$\left(-\infty,1+\frac{2}{m}\right)$	$1+\frac{2}{m}$	$\left(1+\frac{2}{m},1\right)$	1	$(1,+\infty)$
$f'(x)$	−	0	+	0	−
$f(x)$	↘	极小值	↗	极大值	↘

由上表可知，当 $m<0$ 时，$f(x)$ 在 $\left(-\infty,1+\frac{2}{m}\right)$ 上单调递减，在 $\left(1+\frac{2}{m},1\right)$ 上单调递增，在 $(1,+\infty)$ 上单调递减.

(3) 依题意，$f'(x)>3m\ (m<0)$ 对 $x\in[-1,1]$ 恒成立. 即 $x^2-2\left(1+\frac{1}{m}\right)x+\frac{2}{m}<0\quad(m>0)$ 对 $x\in[-1,1]$ 恒成立. 令 $g(x)=x^2-2\left(1+\frac{1}{m}\right)x+\frac{2}{m}\ (m<0)$，则其图象为开口向上的抛物线. 因此有 $\begin{cases}g(-1)<0\\ g(1)<0\end{cases}\Leftrightarrow$

$$\begin{cases}1+2\left(1+\frac{1}{m}\right)+\frac{2}{m}<0\\ 1-2\left(1+\frac{1}{m}\right)+\frac{2}{m}<0\\ m<0\end{cases}\Leftrightarrow\begin{cases}\frac{4}{m}<-3\\ m<0\end{cases}\Leftrightarrow$$

$-\frac{4}{3}<m<0$.

故所求 m 的取值范围是 $\left(-\frac{4}{3},0\right)$.

14. (1) 曲线 $y=f(x)$ 在点 $(x_0,f(x_0))$ 处的切线方程为 $y-f(x_0)=f'(x_0)(x-x_0)$，

即 $y=f'(x_0)x+f(x_0)-x_0f'(x_0)$.

故 $m=f(x_0)-x_0f'(x_0)$.

(2) 令 $h(x)=g(x)-f(x)$，则 $h'(x)=f'(x_0)-f'(x)$，$h'(x_0)=0$. 因为 $f'(x)$ 是 $(0,+\infty)$ 内的减函数，所以 $h'(x)$ 是 $(0,+\infty)$ 内的增函数. 所以，当 $x>x_0$ 时，$h'(x)>0$；当 $x<x_0$ 时，$h'(x)<0$. 所以 x_0 是 $h(x)$ 在 $(0,+\infty)$ 内唯一的极值点，且为极小值点. 故 $h(x)\geqslant h(x_0)$，又 $h(x_0)=f'(x_0)\cdot x_0+f(x_0)-x_0f'(x_0)-f(x_0)=0$，因此 $h(x)\geqslant 0$，即 $g(x)\geqslant f(x)\ (x>0)$.

15. (1) $f'(x)=ax^2+2(a+d)x+a+2d$
$=(x+1)(ax+a+2d)$.

令 $f'(x)=0$，由 $a\neq 0$，得 $x=-1$ 或 $x=-1-\frac{2d}{a}$.

又因为 $a>0,d>0$，所以 $-1-\frac{2d}{a}<-1$. 当 $-1-\frac{2d}{a}<x<-1$ 时，$f'(x)<0$；当 $x>-1$ 时，$f'(x)>0$，所以 $f(x)$ 在 $x=-1$ 处取极小值，即

$x_0=-1$.

(2)$g(x)=ax^2+(2a+4d)x+a+4d$. 因为 $a>0$, $x\in\mathbf{R}$,所以 $g(x)$ 在 $x=-\dfrac{2a+4d}{2a}=-1-\dfrac{2d}{a}$ 处取得极小值,即 $x_1=-1-\dfrac{2d}{a}$. 由 $g(x)=0$,得 $(ax+a+4d)(x+1)=0$,又因为 $a>0,d>0$, $x_2<x_3$,所以 $x_2=-1-\dfrac{4d}{a}$, $x_3=-1$. 故

$$f(x_0)=f(-1)=-\frac{1}{3}a+(a+d)-(a+2d)+d=-\frac{1}{3}a;$$

$$g(x_1)=g\left(-1-\frac{2d}{a}\right)=a\left(-1-\frac{2d}{a}\right)^2+(2a+4d)\left(-1-\frac{2d}{a}\right)+a+4d=-\frac{4d^2}{a}.$$

因此,$A\left(-1,-\dfrac{1}{3}a\right)$,$B\left(-1-\dfrac{2d}{a},-\dfrac{4d^2}{a}\right)$, $C\left(-1-\dfrac{4d}{a},0\right)$, $D(-1,0)$. 由四边形 $ABCD$ 是梯形及 BC 与 AD 不平行,得 $AB\,/\!/\,CD$. 所以 $-\dfrac{a}{3}=-\dfrac{4d^2}{a}$,即 $a^2=12d^2$. 由四边形 $ABCD$ 的面积为1,得 $\dfrac{1}{2}(|AB|+|CD|)\cdot|AD|=1$,即 $\dfrac{1}{2}\left(\dfrac{4d}{a}+\dfrac{2d}{a}\right)\cdot\dfrac{a}{3}=1$,得 $d=1$,从而 $a^2=12$,得 $a=2\sqrt{3}$.

16. (1)由 $\begin{cases}y=x^2,\\ y=-x^2+2ax,\end{cases}$ 得点 $O(0,0)$, $A(a,a^2)$. 又由已知得 $B(t,-t^2+2at)$, $D(t,t^2)$.

故 $S=f(t)=\int_0^t(-x^2+2ax)\mathrm{d}x-\dfrac{1}{2}\cdot t\cdot t^2+\dfrac{1}{2}(-t^2+2at-t^2)\cdot(a-t)$

$$=\left(-\frac{1}{3}x^3+ax^2\right)\Big|_0^t-\frac{1}{2}t^3+(-t^2+at)\cdot(a-t)$$

$$=\left(-\frac{1}{3}t^3+at^2\right)-\frac{1}{2}t^3+t^3-2at^2+a^2t$$

$$=\frac{1}{6}t^3-at^2+a^2t\ (0<t\leqslant 1).$$

(2)$f'(t)=\dfrac{1}{2}t^2-2at+a^2$. 令 $f'(t)=0$,即 $\dfrac{1}{2}t^2-2at+a^2=0$,

解得 $t=(2-\sqrt{2})a$ 或 $t=(2+\sqrt{2})a$. 因为 $0<t\leqslant 1$, $a>1$,所以 $t=(2+\sqrt{2})a$ 应舍去. 若 $(2-\sqrt{2})a\geqslant 1$,即 $a\geqslant\dfrac{1}{2-\sqrt{2}}=\dfrac{2+\sqrt{2}}{2}$ 时,对 $0<t\leqslant 1$,有 $f'(t)\geqslant 0$. 故 $f(t)$ 在区间 $(0,1]$ 上单调递增, S 的最大值是 $f(1)=a^2-a+\dfrac{1}{6}$. 若 $(2-\sqrt{2})a<1$,即 $1<a<\dfrac{2+\sqrt{2}}{2}$ 时,当 $0<t<(2-\sqrt{2})a$ 时,$f'(t)>0$;当 $(2+\sqrt{2})a<t\leqslant 1$ 时,$f'(t)<0$. 故 $f(t)$ 在 $(0,(2-\sqrt{2})a]$ 上单调递增,在 $[(2-\sqrt{2})a,1]$ 上单调递减. $f(t)$ 的最大值是 $f((2-\sqrt{2})a)=\dfrac{2\sqrt{2}-2}{3}a^3$. 综上所述,

$$[f(t)]_{\max}=\begin{cases}a^2-a+\dfrac{1}{6} & a\geqslant\dfrac{2+\sqrt{2}}{2}\\ \dfrac{2\sqrt{2}-2}{3}a^3 & 1<a<\dfrac{2+\sqrt{2}}{2}\end{cases}.$$

17. (1)设 $y=f(x)$ 与 $y=g(x)\ (x>0)$ 在公共点 (x_0,y_0) 处的切线相同. 因为 $f'(x)=x+2a$, $g'(x)=\dfrac{3a^2}{x}$, $f(x_0)=g(x_0)$, $f'(x_0)=g'(x_0)$,所以

$$\begin{cases}\dfrac{1}{2}x_0^2+2ax_0=3a^2\ln x_0+b\\ x_0+2a=\dfrac{3a^2}{x_0}\end{cases}.$$

由 $x_0+2a=\dfrac{3a^2}{x_0}$,得 $x_0=a$ 或 $x_0=-3a$(舍去).

则有 $b=\dfrac{1}{2}a^2+2a^2-3a^2\ln a=\dfrac{5}{2}a^2-3a^2\ln a$.

令 $h(t)=\dfrac{5}{2}t^2-3t^2\ln t\ (t>0)$,则 $h'(t)=2t(1-3\ln t)$. 于是当 $t(1-3\ln t)>0$,即 $0<t<\mathrm{e}^{\frac{1}{3}}$ 时,$h'(t)>0$;当 $t(1-3\ln t)<0$,即 $t>\mathrm{e}^{\frac{1}{3}}$ 时,$h'(t)<0$. 故 $h(t)$ 在 $(0,\mathrm{e}^{\frac{1}{3}})$ 内为增函数,在 $(\mathrm{e}^{\frac{1}{3}},+\infty)$ 上为减函数. 于是 $h(t)$ 在 $(0,+\infty)$

内的最大值为 $h(e^{\frac{1}{3}})=\frac{3}{2}e^{\frac{3}{2}}$.

(2)设 $F(x)=f(x)-g(x)=\frac{1}{2}x^2+2ax-3a^2\ln x-b\ (x>0)$,则

$$F'(x)=x+2a-\frac{3a^2}{x}$$
$$=\frac{(x-a)(x+3a)}{x}\quad(x>0).$$

故 $F(x)$ 在 $(0,a)$ 内为减函数,在 $(a,+\infty)$ 上为增函数. 于是 $F(x)$ 在 $(0,+\infty)$ 上的最小值是 $F(a)=f(x_0)-g(x_0)=0$. 故当 $x>0$ 时,有 $F(x)\geqslant F(a)$,即 $f(x)-g(x)\geqslant 0$, $f(x)\geqslant g(x)(x>0)$.

18. (1)①当 $0<t\leqslant 10$ 时,

$V(t)=(-t^2+14t-40)e^{\frac{1}{4}t}+50<50$,

化简得 $t^2-14t+40>0$,解得 $t<4$,或 $t>10$.

又 $0<t\leqslant 10$,故 $0<t<4$.

②当 $10<t\leqslant 12$ 时,

$V(t)=4(t-10)(3t-41)+50<50$.

化简得 $(t-10)(3t-41)<0$.

解得 $10<t<\frac{41}{3}$,又 $10<t\leqslant 12$,故 $10<t\leqslant 12$.

综上得 $0<t<4$,或 $10<t\leqslant 12$.

故枯水期为1月,2月,3月,4月,11月,12月(共6个月).

(2)由(1)知,$V(t)$ 的最大值只能在 $(4,10)$ 内达到.

由 $V'(t)=e^{\frac{1}{4}t}\left(-\frac{1}{4}t^2+\frac{3}{2}t+4\right)$

$$=-\frac{1}{4}e^{\frac{1}{4}t}(t+2)(t-8),$$

令 $V'(t)=0$,解得 $t=8$ 或 $t=-2$(舍去).

当 t 变化时,$V'(t)$ 与 $V(t)$ 的变化情况如下表:

t	$(4,8)$	8	$(8,10)$
$V'(t)$	+	0	−
$V(t)$	↗	极大值	↘

由上表,$V(t)$ 在 $t=8$ 时取得最大值 $V(8)=8e^2+50=108.52$(亿立方米).

故一年内该水库的最大蓄水量是108.32亿立方米.

第四章　平面向量

第一节　平面向量及其线性运算

1. (B). 由向量的减法的运算法则得：
$$\overrightarrow{EF}=\overrightarrow{OF}-\overrightarrow{OE}.$$

2. (B). 相等向量必是平行向量.

3. (A). $\overrightarrow{AC}=\overrightarrow{AB}+\overrightarrow{BC}=-\boldsymbol{a}+13\boldsymbol{b}$，$\overrightarrow{AD}=\overrightarrow{AC}+\overrightarrow{CD}=2\boldsymbol{a}+10\boldsymbol{b}=2(\boldsymbol{a}+5\boldsymbol{b})=2\overrightarrow{AB}$，故$\overrightarrow{AD}$与$\overrightarrow{AB}$共线，且有公共点 A，因此 A,B,D 三点共线.

4. (B). 当 $\boldsymbol{a}$ 与 $\boldsymbol{b}$ 不共线时，$\boldsymbol{a}+\boldsymbol{b}$ 与 $\boldsymbol{a}-\boldsymbol{b}$ 分别是以 $\boldsymbol{a},\boldsymbol{b}$ 为邻边的平行四边形的两条对角线，由 $|\boldsymbol{a}|=|\boldsymbol{b}|\neq 0$，可知该平行四边形为菱形，故 $\boldsymbol{a}+\boldsymbol{b}$ 与 $\boldsymbol{a}-\boldsymbol{b}$ 垂直.

5. (A). 由已知$\overrightarrow{OB}+\overrightarrow{OC}=-2\overrightarrow{OA}$，又$\overrightarrow{OB}+\overrightarrow{OC}=2\overrightarrow{OD}$，所以$\overrightarrow{OD}=\overrightarrow{AO}$.

6. $\frac{1}{2}\boldsymbol{a}+\frac{1}{4}\boldsymbol{b}+\frac{1}{4}\boldsymbol{c}$.
$$\overrightarrow{OE}=\frac{1}{2}(\overrightarrow{OA}+\overrightarrow{OD})=\frac{1}{2}\left(\overrightarrow{OA}+\frac{1}{2}(\overrightarrow{OB}+\overrightarrow{OC})\right)$$
$$=\frac{1}{2}\boldsymbol{a}+\frac{1}{4}\boldsymbol{b}+\frac{1}{4}\boldsymbol{c}.$$

7. (1)作法如图 4－1.

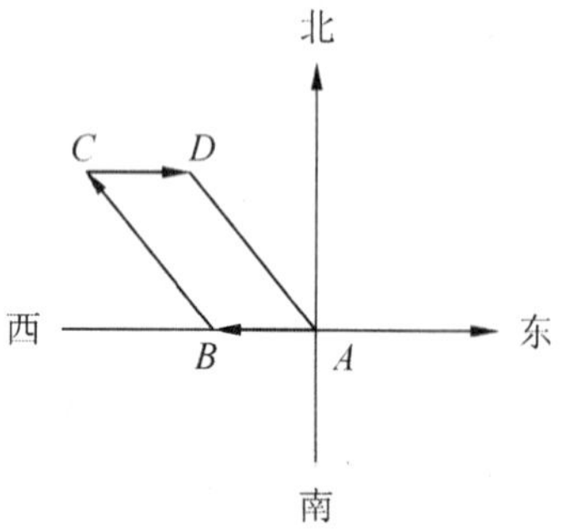

图 4－1

(2)由题意知$\overrightarrow{AB}$与$\overrightarrow{CD}$方向相反，故$\overrightarrow{AB}$与$\overrightarrow{CD}$共线，又因为$|\overrightarrow{AB}|=|\overrightarrow{CD}|$，所以在四边形 $ABCD$ 中，$AB \underline{\parallel} CD$，且四边形 $ABCD$ 为平行四边形，即$\overrightarrow{AD}=\overrightarrow{BC}$，故$|\overrightarrow{AD}|=|\overrightarrow{BC}|=200$(km).

8. 设$\overrightarrow{AB}=\boldsymbol{a}$，$\overrightarrow{AD}=\boldsymbol{b}$，$M,N$ 分别为 DC,BC 的中点，则有$\overrightarrow{DM}=\frac{1}{2}\boldsymbol{a}$，$\overrightarrow{BN}=\frac{1}{2}\boldsymbol{b}$，在$\triangle ABN$ 和$\triangle ADM$ 中可得：
$$\begin{cases}\boldsymbol{a}+\frac{1}{2}\boldsymbol{b}=\boldsymbol{d}\\ \boldsymbol{b}+\frac{1}{2}\boldsymbol{a}=\boldsymbol{c}\end{cases}，解得\begin{cases}\boldsymbol{a}=\frac{2}{3}(2\boldsymbol{d}-\boldsymbol{c})\\ \boldsymbol{b}=\frac{2}{3}(2\boldsymbol{c}-\boldsymbol{d})\end{cases}，$$
所以$\overrightarrow{AB}=\frac{2}{3}(2\boldsymbol{d}-\boldsymbol{c})$，$\overrightarrow{AD}=\frac{2}{3}(2\boldsymbol{c}-\boldsymbol{d})$.

9. (B). $\overrightarrow{AM}=\frac{3}{4}\overrightarrow{AB}+\frac{1}{4}\overrightarrow{AC}$，则 M、B、C 三点共线. $\triangle ABM$ 与$\triangle ABC$ 面积之比则可转化成高之比，而高之比为1∶4. 因此选(B).

10. (B). $\overrightarrow{AD}=\overrightarrow{AO}+\overrightarrow{OD}=\frac{1}{2}\boldsymbol{a}+\frac{1}{2}\boldsymbol{b}$. 由于 A、E、F 三点共线，设
$\overrightarrow{AF}=\lambda\overrightarrow{AE}$. 又$\overrightarrow{AE}=\overrightarrow{AO}+\overrightarrow{OE}=\frac{1}{2}\boldsymbol{a}+\frac{1}{4}\boldsymbol{b}$，
故　$\overrightarrow{AF}=\frac{\lambda}{2}\boldsymbol{a}+\frac{\lambda}{4}\boldsymbol{b}$　①
又$\overrightarrow{AF}=\overrightarrow{AD}+\overrightarrow{DF}$，设$\overrightarrow{DF}=\mu\overrightarrow{DC}$，$\overrightarrow{DC}=\overrightarrow{OC}-\overrightarrow{OD}=\frac{1}{2}\boldsymbol{a}-\frac{1}{2}\boldsymbol{b}$. 故$\overrightarrow{AF}=\overrightarrow{AD}+\mu\overrightarrow{DC}=\frac{1+\mu}{2}\boldsymbol{a}+\frac{1-\mu}{2}\boldsymbol{b}$.
$$\begin{cases}\frac{\lambda}{2}=\frac{1+\mu}{2}\\ \frac{\lambda}{4}=\frac{1-\mu}{2}\end{cases}，解得，\lambda=\frac{4}{3},\mu=\frac{1}{3}.$$
代入式①得$\overrightarrow{AF}=\frac{2}{3}\boldsymbol{a}+\frac{1}{3}\boldsymbol{b}$.

11. $\left[\frac{12}{5},4\right]$. 分析图形知$|\overrightarrow{OP}|$的最小值为点 O 到 AB 的距离为$\frac{12}{5}$，$|\overrightarrow{OP}|$的最大值为$|\overrightarrow{OA}|$和$|\overrightarrow{OB}|$中的较大者为 4，故$|\overrightarrow{OP}|$的取值范围为$\left[\frac{12}{5},4\right]$.

12. 因$\overrightarrow{BP}=\overrightarrow{AP}-\overrightarrow{AB}=\overrightarrow{AP}-\boldsymbol{a}$，$\overrightarrow{CP}=\overrightarrow{AP}-\overrightarrow{AC}=\overrightarrow{AP}-\boldsymbol{b}$，又$3\overrightarrow{AP}+4\overrightarrow{BP}+5\overrightarrow{CP}=0$，故$3\overrightarrow{AP}+4(\overrightarrow{AP}-\boldsymbol{a})+5(\overrightarrow{AP}-\boldsymbol{b})=0$，化简得$\overrightarrow{AP}=\frac{1}{3}\boldsymbol{a}+\frac{5}{12}\boldsymbol{b}$. 设$\overrightarrow{AD}=t\overrightarrow{AP}$ $(t\in\mathbf{R})$，则
$$\overrightarrow{AD}=\frac{1}{3}t\boldsymbol{a}+\frac{5}{12}t\boldsymbol{b}\qquad ①$$

设 $\overrightarrow{BD}=k\overrightarrow{BC}\ (k\in\mathbf{R})$，由 $\overrightarrow{BC}=\overrightarrow{AC}-\overrightarrow{AB}=\boldsymbol{b}-\boldsymbol{a}$，得 $\overrightarrow{BD}=k(\boldsymbol{b}-\boldsymbol{a})$．而 $\overrightarrow{AD}=\overrightarrow{AB}+\overrightarrow{BD}=\boldsymbol{a}+\overrightarrow{BD}$，

所以 $\overrightarrow{AD}=\boldsymbol{a}+k(\boldsymbol{b}-\boldsymbol{a})=(1-k)\boldsymbol{a}+k\boldsymbol{b}$　　②

由式①、式②得 $\begin{cases}\frac{1}{3}t=1-k\\ \frac{5}{12}t=k\end{cases}$，解得 $t=\frac{4}{3}$.

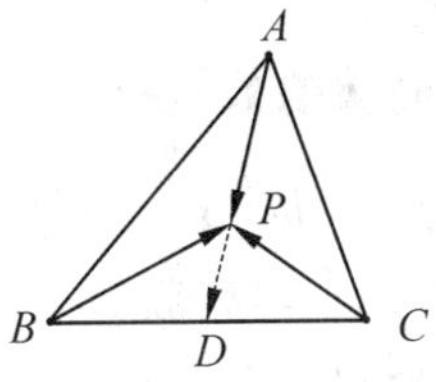

图 4－2

代入式①得 $\overrightarrow{AD}=\frac{4}{9}\boldsymbol{a}+\frac{5}{9}\boldsymbol{b}$.

第二节　平面向量的坐标运算

1. (D).

2. (D). $\overrightarrow{AB}=(-6,2)$，$|\overrightarrow{AB}|=2\sqrt{10}$，$\boldsymbol{e}=\pm\frac{\overrightarrow{AB}}{|\overrightarrow{AB}|}=\pm\frac{(-6,2)}{2\sqrt{10}}=\pm\left(-\frac{3\sqrt{10}}{10},\frac{\sqrt{10}}{10}\right)$. 本题中运用到向量单位化公式 $\boldsymbol{e}=\pm\frac{\boldsymbol{a}}{|\boldsymbol{a}|}$.

3. (B). 设 $\boldsymbol{c}=\lambda\boldsymbol{a}+\mu\boldsymbol{b}$，则 $(-1,2)=\lambda(1,1)+\mu(1,-1)=(\lambda+\mu,\lambda-\mu)$，即 $\lambda+\mu=-1$ 且 $\lambda-\mu=2$，故 $\lambda=\frac{1}{2}$ 且 $\mu=-\frac{3}{2}$.

4. (C). 由于 $\boldsymbol{a}/\!/\boldsymbol{b}$，则 $m=-4$，故
$$2\boldsymbol{a}+3\boldsymbol{b}=(-4,-8).$$

5. (D). 设 $d=(x,y)$，因为 $4\boldsymbol{a}=(4,-12)$，$4\boldsymbol{b}-2\boldsymbol{c}=(-6,20)$，$2(\boldsymbol{a}-\boldsymbol{c})=(4,-2)$，依题意，有 $4\boldsymbol{a}+(4\boldsymbol{b}-2\boldsymbol{c})+2(\boldsymbol{a}-\boldsymbol{c})+\boldsymbol{d}=0$，解得 $x=-2$，$y=-6$.

6. $-\frac{2}{3}$. 向量 $\overrightarrow{OA}=(k,12)$，$\overrightarrow{OB}=(4,5)$，$\overrightarrow{OC}=(-k,10)$，故 $\overrightarrow{AB}=(4-k,-7)$，$\overrightarrow{AC}=(-2k,-2)$. 又因为 A,B,C 三点共线，故 $(4-k)\times(-2)-(-2k)\times7=0$. 由此 $k=-\frac{2}{3}$.

7. $3\sqrt{10}$，$\sqrt{58}$. $\boldsymbol{a}+\boldsymbol{b}=(-3,9)$，$\boldsymbol{a}-\boldsymbol{b}=(7,-3)$，故 $|\boldsymbol{a}+\boldsymbol{b}|=\sqrt{(-3)^2+9^2}=3\sqrt{10}$，$|\boldsymbol{a}-\boldsymbol{b}|=\sqrt{58}$.

8. 因为 $\overrightarrow{AC}=(2,2)$，$\overrightarrow{BC}=(-2,3)$，$\overrightarrow{AB}=(4,-1)$.
所以 $\overrightarrow{AE}=\frac{1}{3}\overrightarrow{AC}=\left(\frac{2}{3},\frac{2}{3}\right)$，$\overrightarrow{BF}=\frac{1}{3}\overrightarrow{BC}=\left(-\frac{2}{3},1\right)$.

由 $\begin{cases}(x_E,y_E)-(-1,0)=\left(\frac{2}{3},\frac{2}{3}\right)\\ (x_F,y_F)-(3,-1)=\left(-\frac{2}{3},1\right)\end{cases}$.

得 $\begin{cases}(x_E,y_E)=\left(\frac{2}{3},\frac{2}{3}\right)+(-1,0)=\left(-\frac{1}{3},\frac{2}{3}\right)\\ (x_F,y_F)=\left(-\frac{2}{3},1\right)+(3,-1)=\left(\frac{7}{3},0\right)\end{cases}$

从而 $\overrightarrow{EF}=(x_F,y_F)-(x_E,y_E)=\left(\frac{7}{3},0\right)-\left(-\frac{1}{3},\frac{2}{3}\right)=\left(\frac{8}{3},-\frac{2}{3}\right)$.

所以 $4\times\left(-\frac{2}{3}\right)-(-1)\times\frac{8}{3}=0$，故 $\overrightarrow{EF}/\!/\overrightarrow{AB}$.

9. (C). 依题意得 $\boldsymbol{a}\in M$，则有 $\boldsymbol{a}=(1,2)+\lambda(3,4)=(1+3\lambda,2+4\lambda)$；$\boldsymbol{a}\in\mathbf{N}$，则有 $\boldsymbol{a}=(-2,-2)+\mu(4,5)=(-2+4\mu,-2+5\mu)$. 若 $\boldsymbol{c}=(x,y)\in M\cap N$，则 $(x,y)=(1+3\lambda,2+4\lambda)=(-2+4\mu,-2+5\mu)$，即 $\begin{cases}1+3\lambda=-2+4\mu\\ 2+4\lambda=-2+5\mu\end{cases}$，解得 $\begin{cases}\lambda=-1\\ \mu=0\end{cases}$.
因此 $\boldsymbol{c}=(-2+4\mu,-2+5\mu)=(-2,-2)$.

10. 4，－2，－1（答案不唯一）. 依题意得 $\boldsymbol{a}_1,\boldsymbol{a}_2,\boldsymbol{a}_3$ 线性相关 $\Leftrightarrow k\boldsymbol{a}_1+k\boldsymbol{a}_2+k\boldsymbol{a}_3=0\Rightarrow k_1(1,0)+k_2(1,-1)+k_3(2,2)=(0,0)\Rightarrow(k_1+k_2+2k_3,2k_3-k_2)=(0,0)$，故 $\begin{cases}k_1+k_2+2k_3=0\\ 2k_3-k_2=0\end{cases}$. 令 $k_1=4$，得 $\begin{cases}k_2+2k_3=-4\\ 2k_3-k_2=0\end{cases}$，解得 $\begin{cases}k_2=-2\\ k_3=-1\end{cases}$.

11. (1) 因为 $\boldsymbol{a}=(-3,2)$，$\boldsymbol{b}=(2,1)$，$\boldsymbol{c}=(3,-1)$，故 $\boldsymbol{a}+t\boldsymbol{b}=(-3,2)+t(2,1)=(-3+2t,2+t)$，由此
$$|\boldsymbol{a}+t\boldsymbol{b}|=\sqrt{(-3+2t)^2+(2+t)^2}$$
$$=\sqrt{5t^2-8t+13}$$
$$=\sqrt{5\left(t-\frac{4}{5}\right)^2+\frac{49}{5}}\geqslant\sqrt{\frac{49}{5}}=\frac{7}{5}\sqrt{5},$$
当且仅当 $t=\frac{4}{5}$ 时取等号，即 $|\boldsymbol{a}+t\boldsymbol{b}|$ 的最小值

为$\frac{7}{5}\sqrt{5}$,此时$t=\frac{4}{5}$.

(2)因为$\boldsymbol{a}-t\boldsymbol{b}=(-3,2)-t(2,1)=(-3-2t,2-t)$,又因为$\boldsymbol{a}-t\boldsymbol{b}$与$\boldsymbol{c}$共线,$\boldsymbol{c}=(3,-1)$.故$(-3-2t)\times(-1)-(2-t)\times3=0$,解得$t=\frac{3}{5}$.

12. (1)设$C(x,y)$,因A,B,C构成三角形,故$x\neq0$,则$G\left(\frac{x}{3},\frac{y}{3}\right)$. 因为$\overrightarrow{GM}=\lambda\overrightarrow{AB}(\lambda\in\mathbf{R})$,又因为$M$是$x$轴上的一点,设$M(a,0)$,因为$\overrightarrow{GM}=\lambda\overrightarrow{AB}$,故$\left(a-\frac{x}{3},0-\frac{y}{3}\right)=\lambda(0,2)$,所以$a-\frac{x}{3}=0$,故$a=\frac{x}{3}$,$M\left(\frac{x}{3},0\right)$. 又因为$|\overrightarrow{MA}|=|\overrightarrow{MC}|$,故有

$$\sqrt{\left(\frac{x}{3}\right)^2+(0+1)^2}=\sqrt{\left(\frac{x}{3}-x\right)^2+y^2},$$

整理得$\frac{x^2}{3}+y^2=1\quad(x\neq0)$,即为曲线$C$的方程.

(2)①当$k=0$时,直线l和椭圆C有两个不同的交点P和Q,根据椭圆对称性有$|\overrightarrow{AP}|=|\overrightarrow{AQ}|$.

②当$k\neq0$时,设直线l的方程为$y=kx+m$,

联立方程组$\begin{cases}y=kx+m\\ \frac{x^2}{3}+y^2=1\end{cases}$,消去$y$并整理得

$(1+3k^2)x^2+6kmx+3(m^2-1)=0$. ①

因为直线l和椭圆C交于不同的两点,故

$$\Delta=(6km)^2-4(1+3k^2)(m^2-1)>0,$$

即 $1+3k^2-m^2>0$. ②

设$P(x_1,y_1)$,$Q(x_2,y_2)$,则x_1,x_2是方程①的两个相异实根,故$x_1+x_2=-\frac{6km}{1+3k^2}$,则$PQ$的中点$N(x_0,y_0)$的坐标是$x_0=\frac{x_1+x_2}{2}=-\frac{3km}{1+3k^2}$,

$y_0=kx_0+m=\frac{m}{1+3k^2}$,

即$N\left(-\frac{3km}{1+3k^2},\frac{m}{1+3k^2}\right)$,由于$|\overrightarrow{AP}|=|\overrightarrow{AQ}|$,故$\overrightarrow{AN}\perp\overrightarrow{PQ}$,又因为$k\neq0$,故$k_{AN}$存在.

故由$k\cdot k_{AN}=k\cdot\dfrac{\frac{m}{1+3k^2}+1}{-\frac{3km}{1+3k^2}}=-1$,解得$m=\frac{1+3k^2}{2}$.

将$m=\frac{1+3k^2}{2}$代入方程②,得$1+3k^2-\left(\frac{1+3k^2}{2}\right)^2>0\ (k\neq0)$,即$(3k^2+1)(k^2-1)<0$,$k^2<1$,所以$k\in(-1,0)\cup(0,1)$. 综合式①、②得$k$的取值范围是$(-1,1)$.

第三节　平面向量的数量积

1. (B). (A)错,$\boldsymbol{a}\cdot\boldsymbol{b}=\mathbf{0}$可以是$\boldsymbol{a},\boldsymbol{b}$互相垂直.
(C)错,只需$|\boldsymbol{a}|=|\boldsymbol{b}|$就有$\boldsymbol{a}^2=\boldsymbol{b}^2$.
(D)错,向量数量积不可以两边同时约分.

2. (B). 因$2\boldsymbol{a}+3\boldsymbol{b}$与$(k\boldsymbol{a}-4\boldsymbol{b})$垂直,$\boldsymbol{a}$与$\boldsymbol{b}$垂直,故$(2\boldsymbol{a}+3\boldsymbol{b})\cdot(k\boldsymbol{a}-4\boldsymbol{b})=2k\boldsymbol{a}^2-12\boldsymbol{b}^2+(3k-8)\cdot\boldsymbol{a}\cdot\boldsymbol{b}=2k-12=0$,解得$k=6$.

3. (B). 与向量$\boldsymbol{a}=\left(\frac{7}{2},\frac{1}{2}\right)$,$\boldsymbol{b}=\left(\frac{1}{2},-\frac{7}{2}\right)$的夹角相等,且模为1的向量为$(x,y)$,则

$$\begin{cases}x^2+y^2=1\\ \frac{7}{2}x+\frac{1}{2}y=\frac{1}{2}x-\frac{7}{2}y\end{cases},$$

解得$\begin{cases}x=\frac{4}{5}\\ y=-\frac{3}{5}\end{cases}$或$\begin{cases}x=-\frac{4}{5}\\ y=\frac{3}{5}\end{cases}$.

4. (A). $f(x)=x\boldsymbol{a}^2-x^2\boldsymbol{a}\cdot\boldsymbol{b}+\boldsymbol{a}\cdot\boldsymbol{b}-x\boldsymbol{b}^2$,因为$f(x)$图象为直线,即$\boldsymbol{a}\cdot\boldsymbol{b}=0$,故$\boldsymbol{a}\perp\boldsymbol{b}$.

5. (B). 设$X(2x,x)$,则$\overrightarrow{XA}=(1-2x,7-x)$,$\overrightarrow{XB}=(5-2x,1-x)$,故$\overrightarrow{XA}\cdot\overrightarrow{XB}=5x^2-20x+12=5(x-2)^2-8\geqslant-8$.

6. (D). $\boldsymbol{a}\cdot\boldsymbol{b}+\boldsymbol{b}\cdot\boldsymbol{c}+\boldsymbol{c}\cdot\boldsymbol{a}$

$$=3\times(1\times1\times\cos120^\circ)=-\frac{3}{2}.$$

7. $\frac{12}{5}$. $\cos\theta=\frac{\boldsymbol{a}\cdot\boldsymbol{b}}{|\boldsymbol{a}||\boldsymbol{b}|}=\frac{12}{15}=\frac{4}{5}$,$|\boldsymbol{a}|\cos\theta$

$$=3\times\frac{4}{5}=\frac{12}{5}.$$

8. $\left(\frac{10}{3},+\infty\right)$. θ为钝角,故

$$\cos\theta=\frac{\boldsymbol{a}\cdot\boldsymbol{b}}{|\boldsymbol{a}|\cdot|\boldsymbol{b}|}=\frac{-3\lambda+10}{\sqrt{\lambda^2+4}\cdot\sqrt{9+25}}<0$$

且$5\lambda\neq-6$. 故$-3\lambda+10<0$,解得$\lambda>\frac{10}{3}$.

9. (A)、(B)、(D). $\overrightarrow{AC}+\overrightarrow{AF}=\overrightarrow{AC}+\overrightarrow{CD}=\overrightarrow{AD}=2\overrightarrow{BC}$,故(A)对;取 AD 的中点 O,则$\overrightarrow{AD}=2\overrightarrow{AO}=2\overrightarrow{AB}+2\overrightarrow{AF}$,故(B)对;设$|\overrightarrow{AB}|=1$,则$\overrightarrow{AC}\cdot\overrightarrow{AD}=\sqrt{3}\times 2\cos\dfrac{\pi}{6}=3$,而$\overrightarrow{AD}\cdot\overrightarrow{AB}=2\times 1\times\cos\dfrac{\pi}{3}=1$,故(C)错;又$(\overrightarrow{AD}\cdot\overrightarrow{AF})\overrightarrow{EF}=\overrightarrow{EF}$,$\overrightarrow{AD}(\overrightarrow{AF}\cdot\overrightarrow{EF})=-\dfrac{1}{2}\overrightarrow{AD}=\overrightarrow{EF}$,故(D)对.

故真命题的代号是(A)、(B)、(D).

10. 6. 以 OC 为对角线,两邻边分别在直线 OA、OB 上,作平行四边形如图 4-3.

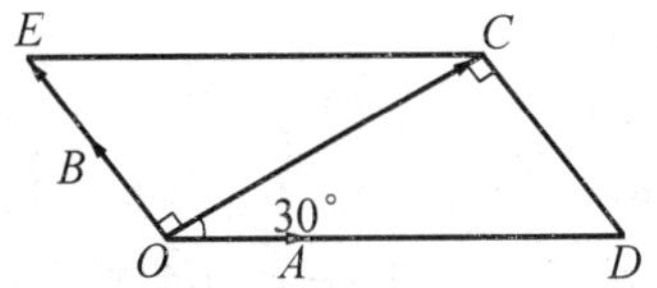

图 4-3

由已知$\angle COD=30°$,$\angle COE=90°$,在 Rt$\triangle OCD$ 中,因为$|\overrightarrow{OC}|=2\sqrt{3}$,故

$$|\overrightarrow{OD}|=\frac{|\overrightarrow{OC}|}{\cos 30°}=4;$$

在Rt$\triangle OCE$中,$|\overrightarrow{OE}|=|\overrightarrow{OC}|\cdot\tan 30°=2$. 故$\overrightarrow{OD}=4\overrightarrow{OA}$,$\overrightarrow{OE}=2\overrightarrow{OB}$. 又$\overrightarrow{OC}=\overrightarrow{OD}+\overrightarrow{OE}=4\overrightarrow{OA}+2\overrightarrow{OB}$,所以$\lambda=4$,$\mu=2$,故 $\lambda+\mu=6$.

11. $\overrightarrow{BC}=(x,y)$, $\overrightarrow{DA}=-\overrightarrow{AD}=-(\overrightarrow{AB}+\overrightarrow{BC}+\overrightarrow{CD})=-(x+4,y-2)=(-x-4,-y+2)$.

(1)因 $\overrightarrow{BC}/\!/\overrightarrow{DA}$,则有$x(-y+2)-y(-x-4)=0$,化简得:$x+2y=0$.

(2) $\overrightarrow{AC}=\overrightarrow{AB}+\overrightarrow{BC}=(x+6,y+1)$, $\overrightarrow{BD}=\overrightarrow{BC}+\overrightarrow{CD}=(x-2,y-3)$. 又 $\overrightarrow{AC}\perp\overrightarrow{BD}$,则$(x+6)\cdot(x-2)+(y+1)(y-3)=0$. 化简得 $x^2+y^2+4x-2y-15=0$.

联立$\begin{cases}x+2y=0\\x^2+y^2+4x-2y-15=0\end{cases}$,

解得$\begin{cases}x=-6\\y=3\end{cases}$或$\begin{cases}x=2\\y=-1.\end{cases}$

因 $\overrightarrow{BC}/\!/\overrightarrow{DA}$,$|\overrightarrow{BC}|\neq|\overrightarrow{DA}|$,$\overrightarrow{AC}\perp\overrightarrow{BD}$,故四边形 $ABCD$为对角线互相垂直的梯形.

当$\begin{cases}x=-6\\y=3\end{cases}$, $\overrightarrow{AC}=(0,4)$, $\overrightarrow{BD}=(-8,0)$,

此时 $S_{ABCD}=\dfrac{1}{2}\cdot|\overrightarrow{AC}|\cdot|\overrightarrow{BD}|=16$.

当$\begin{cases}x=2\\y=-1\end{cases}$, $\overrightarrow{AC}=(8,0)$, $\overrightarrow{BD}=(0,-4)$,

此时 $S_{ABCD}=\dfrac{1}{2}\cdot|\overrightarrow{AC}|\cdot|\overrightarrow{BD}|=16$.

12. (1)证明:因$|\boldsymbol{a}|=|\boldsymbol{b}|=|\boldsymbol{c}|=1$,且 $\boldsymbol{a},\boldsymbol{b},\boldsymbol{c}$ 之间的夹角均为 120°. 所以$(\boldsymbol{a}-\boldsymbol{b})\cdot\boldsymbol{c}=\boldsymbol{a}\cdot\boldsymbol{c}-\boldsymbol{b}\cdot\boldsymbol{c}=|\boldsymbol{a}|\cdot|\boldsymbol{c}|\cos 120°-|\boldsymbol{b}|\cdot|\boldsymbol{c}|\cos 120°=0$,故$(\boldsymbol{a}-\boldsymbol{b})\perp\boldsymbol{c}$.

(2)因$|k\boldsymbol{a}+\boldsymbol{b}+\boldsymbol{c}|>1$,故$|k\boldsymbol{a}+\boldsymbol{b}+\boldsymbol{c}^2|>1$. 即$k^2\boldsymbol{a}^2+\boldsymbol{b}^2+\boldsymbol{c}^2+2k\boldsymbol{a}\cdot\boldsymbol{b}+2k\boldsymbol{a}\cdot\boldsymbol{c}+2\boldsymbol{b}\cdot\boldsymbol{c}>1$,因

$\boldsymbol{a}\cdot\boldsymbol{b}=\boldsymbol{a}\cdot\boldsymbol{c}=\boldsymbol{b}\cdot\boldsymbol{c}=\cos 120°=-\dfrac{1}{2}$,

故 $k^2-2k>0$,解得 $k<0$ 或 $k>2$.

第四节　平面向量的应用

第一课时

1. (C). 与向量$(-B,A)$平行的非零向量都可以作为 $Ax+By+C=0$ 的方向向量;与(A,B)平行的非零向量都可以作为 $Ax+By+C=0$ 的法向量.

2. (B). 设 $\overrightarrow{AB}=(x,y)$,则由

$$|\overrightarrow{OA}|=|\overrightarrow{AB}|\Rightarrow\sqrt{5^2+2^2}=\sqrt{x^2+y^2}\quad ①$$

又由 $\overrightarrow{OA}\perp\overrightarrow{AB}$得

$$5x+2y=0\quad ②$$

联立式①②得 $x=2$, $y=-5$ 或 $x=-2$, $y=5$.
故 $\overrightarrow{AB}=(2,-5)$ 或 $(-2,5)$.

3. (B). $(\overrightarrow{OB}-\overrightarrow{OC})\cdot(\overrightarrow{OB}+\overrightarrow{OC}-2\overrightarrow{OA})$

$=\overrightarrow{CB}\cdot(\overrightarrow{AB}+\overrightarrow{AC})$

$=2\overrightarrow{CB}\cdot\left[\dfrac{1}{2}(\overrightarrow{AB}+\overrightarrow{AC})\right]$,

设 M 为 CB 的中点,则有 $\overrightarrow{AM}=\dfrac{1}{2}(\overrightarrow{AB}+\overrightarrow{AC})$,故$(\overrightarrow{OB}-\overrightarrow{OC})\cdot(\overrightarrow{OB}+\overrightarrow{OC}-2\overrightarrow{OA})=2\overrightarrow{CB}\cdot\overrightarrow{AM}=0$,故$\triangle ABC$ 中,CB 边上的中线 AM 也是 CB 边上的高,所以$\triangle ABC$ 是以 BC 为底边的等腰三角形,如图 4-4.

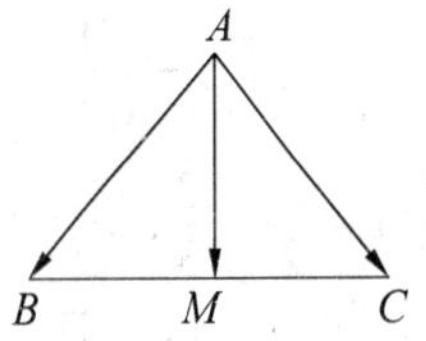

图 4-4

4. $y^2=8x$. 由题意得$\overrightarrow{AB}=\left(2,-\dfrac{y}{2}\right)$，$\overrightarrow{BC}=\left(x,\dfrac{y}{2}\right)$，又$\overrightarrow{AB}\perp\overrightarrow{BC}$，故$\overrightarrow{AB}\cdot\overrightarrow{BC}=0$，即$2x+\left(-\dfrac{y}{2}\right)\cdot\dfrac{y}{2}=0$，故$y^2=8x$.

5. -4或2. 设$M(x_0,y_0)$，由$\overrightarrow{AM}=2\overrightarrow{MB}$，得

$$(x_0-a,y_0)=2(3-x_0,2+a-y_0)$$

则$\begin{cases}x_0-a=6-2x_0\\y_0=4+2a-2y_0\end{cases}$，又$y_0=\dfrac{1}{2}ax_0$，

即$\begin{cases}3x_0=6+a\\\dfrac{1}{2}ax_0=4+2a-ax_0\end{cases}$，解得$a=-4$或2.

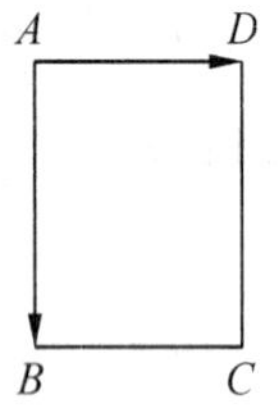

图4－5

6. $\boldsymbol{x}\perp\boldsymbol{y}\Leftrightarrow\boldsymbol{x}\cdot\boldsymbol{y}=0$，即

$[\boldsymbol{a}+(t^2+1)\boldsymbol{b}]\cdot(-k\boldsymbol{a}+\dfrac{1}{t}\boldsymbol{b})=0\Leftrightarrow$

$-k\boldsymbol{a}^2+\dfrac{t^2+1}{t}\boldsymbol{b}^2+\dfrac{1}{t}\boldsymbol{a}\cdot\boldsymbol{b}-k(t^2+1)\boldsymbol{a}\cdot\boldsymbol{b}=0$

因为$\boldsymbol{a}=(1,\sqrt{2})$，$\boldsymbol{b}=(-\sqrt{2},1)$，所以

$|\boldsymbol{a}|=\sqrt{3}$，$|\boldsymbol{b}|=\sqrt{3}\boldsymbol{a}\cdot\boldsymbol{b}=-\sqrt{2}+\sqrt{2}$，

代入上式

$$-3k+3\frac{t^2+1}{t}=t+\frac{1}{t}\geqslant2.$$

当且仅当$t=\dfrac{1}{t}$，即$t=1$时，取“＝”号，即k的最小值是2.

7. 以C为原点，CA所在直线为x轴，建立平面直角坐标系.

设$AC=a$，则$A(a,0)$，$B(0,a)$，$D\left(0,\dfrac{a}{2}\right)$，$C(0,0)$，$E\left(\dfrac{1}{3}a,\dfrac{2}{3}a\right)$.

故$\overrightarrow{AD}=\left(-a,\dfrac{a}{2}\right)$，$\overrightarrow{CE}=\left(\dfrac{1}{3}a,\dfrac{2}{3}a\right)$.

因为$-a\cdot\dfrac{1}{3}a+\dfrac{a}{2}\cdot\dfrac{2}{3}a=0$，故$AD\perp CE$.

8. 因$\overrightarrow{AH}$与$\overrightarrow{AC}$共线，故可设$\overrightarrow{AC}=\lambda\overrightarrow{AH}$. 设$\overrightarrow{DM}=\mu\overrightarrow{DH}=\mu(\overrightarrow{DA}+\overrightarrow{AH})$. 又因为$\overrightarrow{BC}=\overrightarrow{AD}$. 故$\overrightarrow{AC}=\overrightarrow{AB}+\overrightarrow{BC}=2\overrightarrow{AM}+\overrightarrow{BC}$，$\overrightarrow{AM}=\overrightarrow{AD}+\overrightarrow{DM}=\overrightarrow{AD}+\mu\overrightarrow{DH}$. $\overrightarrow{AC}=2[\overrightarrow{AD}+\mu(\overrightarrow{DA}+\overrightarrow{AH})]+\overrightarrow{BC}=2\overrightarrow{AD}+2\mu(\overrightarrow{DA}+\overrightarrow{AH})+\overrightarrow{BC}=(3-2\mu)\overrightarrow{AD}+2\mu\overrightarrow{AH}$，因此$\lambda\overrightarrow{AH}=(3-2\mu)\overrightarrow{AD}+2\mu\overrightarrow{AH}$，故

$\begin{cases}3-2\mu=0\\2\mu=\lambda\end{cases}$，即$\begin{cases}\lambda=3\\\mu=\dfrac{3}{2}\end{cases}$，故$\overrightarrow{AC}=3\overrightarrow{AH}$.

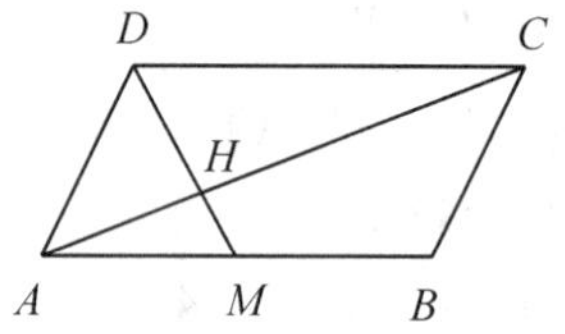

图4－6

9. (D). 因点G是$\triangle ABC$的重心，知$\overrightarrow{GA}+\overrightarrow{GB}+\overrightarrow{GC}=0$，故$\overrightarrow{GC}=-(\overrightarrow{GA}+\overrightarrow{GB})$，代入$a\overrightarrow{GA}+b\overrightarrow{GB}+c\overrightarrow{GC}=0$，得$(a-c)\overrightarrow{GA}+(b-c)\overrightarrow{GB}=\boldsymbol{0}$，又$\overrightarrow{GA}$与$\overrightarrow{GB}$是平面内的一组基底，故$a-c=0$，$b-c=0$，即$a=b=c=0$.

10. 2. 取特殊位置，设M与B重合，N与C重合，则$m=n=1$，所以$m+n=2$.

11. 依定义$f(x)=x^2(1-x)+t(x+1)=-x^3+x^2+tx+t$，则$f'(x)=-3x^2+2x+t$.

若$f(x)$在$(-1,1)$上是增函数，则在$(-1,1)$上有$f'(x)\geqslant0$. 故$t\geqslant3x^2-2x$在区间$(-1,1)$上恒成立，考虑函数$g(x)=3x^2-2x$，由于$x\in(-1,1)$，故$g(x)<g(-1)=5$，所以$t\geqslant5$.

故t的取值范围是$t\geqslant5$.

12. (1)因M为BC的中点，故$\overrightarrow{OM}=\dfrac{1}{2}(\overrightarrow{OB}+\overrightarrow{OC})=\dfrac{1}{2}(\boldsymbol{b}+\boldsymbol{c})$，又$\overrightarrow{AH}=2\overrightarrow{OM}$，故$\overrightarrow{OH}=\overrightarrow{OA}+\overrightarrow{AH}=\boldsymbol{a}+2\overrightarrow{OM}=\boldsymbol{a}+\boldsymbol{b}+\boldsymbol{c}$.

(2)证明：因$\overrightarrow{BH}=\overrightarrow{BO}+\overrightarrow{OH}=-\boldsymbol{b}+\boldsymbol{a}+\boldsymbol{b}+\boldsymbol{c}=\boldsymbol{a}+\boldsymbol{c}$，又$\overrightarrow{AC}=\overrightarrow{OC}-\overrightarrow{OA}=\boldsymbol{c}-\boldsymbol{a}$，故$\overrightarrow{BH}\cdot\overrightarrow{AC}=(\boldsymbol{a}+\boldsymbol{c})(\boldsymbol{c}-\boldsymbol{a})=|\boldsymbol{c}|^2-|\boldsymbol{a}|^2$，由于$O$为$\triangle ABC$的外接圆的圆心，故$OA=OB=OC$，即$|\boldsymbol{a}|=|\boldsymbol{b}|=|\boldsymbol{c}|$，故$\overrightarrow{BH}\cdot\overrightarrow{AC}=0$，即$BH\perp AC$.

同理，$\overrightarrow{CH}=\overrightarrow{CO}+\overrightarrow{OH}=\boldsymbol{a}+\boldsymbol{b}$，$\overrightarrow{AB}=\boldsymbol{b}-\boldsymbol{a}$，故$\overrightarrow{CH}\cdot\overrightarrow{AB}=0$，即$CH\perp AB$.

第二课时

1. 与水速成135°角. 如图4－7，为使小船所走路程最短，$\boldsymbol{v}_{水}+\boldsymbol{v}_{船}$应与岸垂直，又$|\boldsymbol{v}_{水}|=|\overrightarrow{AB}|=1$，$|\boldsymbol{v}_{船}|=|\overrightarrow{AC}|=\sqrt{2}$，$\angle ADC=90°$，故$\angle DAC=$

$45°$，$\angle CAB = 135°$.

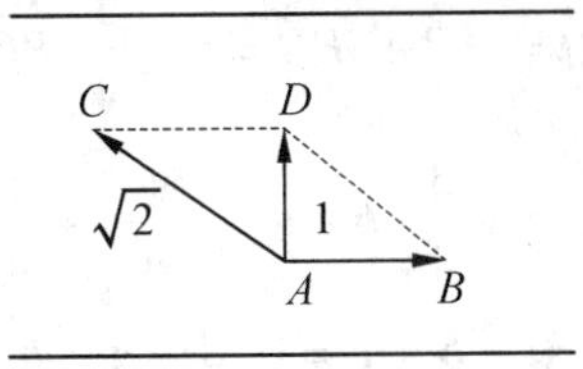

图 4－7

2. 7.

$$|\boldsymbol{F}_1+\boldsymbol{F}_2| = \sqrt{(\boldsymbol{F}_1+\boldsymbol{F}_2)^2} = \sqrt{\boldsymbol{F}_1^2+2\boldsymbol{F}_1\cdot\boldsymbol{F}_2+\boldsymbol{F}_2^2}$$
$$= \sqrt{|\boldsymbol{F}_1|^2+2|\boldsymbol{F}_1|\cdot|\boldsymbol{F}_2|\cos\theta+|\boldsymbol{F}_2|^2}$$
$$= \sqrt{25+2\times5\times3\times\frac{1}{2}+9} = 7.$$

3. 600 km；西北方向（北偏西 45°）；$300\sqrt{2}$ km. 如图按三角形法则求出合位移及方向（图 4－8）.

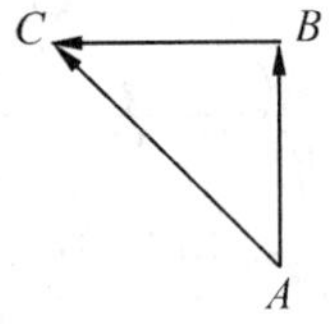

图 4－8

4. 1.5. 船速度与水流速度的合速度是船的实际航行速度，如图 4－9，$|\boldsymbol{v}_1| = 20$，$|\boldsymbol{v}_2| = 12$. 根据勾股定理 $|\boldsymbol{v}| = 16(\text{km/h}) = \frac{800}{3}(\text{m/min})$. 故 $t = 400 \div \frac{800}{3} = 1.5(\text{min})$.

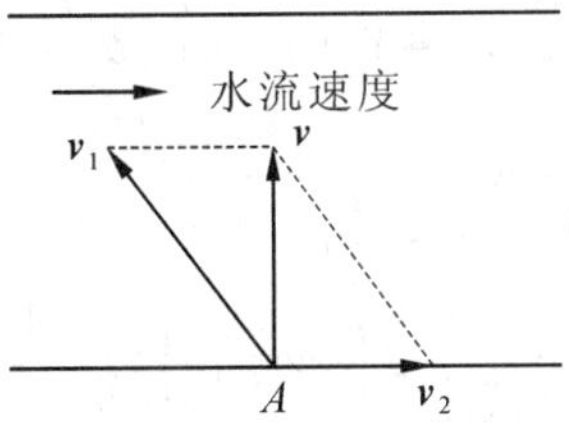

图 4－9

5. 0.25 J. 物体受到重力 $G = 0.05\times10 = 0.5(\text{N})$，位移 $s = 2-1.5 = 0.5(\text{m})$，$\boldsymbol{G}$ 与 s 的夹角为 0°，故重力做的功是 $W = \boldsymbol{G}\cdot s = 0.5\times0.5\times\cos0° = 0.25(\text{J})$.

6. 10 N. 由图 4－10 得 $\boldsymbol{F}_1+\boldsymbol{F}_2+\boldsymbol{G} = 0$，$|\boldsymbol{F}_1| = |\boldsymbol{F}_2|$，因 $|\boldsymbol{G}|^2 = |-\boldsymbol{G}|^2 = |\boldsymbol{F}_1+\boldsymbol{F}_2|^2$，$|\boldsymbol{G}|^2 = 10$，$|\boldsymbol{F}_1+\boldsymbol{F}_2|^2 = (\boldsymbol{F}_1+\boldsymbol{F}_2)^2 = \boldsymbol{F}_1{}^2+\boldsymbol{F}_2^2+2\boldsymbol{F}_1\cdot\boldsymbol{F}_2 = 10^2+10^2+2\times10\times10\times\cos120° = 100$，故 $|\boldsymbol{F}| = 10(\text{N})$.

7. (1) $\boldsymbol{v} = \boldsymbol{v}_{b对a} = \boldsymbol{v}_{b对地}+\boldsymbol{v}_{地对a} = \boldsymbol{v}_b-\boldsymbol{v}_a = (2,10)-(4,3) = (-2,7)$.

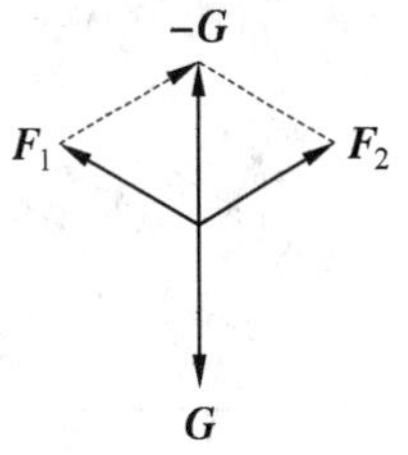

图 4－10

(2) $\boldsymbol{v}$ 在 $\boldsymbol{v}_a$ 方向上的投影

$$|\boldsymbol{v}|\cos\langle\boldsymbol{v},\boldsymbol{v}_a\rangle = \frac{\boldsymbol{v}\cdot\boldsymbol{v}_a}{|\boldsymbol{v}_a|} = \frac{(-2,7)\cdot(4,3)}{\sqrt{4^2+3^2}} = \frac{13}{5}.$$

8. 因 $A(20,15)$，$B(7,0)$，故 $\overrightarrow{AB} = (7-20,0-15) = (-13,-15) = -13\boldsymbol{i}-15\boldsymbol{j}$，又因 $\boldsymbol{i}\perp\boldsymbol{j}$，故 $\boldsymbol{i}\cdot\boldsymbol{j} = 0$.

(1) $\boldsymbol{F}_1$ 对物体所做的功 $W_1 = \boldsymbol{F}_1\cdot\overrightarrow{AB} = (\boldsymbol{i}+2\boldsymbol{j})\cdot(-13\boldsymbol{i}-15\boldsymbol{j}) = -13\boldsymbol{i}^2-41\boldsymbol{i}\cdot\boldsymbol{j}-30\boldsymbol{j}^2 = -43(\text{J})$，$\boldsymbol{F}_2$ 对物体所做的功 $W_2 = \boldsymbol{F}_2\cdot\overrightarrow{AB} = (4\boldsymbol{i}-5\boldsymbol{j})\cdot(-13\boldsymbol{i}-15\boldsymbol{j}) = -52\boldsymbol{i}^2+5\boldsymbol{i}\cdot\boldsymbol{j}+75\boldsymbol{j}^2 = 23(\text{J})$.

(2) $\boldsymbol{F} = \boldsymbol{F}_1+\boldsymbol{F}_2 = 5\boldsymbol{i}-3\boldsymbol{j}$. $\boldsymbol{F}$ 对物体所做的功 $W = \boldsymbol{F}\cdot\overrightarrow{AB} = (5\boldsymbol{i}-3\boldsymbol{j})\cdot(-13\boldsymbol{i}-15\boldsymbol{j}) = -65\boldsymbol{i}^2-36\boldsymbol{i}\cdot\boldsymbol{j}+45\boldsymbol{j}^2 = -20(\text{J})$

另解：$W = \boldsymbol{F}\cdot\overrightarrow{AB} = (\boldsymbol{F}_1+\boldsymbol{F}_2)\cdot\overrightarrow{AB} = \boldsymbol{F}_1\cdot\overrightarrow{AB}+\boldsymbol{F}_2\cdot\overrightarrow{AB} = W_1+W_2 = -43+23 = -20(\text{J})$.

9. (D). 5 秒后，点 P 的坐标为 $(-10,10)+5(4,-3) = (10,-5)$.

10. 以 O 为原点，正东方向为 x 轴建立直角坐标系，如图4－11. 由 $|\boldsymbol{F}_1| = 2\text{N}$，$\boldsymbol{F}_1$ 的方向为北偏东 30°，故力 $\boldsymbol{F}_1$ 为 $|\boldsymbol{F}_1|(\cos30°,\sin30°) = (1,\sqrt{3})$，同理可得 $\boldsymbol{F}_2 = (2\sqrt{3},2)$，$\boldsymbol{F}_3 = (-3,3\sqrt{3})$，所以 $\boldsymbol{F}_3 = \boldsymbol{F}_1+\boldsymbol{F}_2+\boldsymbol{F}_3 = (2\sqrt{3}-2,2+4\sqrt{3})$. 又位移 $\boldsymbol{s} = (4\sqrt{2},4\sqrt{2})$，故合力 $\boldsymbol{F}$ 所做的功为：$W = \boldsymbol{F}\cdot\boldsymbol{s} = (2\sqrt{3}-2)\times4\sqrt{2}+(4\sqrt{3}+2)\times4\sqrt{2} = 24\sqrt{6}(\text{J})$.

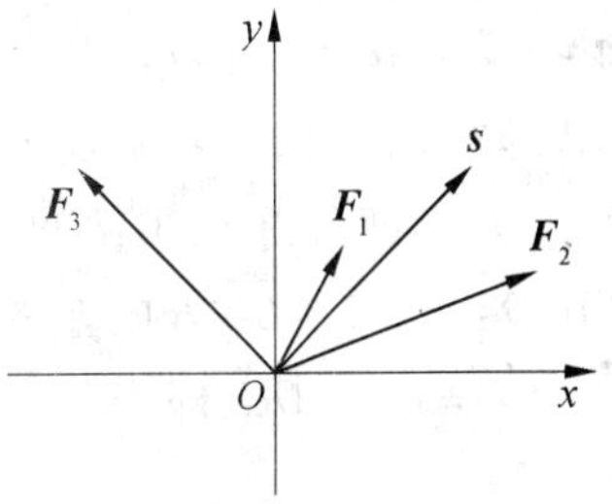

图 4－11

11. 如图 4－12. (1) 重力做功：$G = mg = 2\times10(\text{N})$ 位移与重力夹角是 120°，$W_{重} = \boldsymbol{G}\cdot\boldsymbol{s} = |\boldsymbol{G}|\cdot$

$|s|\cos120° = -20(\mathrm{J})$；支持力做功：由于 $\boldsymbol{N}$ 与 $\boldsymbol{s}$ 夹角为 90°，所以 $W_{支}=0$；拉力 $\boldsymbol{F}$ 做功：$W_{拉}=\boldsymbol{F}\cdot\boldsymbol{s}=|\boldsymbol{F}|\cdot|\boldsymbol{s}|\cos0°=30(\mathrm{J})$.

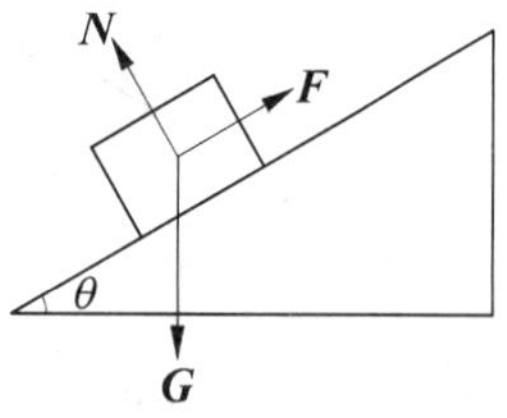

图 4－12

(2)物体所受的合外力 $\boldsymbol{F}_{合}=\boldsymbol{F}_{拉}+\boldsymbol{N}+\boldsymbol{G}$.

所以 $W_{合}=\boldsymbol{F}_{合}\cdot\boldsymbol{s}=(\boldsymbol{F}_{拉}+\boldsymbol{N}+\boldsymbol{G})\cdot\boldsymbol{s}$

$=W_{拉}+W_{支}+W_{重}=30+0-20=10(\mathrm{J})$.

12. 如图4－13，设 $\overrightarrow{AD}$ 表示船向垂直于对岸行驶的速度，$\overrightarrow{AB}$ 表示水流的速度，以 AD、AB 为邻边作平行四边形 $ABCD$（实际是矩形），则 $\overrightarrow{AC}$ 就是船实际航行的速度．在 Rt $\triangle ABC$ 中，$|\overrightarrow{AC}|=10$（km/h），$|\overrightarrow{BC}|=|\overrightarrow{AD}|=5\sqrt{3}$（km/h），故 $|\overrightarrow{AB}|=\sqrt{|\overrightarrow{AC}|^2-|\overrightarrow{BC}|^2}=\sqrt{10^2-(5\sqrt{3})^2}=5(\mathrm{km/h})$，因 $\tan\angle CAB=\dfrac{5\sqrt{3}}{5}=\sqrt{3}$，故 $\angle CAB=60°$.

即水流速度的大小为5km/h，船实际行驶方向与水流方向的夹角为60°.

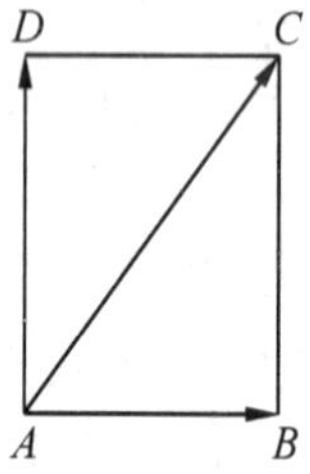

图 4－13

习题四

1. (C). $\boldsymbol{a}=(2,t)$，$\boldsymbol{b}=(1,2)$；若 $t=t_1$ 时 $\boldsymbol{a}/\!/\boldsymbol{b}$，则有 $t_1=4$，若 $t=t_2$ 时 $\boldsymbol{a}\perp\boldsymbol{b}$，则有 $t_2=-1$.
2. (B). 由图观察即可得 $a>0$，$b<0$.
3. (A). 由 $\overrightarrow{OA}$ 与 $\overrightarrow{OB}$ 在 $\overrightarrow{OC}$ 方向上的投影相同，可得：$\overrightarrow{OA}\cdot\overrightarrow{OC}=\overrightarrow{OB}\cdot\overrightarrow{OC}$，即 $4a+5=8+5b$，$4a-5b=3$.
4. (C). 已知 $\boldsymbol{a}$，$\boldsymbol{b}$ 均为单位向量，它们的夹角为60°，那么 $\boldsymbol{a}\cdot\boldsymbol{b}=\dfrac{1}{2}$，故

$|\boldsymbol{a}+3\boldsymbol{b}|^2=\boldsymbol{a}^2+6\boldsymbol{a}\cdot\boldsymbol{b}+9\boldsymbol{b}^2=13$.

5. (A). $\overrightarrow{AD}=\overrightarrow{AB}+\overrightarrow{BD}=\boldsymbol{a}+\dfrac{3}{4}\overrightarrow{BC}=\boldsymbol{a}+\dfrac{3}{4}(\overrightarrow{AC}-\overrightarrow{AB})=\boldsymbol{a}+\dfrac{3}{4}(\boldsymbol{b}-\boldsymbol{a})=\dfrac{1}{4}\boldsymbol{a}+\dfrac{3}{4}\boldsymbol{b}$.
6. (D). 由 $\boldsymbol{a}+\boldsymbol{b}+\boldsymbol{c}=\boldsymbol{0}\Rightarrow-\boldsymbol{a}-\boldsymbol{b}=\boldsymbol{c}$，故 $|\boldsymbol{c}|^2=(-\boldsymbol{a}-\boldsymbol{b})^2=|\boldsymbol{a}|^2+2\boldsymbol{a}\cdot\boldsymbol{b}+|\boldsymbol{b}|^2=5$.
7. (B). $\dfrac{\overrightarrow{AB}}{|\overrightarrow{AB}|}$，$\dfrac{\overrightarrow{AC}}{|\overrightarrow{AC}|}$ 分别是与 $\overrightarrow{AB}$，$\overrightarrow{AC}$ 同向的单位向量，由图 4－14 可知，$\lambda\left(\dfrac{\overrightarrow{AB}}{|\overrightarrow{AB}|}+\dfrac{\overrightarrow{AC}}{|\overrightarrow{AC}|}\right)$，$\lambda\in[0,+\infty)$ 表示 $\triangle ABC$ 中 $\angle BAC$ 的角平分线所在的射线.

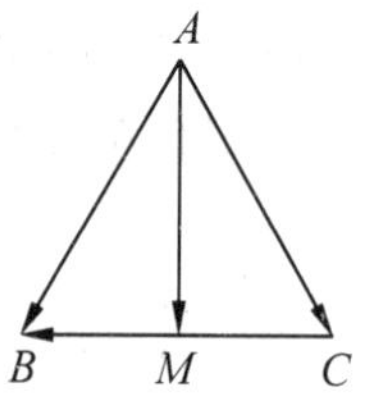

图 4－14

8. (B). 设点 A 坐标为 $(1,0)$，$B(0,\sqrt{3})$，$C(x,y)$，因为 $\angle AOC=30°$，C 在 AB 上，所以 $(x,y)=\left(\dfrac{3}{4},\dfrac{\sqrt{3}}{4}\right)$，$\overrightarrow{OC}=m\overrightarrow{OA}+n\overrightarrow{OB}$，故 $m=\dfrac{3}{4}$，$n=\dfrac{1}{4}$，故 $\dfrac{m}{n}=3$.
9. $\dfrac{3\sqrt{10}}{10}$. 设向量 $\boldsymbol{a}$ 与 $\boldsymbol{b}$ 的夹角为 θ，且 $\boldsymbol{a}=(3,3)$，$2\boldsymbol{b}-\boldsymbol{a}=(-1,1)$，所以 $\boldsymbol{b}=(1,2)$，则 $\cos\theta=\dfrac{\boldsymbol{a}\cdot\boldsymbol{b}}{|\boldsymbol{a}|\cdot|\boldsymbol{b}|}=\dfrac{9}{3\sqrt{2}\cdot\sqrt{5}}=\dfrac{3\sqrt{10}}{10}$.
10. $\left(-\infty,-\dfrac{1}{3}\right)\cup\left(-\dfrac{1}{3},0\right)\cup\left(\dfrac{4}{3},+\infty\right)$. 因 $\boldsymbol{a}$，$\boldsymbol{b}$ 的夹角为钝角，故 $\boldsymbol{a}\cdot\boldsymbol{b}=x\cdot(-3x)+2x\cdot2=-3x^2+4x<0$，解得 $x<0$ 或　$x>\dfrac{4}{3}$.　①

又由 $\boldsymbol{a}$，$\boldsymbol{b}$ 共线且反向可得　$x=-\dfrac{1}{3}$.　②

由式①②得 x 的范围是

$\left(-\infty,-\dfrac{1}{3}\right)\cup\left(-\dfrac{1}{3},0\right)\cup\left(\dfrac{4}{3},+\infty\right)$.

11. $\dfrac{1}{2}$. $\overrightarrow{AB}=(\boldsymbol{a}-2,-2)$，$\overrightarrow{AC}=(-2,\boldsymbol{b}-2)$，依题意有 $(\boldsymbol{a}-2)\cdot(\boldsymbol{b}-2)-4=0$，即 $\boldsymbol{ab}-2\boldsymbol{a}-$

$2b=0$，故 $\frac{1}{a}+\frac{1}{b}=\frac{1}{2}$.

12. ②③. ①错，定理成立的大前提为 $a\neq0$；④错，当 $b=0$ 时不成立；⑤错，$a\cdot b=b\cdot c$ 且 $b\neq0$ $\Rightarrow(a-c)\cdot b=0\Rightarrow a-c=0$ 或 $(a-c)\perp b$.

13. 因为 $a=(1,x)$，$b=(x^2+x,-x)$，所以 $a\cdot b=x^2+x-x^2=x$.
由 $a\cdot b+2>m(2a\cdot b+1)$ 得，$x+2>m(2x+1)$，即 $(2m-1)x<2-m$.
当 $m=\frac{1}{2}$ 时，$x\in\mathbf{R}$；当 $m<\frac{1}{2}$ 时，$x>\frac{2-m}{2m-1}$.

14. (1) 依题意得 $a\cdot b=|a|\cdot|b|\cdot\cos\theta=-3$，又因 $m\perp n$，故 $m\cdot n=0$. 所以
$$m\cdot n=(3a-2b)\cdot(2a+kb)=6a^2+(3k-4)a\cdot b-2kb^2=36-27k=0,$$ 故 $k=\frac{4}{3}$.
(2) 设存在实数 k，使得 $m/\!/n$，设 $m=\lambda n$，则 $3a-2b=\lambda(2a+kb)=2\lambda a+k\lambda b$. 又因 a,b 不共线，故 $2\lambda=3$ 且 $k\lambda=-2$，解得 $\lambda=\frac{3}{2}$，$k=-\frac{3}{4}$. 故存在实数 $k=-\frac{4}{3}$，使 $m/\!/n$.

15. (1) 由于点 M 为直线 OP 上的一个动点，故 $\overrightarrow{OM}=\lambda\overrightarrow{OP}=(2\lambda,\lambda)$. 即 $\overrightarrow{MA}=\overrightarrow{OA}-\overrightarrow{OM}=(1-2\lambda,7-\lambda)$，故 $\overrightarrow{MB}=\overrightarrow{OB}-\overrightarrow{OM}=(5-2\lambda,1-\lambda)$，所以 $\overrightarrow{MA}\cdot\overrightarrow{MB}=(1-2\lambda)\cdot(5-2\lambda)+(7-\lambda)(1-\lambda)=5\lambda^2-20\lambda+12=5(\lambda-2)^2-8$，当 $\lambda=2$ 时，$\overrightarrow{MA}\cdot\overrightarrow{MB}$ 有最小值 -8，此时 $\overrightarrow{OM}$ 的坐标为 $(4,2)$.
(2) $\overrightarrow{OM}=(4,2)$ 时，$\overrightarrow{MA}=(-3,5)$，$\overrightarrow{MB}=(1,-1)$，故 $\cos\theta=\frac{\overrightarrow{MA}\cdot\overrightarrow{MB}}{|\overrightarrow{MA}|\cdot|\overrightarrow{MB}|}=\frac{-8}{\sqrt{34}\cdot\sqrt{2}}=-\frac{4}{17}\sqrt{17}$，即 $\cos\angle AMB=-\frac{4}{17}\sqrt{17}$.

16. (1) 设动点的坐标为 $P(x,y)$，则 $\overrightarrow{AP}=(x,y-1)$，$\overrightarrow{BP}=(x,y+1)$，$\overrightarrow{PC}=(x-1,y)$，故 $\overrightarrow{AP}\cdot\overrightarrow{BP}=k|\overrightarrow{PC}|^2$，所以 $(x,y-1)\cdot(x,y+1)=k[(x-1)^2+y^2]$，得 $(1-k)x^2+(1-k)y^2+2kx-k-1=0$.
若 $k=1$，则方程为 $x=1$，表示过点 $(1,0)$ 是平行于 y 轴的直线．若 $k\neq1$，则方程化为 $\left(x+\frac{k}{1-k}\right)^2+y^2=\left(\frac{1}{1-k}\right)^2$，表示以 $\left(\frac{k}{k-1},0\right)$ 为圆心，以 $\frac{1}{|1-k|}$ 为半径的圆．
(2) 当 $k=0$ 时，方程化为 $x^2+y^2=1$.
$$2\overrightarrow{AP}+\overrightarrow{BP}=2(x,y-1)+(x,y+1)=(2x,2y-2)+(x,y+1)=(3x,3y-1),$$
$$|2\overrightarrow{AP}+\overrightarrow{BP}|=\sqrt{9x^2+(3y-1)^2}=\sqrt{9-9y^2-6y+1}=\sqrt{-6y+10},$$
由 $x^2=1-y^2\geqslant0$，故 $-1\leqslant y\leqslant1$，$|2\overrightarrow{AP}+\overrightarrow{BP}|$ 的最大值为 4，最小值为 2.

17. (1) 因 $\overrightarrow{A_{n-1}A_n}=3\overrightarrow{A_nA_{n+1}}\Rightarrow\overrightarrow{A_nA_{n+1}}=\frac{1}{3}\overrightarrow{A_{n-1}A_n}$，
故 $\overrightarrow{A_4A_5}=\frac{1}{3}\overrightarrow{A_3A_4}=\left(\frac{1}{3}\right)^2\overrightarrow{A_2A_3}=\left(\frac{1}{3}\right)^3\overrightarrow{A_1A_2}=\frac{1}{27}(\overrightarrow{OA_2}-\overrightarrow{OA_1})=\frac{1}{3}j$.
(2) 由 (1) 知 $\overrightarrow{A_nA_{n+1}}=\frac{1}{3^{n-1}}\overrightarrow{A_1A_2}=\frac{1}{3^{n-3}}j$，
$$\overrightarrow{OA_n}=\overrightarrow{OA_1}+\overrightarrow{A_1A_2}+\cdots+\overrightarrow{A_{n-1}A_n}=j+\overrightarrow{A_1A_2}+\cdots+\overrightarrow{A_{n-1}A_n}=j+9j+3j+\cdots+\frac{1}{3^{n-3}}j$$
$$=j+\frac{9\left[1-\left(\frac{1}{3}\right)^{n-1}\right]}{1-\frac{1}{3}}j=\frac{29-\left(\frac{1}{3}\right)^{n-4}}{2}j.$$
因 $|\overrightarrow{B_{n-1}B_n}|=2\sqrt{2}$，且 B_{n-1}，B_n 均在射线 $y=x\ (x\geqslant0)$ 上，故 $\overrightarrow{B_{n-1}B_n}=2i+2j$，
所以 $$\overrightarrow{OB_n}=\overrightarrow{OB_1}+\overrightarrow{B_1B_2}+\overrightarrow{B_2B_3}+\cdots+\overrightarrow{B_{n-1}B_n}=3i+3j+(n-1)(2i+2j)=(2n+1)i+(2n+1)j.$$

18. (1) 因 $|p|=\sqrt{(x+m)^2+y^2}$，$|q|=\sqrt{(x-m)^2+y^2}$，且 $|p|-|q|=4$，故点 $M(x,y)$ 到定点 $F_1(-m,0)$，$F_2(m,0)$ 的距离之差为 4. 所以当 $2m=4$，$m=2$ 时，点 M 的轨迹是一条射线，方程为 $y=0\ (x\geqslant2)$；当 $2m=4$，$m>2$ 时，点 M 的轨迹是以 $F_1(-m,0)$，$F_2(m,0)$ 为焦点，实轴长为 4 的双曲线的右支，方程为 $\frac{x^2}{4}-\frac{y^2}{m^2-4}=1\ (x\geqslant2)$.

(2)当 $m=2$ 时,显然不合题意;当 $m>2$ 时,点 M 的轨迹方程为 $\frac{x^2}{4}-\frac{y^2}{m^2-4}=1\ (x\geqslant 2)$.

设点坐标 $B(x_1,y_1),C(x_2,y_2)\ (x_1\geqslant 2,x_2\geqslant 2)$,则 $\overrightarrow{AB}=(x_1,y_1-1)$,$\overrightarrow{AC}=(x_2,y_2-1)$,又因为 $\overrightarrow{AB}\cdot\overrightarrow{AC}=\frac{9}{2}$,得 $x_1x_2+(y_1-1)(y_2-1)=\frac{9}{2}$.

把 $y_1=\frac{1}{2}x_1-3,y_2=\frac{1}{2}x_2-3$ 代入上式并整理得 $5x_1x_2-8(x_1+x_2)+46=0$.　①

由 $\begin{cases}y=\frac{1}{2}x-3\\ \frac{x^2}{4}-\frac{y^2}{m^2-4}=1\end{cases}$ 消去 y 得

$(m^2-5)x^2+12x-4m^2-20=0$.　②

把 $x_1+x_2=-\frac{12}{m^2-5},x_1x_2=\frac{-4m^2-20}{m^2-5}$ 代入方程①,解得 $m^2=9$.

当 $m^2=9$ 时,方程②为 $x^2+3x-14=0$,则 $x_1x_2=-14$,由题已知 $x_1\geqslant 2,x_2\geqslant 2$,因此满足条件的 m 值不存在.

第五章　三角函数、三角恒等变换与解三角形

第一节　任意角的三角函数

1. (D). 设 $P(x,y)$，则 $\sin\frac{2\pi}{3}=\frac{y}{2}=\frac{\sqrt{3}}{2}$，所以 $y=\sqrt{3}$，$\cos\frac{2\pi}{3}=\frac{x}{2}=-\frac{1}{2}$，故 $x=-1$.

2. (A). 因为 $a\in\mathbf{R}^+$，所以点 $P(a,-a)$ 在第四象限，且 $|OP|=\sqrt{2}a$，有 $\sin x=-\frac{\sqrt{2}}{2}$，$\cos x=\frac{\sqrt{2}}{2}$，$\tan x=-1$.

3. (B). 由条件可知：$\cos\theta<0<\sin\theta$，则 θ 为第二象限角.

4. (B). $A=30°\Rightarrow\sin A=\frac{1}{2}$，反之不成立.

5. (C). 设扇形圆心角为 α，由 $\begin{cases}(2+\alpha)\cdot r=6\\ \frac{1}{2}\alpha\cdot r^2=2\end{cases}$，消去 r 得 $\alpha^2-5\alpha+4=0$，故 $\alpha=1$ 或 4.

6. $-\frac{3\pi}{8}$；$105°$.

7. 1 弧度 $\approx 57.3°$，结合单位圆中的三角函数线可得：$\cos1<\sin1<\tan1$.

8. 因为 $|OP|=r=\sqrt{3+y^2}$，所以 $\sin\alpha=\frac{y}{\sqrt{3+y^2}}=\frac{\sqrt{2}}{4}y$. 因为 $y\neq0$，所以 $3+y^2=8$，所以 $y=\pm\sqrt{5}$，$r=2\sqrt{2}$.
所以点 P 在第二或第三象限，故 α 是第二、第三象限的角. 当 $y=\sqrt{5}$ 时，则 P 点在第二象限，所以 $\cos\alpha=-\frac{\sqrt{6}}{4}$，$\tan\alpha=-\frac{\sqrt{15}}{3}$；
当 $y=-\sqrt{5}$ 时，则点 P 在第三象限，所以 $\cos\alpha=-\frac{\sqrt{6}}{4}$，$\tan\alpha=\frac{\sqrt{15}}{3}$.

9. (C). 原式 $=\frac{\cos\alpha}{|\cos\alpha|}+\frac{|\sin\alpha|}{\sin\alpha}$，当 α 的终边在第一象限，原式 $=2$；当 α 的终边在第三象限，原式 $=-2$. 或令 $\alpha=\frac{\pi}{4}$，$\alpha=\frac{5\pi}{4}$ 求解.

10. (C). 取 $\alpha=-\frac{\pi}{4}$，则 $\pi-\alpha=\frac{5\pi}{4}$.

11. 依题意知 $\begin{cases}\pi<2\theta<\frac{3\pi}{2}\\ 14\theta=2k\pi\quad(k\in\mathbf{Z})\end{cases}$，
解得 $\theta=\frac{4\pi}{7}$ 或 $\theta=\frac{5\pi}{7}$.

12. (1) 设弧长为 l，弓形面积为 $S_{弓}$，已知 $\alpha=\frac{\pi}{3}$，$R=10$，所以 $l=\frac{10}{3}\pi(\text{cm})$.

$$S_{弓}=S_{扇}-S_{\triangle}=\frac{1}{2}\cdot\frac{10}{3}\pi\times10-\frac{1}{2}\times10^2\times\sin\frac{\pi}{3}=50\left(\frac{\pi}{3}-\frac{\sqrt{3}}{2}\right)(\text{cm}^2).$$

(2) 因为扇形周长 $c=2R+l=2R+\alpha R=(2+\alpha)R$，即 $R=\frac{c}{2+\alpha}$，所以

$$S=\frac{1}{2}\alpha\cdot R^2=\frac{1}{2}\alpha\left(\frac{c}{2+\alpha}\right)^2=\frac{c^2}{2}\alpha\frac{1}{4+4\alpha+\alpha^2}=\frac{c^2}{2\left(4+\alpha+\frac{4}{\alpha}\right)}\leqslant\frac{c^2}{2(4+4)}=\frac{c^2}{16}.$$

其中，由平均值不等式得 $\alpha+\frac{4}{\alpha}\geqslant2\sqrt{\alpha\frac{4}{\alpha}}=4$.

当且仅当 $\alpha=\frac{4}{\alpha}$，即 $\alpha=2$ 时，扇形面积有最大值 $\frac{c^2}{16}$.

第二节　简单的三角恒等变换

第一课时

1. (D). $\sin(2\pi-\alpha)=\frac{4}{5}$，所以 $\sin\alpha=-\frac{4}{5}$. 因为 $\alpha\in\left(\frac{3\pi}{2},2\pi\right)$，所以 $\cos\alpha=\frac{3}{5}$.
所以 $\tan(\pi-\alpha)=-\tan\alpha=-\frac{\sin\alpha}{\cos\alpha}=\frac{4}{3}$.

2. (A). $\cos\left(-\frac{17\pi}{4}\right)-\sin\left(-\frac{17\pi}{4}\right)=\cos\frac{17\pi}{4}+$

$\sin\frac{17\pi}{4}=\cos\frac{\pi}{4}+\sin\frac{\pi}{4}=\sqrt{2}.$

3. (B). 原式 $=\frac{\sin\alpha\cos\alpha}{\cos^2\alpha-\sin^2\alpha}=\frac{\tan\alpha}{1-\tan^2\alpha}=-\frac{2}{3}.$

4. (B). 因为 $\alpha\in\left(0,\frac{\pi}{2}\right)$, $\sin\alpha=\frac{3}{5}$, 所以

$\cos\alpha=\frac{4}{5}.$

所以 $\sqrt{2}\cos\left(\alpha+\frac{\pi}{4}\right)=$

$\sqrt{2}\left(\cos\alpha\cos\frac{\pi}{4}-\sin\alpha\sin\frac{\pi}{4}\right)=\frac{1}{5}.$

5. $\tan\alpha=-2$, $\tan2\alpha=\frac{2\tan\alpha}{1-\tan^2\alpha}=\frac{4}{3}.$

6. 由 $\alpha\in\left(-\frac{\pi}{2},0\right)$, $\cos\alpha=\frac{1}{2}$, 得 $\sin\alpha=-\frac{\sqrt{3}}{2}$,

$\tan\alpha=-\sqrt{3}.$

所以 $\tan\left(\alpha+\frac{\pi}{6}\right)=\frac{\tan\alpha+\tan\frac{\pi}{6}}{1-\tan\alpha\tan\frac{\pi}{6}}=-\frac{\sqrt{3}}{3}.$

或由 $\alpha\in\left(-\frac{\pi}{2},0\right)$, $\cos\alpha=\frac{1}{2}$, 得 $\alpha=-\frac{\pi}{3}$,

所以 $\tan\left(\alpha+\frac{\pi}{6}\right)=\tan\left(-\frac{\pi}{3}+\frac{\pi}{6}\right)=-\tan\frac{\pi}{6}$

$=-\frac{\sqrt{3}}{3}.$

7. (1) $\tan\alpha=\frac{2\tan\frac{\alpha}{2}}{1-\tan^2\frac{\alpha}{2}}=\frac{2\times2}{1-4}=-\frac{4}{3}$, 所以

$\tan\left(\alpha+\frac{\pi}{4}\right)=\frac{\tan\alpha+1}{1-\tan\alpha}=\frac{-\frac{4}{3}+1}{1+\frac{4}{3}}=-\frac{1}{7}.$

(2) 原式 $=\frac{6\tan\alpha+1}{3\tan\alpha-2}=\frac{6\times\left(-\frac{4}{3}\right)+1}{3\times\left(-\frac{4}{3}\right)-2}=\frac{7}{6}.$

8. (1) $f(\alpha)=\frac{-\sin\alpha\cos\alpha}{-\tan\alpha(-\cos\alpha)}=-\cos\alpha.$

(2) 由 $\cos\left(\alpha-\frac{3\pi}{2}\right)=\frac{1}{5}$, 得 $\sin\alpha=-\frac{1}{5}.$

因为 α 是第三象限角, 所以

$\cos\alpha=-\sqrt{1-\sin^2\alpha}=-\frac{2\sqrt{6}}{5}$,

所以 $f(\alpha)=\frac{2\sqrt{6}}{5}.$

(3) 因为 $-1380°=-4\times360°+60°$,

所以 $f(-1380°)=-\cos(-4\times360°+60°)$

$=-\cos60°=-\frac{1}{2}.$

9. (A). 在 $\triangle ABC$ 中, 因 $\cos A=\frac{4}{5}$, $\cos B=\frac{5}{13}$,

所以 $\sin A=\frac{3}{5}$, $\sin B=\frac{12}{13}$,

所以 $\cos C=\cos[\pi-(A+B)]$

$=-\cos(A+B)$

$=\sin A\sin B-\cos A\cos B$

$=\frac{3}{5}\times\frac{12}{13}-\frac{4}{5}\times\frac{5}{13}=\frac{16}{65}.$

10. $\cos\alpha=\cos^2\frac{\alpha}{2}-\sin^2\frac{\alpha}{2}=\frac{\cos^2\frac{\alpha}{2}-\sin^2\frac{\alpha}{2}}{\cos^2\frac{\alpha}{2}+\sin^2\frac{\alpha}{2}}$

$=\frac{1-\tan^2\frac{\alpha}{2}}{1+\tan^2\frac{\alpha}{2}}=\frac{1-9}{1+9}=-\frac{4}{5}.$

11. 原式 $=\frac{\frac{\sqrt{2}}{2}(\sin\alpha+\cos\alpha)}{2\sin\alpha\cos\alpha+2\cos^2\alpha}$

$=\frac{\frac{\sqrt{2}}{2}(\sin\alpha+\cos\alpha)}{2\cos\alpha(\sin\alpha+\cos\alpha)}$

$=\frac{\frac{\sqrt{2}}{2}}{2\cos\alpha}.$

因为 α 为第二象限角, 且 $\sin\alpha=\frac{\sqrt{15}}{4}$, 所以

$\cos\alpha=-\frac{1}{4}$. 所以原式 $=-\sqrt{2}$.

12. (1) $f(x)=2\sqrt{2}\cos\frac{x}{2}\sin\left(\frac{x}{2}+\frac{\pi}{4}\right)-1$

$=2\sqrt{2}\cos\frac{x}{2}\left(\frac{\sqrt{2}}{2}\sin\frac{x}{2}+\frac{\sqrt{2}}{2}\cos\frac{x}{2}\right)-1$

$=2\cos\frac{x}{2}\sin\frac{x}{2}+2\cos^2\frac{x}{2}-1$

$=\sin x+\cos x$

$=\sqrt{2}\sin\left(x+\frac{\pi}{4}\right).$

(2) $f\left(\frac{\pi}{12}\right)=\sqrt{2}\sin\left(\frac{\pi}{12}+\frac{\pi}{4}\right)=\sqrt{2}\sin\frac{\pi}{3}=\frac{\sqrt{6}}{2}.$

第二课时

1. (C). 原式 $=\dfrac{\sin3\alpha\cos\alpha-\cos3\alpha\sin\alpha}{\sin\alpha\cos\alpha}$

$=\dfrac{\sin2\alpha}{\frac{1}{2}\sin2\alpha}=2$.

2. (C). $\cos A\cos B-\sin A\sin B>0\Rightarrow$

$\cos(A+B)>0\Rightarrow\cos(\pi-C)>0\Rightarrow$

$\cos C<0$.

3. (A). 原式 $=\dfrac{\tan60^\circ-\tan15^\circ}{1+\tan60^\circ\tan15^\circ}$

$=\tan(60^\circ-15^\circ)=1$.

4. (D). $\cos^4x-\sin^4x$

$=(\cos^2x-\sin^2x)(\cos^2x+\sin^2x)$

$=\cos2x=\cos\dfrac{\pi}{6}=\dfrac{\sqrt3}{2}$.

5. $(1+\tan\alpha)(1+\tan\beta)$

$=1+\tan\alpha+\tan\beta+\tan\alpha\tan\beta$

$=\tan(\alpha+\beta)(1-\tan\alpha\tan\beta)+1+\tan\alpha\tan\beta$.

因为 $\alpha+\beta=\dfrac{\pi}{16}+\dfrac{3\pi}{16}=\dfrac{\pi}{4}$，所以原式 $=2$.

6. 因为 $0<\alpha<\dfrac{\pi}{2}$，所以 $-\dfrac{\pi}{6}<\alpha-\dfrac{\pi}{6}<\dfrac{\pi}{3}$，得

$\cos\left(\alpha-\dfrac{\pi}{6}\right)=\dfrac{2\sqrt2}{3}$.

$\cos\alpha=\cos\left(\left(\alpha-\dfrac{\pi}{6}\right)+\dfrac{\pi}{6}\right)$

$=\cos(\alpha-\dfrac{\pi}{6})\cos\dfrac{\pi}{6}-\sin(\alpha-\dfrac{\pi}{6})\sin\dfrac{\pi}{6}$

$=\dfrac{2\sqrt6-1}{6}$.

7. 原式 $=\dfrac{2\cos(60^\circ-5^\circ)-\sqrt3\sin5^\circ}{\cos5^\circ}$

$=\dfrac{2(\cos60^\circ\cos5^\circ+\sin60^\circ\sin5^\circ)-\sqrt3\sin5^\circ}{\cos5^\circ}$

$=\dfrac{\cos5^\circ}{\cos5^\circ}=1$.

8. 由 $\cos\left(\dfrac{\pi}{4}+x\right)=\dfrac{5}{13}$，得 $\dfrac{\sqrt2}{2}(\cos x-\sin x)=\dfrac{5}{13}$.

两边平方得 $1-2\sin x\cos x=\dfrac{50}{169}$. 所以

$2\sin x\cos x=\dfrac{119}{169}$. 又因为 $0<x<\dfrac{\pi}{4}$，所以

$\sin x+\cos x>0$.

因为 $(\sin x+\cos x)^2=1+2\sin x\cos x=\dfrac{288}{169}$，所以 $\sin x+\cos x=\dfrac{12\sqrt2}{13}$.

原式 $=\dfrac{\cos^2x-\sin^2x}{-\frac{\sqrt2}{2}(\sin x-\cos x)}$

$=\sqrt2(\cos x+\sin x)=\dfrac{24}{13}$.

另解：因为 $0<x<\dfrac{\pi}{4}$，所以 $\dfrac{\pi}{4}<\dfrac{\pi}{4}+x<\dfrac{\pi}{2}$，

所以 $\sin\left(\dfrac{\pi}{4}+x\right)=\sqrt{1-\cos\left(\dfrac{\pi}{4}+x\right)^2}=\dfrac{12}{13}$.

原式 $=\dfrac{\sin2\left(\frac{\pi}{4}+x\right)}{\cos\left(\frac{\pi}{4}+x\right)}=2\sin\left(\dfrac{\pi}{4}+x\right)=\dfrac{24}{13}$.

9. (D). 原式 $=\dfrac{\sin4\alpha}{4\cos^2\left(\frac{\pi}{4}-\alpha\right)\tan\left(\frac{\pi}{4}-\alpha\right)}$

$=\dfrac{\sin4\alpha}{4\sin\left(\frac{\pi}{4}-\alpha\right)\cos\left(\frac{\pi}{4}-\alpha\right)}$

$=\dfrac{2\sin2\alpha\cos2\alpha}{2\sin\left(\frac{\pi}{2}-2\alpha\right)}$

$=\sin2\alpha$.

10. $\left(\sin\dfrac{\theta}{2}+\cos\dfrac{\theta}{2}\right)^2=\dfrac{1}{4}$，所以 $\sin\theta=-\dfrac{3}{4}$，

所以 $\cos2\theta=1-2\sin^2\theta=1-2\times\dfrac{9}{16}=-\dfrac{1}{8}$.

11. 因为 $\alpha,\beta\in\left(0,\dfrac{\pi}{2}\right)$，$\cos\alpha=\dfrac{\sqrt5}{5}$，$\cos\beta=\dfrac{\sqrt{10}}{10}$，

所以 $\sin\alpha=\dfrac{2\sqrt5}{5}$，$\sin\beta=\dfrac{3\sqrt{10}}{10}$.

即 $\cos(\alpha+\beta)=\cos\alpha\cos\beta-\sin\alpha\sin\beta$

$=\dfrac{\sqrt5}{5}\times\dfrac{\sqrt{10}}{10}-\dfrac{2\sqrt5}{5}\times\dfrac{3\sqrt{10}}{10}$

$=-\dfrac{\sqrt2}{2}$.

因为 $0\leqslant\alpha+\beta\leqslant\pi$，所以 $\alpha+\beta=\dfrac{3\pi}{4}$.

12. 因为 $1+\tan^2\dfrac{\alpha}{2}=\dfrac{\cos^2\frac{\alpha}{2}+\sin^2\frac{\alpha}{2}}{\cos^2\frac{\alpha}{2}}=\dfrac{5}{4}$，所以 $\cos^2\dfrac{\alpha}{2}=\dfrac{4}{5}$. 所以 $\cos\alpha=2\cos^2\dfrac{\alpha}{2}-1=2\times\dfrac{4}{5}-1=\dfrac{3}{5}$. 又 $\dfrac{\pi}{2}<\alpha+\beta<\dfrac{3\pi}{2}$，

$\sin(\alpha+\beta)=\dfrac{5}{13}$，所以 $\pi<\alpha+\beta<\dfrac{3\pi}{2}$，故

$\cos(\alpha+\beta)=-\dfrac{12}{13}$. $\cos\beta=\cos((\alpha+\beta)-\alpha)$

$=\cos(\alpha+\beta)\cos\alpha+\sin(\alpha+\beta)\sin\alpha$

$=\left(-\dfrac{12}{13}\right)\times\dfrac{3}{5}+\dfrac{5}{13}\times\dfrac{4}{5}=-\dfrac{16}{65}$.

第三节　三角函数的图象

1. (D). 由图象知 $T=4\left(\dfrac{\pi}{12}+\dfrac{\pi}{6}\right)=\pi$，故 $\omega=2$，排除(A)，(C). 又当 $x=\dfrac{\pi}{12}$ 时，$y=1$，而(B)中的 $y=0$.

2. (C). 由 $x+\dfrac{\pi}{3}=k\pi+\dfrac{\pi}{2}$，得 $x=k\pi+\dfrac{\pi}{6}$. 令 $k=0$，得 $x=\dfrac{\pi}{6}$.

3. (D). $y=\sin\left(2x-\dfrac{\pi}{4}\right)$ 向右平移 $\dfrac{\pi}{8}$ 得

$y=\sin\left(2\left(x-\dfrac{\pi}{8}\right)-\dfrac{\pi}{4}\right)$

$=\sin\left(2x-\dfrac{\pi}{2}\right)$

$=-\cos2x$.

4. $f(x)=\sin x-\cos x$

$=\sqrt{2}\sin\left(x-\dfrac{\pi}{4}\right)$

$=\sqrt{2}\sin\left(\left(x-\dfrac{\pi}{2}\right)+\dfrac{\pi}{4}\right)$，

$g(x)=\sin x+\cos x=\sqrt{2}\sin\left(x+\dfrac{\pi}{4}\right)$.

故 $f(x)$ 的图象可由 $g(x)$ 的图象向右平移 $\dfrac{\pi}{2}$ 个单位长度.

5. 因 $\omega=2$，故 $f(x)=2\sin(2x+\varphi)$. 因为 $f(0)=\sqrt{3}$，所以 $\sin\varphi=\dfrac{\sqrt{3}}{2}$，又 $|\varphi|<\dfrac{\pi}{2}$，所以 $\varphi=\dfrac{\pi}{3}$. 故 $f(x)=2\sin\left(2x+\dfrac{\pi}{3}\right)$.

6. $1<k<3$. $f(x)=\begin{cases}3\sin x & x\in[0,\pi]\\ -\sin x & x\in(\pi,2\pi]\end{cases}$，

如图 5－1，则 k 的取值范围是 $1<k<3$.

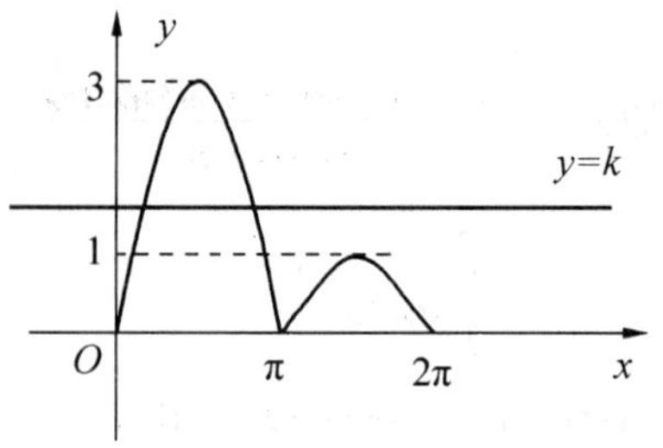

图 5－1

7. (1) 由图象可知 $A=2$，$\dfrac{T}{4}=\dfrac{5}{6}-\dfrac{1}{3}=\dfrac{1}{2}$，所以 $T=2$，$\omega=\dfrac{2\pi}{T}=\pi$. 将点 $\left(\dfrac{1}{3},2\right)$ 代入 $f(x)=2\sin(\pi x+\varphi)$，得 $\sin\left(\dfrac{\pi}{3}+\varphi\right)=1$，又 $|\varphi|<\dfrac{\pi}{2}$，所以 $\varphi=\dfrac{\pi}{6}$. 故 $f(x)=2\sin\left(\pi x+\dfrac{\pi}{6}\right)(x\in\mathbf{R})$.

(2) 因为 $f\left(\dfrac{a}{2\pi}\right)=\dfrac{1}{2}$，所以 $2\sin\left(\dfrac{a}{2}+\dfrac{\pi}{6}\right)=\dfrac{1}{2}$，即 $\sin\left(\dfrac{a}{2}+\dfrac{\pi}{6}\right)=\dfrac{1}{4}$.

所以 $\cos\left(\dfrac{3\pi}{2}-a\right)=\cos\left[\pi-2\left(\dfrac{\pi}{6}+\dfrac{a}{2}\right)\right]$

$=-\cos\left[2\left(\dfrac{\pi}{6}+\dfrac{a}{2}\right)\right]$

$=2\sin^2\left(\dfrac{a}{2}+\dfrac{\pi}{6}\right)-1$

$=-\dfrac{7}{8}$.

8. $y=\sin2x\cos\dfrac{\pi}{3}-\cos2x\sin\dfrac{\pi}{3}+\sqrt{3}\cos2x$

$=\dfrac{1}{2}\sin2x+\dfrac{\sqrt{3}}{2}\cos2x=\sin\left(2x+\dfrac{\pi}{3}\right)$.

(1) $A=1$；

(2) 略；

(3) 将 $y=\sin x(x\in\mathbf{R})$ 的图象上所有点向左平移 $\dfrac{\pi}{3}$ 个单位长度，得 $y=\sin\left(x+\dfrac{\pi}{3}\right)$ 的图象 C，再将 C 上每一点的横坐标变为原来的 $\dfrac{1}{2}$ 倍（纵坐标不变），得 $y=\sin\left(2x+\dfrac{\pi}{3}\right)$ 的图象.

9. (A).

10. (B). 将 $x=\dfrac{\pi}{3}$ 和 $x=-\dfrac{\pi}{6}$ 代入，能使选项中函数取得最值的只有(B).

11. 直线 $y=a$ 与正切曲线 $y=\tan\omega x$ 相交，知两相邻交点间的距离就是此正切曲线的一个最小正周期值 $\dfrac{\pi}{\omega}$.

12. (1) $T=\pi$，于是 $\omega=\frac{2\pi}{T}=2$，设 $f_1(x)=A\sin(2x+\varphi)$，由 $-\frac{\pi}{12}\cdot 2+\varphi=2k\pi$，得 $\varphi=2k\pi+\frac{\pi}{6}$. 因为 $|\varphi|<\frac{\pi}{2}$，所以 $\varphi=\frac{\pi}{6}$，所以 $f_1(x)=A\sin\left(2x+\frac{\pi}{6}\right)$. 把 (0,1) 代入得 $A=2$. 所以 $f_1(x)=2\sin\left(2x+\frac{\pi}{6}\right)$.

(2)依题意，所以 $f_2(x)=2\sin\left[2\left(x-\frac{\pi}{4}\right)+\frac{\pi}{6}\right]$

$=-2\cos\left(2x+\frac{\pi}{6}\right)$，

故 $g(x)=2\sin\left(2x+\frac{\pi}{6}\right)-2\cos\left(2x+\frac{\pi}{6}\right)$

$=2\sqrt{2}\sin\left(2x-\frac{\pi}{12}\right)$.

当 $2x-\frac{\pi}{12}=2k\pi+\frac{\pi}{2}$，即 $x=k\pi+\frac{7\pi}{24}$，

$y_{\max}=2\sqrt{2}$，此时 x 的取值集合为

$\left\{x\,\middle|\,x=k\pi+\frac{7\pi}{24},k\in\mathbf{Z}\right\}$.

第四节　三角函数的性质

第一课时

1. (D). 因 $0\leqslant\theta<2\pi$，故 $0\leqslant 2\theta<4\pi$. 由

$\sin\theta<0$ 得 $\pi<\theta<2\pi$　　①

由 $\cos 2\theta<0$ 得 $\frac{\pi}{2}<2\theta<\frac{3\pi}{2}$ 或

$\frac{5\pi}{2}<2\theta<\frac{7\pi}{2}$. 所以

$\frac{\pi}{4}<\theta<\frac{3\pi}{4}$ 或 $\frac{5\pi}{4}<\theta<\frac{7\pi}{4}$　　②

取式①②公共部分得 $\frac{5\pi}{4}<\theta<\frac{7\pi}{4}$，或用特值排除.

2. (B). $2+\sin x+\cos x=2+\sqrt{2}\sin\left(x+\frac{\pi}{4}\right)$，其最小值为 $2-\sqrt{2}$，故 $y_{\max}=\frac{2+\sqrt{2}}{2}$.

3. (B). $P(\sin\alpha-\cos\alpha,\tan\alpha)$ 在第一象限⇔

$\begin{cases}\sin\alpha-\cos\alpha>0\\ \tan\alpha>0\end{cases}\Leftrightarrow\alpha\in\left(\frac{\pi}{4},\frac{\pi}{2}\right)\cup\left(\pi,\frac{5\pi}{4}\right)$.

4. (D). 由 $T=\pi$，排除(C)；把 $x=\frac{\pi}{6}$ 代入(A)，(B)，函数值均不为零，排除(A)，(B)；再验证(D)，符合题意.

5. $f(x)=\left|\sqrt{2}\sin\left(x+\frac{\pi}{4}\right)\right|$，画出 $f(x)$ 的图象可知 $T=\pi$.

6. 依题意有 $T=8$，则

原式 $=f(1)+f(2)+\cdots+f(11)=f(9)+f(10)+f(11)$

$=f(1)+f(2)+f(3)$

$=2+2\sqrt{2}$.

7. (1) $f(x)=(1-\tan x)(1+\sin 2x+\cos 2x)-3$

$=\frac{\cos x-\sin x}{\cos x}(2\cos^2x+2\sin x\cos x)-3$

$=2(\cos^2x-\sin^2x)-3=2\cos 2x-3$

所以 定义域为 $\left\{x\,\middle|\,x\neq k\pi+\frac{\pi}{2},k\in\mathbf{Z}\right\}$，值域为 $(-5,-1]$，最小正周期为 $T=\pi$.

(2) $f\left(\frac{\alpha}{2}\right)-f\left(\frac{\alpha}{2}+\frac{\pi}{4}\right)=2\cos\alpha-2\cos\left(\alpha+\frac{\pi}{2}\right)$

$=2(\cos\alpha+\sin\alpha)$

$=2\sqrt{2}\sin\left(\alpha+\frac{\pi}{4}\right)=\sqrt{6}$

所以 $\sin\left(\alpha+\frac{\pi}{4}\right)=\frac{\sqrt{3}}{2}$，因为 $\alpha\in\left(0,\frac{\pi}{2}\right)$，所以 $\alpha+\frac{\pi}{4}\in\left(\frac{\pi}{4},\frac{3\pi}{4}\right)$. 所以 $\alpha+\frac{\pi}{4}=\frac{\pi}{3}$ 或 $\alpha+\frac{\pi}{4}=\frac{2\pi}{3}$. 所以 $\alpha=\frac{\pi}{12}$ 或 $\alpha=\frac{5\pi}{12}$.

8. (1)由题意得 $\boldsymbol{m}\cdot\boldsymbol{n}=\sqrt{3}\sin A-\cos A=1$，

$2\sin(A-\frac{\pi}{6})=1$，$\sin\left(A-\frac{\pi}{6}\right)=\frac{1}{2}$.

由 A 为锐角得 $A-\frac{\pi}{6}=\frac{\pi}{6}$，$A=\frac{\pi}{3}$.

(2)由(1)知 $\cos A=\frac{1}{2}$，所以

$f(x)=\cos 2x+2\sin x$

$=1-2\sin^2x+2\sin x$

$=-2(\sin x-\frac{1}{2})^2+\frac{3}{2}$.

因 $x\in\mathbf{R}$，所以 $\sin x\in[-1,1]$.

当 $\sin x=\frac{1}{2}$ 时，$f(x)$ 有最大值 $\frac{3}{2}$.

当 $\sin x=-1$ 时，$f(x)$ 有最小值 -3.

故 $f(x)$ 的值域是 $\left[-3,\frac{3}{2}\right]$.

9. (D). 作 $y=2x$ 及 $y=3\sin x$ 在 $\left(0,\frac{\pi}{2}\right)$ 上的图

象，可知(A)，(B)，(C)选项均有可能．

10. ①④．对①，$y=(\sin^2x+\cos^2x)(\sin^2x-\cos^2x)=-2\cos 2x$；

对②，$k=0$时，α的终边不在y轴上；

对③，仅有一个公共点$(0,0)$，在$x\in\left(0,\frac{\pi}{2}\right)$时，都有$x>\sin x$；

对④，$y=3\sin\left(2x+\frac{\pi}{3}\right)$的图象向右平移$\frac{\pi}{6}$，得$y=3\sin\left(2\left(x-\frac{\pi}{6}\right)+\frac{\pi}{3}\right)=3\sin 2x$的图象．

11. (1) $y=\frac{A}{2}-\frac{A}{2}\cos(2\omega x+2\varphi)$．

依题意有：$\frac{A}{2}+\frac{A}{2}=2$，所以$A=2,\omega=\frac{\pi}{4}$．

所以$y=1-\cos\left(\frac{\pi}{2}x+2\varphi\right)$．

又$y=f(x)$的图象过点$(1,2)$，所以

$$\cos\left(\frac{\pi}{2}+2\varphi\right)=-1．$$

所以$\frac{\pi}{2}+2\varphi=2k\pi+\pi$，所以$\varphi=k\pi+\frac{\pi}{4}$，$k\in\mathbf{Z}$．又$0<\varphi<\frac{\pi}{2}$，所以$\varphi=\frac{\pi}{4}$．

(2) 因为$y=1-\cos\left(\frac{\pi}{2}x+\frac{\pi}{2}\right)=1+\sin\frac{\pi}{2}x$，

所以$T=4$，又$2008=4\times502$，

因为$f(1)+f(2)+f(3)+f(4)$

$=2+1+0+1=4$．

故$f(1)+f(2)+\cdots+f(2008)$

$=4\times502=2008$.

12. $f(x)=\cos 2x-\sin x+b+1$

$=-2\left(\sin x+\frac{1}{4}\right)^2+\frac{17}{8}+b$．

因为$\frac{3\pi}{4}\leqslant x\leqslant\frac{3\pi}{2}$，所以$-1\leqslant\sin x\leqslant\frac{\sqrt{2}}{2}$．

当$\sin x=-\frac{1}{4}$时，$f(x)_{\max}=\frac{17}{8}+b=\frac{9}{8}$，所以$b=-1$．故$f(x)=-2\left(\sin x+\frac{1}{4}\right)^2+\frac{9}{8}$，则当$\sin x=\frac{\sqrt{2}}{2}$时，$f(x)_{\min}=-\frac{\sqrt{2}}{2}$．

第二课时

1. (B)．由$2k\pi-\frac{\pi}{2}\leqslant x+\frac{\pi}{4}\leqslant 2k\pi+\frac{\pi}{2}$，得$2k\pi-\frac{3\pi}{4}\leqslant x\leqslant 2k\pi+\frac{\pi}{4},k\in\mathbf{Z}$．令$k=0$，则$x\in\left[-\frac{3\pi}{4},\frac{\pi}{4}\right]$．

2. (B)．因为$f(x)\sin x$是周期为π的奇函数，故$f(x)$是周期为2π的偶函数．

3. (D)．由$\cos\alpha>\sin\beta$，得$\sin\left(\frac{\pi}{2}-\alpha\right)>\sin\beta$．因为$\alpha,\beta$均为锐角，故$\frac{\pi}{2}-\alpha\in\left(0,\frac{\pi}{2}\right)$，所以$\frac{\pi}{2}-\alpha>\beta$，所以$\alpha+\beta<\frac{\pi}{2}$．

4. (D)．

5. $f(x+t)=\sin(2x+2t)$是偶函数，所以$2t=k\pi+\frac{\pi}{2},(k\in\mathbf{Z})$，所以$t=\frac{2k\pi+\pi}{4}=\frac{(2k+1)\pi}{4},(k\in\mathbf{Z})$．故填$\frac{\pi}{4}\Big/\frac{3\pi}{4}\Big/\cdots\Big/\frac{(2k+1)\pi}{4}$．

6. ①④$\Rightarrow$②③或①③$\Rightarrow$②④.

7. $y=\cos^2x+\sin x\cos x+a$

$=\frac{1+\cos 2x}{2}+\frac{1}{2}\sin 2x+a$

$=\frac{\sqrt{2}}{2}\sin\left(2x+\frac{\pi}{4}\right)+\frac{1}{2}+a$．

(1) $\left[k\pi-\frac{3\pi}{8},k\pi+\frac{\pi}{8}\right](k\in\mathbf{Z})$．

(2)2.

8. (1) $f(x)=\frac{1}{2}\left[1+\cos\left(2x+\frac{\pi}{6}\right)\right]$．

因为$x=x_0$是函数$y=f(x)$图象的一条对称轴，所以$2x_0+\frac{\pi}{6}=k\pi$，即$2x_0=k\pi-\frac{\pi}{6}(k\in\mathbf{Z})$.

所以$g(x_0)=1+\frac{1}{2}\sin 2x_0=1+\frac{1}{2}\sin\left(k\pi-\frac{\pi}{6}\right)$.

当k为偶数时，$g(x_0)=1+\frac{1}{2}\sin\left(-\frac{\pi}{6}\right)$

$=1-\frac{1}{4}=\frac{3}{4}$；

当k为奇数时，$g(x_0)=1+\frac{1}{2}\sin\frac{\pi}{6}$

$=1+\frac{1}{4}=\frac{5}{4}$.

(2) $h(x)=f(x)+g(x)$

$=\frac{1}{2}\left[1+\cos\left(2x+\frac{\pi}{6}\right)\right]+1+\frac{1}{2}\sin 2x$

$=\frac{1}{2}\left[\cos\left(2x+\frac{\pi}{6}\right)+\sin 2x\right]+\frac{3}{2}$

$=\frac{1}{2}\left(\frac{\sqrt{3}}{2}\cos 2x+\frac{1}{2}\sin 2x\right)+\frac{3}{2}$

$=\frac{1}{2}\sin\left(2x+\frac{\pi}{3}\right)+\frac{3}{2}.$

由 $2k\pi-\frac{\pi}{2}\leqslant 2x+\frac{\pi}{3}\leqslant 2k\pi+\frac{\pi}{2}$，得

$k\pi-\frac{5\pi}{12}\leqslant x\leqslant k\pi+\frac{\pi}{12}$ $(k\in\mathbf{Z})$.

所以 $h(x)$ 的增区间是 $\left[k\pi-\frac{5\pi}{12},k\pi+\frac{5\pi}{12}\right](k\in\mathbf{Z})$.

9. (D). $f(x)$ 的图象必过 $(0,0)$ 点，即 $\sin\theta+\sqrt{3}\cos\theta=2\sin\left(\theta+\frac{\pi}{3}\right)=0$，故 $\theta+\frac{\pi}{3}=k\pi$. 又 $f(x)$ 在 $\left[0,\frac{\pi}{4}\right]$ 上是减函数，知 $\theta=(2k+1)\pi-\frac{\pi}{3}$ $(k\in\mathbf{Z})$. 令 $k=0$，得 $\theta=\frac{2\pi}{3}$.

10. D.

11. 依题意有 $0\leqslant\omega x\leqslant\frac{\pi}{3}\omega<\frac{\pi}{2}$，所以 $f(x)$ 在 $\left[0,\frac{\pi}{3}\right]$ 上单调递增. 所以 $f(x)_{\max}=f\left(\frac{\pi}{3}\right)=2\sin\frac{\pi}{3}\omega=\sqrt{2}$，所以 $\omega=\frac{3}{4}$.

12. (1) $f(x)=\frac{\sqrt{3}}{2}\sin\omega x+\frac{1}{2}\cos\omega x+\frac{\sqrt{3}}{2}\sin\omega x-\frac{1}{2}\cos\omega x-(\cos\omega x+1)$

$=2\left(\frac{\sqrt{3}}{2}\sin\omega x-\frac{1}{2}\cos\omega x\right)-1$

$=2\sin\left(\omega x-\frac{\pi}{6}\right)-1$

因为 $-1\leqslant\sin\left(\omega x-\frac{\pi}{6}\right)\leqslant 1$，所以 $f(x)$ 的值域为 $[-3,1]$.

(2) 由题设及三角函数图象和性质可知，$y=f(x)$ 的周期为 π. 又 $\omega>0$，得 $\omega=2$，于是 $f(x)=2\sin\left(2x-\frac{\pi}{6}\right)-1$. 由 $2k\pi-\frac{\pi}{2}\leqslant 2x-\frac{\pi}{6}\leqslant 2k\pi+\frac{\pi}{2}$，解得 $k\pi-\frac{\pi}{6}\leqslant x\leqslant k\pi+\frac{\pi}{3}$. 故 $f(x)$ 的增区间为 $\left[k\pi-\frac{\pi}{6},k\pi+\frac{\pi}{3}\right](k\in\mathbf{Z})$.

第五节　解三角形

1. (C). $\cos A=\frac{b^2+c^2-a^2}{2bc}=\frac{-bc}{2bc}=-\frac{1}{2}$. 因为 $0<A<\pi$，所以 $A=120°$.

2. (C). 由 $b>a\Rightarrow B>A$，又 $\sin B=\frac{b\sin A}{a}=\frac{\sqrt{3}}{2}$，故 $B=60°$ 或 $120°$.

当 $B=60°$ 时，$C=90°$，$c=\sqrt{a^2+b^2}=2\sqrt{5}$；

当 $B=120°$ 时，$C=30°$，$c=a=\sqrt{5}$.

3. (A). 显然 A,B 均为锐角. 又由条件得 $\sin A\sin B>\cos A\cos B\Rightarrow\cos(A+B)<0\Rightarrow\cos C>0\Rightarrow C$ 为锐角.

4. (B). a,b,c 成等比数列 $\Rightarrow b^2=ac$，又 $c=2a$，所以 $b^2=2a^2$，所以

$\cos B=\frac{a^2+c^2-b^2}{2ac}=\frac{a^2+4a^2-2a^2}{4a^2}=\frac{3}{4}.$

5. (1)充分不必要；充分不必要；充要. (2)既不充分也不必要；既不充分也不必要；充要.

6. $\sqrt{21}$ 或 $\sqrt{61}$.

7. 因为 $\sin A+\cos A=\frac{\sqrt{2}}{2}$，所以 $1+2\sin A\cos A=\frac{1}{2}$，所以 $2\sin A\cos A=-\frac{1}{2}<0$. 因为 $0°<A<180°$，所以 $90°<A<180°$，又 $\sin A+\cos A=\sqrt{2}\sin(A+45°)=\frac{\sqrt{2}}{2}$，所以 $\sin(A+45°)=\frac{1}{2}$，所以 $A=105°$. 所以

$\sin A=\sin 105°=\sin(45°+60°)$

$=\sin 45°\cos 60°+\cos 45°\sin 60°=\frac{\sqrt{2}+\sqrt{6}}{4}.$

所以 $S_{\triangle ABC}=\frac{1}{2}AC\cdot AB\sin A$

$=\frac{1}{2}\times 2\times 3\times\frac{\sqrt{2}+\sqrt{6}}{4}=\frac{3}{4}(\sqrt{2}+\sqrt{6}).$

8. (1)在 $\triangle ABC$ 中，$\sin C=\frac{AD}{AC}=\frac{2\sqrt{3}}{4}=\frac{\sqrt{3}}{2}$，所以 $C=60°$.

(2)由余弦定理可知 $c^2=b^2+a^2-2ab\cos C$，所以 $(\sqrt{21})^2=4^2+a^2-2\times 4\times a\times\frac{1}{2}$，即 $a^2-4a-5=0$，所以 $a=5$.

9. (B).

10. (A). ①^2+②^2 得 $\sin(A+B)=\frac{1}{2}$，故 $\sin C=\sin[\pi-(A+B)]=\frac{1}{2}$. 因为 $0<C<\pi$，所以 $C=\frac{\pi}{6}$ 或 $\frac{5\pi}{6}$.

因在 $\triangle ABC$ 中，$\sin A>0,\sin B>0$．由 $3\cos A+4\sin B=1$，得 $1-3\cos A=4\sin B>0$，故 $\cos A<\frac{1}{3}<\frac{1}{2}$，所以 $A>\frac{\pi}{3}$，若 $C=\frac{5\pi}{6}$，则 $A+B=\frac{\pi}{6}$ 与 $A>\frac{\pi}{3}$ 矛盾．

11. (1)由余弦定理可得，

$$AB^2=AC^2+BC^2-2AC\cdot BC\cdot\cos C$$
$$=4+1-2\times2\times1\times\frac{3}{4}=2,$$

所以 $AB=\sqrt{2}$．

(2)由 $\cos C=\frac{3}{4}$ 且 $0<C<\pi$，所以 $0<C<\frac{\pi}{2}$，得 $\sin C=\sqrt{1-\cos^2C}=\frac{\sqrt{7}}{4}$．

由正弦定理得 $\frac{AB}{\sin C}=\frac{BC}{\sin A}$，解得 $\sin A=\frac{\sqrt{14}}{8}$．

因为 $AB>BC$，所以 $\angle C>\angle A$．所以 $\cos A=\frac{5\sqrt{2}}{8}$．所以 $\sin2A=2\sin A\cos A=\frac{5\sqrt{7}}{16}$，$\cos2A=1-2\sin^2A=\frac{9}{16}$．故 $\sin(2A+C)=\sin2A\cos C+\cos2A\sin C=\frac{3\sqrt{7}}{8}$．

12. 由正弦定理 $\frac{a}{c}=\frac{\sin A}{\sin C}=\frac{\sin2C}{\sin C}=2\cos C$，所以 $\cos C=\frac{a}{2c}$，所以 $\cos C=\frac{a^2+b^2-c^2}{2ab}=\frac{a}{2c}$．

因为 $2b=a+c$，所以

$$\frac{a}{2c}=\frac{(a^2-c^2)+\frac{1}{4}(a+c)^2}{2a\cdot\frac{a+c}{2}}$$
$$=\frac{(a+c)(a-c)+\frac{1}{4}(a+c)^2}{a\cdot(a+c)},$$

所以 $2a^2-5ac+3c^2=0$.

因为 $A>C$，所以 $a=\frac{3}{2}c$，所以

$$b=\frac{1}{2}(a+c)=\frac{5}{4}c.$$

所以 $a:b:c=\frac{3}{2}c:\frac{5}{4}c:c=6:5:4$．

第六节　三角应用问题

1. (A).

2. (A). 在 $\triangle ADC$ 中，如图 5－2，由正弦定理得

$$\frac{DC}{\sin(\alpha-\beta)}=\frac{AC}{\sin\beta},\text{故 }AC=\frac{a\sin\beta}{\sin(\alpha-\beta)}.$$

在 $\mathrm{Rt}\triangle ABC$ 中，$AB=AC\sin\alpha=\frac{a\sin\alpha\sin\beta}{\sin(\alpha-\beta)}$

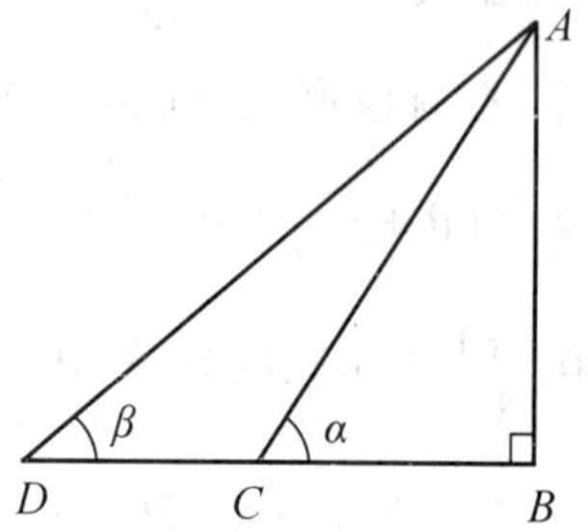

图 5－2

3. (C).

4. (C). 设电视塔高为 x(m)，$\angle BAC=\alpha$，则

$$\tan\alpha=\frac{1}{2},\ \tan(\alpha+45^\circ)=\frac{x+15}{30},$$

而 $\tan(\alpha+45^\circ)=\frac{\tan\alpha+\tan45^\circ}{1-\tan\alpha\tan45^\circ}=3$，

故 $\frac{x+15}{30}=3$，$x=75$(m)．

5. 100cm．记圆心为 O，则有弦长距

$$PO=\sqrt{5^2-3^2}=4(\text{cm}),$$

故 P 走过的弧长为 $4\times5\times5=100$(cm).

6. ①②③三种说法均正确.

7. 2. $I=I_1+I_2$

$$=\sqrt{3}\sin\left(100\pi t+\frac{\pi}{3}\right)+\sin\left(100\pi t-\frac{\pi}{6}\right)$$
$$=\sqrt{3}\sin\left(100\pi t+\frac{\pi}{3}\right)+\sin\left(100\pi t+\frac{\pi}{3}-\frac{\pi}{2}\right)$$
$$=\sqrt{3}\sin\left(100\pi t+\frac{\pi}{3}\right)-\sin\left(\frac{\pi}{2}-\left(100\pi t+\frac{\pi}{3}\right)\right)$$
$$=\sqrt{3}\sin\left(100\pi t+\frac{\pi}{3}\right)-\cos\left(100\pi t+\frac{\pi}{3}\right)$$
$$=2\sin\left(100\pi t+\frac{\pi}{3}-\frac{\pi}{6}\right)$$
$$=2\sin\left(100\pi t+\frac{\pi}{6}\right).$$

故最大电流为 2.

8. 北偏东 30°，$\sqrt{3}a$ 海里.

9. (B). 如图5-3,在Rt△ABO中, $\angle BAO=1°$,$BO=2$故$AO=\dfrac{2}{\sin 1°}$. 在Rt△ADO中, $\angle OAD=60°$,故$OD=AO\cdot\sin 60°=\dfrac{2\sin 60°}{\sin 1°}=\dfrac{\sqrt{3}}{\sin 1°}$. 又$\sin 1°=\sin\dfrac{\pi}{180}\approx\dfrac{\pi}{180}$,故$OD=\sqrt{3}\cdot\dfrac{180}{\pi}\approx 99$(m).

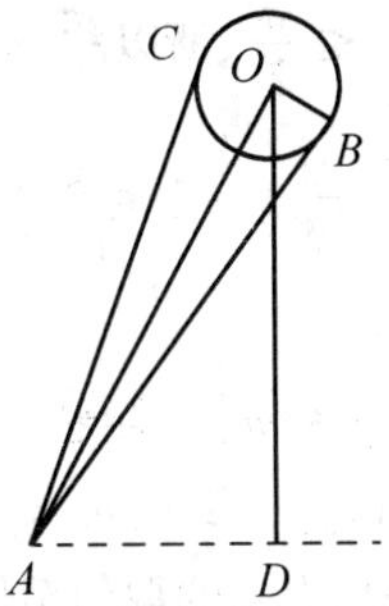

图5-3

10. 100m. 如图5-4,当三个相同的正方形连接时,$\alpha+\beta+\gamma=90°$. 若塔高不是100m,则三个仰角的和要么大于90°,要么小于90°.

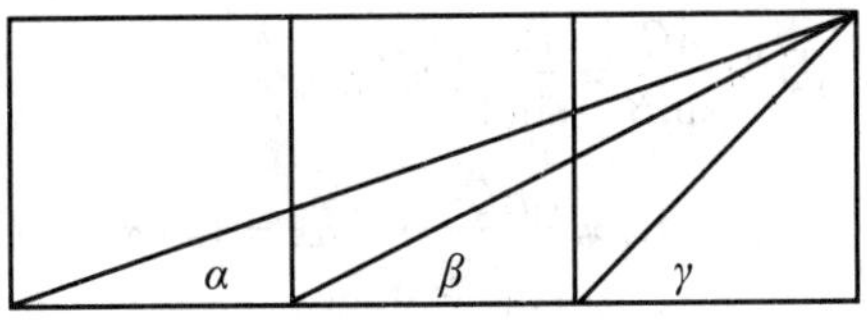

图5-4

11. (1)通过图象知$A=300$.

周期$T=2\left[\dfrac{1}{180}-\left(\dfrac{1}{900}\right)\right]=\dfrac{1}{75}$,

$a=\dfrac{2\pi}{T}=150\pi$.

又当$t=\dfrac{1}{180}$时, $I=0$,即

$$\sin\left(150\pi\cdot\dfrac{1}{180}+\varphi\right)=0,$$

而$|\varphi|<\dfrac{\pi}{2}$,所以$\varphi=\dfrac{\pi}{6}$.

故所求解析式为$I=300\left(150\pi\cdot\dfrac{1}{180}+\dfrac{\pi}{6}\right)$.

(2) 要在任意一段$\dfrac{1}{150}$秒的时间内I能同时取得最大和最小值,则需周期$T\leqslant\dfrac{1}{150}$,即$\dfrac{2\pi}{\omega}\leqslant\dfrac{1}{150}$. 所以$\omega\geqslant 300\pi>942$,而$\omega$为正整数,故最小正整数$\omega$为943.

说明　在一个周期内,函数可取到值域中的任意值,但在长度不足一周期的区间内,却无此保障,这里我们进一步体会了周期的意义.

12. 如图5-5,设该机器人最快可在点C处截止足球,点C在线段AD上,设$BC=x$(dm),由题意, $CD=2x$(dm),$AC=AD-CD=(17-2x)$(dm). 在△ABC中,由余弦定理可得$BC^2=AB^2+AC^2-2AB\cdot AC\cos A$. 即$x^2=(4\sqrt{2})^2+(17-2x)^2-2\times 4\sqrt{2}\times(17-2x)\cos 45°$. 解得$x_1=5$(dm),$x_2=\dfrac{37}{3}$(dm). 所以$AC=17-2x=7$(dm), 或$AC=-\dfrac{23}{3}$(dm)(不合题意,舍去).

故该机器人最快可在线段AD上离A点7dm的C点处截住足球.

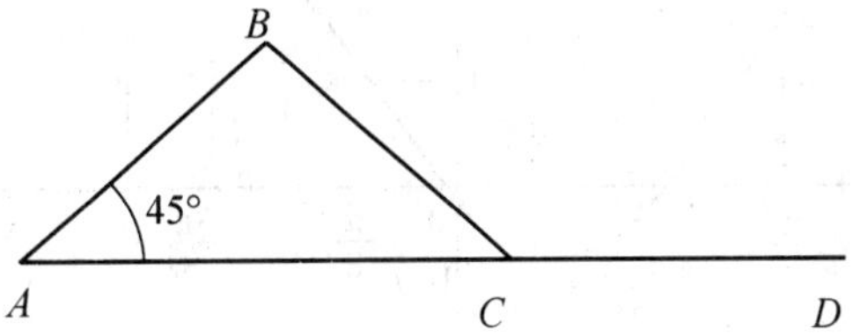

图5-5

习题五

1. (C).　2. (A).　3. (C).　4. (D).　5. (D).

6. (B).　7. (D).

8. (A).

9. (A). 由$\overrightarrow{AC}\cdot\overrightarrow{CB}=-2$,得$\overrightarrow{CA}\cdot\overrightarrow{CB}=2$. 所以$ab\cos C=2$,$ab=8$.

又$c^2=a^2+b^2-2ab\cos C=(a+b)^2-2ab-2ab\cos C$

$=5^2-16-4=5$,所以$c=\sqrt{5}$.

10. 2cm^2.

11. $S_{\triangle ABC}=\dfrac{1}{2}bc\cdot\sin A=\sqrt{3}$, 所以$c=4$. 又$a^2=b^2+c^2-2bc\cos A=13$,所以$a=\sqrt{13}$.

原式$=\dfrac{a}{\sin A}=\dfrac{\sqrt{13}}{\dfrac{\sqrt{3}}{2}}=\dfrac{2\sqrt{39}}{3}$.

12. $\sqrt{3}\sin A+\cos A=2\sin\left(A+\dfrac{\pi}{6}\right)=1$,

所以$\sin\left(A+\dfrac{\pi}{6}\right)=\dfrac{1}{2}$. 又$0<A<\pi$,所以

$A=\frac{2\pi}{3}$. 由正弦定理得 $\sin C=\frac{AB\sin A}{BC}=\frac{1}{2}$,

所以 $C=\frac{\pi}{6}$,故 $B=\frac{\pi}{6}$,所以

$$S=\frac{1}{2}AB\times BC\sin B=\sqrt{3}.$$

13. (1)因为 $f(x)=2\sin^2x+2\sin x\cos x$

$=2\times\frac{1-\cos2x}{2}+\sin2x$

$=1+\sin2x-\cos2x$

$=1+\sqrt{2}\sin\left(2x-\frac{\pi}{4}\right)$.

故 $T=\frac{2\pi}{2}=\pi$.

(2)五点作图(见图5-6).

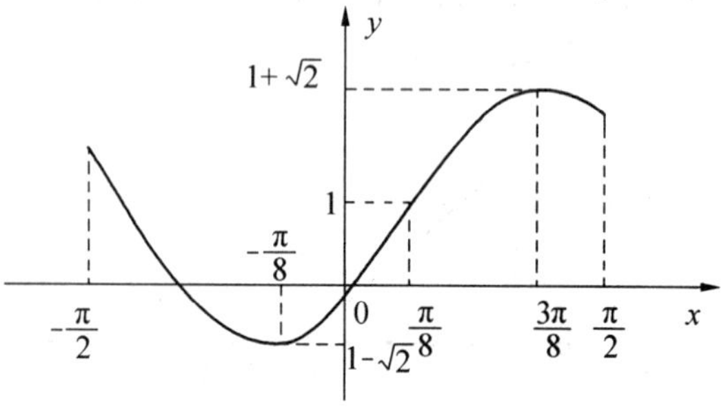

图5-6

14. (1) $f(x)=2\sin^2x-2\sqrt{2}\sin x=2\left(\sin x-\frac{\sqrt{2}}{2}\right)^2-1$.

因为 $-1\leqslant\sin x\leqslant1$, 所以当 $\sin x=\frac{\sqrt{2}}{2}$ 时,

$f(x)_{\min}=-1$;

当 $\sin x=-1$ 时, $f(x)_{\max}=2+2\sqrt{2}$. 故 $f(x)$ 的值域是 $[-1,2+2\sqrt{2}]$.

(2) $f(x)$ 在区间 $\left[0,\frac{\pi}{2}\right]$ 上不是单调函数.

设 $t=\sin x$, 所以 $y=2\left(t-\frac{\sqrt{2}}{2}\right)^2-1$.

$x\in\left[0,\frac{\pi}{4}\right]$ 时, $t=\sin x\in\left[0,\frac{\sqrt{2}}{2}\right]$ 递增, $y=2\left(t-\frac{\sqrt{2}}{2}\right)^2-1$ 递减.

所以 $f(x)$ 的减区间是 $\left[0,\frac{\pi}{4}\right]$;

$x\in\left[\frac{\pi}{4},\frac{\pi}{2}\right]$ 时, $t=\sin x\in\left[\frac{\sqrt{2}}{2},1\right]$ 递增,

$y=2\left(t-\frac{\sqrt{2}}{2}\right)^2-1$ 递增.

所以 $f(x)$ 的增区间是 $\left[\frac{\pi}{4},\frac{\pi}{2}\right]$.

15. (1)因为 $f(x)=2\left[1-\cos\left(\frac{\pi}{2}+2x\right)\right]-2\sqrt{3}\cos2x-1$

$=2\sin2x-2\sqrt{3}\cdot\cos2x+1$

$=4\sin(2x-\frac{\pi}{3})+1$.

又因为 $\frac{\pi}{4}\leqslant x\leqslant\frac{\pi}{2}$, 所以 $\frac{\pi}{6}\leqslant2x-\frac{\pi}{3}\leqslant\frac{2\pi}{3}$, 即 $3\leqslant4\sin(2x-\frac{\pi}{3})+1\leqslant5$, 所以 $f(x)_{\max}=5$, $f(x)_{\min}=3$.

(2)因为 $|f(x)-m|<2\Rightarrow f(x)-2<m<f(x)+2\Rightarrow m>f(x)_{\max}-2$ 且 $m<f(x)_{\min}+2$, 所以 $3<m<5$, 所以 m 的取值范围是 $(3,5)$.

16. (1)由 $a^2-(b-c)^2=bc$, 得 $a^2-b^2-c^2=-bc$.

所以 $\cos A=\frac{b^2+c^2-a^2}{2bc}=\frac{1}{2}$.

又 $0<A<\pi$, 所以 $A=\frac{\pi}{3}$.

(2)因为 $\frac{AC}{\sin B}=\frac{BC}{\sin A}$, 所以

$$AC=\frac{BC}{\sin\frac{\pi}{3}}\cdot\sin x=4\sin x.$$

同理 $AB=\frac{BC}{\sin A}\cdot\sin C=4\sin\left(\frac{2\pi}{3}-x\right)$.

故 $y=4\sin x+4\sin\left(\frac{2\pi}{3}-x\right)+2\sqrt{3}$

$=4\sqrt{3}\sin\left(x+\frac{\pi}{6}\right)+2\sqrt{3}$.

因为 $A=\frac{\pi}{3}$, 所以 $0<B<\frac{2\pi}{3}$, 即 $0<x<\frac{2\pi}{3}$.

故 $x+\frac{\pi}{6}\in\left(\frac{\pi}{6},\frac{5\pi}{6}\right)$.

当 $x+\frac{\pi}{6}=\frac{\pi}{2}$, 即 $x=\frac{\pi}{3}$ 时, $y_{\max}=6\sqrt{3}$.

17. (1) 因为 $C=\pi-(A+B)$, 所以

$$\tan C=-\tan(A+B)=-\frac{\frac{1}{4}+\frac{3}{5}}{1-\frac{1}{4}\times\frac{3}{5}}=-1$$

又 $0<C<\pi$, 所以 $C=\frac{3\pi}{4}$.

(2) 因为 $C=\frac{3\pi}{4}$, 所以 AB 最大, 即 $AB=$

$\sqrt{17}$.

又 $\tan A < \tan B, A, B \in (0, \frac{\pi}{2})$，所以角 A 最小，BC 为最小边.

由 $\begin{cases} \tan A = \frac{\sin A}{\cos A} = \frac{1}{4} \\ \sin^2 A + \cos^2 A = 1 \end{cases}$，得 $\sin A = \frac{\sqrt{17}}{17}$，

由 $\frac{AB}{\sin C} = \frac{BC}{\sin A}$，得 $BC = AB \cdot \frac{\sin A}{\sin C} = \sqrt{2}$.

故最小边 $BC = \sqrt{2}$.

18. (1) $\boldsymbol{m} \cdot \boldsymbol{n} = 2\sin 2\theta + \frac{3}{2} - \frac{1}{2}\cos 4\theta$

$= 2\sin 2\theta + \frac{3}{2} - \frac{1}{2}(1 - 2\sin^2 2\theta)$

$= 2\sin 2\theta + 1 + \sin^2 2\theta$

$= (\sin 2\theta + 1)^2$

$= (\sin\theta + \cos\theta)^4$.

又 $q = \frac{a_3}{a_2} = \frac{1 + \sin 2\theta}{\sin\theta + \cos\theta} = \sin\theta + \cos\theta$,

所以 $a_n = a_2 \cdot q^{n-2}$

$= (\sin\theta + \cos\theta)(\sin\theta + \cos\theta)^{n-2}$

$= (\sin\theta + \cos\theta)^{n-1}$.

故 $\boldsymbol{m} \cdot \boldsymbol{n}$ 是数列 $\{a_n\}$ 的第五项.

(2) 由 $|q| < 1 \Leftrightarrow q^2 < 1 \Leftrightarrow \sin 2\theta < 0 \Rightarrow 2k\pi + \pi < 2\theta < 2k\pi + 2\pi \ (k \in \mathbf{Z})$.

因为 $0 < \theta < \pi$，所以 $\pi < 2\theta < 2\pi$. 故 $\frac{\pi}{2} < \theta < \pi$.

又 $q \neq 0$，故 $\theta \neq \frac{3\pi}{4}$. 故 $\theta \in \left(\frac{\pi}{2}, \frac{3\pi}{4}\right) \cup \left(\frac{3\pi}{4}, \pi\right)$.

第六章　数　列

第一节　数列的概念

1. (1)$a_n=2^n+1$;

(2)$a_n=\dfrac{2n}{(2n-1)(2n+1)}$;

(3)$a_n=(-1)^{n+1}n(n+1)$.

2. (1)由 $a_{n+1}=\dfrac{1}{2}a_n+1$ 得 $a_{n+1}-2=\dfrac{1}{2}(a_n-2)$,故数列$\{a_n-2\}$是首项为$-1$,公比为$\dfrac{1}{2}$的等比数列,故 $a_n-2=(-1)\times\left(\dfrac{1}{2}\right)^{n-1}$,从而

$a_n=2-\dfrac{1}{2^{n-1}}$.

(2)数列$\{a_n\}$的前五项分别为1,5,13,29,61,由此归纳出 $a_n=2^{n+1}-3$.

另解:$a_{n+1}+3=2(a_n+3)$,故$\{a_n+3\}$是首项为4,公比为2的等比数列,$a_{n+1}+3=4\times2^{n-1}$,故 $a_n=2^{n+1}-3$.

3. 利用相关数列$\{a_n\}$与$\{S_n\}$的关系;$n\geqslant2$ 时,$a_n=S_n-S_{n-1}$;$n=1$ 时,$a_1=S_1$,要注意两种情况能否统一.各题答案为:

(1)$a_n=4n-5$;

(2)$a_n=(-1)^{n+1}(2n-1)$;

(3)$a_n=\begin{cases}5 & n-1\\ 2^{n-1} & n\geqslant2\end{cases}$.

4. (C).由 a_1,a_2,a_3,a_4 的值,归纳出 $a_n=2^{n-1}$.

另解:$a_n=a_0+a_1+a_2+\cdots+a_{n-1}(n\geqslant1)$,得 $a_{n+1}=a_0+a_1+a_2+\cdots+a_{n-1}+a_n$,于是 $a_{n+1}-a_n=a_n$,即 $a_{n+1}=2a_n$.因 $a_1=a_0=1\neq0$,故数列$\{a_n\}$ $(n\geqslant1)$是首项为1,公比为2的等比数列,故 $a_n=2^{n-1}(n\geqslant1)$.

5. (B).因为 $a_1=\dfrac{1}{3}$,$a_n=(-1)^n\cdot2a_{n-1}$,

所以 $a_2=\dfrac{2}{3}$,$a_3=-\dfrac{4}{3}$,$a_4=-\dfrac{8}{3}$,$a_5=\dfrac{16}{3}$

6. 16;31. $a_5=2^{5-1}=2^4=16$. $S_5=(a_1+a_3+a_5)+(a_2+a_4)=(2^0+2^2+2^4)+(3+7)=31$.

7. $2n+1$.由图可以看出 $a_1=3$,$a_2=5$,$a_3=7$,$a_4=9$,于是 $a_n-a_{n-1}=2$,所以 $a_n=2n+1$.

8. (1)由 $a_n<0$,解得 $1<n<4$,因 $n\in\mathbf{N}^*$,故 $n=2,3$,故有两项是负数.

(2)因 $a_n=\left(n-\dfrac{5}{2}\right)^2-\dfrac{9}{4}$,$n\in\mathbf{N}^*$,故 $n=2$ 或 3 时,a_n 有最小值,最小值是 -2.

9. (1)$a_n=\begin{cases}0,n\text{ 为奇数}\\ 1,n\text{ 为偶数}\end{cases}$ 或

$a_n=\dfrac{1+(-1)^n}{2}$或 $a_n=\cos^2\dfrac{n\pi}{2}$ $(n\in\mathbf{N}^*)$;

(2)$a_n=\dfrac{n-1}{n+1}$;

(3)$a_n=\dfrac{7}{9}(10^n-1)$.

10. (1)因 $a_{n+1}-a_n=2n-1$,故

$$\begin{aligned}a_n&=(a_n-a_{n-1})+(a_{n-1}-a_{n-2})+\cdots+(a_3-a_2)+(a_2-a_1)+a_1\\&=(2n-3)+(2n-5)+\cdots+3+1+0\\&=(n-1)^2.\end{aligned}$$

(2)仿(1)可得

$$\begin{aligned}a_n&=\frac{1}{2^{n-1}}+\frac{1}{2^{n-2}}+\cdots+\frac{1}{2^2}+\frac{1}{2}+1\\&=3-\frac{1}{2^{n-1}}.\end{aligned}$$

(3)因 $a_n\neq0$,且$\dfrac{a_{n+1}}{a_n}=2^n$,故

$$\begin{aligned}a_n&=\frac{a_n}{a_{n-1}}\cdot\frac{a_{n-1}}{a_{n-2}}\cdot\cdots\cdot\frac{a_3}{a_2}\cdot\frac{a_2}{a_1}\cdot a_1\\&=2^{n-1}\cdot2^{n-2}\cdot\cdots\cdot2^2\cdot2\cdot1\\&=2^{n-1+(n-2)+\cdots+3+2+1}=2^{\frac{1}{2}n(n-1)}.\end{aligned}$$

11. 因为 $a_1=3$,$a_2=9=3^2$,$a_3=81=3^4$,$a_4=(3^4)^2=3^8$,由此可归纳出 $a_n=3^{2^{n-1}}$.

12. (1)当 $n=1$ 时,有 $S_1=a_1=2a_1+(-1)\Rightarrow a_1=1$;当$n=2$时,有 $S_2=a_1+a_2=2a_2+(-1)^2\Rightarrow a_2=0$;当 $n=3$ 时,有 $S_3=a_1+a_2+a_3=2a_3+(-1)^3\Rightarrow a_3=2$.综上可知 $a_1=1$,$a_2=0$,$a_3=2$.

(2)由已知得:

$a_n=S_n-S_{n-1}=2a_n+(-1)^n-2a_{n-1}-(-1)^{n-1}$,

化简得 $a_n=2a_{n-1}+2(-1)^{n-1}$，即

$$a_n+\frac{2}{3}(-1)^n=2\left[a_{n-1}+\frac{2}{3}(-1)^{n-1}\right],$$

故数列 $\left\{a_n+\frac{2}{3}(-1)^n\right\}$ 是以 $a_1+\frac{2}{3}(-1)^1$ 为首项、公比为2的等比数列，于是

$$a_n+\frac{2}{3}(-1)^n=\frac{1}{3}\times2^{n-1}，故$$

$$a_n=\frac{1}{3}\times2^{n-1}-\frac{2}{3}(-1)^n$$

$$=\frac{2}{3}[2^{n-2}-(-1)^n].$$

因此，数列 $\{a_n\}$ 的通项公式为：

$$a_n=\frac{2}{3}[2^{n-2}-(-1)^n].$$

第二节 等差数列

1. (B). 因为公差为 $4-(-1)=5$，首项为 -1，所以 $a_n=5n-6$.
2. (C). 因为 $a_3+a_7=a_4+a_6=2a_5$，由已知得 $a_5=40$，所以 $a_1+a_9=2a_5=80$.
3. (C). $S_9=\frac{9(a_1+a_9)}{2}=\frac{9(a_2+a_8)}{2}=36.$
4. (C). $(a_2+a_4+a_6+a_8+a_{10})-(a_1+a_3+a_5+a_7+a_9)=5d=15$，所以 $d=3$.
5. (B). 设行的总和构成数列 $\{a_n\}$. 其中

$$a_1=\frac{10(0+9)}{2}=45, d=10.$$

$$S=10\times45+\frac{10\times9}{2}\times10=900.$$

6. 50. 设等差数列的公差为 d，

$(a_{11}+a_{12}+\cdots+a_{20})-(a_1+a_2+\cdots+a_{10})$
$=10d+10d+\cdots+10d=100d=10$，

故 $a_{41}+a_{42}+\cdots+a_{50}=(a_1+a_2+\cdots+a_{10})+40d+40d+\cdots+40d=10+400d=50$.

7. 1. 设数列的前三项分别为 $a-d, a, a+d$，且 $d>0$，由题意得 $\begin{cases}(a-d)+a+(a+d)=9\\(a-d)\times a\times(a+d)=15\end{cases}$，

解得 $\begin{cases}a=3\\d=2\end{cases}$，所以首项为 $a-d=1$.

8. 设公差为 d，由 $3a_4=7a_7$，得

$3(a_1+3d)=7(a_1+6d)$，即 $d=-\frac{4}{33}a_1<0$.

由 $\begin{cases}a_n\geqslant0\\a_{n+1}\leqslant0\end{cases}$ 得 $\begin{cases}a_1+(n-1)d\geqslant0\\a_1+nd\leqslant0\end{cases}$，故 $n=9$.

9. (C). 由 $a_1+a_{101}=a_2+a_{100}=\cdots=a_{50}+a_{52}$ 及已知条件得 $a_3+a_{99}=0$.
10. (D). 利用 $\frac{a_n}{b_n}=\frac{S_{2n-1}}{T_{2n-1}}=\frac{7(2n-1)+45}{2n-1+3}=\frac{14n+38}{2n+2}=7+\frac{12}{n+1}$. 当 $n=1,2,3,5,11$ 时，$\frac{a_n}{b_n}$ 为正整数.
11. 4. $S_4\geqslant10, S_5\leqslant15$ 得到 $4a_1+6d_1\geqslant10, 5a_1+10d_1\leqslant15$，得到 $d\leqslant1$ 而 $a_1+2d\leqslant3$，即 $a_3\leqslant3$，故 $a_4=a_3+d\leqslant4$.
12. 由已知 $\frac{2b_n}{b_nS_n-S_n^2}=1(n\geqslant2)$，而 $b_n=S_n-S_{n-1}$，所以 $\frac{2(S_n-S_{n-1})}{(S_n-S_{n-1})S_n-S_n^2}=1$，即 $\frac{2(S_n-S_{n-1})}{-S_{n-1}\cdot S_n}=1$.

所以 $\frac{1}{S_n}-\frac{1}{S_{n-1}}=\frac{1}{2}$，又 $S_1=b_1=1$，所以数列 $\left\{\frac{1}{S_n}\right\}$ 是首项为1、公差为 $\frac{1}{2}$ 的等差数列.

由上可知：$\frac{1}{S_n}=1+\frac{1}{2}(n-1)=\frac{n+1}{2}$，即

$S_n=\frac{2}{n+1}$，所以当 $n\geqslant2$ 时，

$$b_n=S_n-S_{n-1}=\frac{2}{n+1}-\frac{2}{n}=-\frac{2}{n(n+1)},$$

故 $b_n=\begin{cases}1 & n=1\\-\frac{2}{n(n+1)} & n\geqslant2\end{cases}$.

第三节 等比数列

1. (A). 把 $n=1,2$ 代入检验可知选(A).
2. (C). 由于 $a_1a_{11}=a_2a_{10}=\cdots=a_5a_7=a_6^2=4$，故

$\log_2a_1+\log_2a_2+\cdots+\log_2a_{11}=\log_2(a_1a_2\cdots a_{11})$
$=\log_22^{11}=11.$

3. (C). 由 $S_{10}=S_5+2^5S_5=33S_5=33$.
4. (C). 第一列为 $\frac{1}{4},\frac{2}{4},\frac{3}{4},\cdots$ 第八个数为 $\frac{8}{4}$，即为第八行第一个数，又每一行都成等比数列，且公比为 $\frac{1}{2}$，所以 $a_{83}=\frac{8}{4}\times\frac{1}{2}\times\frac{1}{2}=\frac{1}{2}$.
5. (C). 分 $q=1$ 和 $q\neq1$ 两种情况讨论，当 $q=1$ 时，$S_3=3a_1=3a_3$ 符合. 当 $q\neq1$ 时，$\frac{a_1(1-q^3)}{1-q}=3a_1q^2$，所以 $1-q^3=3q^2(1-q)$，即 $2q^3-3q^2+1$

$=0$，所以$2q^2(q-1)-(q-1)(q+1)=0$，

$(q-1)^2(2q+1)=0$，

解得 $q=-\frac{1}{2}$. 综上所述，$q=1$ 或 $q=-\frac{1}{2}$.

另解（避免分类讨论）：因为 $S_3=3a_3$，

所以 $a_1+a_2-2a_3=0$，所以 $a_1(1+q-2q^2)=0$.

所以$q=1$或 $q=-\frac{1}{2}$.

6. 240. 由$\begin{cases}a_1+a_2=30\\a_3+a_4=60\end{cases}$得$\begin{cases}a_1(1+q)=30\\a_1q^2(1+q)=60\end{cases}$,

解得$\begin{cases}a_1+a_2=30\\q^2=2\end{cases}$.

所以 $a_7+a_8=(a_1+a_2)q^6=30\times2^3=240$.

7. $\frac{13}{12}$. 由$(a_1+3d)^2=(a_1+d)\times(a_1+7d)$得

$a_1=d$. 故$\frac{a_1+a_3+a_9}{a_2+a_{10}}=\frac{13d}{12d}=\frac{13}{12}$.

8. 设 $y=f(x)=ax+b\ (a\neq0)$，因为$f(2)$，$f(5)$，$f(4)$成等比数列，所以$[f(5)]^2=f(2)f(4)$，即

$(5a+b)^2=(2a+b)\times(4a+b)$.　①

又$f(8)=15$，得　$8a+b=15$.　②

联立式①②解得$\begin{cases}a=4\\b=-17\end{cases}$，　故$f(n)=4n-17$.

由$f(n)-f(n-1)=4$ 知数列$\{f(n)\}$是首项为-13、公差为 4 的等差数列.

所以 $S_n=f(1)+f(2)+f(3)+\cdots+f(n)$

$=\frac{n(-13+4n-17)}{2}=2n^2-15n$.

9. (C). 因 $S_{10}, S_{20}-S_{10}, S_{30}-S_{20}$成等比数列，所以有 $24^2=32\times(S_{30}-56)$，解得 $S_{30}=74$.

10. 2^{20}. 令 $a_1a_4a_7\cdots a_{28}=x$，则

$a_2a_5a_8\cdots a_{29}=x\cdot2^{10}$，$a_3a_6a_9\cdots a_{30}=x\cdot2^{20}$.

由 $a_1a_2a_3\cdots a_{30}=2^{30}$，得 $x^3\cdot2^{30}=2^{30}$，即 $x=1$，

所以 $a_3a_6a_9\cdots a_{30}=x\cdot2^{20}=2^{20}$.

11. 设等比数列$\{a_n\}$的公比为 q，由 $S_n=80$，$S_{2n}=6560$，可知 $q\neq1$，于是得

$$\begin{cases}\dfrac{a_1(1-q^n)}{1-q}=80 & ①\\[2ex]\dfrac{a_1(1-q^{2n})}{1-q}=6560 & ②\end{cases}$$

由$\frac{②}{①}$得 $1+q^n=82$，即 $q^n=81$，代入①，得

$a_1=q-1$　③

因为 $a_1>0$，所以 $q>1$，由此可知，数列$\{a_n\}$的前 n 项中的最大项为 a_n，即　$a_1q^{n-1}=54$　④

联立式③④解得 $q=3$，$a_1=2$，所以数列$\{a_n\}$的通项公式为 $a_n=2\times3^{n-1}$.

12. (1)由题设知 $a_{k_1}, a_{k_2}, a_{k_3}$，即 a_1, a_5, a_{17}成等比数列，则$(a_1+4d)^2=a_1(a_1+16d)$. 因为$d\neq0$，

所以 $a_1=2d$. 公比 $q=\frac{a_5}{a_1}=\frac{a_1+4d}{a_1}=3$，

故 $a_{k_n}=a_1\times3^{n-1}$，

又 $a_{k_n}=a_1+(k_n-1)d=a_1+(k_n-1)\times\frac{a_1}{2}$，

所以 $a_1\times3^{n-1}=a_1+(k_n-1)\times\frac{a_1}{2}$.

由于 $a_1\neq0$，所以 $k_n=2\times3^{n-1}-1$.

(2)　$k_1+k_2+\cdots+k_n$

$=2\times(1+3+3^2+\cdots+3^{n-1})-n$

$=2\times\frac{1-3^n}{1-3}-n=3^n-n-1$.

第四节　数列求和问题

1. (B). 由已知得$(a_1+a_9)+(a_3+a_7)+(a_4+a_6)=66$，又 $a_1+a_9=a_3+a_7=a_4+a_6$，故 $a_1+a_9=22$，所以 $S_9=\frac{9(a_1+a_9)}{2}=99$.

2. (C). 由于 $a_n=\frac{1}{\sqrt{n+1}+\sqrt{n}}=\sqrt{n+1}-\sqrt{n}$，从而

$S_n=\sqrt{n+1}-1=10$，解得 $n=120$.

3. (B). 当 $n=1$ 时，$a_1=S_1=-2$；

当 $n\geqslant2$ 时，$a_n=S_n-S_{n-1}=2n-5$，则

$|a_1|+|a_2|+|a_3|+\cdots+|a_{10}|$

$=-a_1-a_2+a_3+a_4+\cdots+a_{10}$

$=-2S_2+S_{10}=67$.

4. (B).　$100^2-99^2+98^2-97^2+\cdots+2^2-1^2$

$=(100+99)(100-99)+(98+97)(98-97)+\cdots+(2+1)(2-1)$

$=100+99+\cdots+2+1=5050$.

5. 60. 由 $S_{100}=a_1+a_2+\cdots+a_{100}$

$=2(a_1+a_3+\cdots+a_{99})+50\times\frac{1}{2}$

$=145$.

得 $a_1+a_3+\cdots+a_{99}=60$.

6. $n^2+1-\frac{1}{2^n}$.

$S_n=[1+3+5+\cdots+(2n-1)]+\left(\frac{1}{2}+\frac{1}{4}+\cdots+\frac{1}{2^n}\right)$

$=\frac{n(1+2n-1)}{2}+\frac{\frac{1}{2}\times\left(1-\frac{1}{2^n}\right)}{1-\frac{1}{2}}$

$=n^2+1-\frac{1}{2^n}$.

7. $\frac{7}{81}(10^{n+1}-9n-10)$. 由 $a_n=\frac{7}{9}(10^n-1)$ 得

$S_n=\frac{7}{9}(10+10^2+\cdots+10^n-n)$

$=\frac{7}{81}(10^{n+1}-9n-10)$.

8. (1)设数列$\{a_n\}$的公差为 d,则

$a_1+a_2+a_3=3a_1+3d=12$,

又 $a_1=2$,得 $d=2$. 所以 $a_n=2n$.

(2)令 $S_n=b_1+b_2+\cdots+b_n$,由 $b_n=a_nx^n=2nx^n$ 得

$S_n=2x+4x^2+\cdots+(2n-2)x^{n-1}+2nx^n$ ①

$xS_n=2x^2+4x^3+\cdots+(2n-2)x^n+2nx^{n+1}$ ②

当 $x\neq1$ 时,由两式相减得

$(1-x)S_n=2(x+x^2+x^3+\cdots+x^n)-2nx^{n+1}$

$=\frac{2x(1-x^n)}{1-x}-2nx^{n+1}$,

所以 $S_n=\frac{2x(1-x^n)}{(1-x)^2}-\frac{2nx^{n+1}}{1-x}$.

当 $x=1$ 时,$S_n=2+4+\cdots+2n=n(n+1)$.

综上可得,当 $x=1$ 时,$S_n=n(n+1)$;当 $x\neq1$ 时,$S_n=\frac{2x(1-x^n)}{(1-x)^2}-\frac{2nx^{n+1}}{1-x}$.

9. (D). 由 $a_1+a_2+\cdots+a_n=2^n-1$,得 $a_1+a_2+\cdots+a_{n-1}=2^{n-1}-1$,两式相减得 $a_n=2^{n-1}$,所以 $a_n^2=(2^{n-1})^2=4^{n-1}$,可知数列$\{a_n^2\}$是等比数列,公比为4,得 $a_1^2+a_2^2+\cdots+a_n^2=\frac{1-4^n}{1-4}=\frac{1}{3}(4^n-1)$.

10. $n+\frac{3}{2}-\frac{1}{n+1}-\frac{1}{n+2}$.

由 $a_n=\frac{(n+1)^2+1}{(n+1)^2-1}=1+\frac{2}{(n+1)^2-1}$

$=1+\left(\frac{1}{n}-\frac{1}{n+2}\right)$

得 $S_n=n+\left[\left(\frac{1}{1}-\frac{1}{3}\right)+\left(\frac{1}{2}-\frac{1}{4}\right)+\left(\frac{1}{3}-\frac{1}{5}\right)+\cdots+\left(\frac{1}{n-1}-\frac{1}{n+1}\right)+\left(\frac{1}{n}-\frac{1}{n+2}\right)\right]$

$=n+\frac{3}{2}-\frac{1}{n+1}-\frac{1}{n+2}$.

11. 当 n 为偶数时,

原式 $=-1+3-5+7-\cdots+(2n-1)$

$=\underbrace{2+2+\cdots+2}_{\frac{n}{2}\text{个}}=2\times\frac{n}{2}=n$;

当 n 为奇数时,

原式 $=-1+3-5+7-\cdots-(2n-1)$

$=\underbrace{2+2+\cdots+2}_{\frac{n-1}{2}\text{个}}-(2n-1)$

$=2\times\frac{n-1}{2}-(2n-1)=-n$.

12. (1)$a_1=1$,当 $n\geqslant2$ 时,$a_n-a_{n-1}=\left(\frac{1}{3}\right)^{n-1}$,故

$a_n=a_1+(a_2-a_1)+(a_3-a_2)+\cdots+(a_n-a_{n-1})$

$=1+\frac{1}{3}+\left(\frac{1}{3}\right)^2+\cdots+\left(\frac{1}{3}\right)^{n-1}$

$=\frac{3}{2}\left(1-\frac{1}{3^n}\right)$.

即 $a_n=\frac{3}{2}\left(1-\frac{1}{3^n}\right)$,$n\in\mathbf{N}^*$.

(2)$b_n=(2n-1)a_n=\frac{3(2n-1)}{2}\left(1-\frac{1}{3^n}\right)$,

故 $S_n=b_1+b_2+\cdots+b_n$

$=\frac{3}{2}\left[(1+3+5+\cdots+(2n-1))-\left(\frac{1}{3}+\frac{3}{3^2}+\frac{5}{3^3}+\cdots+\frac{2n-1}{3^n}\right)\right]$.

$T_n=\frac{1}{3}+\frac{3}{3^2}+\frac{5}{3^3}+\cdots+\frac{2n-1}{3^n}$, ①

$\frac{1}{3}T_n=\frac{1}{3^2}+\frac{3}{3^3}+\frac{5}{3^4}+\cdots+\frac{2n-1}{3^{n+1}}$, ②

由①-②得

$$\frac{2}{3}T_n=\frac{1}{3}+2\left(\frac{1}{3^2}+\frac{1}{3^3}+\frac{1}{3^4}+\cdots+\frac{1}{3^n}\right)-\frac{2n-1}{3^{n+1}}$$

$$=\frac{1}{3}+\frac{1}{3}\left(1-\frac{1}{3^{n-1}}\right)-\frac{2n-1}{3^{n+1}},$$

故 $T_n=1-\frac{n+1}{3^n}$. 又 $1+3+5+\cdots+(2n-1)=n^2$,故 $S_n=\frac{3}{2}\left(n^2-1+\frac{n+1}{3^n}\right)$.

第五节　数列综合问题

第一课时

1. (C). 验证选择支(A)、(B)、(D)可知都不符合题意.

2. (A). 由 $a_{n+1}=a_n-\frac{2}{3}$ 得 $a_{n+1}-a_n=-\frac{2}{3}$. 故数列$\{a_n\}$是首项 $a_1=14$,公差为 $-\frac{2}{3}$ 的等差数列.

由 $a_na_{n+2}<0$ 得

$$\left[14-\frac{2}{3}(n-1)\right]\left[14-\frac{2}{3}(n+1)\right]<0,$$

解得 $20<n<22$. 因为 $n\in\mathbf{N}^*$,所以 $n=21$.

3. (C). 把 $n=1,2,3,4,\cdots$,代入验证可知最小的项为 $a_2=\frac{7}{2}$.

4. (C). 由 $(a_3^2+a_7^2)-(a_4^2+a_6^2)=a_1^2(q^4+q^{12}-q^6-q^{10})=a_1^2q^4(1-q^2)(1-q^6)>0$,得

$$a_3^2+a_7^2>a_4^2+a_6^2.$$

5. (D). $AG=\frac{a+b}{2}\times\sqrt{ab}\geqslant\sqrt{ab}\times\sqrt{ab}=ab$.

6. (C). 数列$\{an+b\}$是公差为 a $(a<0)$的等差数列,则 $na_n<S_n<na_1$,即 $an^2+bn<S_n<n(a+b)$.

7. 4006. 由 $a_{2003}+a_{2004}>0,a_{2003}a_{2004}<0,a_1>0$,得 $a_{2003}>0,a_{2004}<0$,故

$$S_{4006}=\frac{4006(a_1+a_{4006})}{2}=2003(a_{2003}+a_{2004})>0,$$

$$S_{4007}=\frac{4007(a_1+a_{4007})}{2}=4007a_{2004}<0,$$

则 $S_n>0$ 的 n 的最大值是4006.

8. (1)设等差数列$\{a_n\}$的公差为 d,由 $a_3b_3=\frac{1}{2}$,得 $2a_3=S_3$,即 $2a_1+4d=3a_1+3d$,得 $a_1=d$.

又 $S_3+S_5=21$,得 $8a_1+13d=21$,解得 $a_1=d=1$,所以 $a_n=1+n-1=n,b_n=\frac{2}{n(n+1)}$.

(2)由 $b_n=\frac{2}{n(n+1)}=2\left(\frac{1}{n}-\frac{1}{n+1}\right)$得

$b_1+b_2+\cdots+b_n$

$$=2\left[\left(1-\frac{1}{2}\right)+\left(\frac{1}{2}-\frac{1}{3}\right)+\cdots+\left(\frac{1}{n}-\frac{1}{n+1}\right)\right]$$

$$=2\left(1-\frac{1}{n+1}\right)<2.$$

9. (D). 由 $a_n=\frac{n-\sqrt{2003}}{n-\sqrt{2004}}=1+\frac{\sqrt{2004}-\sqrt{2003}}{n-\sqrt{2004}}$ 可知 a_{45}为最大项,a_{44}为最小项.

10. $(-3,+\infty)$. 由 $a_{n+1}>a_n$,即$(n+1)^2+(n+1)\lambda>n^2+n\lambda$ 对任意$n\in\mathbf{N}^*$都成立,也即 $\lambda>-(2n+1)$对任意$n\in\mathbf{N}^*$都成立,得 $\lambda>-3$.

11. (1)由 $a_n=S_n-S_{n-1}=S_nS_{n-1}$,得$\frac{1}{S_n}-\frac{1}{S_{n-1}}=-1(n\geqslant2)$,所以数列$\left\{\frac{1}{S_n}\right\}$为等差数列.

(2)由(1)知$\frac{1}{S_n}=\frac{1}{S_1}+(n-1)\times(-1)=\frac{9}{2}-(n-1)=\frac{11}{2}-n$,所以 $S_n=\frac{2}{11-2n}$,$a_n=S_nS_{n-1}=\frac{4}{(11-2n)(13-2n)}$. 因为 $a_n>a_{n-1}$,即

$$a_n-a_{n-1}=\frac{4}{(11-2n)(13-2n)}-\frac{4}{(13-2n)(15-2n)}$$

$$=\frac{16}{(11-2n)(13-2n)(15-2n)}>0,$$

解得$\frac{13}{2}<n<\frac{15}{2}$或 $n<\frac{11}{2}$,又 $n\in\mathbf{N}^*$,所以满足条件的集合是$\{1,2,3,4,5,7\}$.

12. (1)因 $S_n=\frac{1}{2}(n+1)(a_n+1)-1$,

故 $S_{n+1}=\frac{1}{2}(n+2)(a_{n+1}+1)-1$,

$a_{n+1}=S_{n+1}-S_n$

$$=\frac{1}{2}[(n+2)(a_{n+2}+1)-(n+1)(a_n+1)].$$

整理得　$na_{n+1}=(n+1)a_n-1$,　①

故　$(n+1)a_{n+2}=(n+2)a_{n+1}-1$.　②

由②-①得：

$(n+1)a_{n+2}-na_{n+1}=(n+2)a_{n+1}-(n+1)a_n$，

即$(n+1)a_{n+2}-2(n+1)a_{n+1}+(n+1)a_n=0$.

故 $a_{n+2}-2a_{n+1}+a_n=0$，即 $a_{n+2}-a_{n+1}=a_{n+1}-a_n$. 故数列$\{a_n\}$是等差数列.

(2)因 $a_1=3$，$na_{n+1}=(n+1)a_n-1$，

故 $a_2=2a_1-1=5$，即 $a_2-a_1=2$，等差数列$\{a_n\}$的公差为2. 所以 $a_n=2n+1$.

(3)由(2)知$\frac{1}{a_na_{n+1}}=\frac{1}{(2n+1)(2n+3)}$

$=\frac{1}{2}\left(\frac{1}{2n+1}-\frac{1}{2n+3}\right)$，

故

$T_n=\frac{1}{2}\left(\frac{1}{3}-\frac{1}{5}+\frac{1}{5}-\frac{1}{7}+\cdots+\frac{1}{2n+1}-\frac{1}{2n+3}\right)$

$=\frac{1}{2}\left(\frac{1}{3}-\frac{1}{2n+3}\right)$，

所以 $T_{n+1}=\frac{1}{2}\left(\frac{1}{3}-\frac{1}{2n+5}\right)$.

由 $T_{n+1}-T_n=\frac{1}{2}\left(\frac{1}{2n+3}-\frac{1}{2n+5}\right)>0$ 得

$T_1<T_2<T_3<\cdots<T_n<\cdots<\frac{1}{2}+\frac{1}{3}=\frac{1}{6}$.

要使 $T_n\leqslant M$ 对一切正整数 n 都成立，只要 $M\geqslant\frac{1}{6}$.

故存在实数M，使得 $T_n\leqslant M$ 对一切正整数 n 都成立，M 的最小值是$\frac{1}{6}$.

第二课时

1. (B). 由 $a_1a_{99}=16$，$a_n>0$，得 $a_{50}=4$，所以 $a_{40}a_{50}a_{60}=a_{50}^3=64$.

2. (A). 由题意知 $x_1=2$，$x_2=3$，$y_1=2$，$y_2=4$，故点 $P_1(2,2)$，$P_2(3,4)$，直线 OP_1：$y=x$，点 P_2 到直线 OP_1 的距离为 $d=\frac{|3-4|}{\sqrt{2}}=\frac{\sqrt{2}}{2}$，$|OP_1|=2\sqrt{2}$，

所以 $S_{\triangle OP_1P_2}=\frac{1}{2}\times2\sqrt{2}\times\frac{\sqrt{2}}{2}=1$.

3. (A). 由 a,b,c 成等比数列，得 $b^2=ac$，又因为 $\Delta=b^2-4ac=-3ac<0$，故交点个数为0.

4. (C). 当 $c=1$ 时，$S_n=q^n-1$. 当 $n=1$ 时，$a_1=S_1=q-1$；当 $n\geqslant2$ 时，$a_n=S_n-S_{n-1}=q^{n-1}(q-1)$，又 $a_1=q-1$ 适合此式，故 $a_n=q^{n-1}(q-1)$ $(n\in\mathbf{N}^*)$，可知数列$\{a_n\}$是等比数列；反之，也成立.

5. (D). 由题意知每一横行成等差数列，每一纵列成等比数列，所以 $a=\frac{1}{2}$，$b=\frac{3}{8}$，$c=\frac{1}{4}$.

所以 $a+b+c=\frac{9}{8}$.

6. $\frac{\sqrt{5}-1}{2}$. 设 α 为最小内角，则有 $\sin\alpha\cdot\sin90°=\sin^2(90°-\alpha)$，即 $\sin\alpha=\cos^2\alpha$，即 $\sin^2\alpha+\sin\alpha-1=0$，解得 $\sin\alpha=\frac{\sqrt{5}-1}{2}$.

7. 100. 由 A、B、C 三点共线知 $a_1+a_{200}=1$.

所以 $S_{200}=\frac{200(a_1+a_{200})}{2}=100$.

8. (1)当 $n=1$ 时，$a_1=S_1=1+a-1=a$，

当 $n\geqslant2$ 时，$a_n=S_n-S_{n-1}=2n+a-2$，

而 $n=1$ 时，$a_1=a$ 满足上式，所以数列$\{a_n\}$的通项公式为 $a_n=2n+a-2$ $(n\in\mathbf{N}^*)$.

(2)由数列$\{a_n\}$的通项公式 $a_n=2n+a-2$ 可知，数列$\{a_n\}$是等差数列，故

$S_n=\frac{n(a_1+a_n)}{2}=\frac{n(a_n+a)}{2}$，即$\frac{S_n}{n}=\frac{1}{2}(a_n+a)$.

故点$\left(a_n,\frac{S_n}{n}\right)$的坐标满足方程 $y=\frac{1}{2}(x+a)$，

故点$\left(a_n,\frac{S_n}{n}\right)$在直线 $y=\frac{1}{2}(x+a)$上，故以集合A中的元素作为坐标的点$\left(a_n,\frac{S_n}{n}\right)$均在直线 $y=\frac{1}{2}(x+a)$上.

9. (B). 当公差为$\frac{1}{100}$时，$a_n=3$，$a_1=1$，所以

$3=1+(n-1)\times\frac{1}{100}$，解得 $n=201$.

若公差大于$\frac{1}{100}$，则 n 的最大值为200.

10. (B). 由于$\tan A=\frac{4-(-4)}{7-3}=2>0$，

$\tan B=27^{\frac{1}{3}}=3>0$，

$\tan(A+B)=\frac{\tan A+\tan B}{1-\tan A\tan B}=-1$，

解得 $A+B=\frac{3\pi}{4}$,故 $C=\frac{\pi}{4}$,故△ABC 是锐角三角形.

11. (1)将点 $A_n(a_n,\sqrt{a_{n+1}})$ 代入 $y^2=x+1$ 中得 $a_{n+1}=a_n+1$,即 $a_{n+1}-a_n=1$,故数列$\{a_n\}$是等差数列,公差为1,首项 $a_1=6$,故 $a_n=n+5$. 点 $B_n(n,b_n)$ 在直线 $y=2x+1$ 上,故 $b_n=2n+1$.

(2)对任意正整数 n,不等式 $a\sqrt{n-2+a_n}\leqslant\left(1+\frac{1}{b_1}\right)\left(1+\frac{1}{b_2}\right)\left(1+\frac{1}{b_3}\right)\cdots\left(1+\frac{1}{b_n}\right)$成立,

即 $a\leqslant\frac{1}{\sqrt{2n+3}}\left(1+\frac{1}{b_1}\right)\left(1+\frac{1}{b_2}\right)$.

$\left(1+\frac{1}{b_3}\right)\cdots\left(1+\frac{1}{b_n}\right)$对任意正整数 n 成立,记

$f(n)=\frac{1}{\sqrt{2n+3}}\left(1+\frac{1}{b_1}\right)\left(1+\frac{1}{b_2}\right)\left(1+\frac{1}{b_3}\right)\cdots\left(1+\frac{1}{b_n}\right)$,则 $\frac{f(n+1)}{f(n)}=\frac{\sqrt{2n+3}}{\sqrt{2n+5}}\left(1+\frac{1}{b_{n+1}}\right)=$

$\frac{\sqrt{2n+3}}{\sqrt{2n+5}}\times\frac{2n+4}{2n+3}=\frac{\sqrt{8n^3+44n^2+80n+48}}{\sqrt{8n^3+44n+78n+45}}>1$.

所以 $f(n+1)>f(n)$,即 $f(n)$递增. 故

$[f(n)]_{\min}=f(1)=\frac{4\sqrt{5}}{15}$,由此得 $0<a\leqslant\frac{4\sqrt{5}}{15}$.

12. (1)设第一行公差为 d,各列的公比为 q.

故 $a_{24}=a_{14}q=(a_{11}+3d)q=1$,

$a_{32}=a_{12}q^2=(a_{11}+d)q^2=\frac{1}{4}$.

解得 $d=\frac{1}{2},q=\frac{1}{2}$. 从而

$a_{ij}=a_{1j}q^{i-1}=[a_{11}+(j-1)d]q^{i-1}=j\cdot\left(\frac{1}{2}\right)^i$.

(2)$A_1=a_{11}+a_{12}+\cdots+a_{18}$

$=\left(\frac{1}{2}+4\right)\times4=18$,

$A_k=a_{k1}+a_{k2}+\cdots+a_{k8}$

$=q^{k-1}(a_{11}+a_{12}+\cdots+a_{18})=\frac{36}{2^k}$.

(3)因 $A_k<1$,故$\frac{36}{2^k}<1$,有 $k\geqslant6$,又 $k\leqslant8$,故 k 的值是6,7,8.

第六节　数列应用问题

1. (C). 依题意得总产值为 $1.1a+1.1^2a+1.1^3a+1.1^4a+1.1^5a=\frac{1.1a(1-1.1^5)}{1-1.1}=11(1.1^5-1)a$.

2. (B). 细菌分裂问题是一个等比数列问题,其首项为 $a_1=1$,公比为 $q=2$,经过3小时分裂9次,因此末项是 a_{10},则 $a_{10}=a_1q^9=512$.

3. (C). 设第 n 个月的需求量超过1.5万件,则

$$S_n-S_{n-1}=\frac{n}{90}(21n-n^2-5)-\frac{n-1}{90}[21(n-1)-(n-1)^2-5]>1.5,$$

解得 $6<n<9$.

4. (C). 设"十五"末我国国内生产总值为 A,则 $A=95933\times(1+7.3\%)^4\approx127000$(亿元).

5. $(1+p)^{12}-1$. 设该工厂原有产值为 a,年平均增长率为 x,则经过1年,2年,3年,…,n 年增长后的产值,如果用年平均增长率 x 表示,则组成如下的数列:$a,a(1+x),a(1+x)^2,\cdots,a(1+x)^n$,如果用月平均增长率 p 表示,则组成如下的数列:$a,a(1+p)^{12},a(1+p)^{24},\cdots,a(1+p)^{12n}$,这两个数列对应项相等,即 $a(1+x)^n=a(1+p)^{12n}\ (n=1,2,\cdots)$,解得 $x=(1+p)^{12}-1$. 故年平均增长率为$(1+p)^{12}-1$.

6. 300. 小球经过的总路程为:

$$100+100+100\times\frac{1}{2}+100\times\left(\frac{1}{2}\right)^2+\cdots+100\times\left(\frac{1}{2}\right)^8=100+\frac{100\times\left(\frac{1-1}{2^9}\right)}{1-\frac{1}{2}}=299\frac{39}{64}\approx300(\text{m})$$

7. $\frac{a}{r}[(1+r)^5-(1+r)]$. 依题意,2003年1月1日可取回钱数为 $a(1+r)$,

2004年1月1日可取回钱数为

$a(1+r)^2+a(1+r)$,

2005年1月1日可取回钱数为

$a(1+r)^3+a(1+r)^2+a(1+r)$,

2006年1月1日可取回钱数为

$$a(1+r)^4+a(1+r)^3+a(1+r)^2+(1+r)$$
$$=\frac{a(1+r)[1-(1+r)^4]}{1-(1+r)}$$
$$=\frac{a}{r}[(1+r)^5-(1+r)].$$

8. 由题意,原计划三年产值成等差数列,变化后三年产值成等比数列,设原计划三年产值为 $x-d,x,x+d$,则

$$\begin{cases}x-d+x+x+d=300\\(x-d+10)(x+d+11)=(x+10)^2\end{cases},$$

解得 $\begin{cases}x=100\\d=10\end{cases}$.

即原计划中三年的产值依次为 90 万元、100 万元、110 万元.

9. 设在第 n 天达到运送食品的最大量,则前 n 天每天运送的食品量是首项为 1 000,公差为 100 的等差数列,$a_n=1000+100\times(n-1)=100n+900$. 其余每天运送的食品量是首项为 $100n+800$,公差为 -100 的等差数列.

依题意,得

$$1000n+\frac{n(n-1)}{2}\times100+(100n+800)(15-n)+\frac{(15-n)(14-n)}{2}\times(-100)=21300.$$

整理化简得 $n^2-31n+198=0$,解得 $n=9$ 或 $n=22$(不合题意,舍去).

即在第 9 天达到运送食品的最大量.

10. 设从第一台收割机投入工作起,这 n 台收割机工作的时间依次为 $a_1,a_2,\cdots,a_n$(h). 依题意,数列 $\{a_n\}$ 组成一个等差数列,且每台收割机每小时工作效率为 $\frac{1}{24n}$.

则有 $\begin{cases}a_1=5a_n & ①\\\frac{a_1}{24n}+\frac{a_2}{24n}+\cdots+\frac{a_n}{24n}=1 & ②\end{cases}$

由式②得 $a_1+a_2+\cdots+a_n=24n$,即

$\frac{n(a_1+a_n)}{2}=24n$, 故 $a_1+a_n=48$, ③

由式①与式③得 $a_1=40$(h).

故用这种收割方法收割完这片土地上的小麦共需 40h.

11. (1)分流后第 n 年,该人在原单位拿 $a\left(\frac{2}{3}\right)^{n-1}$ 元,在新单位拿 $b\left(\frac{3}{2}\right)^{n-2}$ 元,

故 $a_n=a\left(\frac{2}{3}\right)^{n-1}+b\left(\frac{3}{2}\right)^{n-2}\quad(n\geqslant2)$.

(2)由已知 $b=\frac{8}{27}a$,

当 $n\geqslant2$ 时,$a_n=a\left(\frac{2}{3}\right)^{n-1}+\frac{8}{27}a\left(\frac{3}{2}\right)^{n-2}\geqslant2\sqrt{a\left(\frac{2}{3}\right)^{n-1}\times\frac{8}{27}a\left(\frac{3}{2}\right)^{n-2}}=\frac{8}{9}a$.

当且仅当 $a\left(\frac{2}{3}\right)^{n-1}=\frac{8}{27}a\left(\frac{3}{2}\right)^{n-2}$ 时取等号,即 $\left(\frac{2}{3}\right)^{2n-2}=\left(\frac{2}{3}\right)^4$,所以 $n=3$. 所以这个人第 3 年收入最少,最少收入是 $\frac{8}{9}a$.

(3)当 $n\geqslant2$ 时,$a_n=a\left(\frac{2}{3}\right)^{n-1}+\frac{3}{8}a\left(\frac{3}{2}\right)^{n-2}\geqslant2\sqrt{a\left(\frac{2}{3}\right)^{n-1}\times\frac{3}{8}a\left(\frac{3}{2}\right)^{n-2}}=a$.

当且仅当 $a\left(\frac{2}{3}\right)^{n-1}=\frac{3}{8}a\left(\frac{3}{2}\right)^{n-2}$ 时取等号,即 $\left(\frac{2}{3}\right)^{2n-2}=\frac{1}{4}$,解得 $n=1+\log_{\frac{2}{3}}\frac{1}{2}$. 因为 $1+\log_{\frac{2}{3}}\frac{1}{2}>1+\log_{\frac{2}{3}}\frac{2}{3}=2$,而 $1+\log_{\frac{2}{3}}\frac{1}{2}\notin\mathbf{N}^*$,即不能取等号.

即当 $n>2$ 时,有 $a_n>a$,所以当 $n=2$ 时,$a_2=\frac{3}{8}a+\frac{2}{3}a=\frac{25}{24}a>a$.

所以一定保证这个人分流一年后的收入超过分流前的年收入.

习题六

1. (A). $a_7+a_9=a_4+a_{12}=16$ 所以 $a_{12}=15$.

2. (B). 由关系式可得 $a_2=2,a_3=\frac{3}{2},a_4=\frac{13}{6}$.

3. (C). $a_1a_9=a_3a_7=64$, $a_3+a_7=20$, 解得 $\begin{cases}a_3=16\\a_7=4\end{cases}$ 或 $\begin{cases}a_3=4\\a_7=16\end{cases}$.

故公比 $q^4=\frac{a_7}{a_3}=\frac{1}{4}$ 或 $q^4=\frac{a_7}{a_3}=4$,得

$a_{11}=a_7q^4=4\times\frac{1}{4}=1$ 或

$a_{11}=a_7q^4=16\times4=64$.

4. (D). 由已知得 $\begin{cases}2b=a+c\\b^2=ac\end{cases}$,解得 $a=b=c$.

5. (B). n 边形的内角和为 $(n-2)\times180°$，故有 $(n-2)\times180=120n+\frac{n(n-1)}{2}\times5$，解得 $n=9$ 或 $n=16$，当 $n=16$ 时，最大角为 $120+5\times15=195°$，不成立.

6. (D). 设等差数列的公差为 d，由已知有 $\begin{cases}a_9\leqslant1\\a_{10}>1\end{cases}$，即 $\begin{cases}\frac{1}{25}+8d\leqslant1\\\frac{1}{25}+9d>1\end{cases}$，解得 $\frac{8}{75}<d\leqslant\frac{3}{25}$.

7. (B). a_{10} 等于10个连续自然数的和，第1个数为 $1+2+3+\cdots+9+1=46$，则

$a_{10}=10\times46+\frac{10\times9}{2}=505$.

8. (A). 由条件知公比 $q\neq1$，$S_{10}=\frac{a_1(1-q^{10})}{1-q}=10$，$S_{30}=\frac{a_1(1-q^{30})}{1-q}=70$，两式相除得 $\frac{1-q^{30}}{1-q^{10}}=7$，得 $\frac{(1-q^{10})(1+q^{10}+q^{20})}{1-q^{10}}=7$，得 $q^{20}+q^{10}-6=0$，解得 $q^{10}=2$ 或 $q^{10}=-3$（舍去），$\frac{a_1}{1-q}=-10$，故 $S_{40}=\frac{a_1(1-q^{40})}{1-q}=(-10)\times(1-2^4)=150$.

9. $3n-13$. 由 $a_1+a_3+a_5=-12$，解得 $a_3=-4$，又 $a_3a_4a_5=8$，得 $(-4+d)\times(-4+2d)=-2$，得 $d=3$，故 $a_n=a_3+(n-3)d=3n-13$.

10. 5,6,7 或 7,6,5.

设这三个数为 $a-d,a,a+d$，由已知条件有

$\begin{cases}a-d+a+a+d=18\\(a-d)^2+a^2+(a+d)^2=110\end{cases}$，

解得 $\begin{cases}a=6\\d=\pm1\end{cases}$. 故这三个数为5,6,7或7,6,5.

11. 4;7;11;$\frac{n^2+n+2}{2}$. 由画图可知 $f(2)=4$，$f(3)=7$，$f(4)=11$，$f(n)=f(n-1)+n$，即

$f(n)=n+(n-1)+(n-2)+\cdots+3+4=\frac{n^2+n+2}{2}$.

12. $\frac{120}{7}$；因为 $S_{99}=30$，所以 $a_1(2^{99}-1)=30$，又数列 $a_3,a_6,a_9,\cdots$ 也成等比数列且公比为8.

故 $a_3+a_6+a_9+\cdots+a_{99}=\frac{a_3(1-8^{33})}{1-8}=\frac{4a_1(2^{99}-1)}{7}=\frac{4}{7}\times30=\frac{120}{7}$.

13. (1) 由已知 $\begin{cases}a_6>0\\a_7<0\end{cases}$ 得 $\begin{cases}23+5d>0\\23+6d<0\end{cases}$，解得 $-\frac{23}{5}<d<-\frac{23}{6}$，又 d 为整数，故 $d=-4$.

(2) $S_n=23n+\frac{n(n-1)}{2}\times(-4)=-2n^2+25n$

$=-2\left(n-\frac{25}{4}\right)^2+\frac{625}{8}$，

当 $n=6$ 或 $n=7$ 时，S_n 取最大值为78.

(3) 令 $S_n>0$，得 $-2n^2+25n>0$，解得 $0<n<\frac{25}{2}$，$n\in\mathbf{N}^*$，故 n 的最大值为12.

14. (1) 因 $f(1)=a_1+a_2+\cdots+a_n=n^2$，

故 $\frac{n(a_1+a_n)}{2}=n^2$，即 $a_1+a_n=2n$，

从而 $2a_1+(n-1)d=2n$ ①

又 $f(-1)=-a_1+a_2-a_3+a_4-\cdots-a_{n-1}+a_n=n$，故 $\frac{n}{2}d=n$，从而 $d=2$，代入①中，则 $a_1=1$，

故 $a_n=a_1+(n-1)d=2n-1$.

(2) $f\left(\frac{1}{2}\right)=\frac{1}{2}+3\times\frac{1}{2^2}+5\times\frac{1}{2^3}+\cdots+(2n-1)\times\frac{1}{2^n}$ ②

由②×2－②得

$f\left(\frac{1}{2}\right)=1+2-\frac{1}{2^{n-2}}-(2n-1)\times\frac{1}{2^n}<3$.

15. (1) 过点 P_1 的切线方程为 $y-a^3=3a^2(x-a)$，令 $y=0$ 得 $x=\frac{2}{3}a$. 即 $Q_1\left(\frac{2}{3}a,0\right)$，过 P_2 点的切线方程为

$y-\left(\frac{2}{3}a\right)^3=\left(\frac{2}{3}a\right)^2\cdot\left(x-\frac{2}{3}a\right)$，

令 $y=0$ 得 $x=\frac{4}{9}a$，即 $Q_2\left(\frac{4}{9}a,0\right)$；同法可得 $Q_3\left(\frac{8}{27}a,0\right)$.

(2) 过 $P_{n+1}(a_n,a_n^3)$ 点的切线方程为 $y-a_n^3=3a_n^2(x-a)$. 令 $y=0$ 得 $x=\frac{2}{3}a_n$.

所以 $a_{n+1}=\frac{2}{3}a_n$. 故数列 $\{a_n\}$ 是首项为 $\frac{2}{3}a$、公比为 $\frac{2}{3}$ 的等比数列,则 $a_n=\left(\frac{2}{3}\right)^n a$.

16. (1)因 $f(2)=1$,故 $\frac{2}{2a+b}=1$,即

$$2a+b=2 \qquad ①$$

故 $f(x)=x$,即 $ax^2+(b-1)x=0$ 有两个相同的解,为此

$$\Delta=(b-1)^2=0 \qquad ②$$

联立式①②得 $a=\frac{1}{2}$, $b=1$. 故 $f(x)=\frac{2x}{x+2}$.

(2)由 $\frac{2x_n}{x_n+2}=x_{n+1}$ 得 $\frac{1}{x_{n+1}}=\frac{x_n+2}{2x_n}=\frac{1}{2}+\frac{1}{x_n}$,故 $\frac{1}{x_{n+1}}-\frac{1}{x_n}=\frac{1}{2}$,故数列 $\left\{\frac{1}{x_n}\right\}$ 是等差数列.

17. (1)设中低价房面积形成数列 $\{a_n\}$,由题意可知 $\{a_n\}$ 是等差数列. 其中 $a_1=250$, $d=50$. 则 $S_n=250n+\frac{n(n-1)}{2}\times50=25n^2+225n$.

令 $25n^2+225n\geqslant2250$,

即 $n^2+9n-90\geqslant0$,而 $n\in\mathbf{N}^*$,故 $n\geqslant6$.

所以到2013年底,该市历年所建中低价房的累计面积将首次不少于2250万平方米.

(2)设新建住房面积形成数列 $\{b_n\}$,由题意可知 $\{b_n\}$ 是等比数列,其中 $b_1=400$, $q=1.08$,则 $b_n=400\times1.08^{n-1}$,由题意可知,$a_n>0.85b_n$,有 $250+(n-1)\times50>400\times1.08^{n-1}\times0.85$.

用计算器解得满足上述不等式的最小正整数 $n=6$. 所以到2013年底,当年建造的中低价房的面积占该年建造住房面积的比例首次大于85%.

18. (1)因为函数 $f(x)=-x^3+ax$ 在 $(0,1)$ 上是增函数,所以 $f'(x)=-3x^2+a\geqslant0$ 在 $(0,1)$ 上恒成立,且 $f'(x)$ 不恒等于0.

故 $-3\times1^2+a\geqslant0$, $a\geqslant3$. 当 $a=3$ 时, $f'(x)=-3x^2+3$ 不恒等于0.

(2) $a=3$ 时, $2a_{n+1}=-a_n^3+3a_n$,故 $a_{n+1}-a_n=-\frac{1}{2}a_n^3+\frac{3}{2}a_n-a_n=\frac{1}{2}a_n(1-a_n^2)$.

下面用数学归纳法证明 $a_n\in(0,1)$.

①由题意知 $a_1\in(0,1)$. ②假设 $a_k\in(0,1)$,则

$$a_{k+1}=-\frac{1}{2}a_k^3+\frac{3}{2}a_k>0.$$

由(1)中已证 $g(x)=-\frac{1}{2}x^3+\frac{3}{2}x$ 在 $(0,1)$ 上单调递增.

故 $a_{k+1}=-\frac{1}{2}a_k^3+\frac{3}{2}a_k<-\frac{1}{2}\times1^3+\frac{3}{2}\times1=1$,

$a_{k+1}\in(0,1)$.

综合有 $a_n\in(0,1)$ 恒成立. 所以 $a_{n+1}-a_n=\frac{1}{2}a_n(1-a_n^2)>0$,所以 $a_{n+1}>a_n$.

(3)假设存在正实数 c,使得 $0<\frac{a_n+c}{a_n-c}<2$ 对于一切 $n\in\mathbf{N}^*$ 恒成立,事实上,$\frac{a_n+c}{a_n-c}=1+\frac{2c}{a_n-c}$

而 $y=1+\frac{2c}{x-c}$ 在 $x>c$ 时是减函数. 所以要使 $0<\frac{a_n+c}{a_n-c}<2$ 对于一切 $n\in\mathbf{N}^*$ 恒成立,只需 $\begin{cases}a_1-c>0\\ \frac{a_1+c}{a_1-c}<2\end{cases}$,即 $0<c<\frac{a_1}{3}$,故 c 的取值范围是 $\left\{c\,\middle|\,0<c<\frac{b}{3}\right\}$.

第七章　不等式

第一节　不等式的基本性质

1. (C). (C)中要 $c>0$ 才有 $ac>bc$，当 $c=0$ 时，$ac=bc=0$；当 $c<0$ 时，$ac<bc$.

2. (D). 因 $y=\left(\frac{1}{2}\right)^x$ 是 **R** 上的减函数，$a>b$，故 $\left(\frac{1}{2}\right)^a<\left(\frac{1}{2}\right)^b$. (A)、(B)与不等式的性质不符，(C)中要 $\lg(a-b)>0$，必须 $a-b>1$，故选(D).

3. (A). 由于 $a>0, 0<b<1, c<0$，所以 $a>b>c$.

4. (D). $b<-1 \Rightarrow |a|+|b|>1$，但 $|a|+|b|>1$ 不能推出 $b<-1$，故选(D).

5. ③. 特殊值法：令 $a=0.5, b=0.6$ 知①不能；令 $a=b=1$ 知②不能；令 $a=-2, b=-3$ 知④、⑤不能，故只有③符合.

6. $\pi<\alpha+\beta<2\pi$，$-\frac{\pi}{2}<\alpha-\beta<0$，$\frac{1}{2}<\frac{\alpha}{\beta}<1$.

7. 因 $a\neq b$，故 $(a-b)^2>0$，故

$$(a^4+b^4)(a^2+b^2)-(a^3+b^3)^2$$
$$=a^4b^2+a^2b^4-2a^3b^3=a^2b^2(a^2-2ab+b^2)$$
$$=a^2b^2(a-b)^2>0,$$

故 $(a^4+b^4)(a^2+b^2)>(a^3+b^3)^2$.

8. $$2(a^2+b^2)-2(ab+a-b-1)$$
$$=(a^2+b^2-2ab)+(a^2-2a+1)+(b^2+2b+1)$$
$$=(a-b)^2+(a-1)^2+(b+1)^2\geqslant 0,$$

故 $a^2+b^2\geqslant ab+a-b-1$.

9. $ab>0$ 或 $ab<-1$. 因

$$\left(a-\frac{1}{a}\right)-\left(b-\frac{1}{b}\right)=\frac{(a-b)(ab+1)}{ab}>0,$$

由 $a>b$ 知 $\frac{ab+1}{ab}>0$，故 $ab(ab+1)>0$，

故 $ab>0$ 或 $ab<-1$.

10. $-\sqrt{2}$. 设 $x=\sin\theta, y=\cos\theta$，故

$x+y=\sqrt{2}\sin\left(\theta+\frac{\pi}{4}\right)\geqslant k$ 恒成立，故 $k\leqslant-\sqrt{2}$.

11. $$a^n+b^n-a^{n-1}b-ab^{n-1}$$
$$=a^n\left(1-\frac{b}{a}\right)+b^n\left(1-\frac{a}{b}\right)$$
$$=a^{n-1}(a-b)+b^{n-1}(b-a)$$
$$=(a-b)(a^{n-1}-b^{n-1}).$$

当 $a>b$ 时，因 $a,b>0, a\neq b, n\geqslant 2$，

故 $a^{n-1}>b^{n-1}$，故 $(a-b)(a^{n-1}-b^{n-1})>0$；

当 $a<b$ 时，因 $a,b>0, a\neq b, n\geqslant 2$，

故 $a^{n-1}<b^{n-1}$，故 $(a-b)(a^{n-1}-b^{n-1})>0$.

综上得 $a^n+b^n>a^{n-1}b+ab^{n-1}$.

12. 依题意得 $-1\leqslant a-b\leqslant 2, 2\leqslant a+b\leqslant 4$，因

$f(-2)=4a-2b=3(a-b)+(a+b)$，

故 $-1\times 3+2\leqslant f(-2)\leqslant 2\times 3+4$，

即 $-1\leqslant f(-2)\leqslant 10$.

第二节　一元二次不等式

1. $\left\{x\,\middle|\,x\neq\frac{1}{2}\right\}$. 因为 $\Delta=0$，故方程 $4x^2-4x+1=0$ 的解是 $x_1=x_2=\frac{1}{2}$. 所以，原不等式的解集是 $\left\{x\,\middle|\,x\neq\frac{1}{2}\right\}$.

2. $\{x\mid -1\leqslant x<0\}$. $\frac{x-1}{x}\geqslant 2\Rightarrow\frac{x-1}{x}-2\geqslant 0\Rightarrow$

$\frac{-x-1}{x}\geqslant 0\Rightarrow\begin{cases}x(x+1)\leqslant 0\\ x\neq 0\end{cases}\Rightarrow -1\leqslant x<0$.

3. $\{x\mid x\leqslant -3$ 或 $1\leqslant x\leqslant 2$ 或 $x=-1\}$.

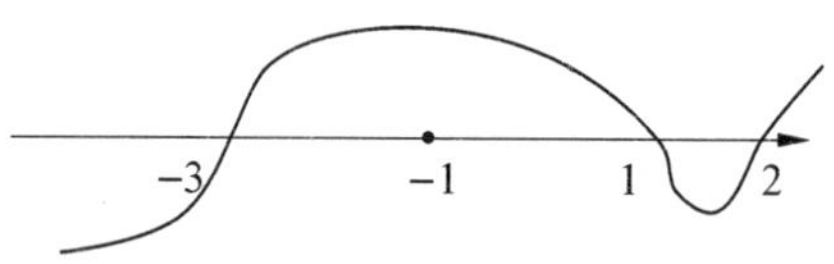

图 7－1

4. $\Delta=4a^2-4(a^2-1)=4>0$，令 $f(x)=x^2-2ax+a^2-1=(x-a)^2-1\quad(0\leqslant x\leqslant 1)$，

依题意有 $\begin{cases}a<0\\ f(0)>0\end{cases}$ 或 $\begin{cases}a>1\\ f(1)>0\end{cases}$，

解得 $a>2$ 或 $a<-1$.

5. 原不等式变形为 $(x-2a)(x+a)<0$，故当 $a<0$ 时，原不等式的解集为 $\{x\mid 2a<x<-a\}$；当 $a>0$ 时，原不等式的解集为 $\{x\mid -a<x<2a\}$；当 $a=0$ 时，原不等式的解集为 $\varnothing$.

6. 依题意得 $a<0$ 且

$\begin{cases}-\dfrac{b}{a}=\left(-\dfrac{1}{3}\right)+2=\dfrac{5}{3}\\ \dfrac{c}{a}=\left(-\dfrac{1}{3}\right)\cdot 2=-\dfrac{2}{3}\end{cases}\Rightarrow\begin{cases}b=-\dfrac{5}{3}a\\ c=-\dfrac{2}{3}a\end{cases}$,

则 $cx^2-bx+a<0\Rightarrow -\dfrac{2}{3}ax^2+\dfrac{5}{3}ax+a<0$.

因为 $a<0$,所以 $-\dfrac{2}{3}x^2+\dfrac{5}{3}x+1>0$,

即 $2x^2-5x-3<0$.

故 $(2x+1)(x-3)<0$,不等式 $cx^2-bx+a<0$ 的解集是 $\{x\mid -\dfrac{1}{2}<x<3\}$.

7. 设 $f(x)=x^2-kx+k+3$,则

$\begin{cases}\Delta=k^2-4(k+3)\geqslant 0\\ f(1)>0\\ \dfrac{k}{2}>1\end{cases}$,解得 $k\geqslant 6$.

8. (1)由题意得,$ax^2+x+1>0$ 恒成立 $\Rightarrow \begin{cases}a>0\\ 1-4a<0\end{cases}\Rightarrow a>\dfrac{1}{4}$.

(2)由题意得 $y=ax^2+x+1$ 的值取遍所有正数,故 $\begin{cases}a>0\\ \Delta\geqslant 0\end{cases}$ 或 $a=0$,解得 $0\leqslant a\leqslant\dfrac{1}{4}$.

9. (D).原问题可以转化为关于 t 的方程:$t^2+(4+a)t+4=0$ 在 $(0,+\infty)$ 上有解,则

$\begin{cases}-\dfrac{4+a}{2}>0\\ \Delta\geqslant 0\end{cases}\Rightarrow a\leqslant -8$.

10. (A).$\begin{cases}x\leqslant 0\\ x+2\geqslant x^2\end{cases}$ 或 $\begin{cases}x>0\\ -x+2\geqslant x^2\end{cases}$,解得 $x\in[-1,1]$.

11. 设这辆汽车刹车前的速度至少有 x(km/h),依题意有,$\dfrac{1}{20}x+\dfrac{1}{180}x^2\geqslant 40.5$,即 $x^2+9x-7290\geqslant 0$,故 $x\leqslant -90$ 或 $x\geqslant 81$. 因 $x>0$,则这辆车刹车前的车速至少为 81(km/h).

12. 依题意得 $-2x^2+220x>6\,000$,整理得 $x^2-110x+3000<0$,即 $(x-50)(x-60)<0$,得不等式的解集为 $\{x\mid 50<x<60\}$,因为 x 只能取正整数,所以,当这条摩托车整车装配流水线在一周内生产的摩托车数量 x 满足 $51\leqslant x\leqslant 59$ 时,这家工厂能够获得 6000 元以上的收益.

第三节　二元一次不等式组与简单线性规划问题

第一课时

1. (C).由 $x-2y=0$ 确定直线位置,令 $y=1$,则 $x=2$,故排除(A),(B),令 $x=1$,$y=0$,代入 $x-2y\geqslant 0$ 显然满足.

2. (B).满足不等式 $|y|\geqslant|x|$,即

$\begin{cases}y\geqslant 0\\ y\geqslant x\\ y\geqslant -x\end{cases}$ 或 $\begin{cases}y<0\\ y\leqslant x\\ y\leqslant -x\end{cases}$,显然(B)满足;

或令 $y=\pm 1$,$x=0$ 验证.

3. (C).$\Delta=b^2-4a^2>0\Rightarrow\begin{cases}b+2a>0\\ b-2a>0\end{cases}$ 或 $\begin{cases}b+2a<0\\ b-2a<0\end{cases}$.

4. (B).不等式组表示的区域如图 7-2 所示.

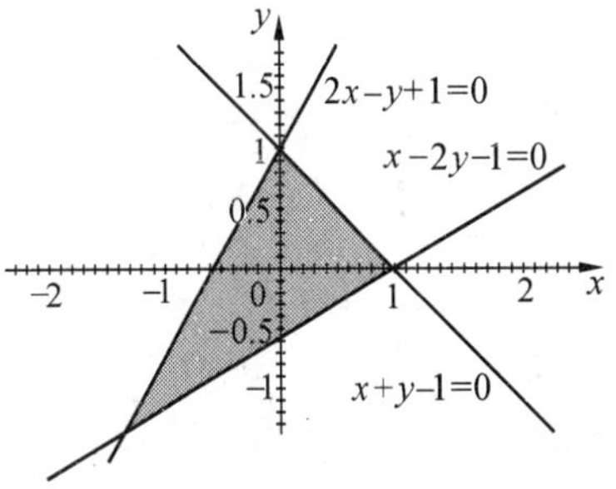

图 7-2

5. (C).(A)和(B)选项不满足可行域,(D)选项不满足到直线的距离为 $\dfrac{\sqrt{2}}{2}$.

6. $[2,9]$.平面区域 M 是一个三角形,可求得它的三个顶点 $A(2,10)$,$B(1,9)$,$C(3,8)$ 则

$\begin{cases}a^1\leqslant 9\\ a^3\geqslant 8\end{cases}\Rightarrow a\in[2,9]$.

7. $\begin{cases}x+2y-2<0\\ x-y-3<0\\ 2x+y-2>0\end{cases}$.

8. $(2,1)$,$(1,0)$,$(2,0)$,$(1,-1)$,$(2,-1)$,$(3,-1)$.

9. $\dfrac{22}{5}$;$\dfrac{2}{5}$. 因 $z=\dfrac{y}{x}$ 的几何意义是可行域内任意一点与坐标原点连线的斜率.

10. 16. 因 $P(a,4)$ 到直线 $x-2y+2=0$ 的距离为 $2\sqrt{5}$,故 $\dfrac{|a-8+2|}{\sqrt{1+4}}=2\sqrt{5}$,即 $|a-6|=10$,故 $a=16$ 或 $a=-4$,又因 P 在 $3x+y-3>0$ 表示的区域内,故 P 点坐标代入要满足不等式,只有 $P(16,4)$ 满足,$P(-4,4)$ 舍去.

11. ①作可行域,如图7-3所示.

②作直线 $l_0:3x+y=0$,即 $y=-3x$.

③作一组平行于 l_0 的直线 $l:y=-3x+z$.

④观察 l 的变化,发现 l 过点(0,1)时,z 最小.故 z 的最小值为 $3\times0+1=1$,无最大值.

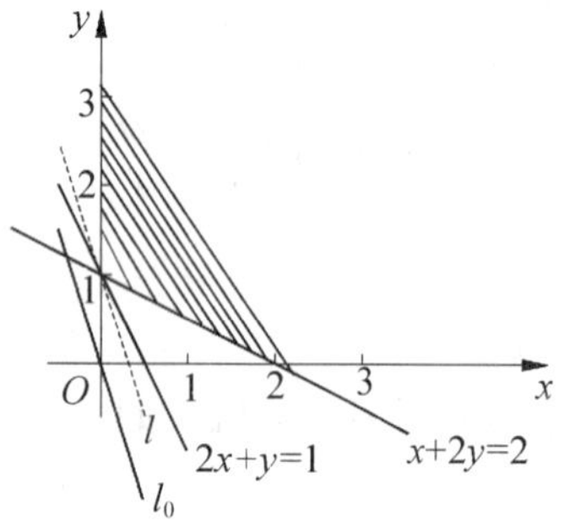

图7-3

12. (1) $\begin{cases}x-y\geqslant0\\x-y-1\leqslant0\end{cases}\Rightarrow 0\leqslant x-y\leqslant1$ 或 $\begin{cases}x-y\leqslant0\\x-y\geqslant1\end{cases}$(矛盾,无解),故点$(x,y)$在一带形区域内(含边界),如图7-4a所示.

(2)由$|x+y|<1$得$\begin{cases}x+y-1<0\\x+y+1>0\end{cases}$,故点$(x,y)$在如图7-4b表示的区域内(不含边界).

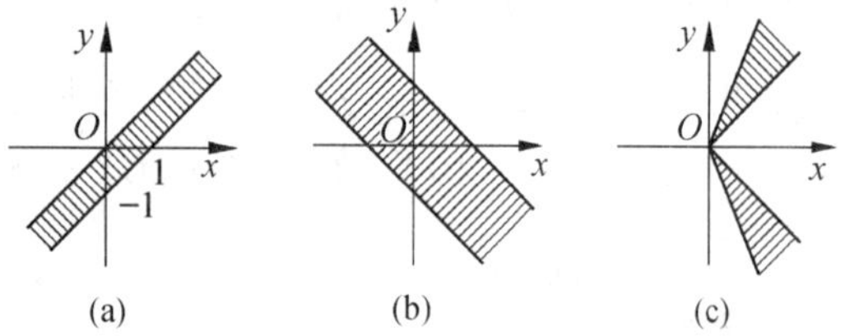

图7-4

(3)由 $x\leqslant2x$,得 $x\geqslant0$;

当 $y>0$ 时,有 $\begin{cases}x-y\leqslant0\\2x-y\geqslant0\end{cases}$,点$(x,y)$在如图7-4c所示的区域内(含边界);

当 $y\leqslant0$ 时,由对称性得出.

第二课时

1. (B).因为要运送最多货物,则设运送货物为 z 吨,派载重为6吨的汽车 x 辆,4吨的汽车 y 辆.因此,6吨汽车运送货物 $6x$(吨),4吨汽车运送货物 $4y$(吨),总共运送货物 $z=6x+4y$.

2. (C).木工总工资额为 $50x$(元),瓦工总工资额为 $40y$(元),故 $50x+40y\leqslant2000$.

而 $x:y=2:3$,并且 $x,y\in\mathbf{N}^*$.联立求解即可得.

3. (D).不等式组表示的平面区域如图7-5所示,$\omega=\dfrac{y-1}{x+1}$的取值范围可理解成点$A(-1,1)$与平面区域内的点连成的直线的斜率的取值范围.

$$k_{AB}=\frac{1-0}{-1-1}=-\frac{1}{2},k_l=1,$$

故 $\omega\in\left[-\dfrac{1}{2},1\right)$.

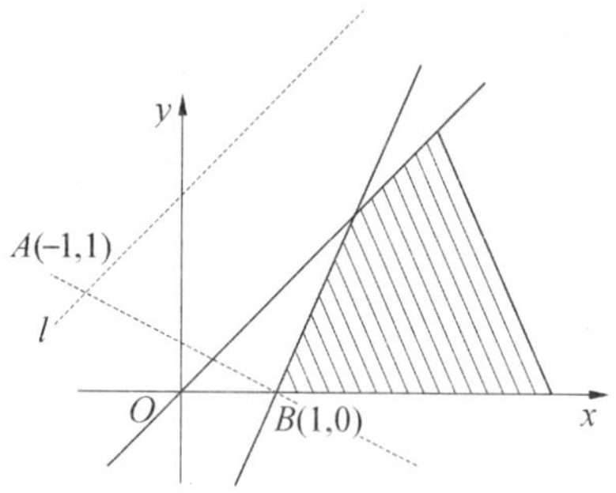

图7-5

4. (A).目标函数可变形为 $y=-\dfrac{1}{a}x+\dfrac{1}{a}z$,

若 $a>0$,z 取最小时过点 A,不是无数解;

若 $a<0$,z 取最小时要令最优解有无数个,则目标函数直线与 AC 平行.此时 $a=-3$.

5. 不等式组所表示的平面区域如图7-6所示:

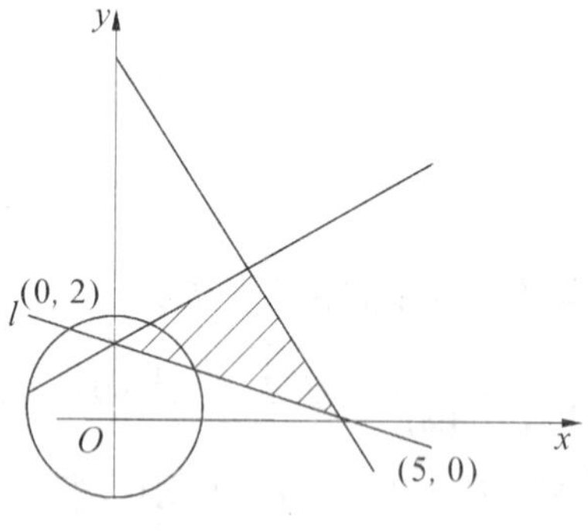

图7-6

z 表示圆 $x^2+y^2=r^2$ 半径的平方,当圆与直线 l 相切时半径最小.此时 $z=\dfrac{100}{29}$.

6. 画出不等式组所表示的平面区域,易知直线 $3x+5y=z$ 在经过不等式组所表示的公共区域内的点时,经过点$(-2,-1)$的直线所对应的 z 值最小,经过点$\left(\dfrac{3}{2},\dfrac{5}{2}\right)$的直线所对应的 z 值最大.所以 $z_{\min}=3\times(-2)+5\times(-1)=-11$,

$z_{max}=3\times\frac{3}{2}+5\times\frac{5}{2}=17.$

7. (1)设生产甲、乙两种产品分别为 x 件、y 件．总产值为 z 千元．则

$$\begin{cases}4x+3y\leqslant 120\\2x+y\leqslant 50\\x\geqslant 0\\y\geqslant 0\end{cases},\quad z=50x+30y$$

画出不等式组表示的平面区域．易知直线 $z=50x+30y$ 过点(15,20)时，z 取得最大值，有

$$z_{max}=50\times 15+30\times 20=1350.$$

(2) $z'=50x(1+10\%)+30y(1-10\%)$
$=55x+27y$,

直线 $z'=50x+27y$ 过点(25,0)时，z' 取得最大值，有

$$z'_{max}=55\times 25+27\times 0=1375.$$

8. 设投资人分别用 x 万元、y 万元投资甲、乙两个项目，由题意知 $\begin{cases}x+y\leqslant 10\\0.3x+0.1y\leqslant 1.8\\x\geqslant 0\\y\geqslant 0\end{cases}$,

目标函数 $z=x+0.5y$.

上述不等式组表示的平面区域如图 7－7 所示，阴影部分(含边界)即可行域．

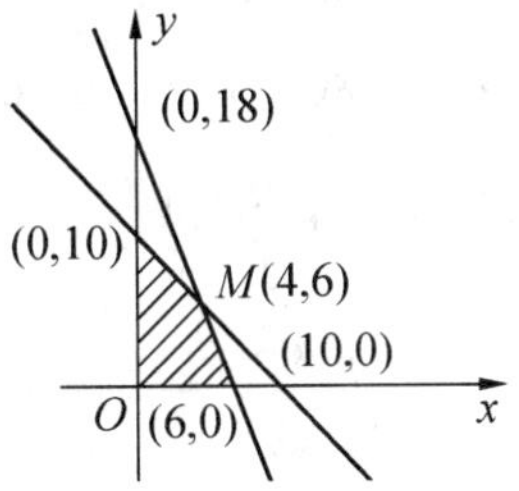

图 7－7

作直线 $l_0: x+0.5y=0$，并作平行于直线 l_0 的一组直线：$x+0.5y=z, z\in\mathbf{R}$ 与可行域相交，其中有一条直线经过点 M，此时 z 取得最大值．这里 M 点是直线 $x+y=10$ 和 $0.3x+0.1y=1.8$ 的交点，求得 $M(4,6)$．所以当 $x=4, y=6$ 时 z 取得最大值：$z_{max}=1\times 4+0.5\times 6=7$(万元).

即投资人用 4 万元投资甲项目，6 万元投资乙项目，才能在确保亏损不超过 1.8 万元的前提下，使可能的盈利最大．

9. 解法 1：设 $x=\frac{b}{a}, y=\frac{c}{a}$，则 $\begin{cases}1<x+y\leqslant 2\\x<y+1\leqslant 2x\\y<x+1\\x>0, y>0\end{cases}$,

画出平面区域如图 7－8 所示．

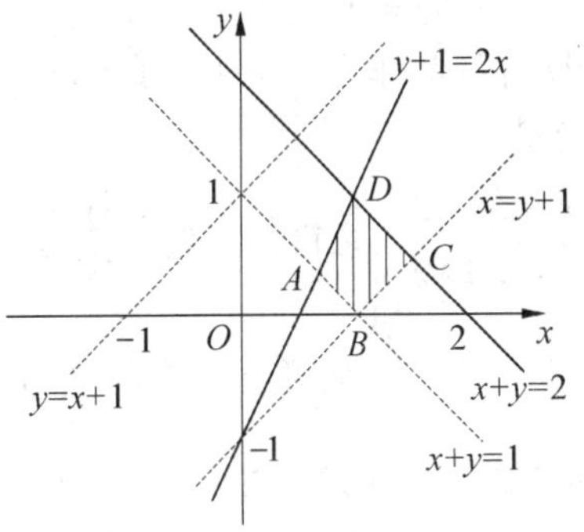

图 7－8

求得 $A\left(\frac{2}{3},\frac{1}{3}\right), C\left(\frac{3}{2},\frac{1}{2}\right)$,

所以 $\frac{2}{3}<x<\frac{3}{2}$，即 $\frac{2}{3}<\frac{b}{a}<\frac{3}{2}$.

解法 2：$\begin{cases}a<b+c\leqslant 2a & ①\\b<c+a\leqslant 2b & ②\end{cases}$

由②得 $-2b\leqslant -c-a<-b$ ③

①＋③得 $a-2b<b-a<2a-b$,

解得 $\frac{2}{3}<\frac{b}{a}<\frac{3}{2}$.

10. (1)设计两大电厂每天各机组发电输送方案如下：

方案	三峡(台)	葛洲坝(台)	日最大发电量(亿度)
1	4	8	1.632
2	4	7	1.512
3	4	6	1.392
4	3	8	1.464

(2) x, y 应满足的条件为

$$\begin{cases}0.168x+0.12y\geqslant 1.35\\0\leqslant x\leqslant 4\\0\leqslant y\leqslant 8\\x, y\in\mathbf{N}^*\end{cases}$$

目标函数 $z=0.32\times 0.168x+0.35\times 0.12y$.

(3)由上述的四种方案中，易知要使输送成本 z 最小，应采取方案 3：安排三峡电厂 4 台机组发电，葛洲坝电厂 6 台机组发电．

11. 设需截第一种钢板 x 张,第二种钢板 y 张,所用钢板面积为 $z(m^2)$,

则有 $\begin{cases}x+y\geqslant 12\\2x+y\geqslant 15\\x+3y\geqslant 27\\x\geqslant 0,y\geqslant 0\end{cases}$,目标函数为 $z=x+2y$,

画出可行域,作出一组平行直线 $x+2y=t$(t 为参数).

由 $\begin{cases}x+3y=27\\x+y=12\end{cases}$,求得两直线的交点 $\left(\frac{9}{2},\frac{15}{2}\right)$,但交点 $\left(\frac{9}{2},\frac{15}{2}\right)$ 不是可行域内的整数点,而在可行域内的整数点中,可知点(4,8)和点(6,7)使 $z=x+2y$ 最小,

$z_{\min}=4+2\times 8=6+2\times 7=20.$

即应截第一种钢板 4 张,第二种钢板 8 张,或第一种钢板 6 张,第二种钢板 7 张.

12. 依题意得 $\begin{cases}3\leqslant x\leqslant 10\\\frac{5}{2}\leqslant y\leqslant\frac{25}{2}\\9\leqslant x+y\leqslant 14\end{cases}$,目标函数为

$p=100+3(5-x)+2(8-y)$,即 $p=-3x-2y+131$. 作可行域,如图 7-9 所示的阴影部分. 将目标函数变为 $3x+2y=131-p$,设 $131-p=k$,则 k 最大时,p 最小,作一列平行直线系 l:$3x+2y=k$. 当直线 l 过可行域上点 $A(10,4)$ 时,k 最大,即当 $x=10,y=4$ 时,p 最小. 此时 $v=12.5,w=30,p$ 的最小值为 93 元.

即 v、w 分别是 12.5,30 时走得最经济,此时只需花费 93 元.

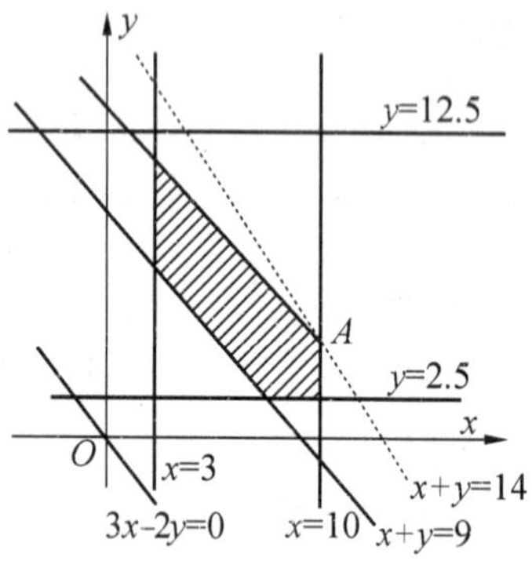

图 7-9

第四节　基本不等式

第一课时

1. (C). 因 $0<a,b<1$,故 $0<\sqrt{a},\sqrt{b}<1$,故 $\sqrt{ab}>0$, $\sqrt{ab}<1$,故 $(\sqrt{ab})^2<\sqrt{ab}$,所以 $2ab<2\sqrt{ab}$,又 $a^2+b^2\geqslant 2ab$, $a+b\geqslant 2\sqrt{ab}$,故 $2ab$ 最小,选(C). 注:也可用特殊值法.

2. 1;6. 因 $3^a>0,3^b>0$,故

$3^a+3^b\geqslant 2\sqrt{3^a\cdot 3^b}=2\sqrt{3^{a+b}}=2\sqrt{3^2}=6.$

当且仅当 $3^a=3^b$ 时等号成立,故 $a=b=1$.

3. 因 $\lg 9>0,\lg 11>0$,故

$$\lg 9\cdot\lg 11\leqslant\left(\frac{\lg 9+\lg 11}{2}\right)^2=\left(\frac{\lg 99}{2}\right)^2<\left(\frac{\lg 100}{2}\right)^2=1.$$

4. 因 $a,b,c>0$,故 $\frac{a^2+b^2}{c}+\frac{b^2+c^2}{a}+\frac{c^2+a^2}{b}\geqslant\frac{2ab}{c}+\frac{2bc}{a}+\frac{2ca}{b}=a\left(\frac{b}{c}+\frac{c}{b}\right)+b\left(\frac{a}{c}+\frac{c}{a}\right)+c\left(\frac{a}{b}+\frac{b}{a}\right)\geqslant 2a+2b+2c=2(a+b+c)$

当且仅当 $a=b=c$ 时取等号.

5. $$\begin{aligned}(a+b+c)^2&=a^2+b^2+c^2+2ab+2bc+2ca\\&=2+2ab+2bc+2ca\\&\leqslant 2+(a^2+b^2)+(b^2+c^2)+(c^2+a^2)\\&=2+2(a^2+b^2+c^2)=6,\end{aligned}$$

当且仅当 $a=b=c$ 时取等号.

又因 $a+b+c>0$,故 $a+b+c\leqslant\sqrt{6}$.

6. 因 $x>0,y>0$ 且 $\frac{a}{x}+\frac{b}{y}=1$,

故 $x+y=(x+y)\left(\frac{a}{x}+\frac{b}{y}\right)=a+b+\frac{bx}{y}+\frac{ay}{x}\geqslant a+b+2\sqrt{ab}=(\sqrt{a}+\sqrt{b})^2$,

当且仅当 $\frac{bx}{y}=\frac{ay}{x}$,即 $\frac{x}{y}=\frac{\sqrt{a}}{\sqrt{b}}$ 时取等号.

故 $x+y\geqslant(\sqrt{a}+\sqrt{b})^2$.

7. $$\frac{4}{\sin^2\alpha}+\frac{9}{\cos^2\alpha}=\frac{4(\sin^2\alpha+\cos^2\alpha)}{\sin^2\alpha}+\frac{9(\sin^2\alpha+\cos^2\alpha)}{\cos^2\alpha}=13+\frac{4\cos^2\alpha}{\sin^2\alpha}+\frac{9\sin^2\alpha}{\cos^2\alpha}\geqslant 13+2\sqrt{36}=25.$$

8. 因 $a>b$,即 $a-b>0$,又 $ab=1$,故

$$\frac{a^2+b^2}{a-b}=\frac{(a-b)^2+2ab}{a-b}=\frac{(a-b)^2+2}{a-b}$$

$$=a-b+\frac{2}{a-b}\geqslant 2\sqrt{(a-b)\cdot\frac{2}{a-b}}=2\sqrt{2}.$$

故 $a^2+b^2\geqslant 2\sqrt{2}(a-b)$.

9. 4. 因 $a,b,c\in\mathbf{R}^+$，故 $(a+b+c)\left(\frac{1}{a+b}+\frac{1}{c}\right)=$

$$2+\frac{a+b}{c}+\frac{c}{a+b}\geqslant 2+2\sqrt{\frac{a+b}{c}\cdot\frac{c}{a+b}}=4,$$

当且仅当 $\frac{a+b}{c}=\frac{c}{a+b}$，即 $a+b=c$ 时，取等号.

10. $q\geqslant p$. 因 $a,b,m,n\in\mathbf{R}^+$，故

$$q=\sqrt{ma+nc}\cdot\sqrt{\frac{b}{m}+\frac{d}{n}}$$

$$=\sqrt{ab+\frac{mad}{n}+\frac{nbc}{m}+cd}$$

$$\geqslant\sqrt{ab+2\sqrt{abcd}+cd}=\sqrt{(\sqrt{ab}+\sqrt{cd})^2}$$

$=\sqrt{ab}+\sqrt{cd}=p$. 故 $q\geqslant p$.

11. 3. 由 $x-2y+3z=0$ 得 $y=\frac{x+3z}{2}$，则

$$\frac{y^2}{xz}=\frac{x^2+9z^2+6xz}{4xz}\geqslant\frac{6xz+6xz}{4xz}=3.$$

当且仅当 $x=3z$ 时等号成立.

12. $\frac{1}{a}+\frac{1}{b}+\frac{1}{c}=\frac{a+b+c}{a}+\frac{a+b+c}{b}+\frac{a+b+c}{c}$

$$=3+\left(\frac{b}{a}+\frac{a}{b}\right)+\left(\frac{b}{c}+\frac{c}{b}\right)+\left(\frac{a}{c}+\frac{c}{a}\right)$$

$\geqslant 3+2+2+2=9$，故 $\frac{1}{a}+\frac{1}{b}+\frac{1}{c}\geqslant 9$，

当且仅当 $a=b=c=\frac{1}{3}$ 时取等号.

第二课时

1. (A). 解法1：设郁金香的价格为每枝 x 元，丁香的价格为每枝 y 元，则

$$\begin{cases}4x+5y<22\\6x+3y>24\\x>0,y>0\end{cases}.$$

设目标函数为：$z=2x-3y$（2枝郁金香与3枝丁香的价格差）. 作出可行域如图7－10（$\triangle ABC$ 内部，不含边界）：

令 $z=0$，作 l_0：$2x-3y=0$. 由图可知，l_0 恰过点 $A(3,2)$，此时，z 取到最小值0. 故 $2x-3y>0$，2

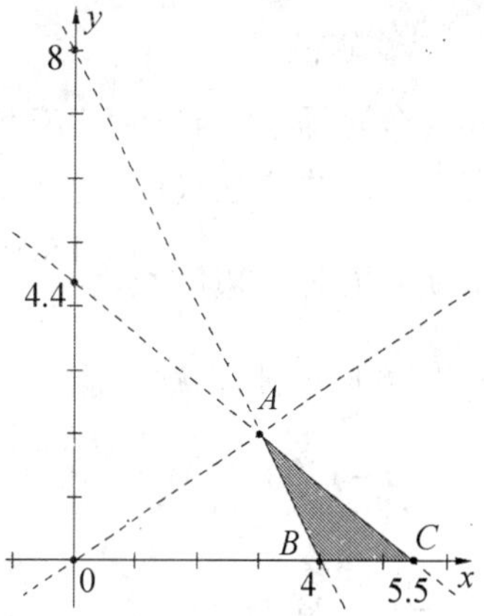

图7－10

枝郁金香比3枝丁香贵.

解法2：$\begin{cases}u=4x+5y<22\\v=6x+3y>24\end{cases}\Rightarrow\begin{cases}x=\frac{5v-3u}{18}\\y=\frac{3u-2v}{9}\end{cases}\Rightarrow$

$$2x-3y=\frac{11v-12u}{9}>\frac{11\times24-12\times22}{9}=0,$$

故2枝郁金香贵.

2. 2. 由射影定理可知 $AD^2=BD\cdot CD$，则

$BC=BD+CD\geqslant 2\sqrt{BD\cdot CD}=2AD=2$，

当且仅当 $BD=CD=1$ 时取等号.

3. 设该商品原价为 a，两次提价后的价格按甲、乙、丙三种方案的次序依次为 N_1,N_2,N_3，则

$N_1=N_2=a(1+p\%)(1+q\%)$

$$=a\left(1+p\%+q\%+\frac{pq}{10000}\right)$$

$$\leqslant a\left[1+p\%+q\%+\frac{(p+q)^2}{40000}\right]$$

$$=a\left(1+\frac{p+q}{2}\%\right)^2=N_3,$$

故甲、乙两种方案提价的幅度相同，丙方案提价幅度最大.

4. (1)设新价为 x 元，则

$$\frac{80\%x-2880(1-25\%)}{80\%x}=28\%,$$

解得 $x=3750$（元）.

故折价后的售价为 $3750\times80\%=3000$（元）.

(2)设今年销售 y 台电脑，则

$(3000-2880(1-25\%))y\geqslant 50000$，解得

$y \geqslant \frac{1250}{21} \approx 59.5$.

故 $y_{\min}=60$(台),即今年至少应销售60台电脑.

5. 设水池底面一边的长为 x(m),水池的总造价为 l 元,则水池底面另一边的长为 $\frac{1600}{x}$(m),水池底面面积为1600m^2,根据题意,得

$l=150\times1600+120\times2\left(3x+\frac{4800}{x}\right)=240000+720\left(x+\frac{1600}{x}\right)\geqslant240000+720\times2\sqrt{x\cdot\frac{1600}{x}}$

$=240000+720\times2\times40=297600$,当且仅当 $x=\frac{1600}{x}$,即 $x=40$ 时,l 有最小值 297600.

即当水池底面是边长为40m的正方形时,水池总造价最低,最低总造价是297600元.

6. (1)设矩形菜园的长为 x(m),宽为 y(m),则 $xy=100$,篱笆的长为 $2(x+y)$(m).

由 $\frac{x+y}{2}\geqslant\sqrt{xy}$ 得 $x+y\geqslant2\sqrt{100}$,$2(x+y)\geqslant40$.

当且仅当 $x=y$ 时等号成立,此时 $x=y=10$.

即这个矩形的长、宽都为10m时,所用的篱笆最短,最短的篱笆是40m.

(2)设矩形菜园的宽为 x(m),则长为 $(36-2x)$(m),其中 $0<x<18$,则

$S=x(36-2x)=\frac{1}{2}\times2x(36-2x)$

$\leqslant\frac{1}{2}\left(\frac{2x+36-2x}{2}\right)^2=\frac{36^2}{8}=162$,

当且仅当 $2x=(36-2x)$,即 $x=9$ 时,菜园面积最大.

即菜园长18m,宽为9m时,菜园面积最大,为162m^2.

7. 设平均每平方米建筑面积的成本费为 y 元,楼高为 n 层,则

$$y=\frac{2000+400n+\frac{n(n-1)}{2}\cdot40}{n}$$

$$=20n+\frac{2000}{n}+380\geqslant2\sqrt{40000}+380=780$$

当且仅当 $20n=\frac{2000}{n}$,即 $n=10$ 时取最小值.

即楼高10层成本费最省.

8. (1)依题意,本年度实际用电量 $t=a+\frac{k}{x-0.4}$,

故 $y=\left(a+\frac{k}{x-0.4}\right)(x-0.3)$,$x\in[0.55,0.75]$.

(2)上年度电力部门实际收益:$(0.8-0.3)a=0.5a$(元).本年度电力部门预计收益:$\left(a+\frac{0.2a}{x-0.4}\right)(x-0.3)$.依题意得,

$a\left(1+\frac{0.2}{x-0.4}\right)(x-0.3)\geqslant(1+20\%)\times0.5a$,

化简整理得 $x^2-1.1x+0.3\geqslant0$,即 $(x-0.5)(x-0.6)\geqslant0$,故 $x\leqslant0.5$ 或 $x\geqslant0.6$.

又 $0.55\leqslant x\leqslant0.75$,故 $0.6\leqslant x\leqslant0.75$.

即为保证电力部门收益比上年至少增长20%,电价最低应定为0.6元/(kW·h).

9. (A).设左右两臂分别长为 a,b,两次化妆品质量分别为 m_1,m_2,由杠杆原理得,$m_1a=10b$,$10a=m_2b\Rightarrow m_1+m_2=\frac{10b}{a}+\frac{10a}{b}>20\quad(a\neq b)$.

10. 8. 易知 A 为 $(-2,-1)$,代入直线方程有 $-2m-n+1=0$,即 $2m+n=1$.

所以 $\frac{1}{m}+\frac{2}{n}=\frac{2m+n}{m}+\frac{4m+2n}{n}$

$=4+\frac{n}{m}+\frac{4m}{n}\geqslant8$,

当且仅当 $n=2m$ 时取等号.

11. 设 $f(n)=an+b$,将 $\begin{cases}f(1)=7\\f(3)=21\end{cases}$ 代入得

$\begin{cases}a+b=7\\3a+b=21\end{cases}$,故 $\begin{cases}a=7\\b=0\end{cases}$,$f(n)=7n$.

又设 $g(n)=cn^2+dn$,将 $\begin{cases}g(1)=10.1\\g(2)=20.4\end{cases}$ 代入得

$\begin{cases}c+d=10.1\\4c+2d=20.4\end{cases}$,解得 $\begin{cases}c=0.1\\d=10\end{cases}$,

故 $g(n)=0.1n^2+10n$,由题意,

$g(n)-40\geqslant f(n)-\left[0.3n+\frac{n(n-1)}{2}\times0.2\right]$,

故 $0.1n^2+10n-40\geqslant7n-0.3n-0.1n(n-1)$.

整理得 $n^2+16n-200\geqslant0$,故 $n\geqslant-8+\sqrt{264}$,

又 $16<\sqrt{264}<17$,故 $8<-8+\sqrt{264}<9$,故 $n=9$.

即经过9个月后投资开始见效益.

12. (1)设画面高为 x(cm),宽为 λx(cm),则

$\lambda x^2=4840, x=\dfrac{22\sqrt{10}}{\sqrt{\lambda}}$.

设纸张面积为 $S\ (\text{cm}^2)$，则有

$$\begin{aligned}S&=(x+16)(\lambda x+10)\\&=\lambda x^2+(16\lambda+10)x+160\\&=4840+(16\lambda+10)\cdot\frac{22\sqrt{10}}{\sqrt{\lambda}}+160\\&=5000+44\sqrt{10}\left(8\sqrt{\lambda}+\frac{5}{\sqrt{\lambda}}\right)\\&\geqslant 5000+44\sqrt{10}\times 2\sqrt{40}=6760,\end{aligned}$$

当且仅当 $8\sqrt{\lambda}=\dfrac{5}{\sqrt{\lambda}}$，即 $\lambda=\dfrac{5}{8}(\lambda<1)$ 时，S 取得最小值6760，此时，高：$x=\sqrt{\dfrac{4840}{\lambda}}=88$，宽：$\lambda x=\dfrac{5}{8}\times 88=55$.

(2)如果 $\lambda\in\left[\dfrac{2}{3},\dfrac{3}{4}\right]$，设 $\dfrac{2}{3}\leqslant\lambda_1<\lambda_2\leqslant\dfrac{3}{4}$，则由 S 的表达式，得

$$\begin{aligned}&S(\lambda_1)-S(\lambda_2)\\&=44\sqrt{10}\left(8\sqrt{\lambda_1}+\frac{5}{\sqrt{\lambda_1}}-8\sqrt{\lambda_2}-\frac{5}{\sqrt{\lambda_2}}\right)\\&=44\sqrt{10}(\sqrt{\lambda_1}-\sqrt{\lambda_2})\left(8-\frac{5}{\sqrt{\lambda_1\lambda_2}}\right),\end{aligned}$$

因 $\dfrac{2}{3}\leqslant\lambda_1<\lambda_2\leqslant\dfrac{3}{4}$，故 $\sqrt{\lambda_1\lambda_2}>\dfrac{2}{3}>\dfrac{5}{8}$，故 $8-\dfrac{5}{\sqrt{\lambda_1\lambda_2}}>0$，$\sqrt{\lambda_1}-\sqrt{\lambda_2}<0$，故 $S(\lambda_1)-S(\lambda_2)<0$，即 $S(\lambda_1)<S(\lambda_2)$，故 $S(\lambda)$ 在区间 $\left[\dfrac{2}{3},\dfrac{3}{4}\right]$ 内单调递增，故对于 $\lambda\in\left[\dfrac{2}{3},\dfrac{3}{4}\right]$，当 $\lambda=\dfrac{2}{3}$ 时，$S(\lambda)$ 取得最小值.

即画面高为88cm，宽为55cm，所用纸张面积的最小值是6760cm^2.

如果要求 $\lambda\in\left[\dfrac{2}{3},\dfrac{3}{4}\right]$，则当 $\lambda=\dfrac{2}{3}$ 时，所用纸张面积最小.

习题七

1. (A).

2. (C). 由 $a=2, b=-1$ 知(A)不成立；由 $a=-1, b=-2$ 知(B)不成立；由 $c=0$ 知(D)不成立；故选(C).

3. (B). $3^a+3^b\geqslant 2\sqrt{3^a\cdot 3^b}=2\sqrt{3^{a+b}}=6$，当且仅当 $a=b=1$ 时取等号.

4. (C). $a-b=\dfrac{\ln 2}{2}-\dfrac{\ln 3}{3}=\dfrac{3\ln 2-2\ln 3}{6}=\dfrac{1}{6}(\ln 8-\ln 9)<0$，所以 $a<b$，同理可得 $c<a$，所以 $c<a<b$.

5. (C). 因 $x\in\mathbf{R}$ 时，$\left(\dfrac{1}{2}\right)^x>0$，故不等式 $\left(\dfrac{1}{2}\right)^x+1>0$ 的解集为 $\mathbf{R}$.

6. (A). 因 $M=\left\{x\,\middle|\,\dfrac{4}{1-x}\geqslant 1\right\}=\{x\mid -3\leqslant x<1\}$，$N=\{x\mid x^2+2x-3\leqslant 0\}=\{x\mid -3\leqslant x\leqslant 1\}$，故 $M\subset N$.

7. (C). $(x-a)\otimes(x+a)<1\Leftrightarrow$
$(x-a)[1-(x+a)]<1\Leftrightarrow$
$-x^2+x+a^2-a-1<0\Leftrightarrow x^2-x-a^2+a+1>0$.
因为不等式对任意实数 x 成立，所以 $\Delta<0$，即 $1-4(a-a^2+1)<0$，解得 $-\dfrac{1}{2}<a<\dfrac{3}{2}$.

8. (C). (A)中，$y=x+\dfrac{4}{x}\geqslant 4$ 或 $\leqslant -4$，故 $y=x+\dfrac{4}{x}$ 最小值不是4. (B)中，因 $\sin x\neq 2$，故 $y=\sin x+\dfrac{4}{\sin x}$ 最小值不是4. (D)中，因 $x^2\neq -1$，故 $y=x^2+\dfrac{1}{x^2+1}+3, x\neq 0$ 最小值不是4. (C)中，$y=2^{1+x}+2^{1-x}\geqslant 2\sqrt{2^{1+x}\cdot 2^{1-x}}$. 故选(C).

9. (D). 画出不等式组表示的平面区域，$\dfrac{y-1}{x}$ 可理解为点(0,1)与平面区域内的点连线的斜率，从图象上易知 $W\in[-1,1)$.

10. (A). 画出 $f(x)$ 的草图，可以发现当 $|f(x)|<1$ 时，$x\in(0,3)$，且当 $|f(x+1)|<1$ 时，$x\in(-1,2)$.

11. $\dfrac{1}{8}$. $x(1-2x)\leqslant\dfrac{1}{2}\left(\dfrac{2x+1-2x}{2}\right)^2=\dfrac{1}{8}$，当且仅当 $x=\dfrac{1}{4}$ 时取等号.

12. $-4<m\leqslant 0$. 当 $m=0$ 时，显然成立；当 $m\neq 0$

时,有$\begin{cases}m<0\\m^2+4m<0\end{cases}$,即$-4<m<0$,综合得$-4<m\leqslant 0$.

13. ①、③. 因$a^2+3-2a=(a-1)^2+2>0$,故$a^2+3>2a$恒成立,又因$a^2+b^2-2(a-b-1)=(a-1)^2+(b+1)^2\geqslant 0$,故$a^2+b^2\geqslant(a-b-1)$恒成立,又当$a=b$时,②式不成立,当$a<0$时$a+\dfrac{1}{a}\geqslant 2$不成立,故一定成立的不等式是①、③.

14. $ab\geqslant 9$. $ab=a+b+3\geqslant 2\sqrt{ab}+3\Rightarrow(\sqrt{ab}-3)(\sqrt{ab}+1)\geqslant 0\Rightarrow\sqrt{ab}\geqslant 3\Rightarrow ab\geqslant 9$.

15. 因$x<\dfrac{5}{4}$,故$5-4x>0$,故

$$y=5-4x+\frac{1}{5-4x}-4\geqslant -2,$$

当且仅当$5-4x=\dfrac{1}{5-4x}$,即$x=1$时取等号.

16. 因$x,y>0$,故

$$\lg x+\lg y=\lg(xy)=\lg\left[x\left(3-\frac{3}{4}x\right)\right]$$

$$\leqslant\lg\left[\frac{4}{3}\left(\frac{\frac{3}{4}x+3-\frac{3}{4}x}{2}\right)^2\right]$$

$$=\lg 3.$$

当且仅当$\dfrac{3}{4}x=3-\dfrac{3}{4}x$,即$x=2,y=\dfrac{3}{2}$时取等号.

17. (1)不等式组表示的平面区域如图7-11所示,易知$A(-3,-2),B(2,-2),C(2,3)$,

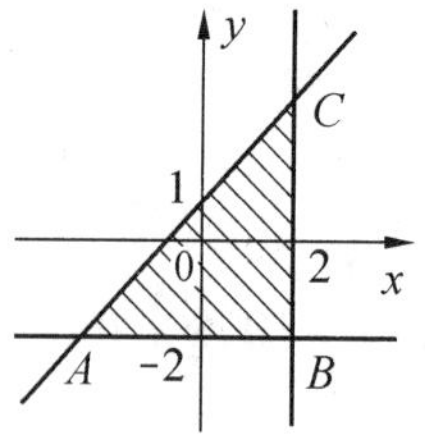

图7-11

所以$S_{\triangle ABC}=\dfrac{1}{2}\times 5\times 5=\dfrac{25}{2}$.

(2)当直线$y=z-x$过$C(2,3)$时,z取得最大值,即$z_{max}=2+3=5$.

18. 设第一种、第二种、第三种肥的取量分别为x,y,z(kg),依题意有

$$\begin{cases}x+y+z=100\\0.9y+0.3z=45\end{cases}\Rightarrow\begin{cases}y=\frac{1}{2}x+25\\z=75-\frac{3}{2}x\end{cases},$$

设钾的量为S,则

$$S=0.4x+0.1y+0.5z$$

$$=\frac{2}{5}x+\frac{1}{10}y+\frac{1}{2}z=-\frac{3}{10}x+40.$$

由$x>0,y>0,z>0$,得$\begin{cases}x>0\\y=\frac{1}{2}x+25>0\\z=75-\frac{3}{2}x>0\end{cases}$,

故$0<x<50$,故$25<S<40$.

即新混合肥含钾的量的取值范围是(25,40).

第八章　空间向量与立体几何

第一节　空间几何体的结构特征

1. (C). 根据直角三角形的勾股定理可求.
2. (A). 利用正棱台的两底面中心连线、相应的边心距和斜高组成的直角梯形求解.
3. (B). 因截面圆面积为 π,故截面圆半径 $r=1$,故球的半径为 $R=\sqrt{OO_1^2+r^2}=\sqrt{2}$.
4. (B). 易知 $A_1C=\sqrt{A_1A^2+AB^2+BC^2}=2$ 为球的直径. 经过 A、C 及球心 O 的大圆中,劣弧 $\overset{\frown}{AC}$ 所对圆心角可求得为 $\frac{\pi}{2}$,故 A、C 两点的球面距离为 $1\times\frac{\pi}{2}=\frac{\pi}{2}$.
5. $\sqrt{3}$;60°. 利用圆台的上、下底面半径,高,母线所构成的直角梯形求解.
6. $\frac{\sqrt{3}}{2}a$. 根据轴截面图可知,球的直径就是正方体的体对角线长,即 $2R=\sqrt{3}a$,得 $R=\frac{\sqrt{3}}{2}a$.
7. 36. 设正四棱锥的高为 h,依题意有 $\frac{8}{12}=\frac{h-12}{h}$,解得 $h=36$.
8. $\sqrt{3}$. 作边长为 2 的正方体,再作其外接球,四个点 P,A,B,C 正好为正方体中以 P 为顶点的周围四个顶点. 此时,球的直径等于正方体的对角线,即 $2R=2\sqrt{3}$,故 $R=\sqrt{3}$.
9. (B). 利用正棱台的两底面中心连线、相应的边心距和斜高组成的直角梯形求解.
10. $\left(\frac{\sqrt{S}+\sqrt{S'}}{2}\right)^2$. 利用"两个相似多边形面积之比等于相似比的平方",而中截面的一条边长是上、下底面对应边长和的一半,则有 $\sqrt{S_0}=\frac{\sqrt{S}+\sqrt{S'}}{2}$,故 $S_0=\left(\frac{\sqrt{S}+\sqrt{S'}}{2}\right)^2$.
11. 2∶1. 将圆台还原成圆锥,圆锥的截面如图 8－1 所示,O_2,O_1,O 分别是圆台上底面、截面和下底面的圆心,V 是圆锥的顶点,并令 $VO_2=h$,$O_2O_1=h_1$,$O_1O=h_2$,由题意得,$S_{上}=1$,$S_{下}=49$,从而 $S_{截}=\frac{1+49}{2}=25$,则

$$\begin{cases}\frac{h+h_1}{h}=\frac{5}{1}\\ \frac{h+h_1+h_2}{h}=\frac{7}{1}\end{cases}\Rightarrow\begin{cases}h_1=4h\\ h_2=2h\end{cases}.$$

为此 $h_1:h_2=2:1$.

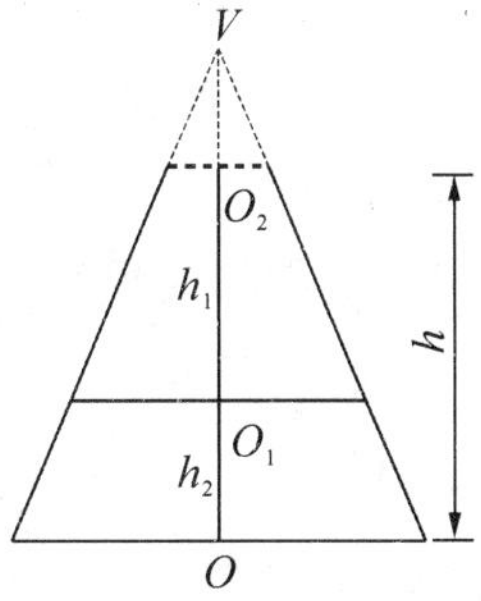

图 8－1

12. (1) 正三棱柱 $ABC-A_1B_1C_1$ 的侧面展开图是一个长为 9、宽为 4 的矩形,其对角线长为 $\sqrt{9^2+4^2}=\sqrt{97}$.

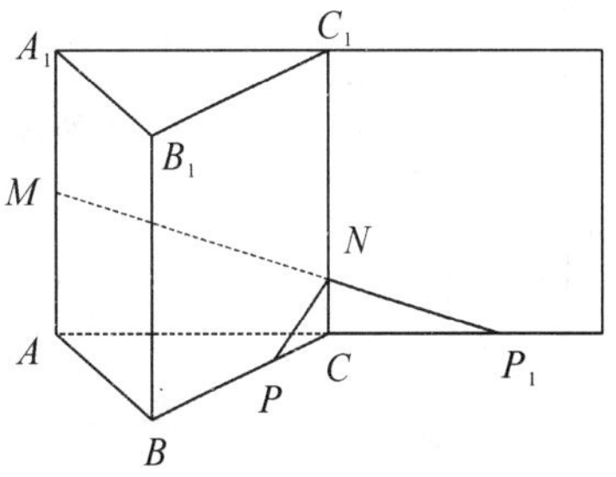

图 8－2

(2) 如图 8－2,将侧面 BB_1C_1C 绕棱 CC_1 旋转 120°,使其与侧面 AA_1C_1C 在同一平面上,点 P 运动到点 P_1 的位置,连接 MP_1,则 MP_1 就是由点 P 沿棱柱侧面经过棱 CC_1 到点 M 的最短路线.

设 $PC=x$,则 $P_1C=x$,在 Rt$\triangle MAP_1$ 中,由勾股定理得 $(3+x)^2+2^2=29$,解得 $x=2$. 故 $PC=P_1C=2$. 因 $\frac{NC}{MA}=\frac{P_1C}{P_1A}=\frac{2}{5}$,故 $NC=\frac{4}{5}$.

第二节　简单空间图形的三视图和直观图

1. (C). 根据直观图画法的规则.
2. (B). 根据几何体俯视图中小立方体的块数,可以得到实物图,再根据实物图确定其主视图.
3. (A). 根据其梯形直观图,可知原梯形的平面图为直角梯形,且上底长为1,下底长为$\sqrt{2}+1$,高为2,故其面积为$2+\sqrt{2}$.
4. $\frac{\sqrt{6}}{16}a^2$. 以正三角形的一边为x轴,这边上的中线为y轴,则其直观图为斜三角形,在x'轴上的边长仍为a,其中线长为$\frac{\sqrt{3}}{4}a$,高为
$$\frac{\sqrt{3}}{4}a\cdot\sin45°=\frac{\sqrt{6}}{8}a,$$
所以正三角形直观图的面积为
$$\frac{1}{2}\cdot a\cdot\frac{\sqrt{6}}{8}a=\frac{\sqrt{6}}{16}a^2.$$
5. 16或64.
6. 三棱锥、圆锥、三棱柱等.
7. 三视图见图8-3.

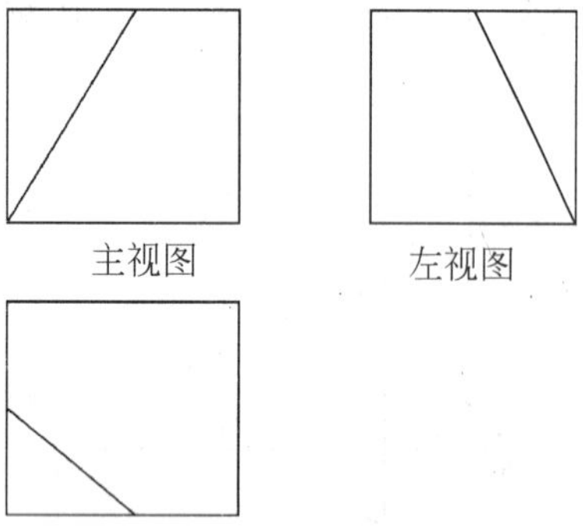

图8-3

8. $\sqrt{10}$. 根据$\triangle ABC$的直观图$\triangle A'B'C'$,可知$\triangle ABC$为直角三角形,由$\triangle ABC$的面积为$6\sqrt{2}$,可以求出$BC=6\sqrt{2}$,故$B'C'=3\sqrt{2}$. 在$\triangle A'B'C'$中,由余弦定理得,
$$A'B'=\sqrt{A'C'^2+B'C'^2-2A'C'\cdot B'C'\cdot\cos\angle A'C'B'}=\sqrt{10}.$$
9. (A). 根据正方形的边长为1,其对角线长为$\sqrt{2}$,则平面图形中对角线长为$2\sqrt{2}$.
10. (D). 根据前两个正方体中所标的数字可以看出,与数字"1"这个面相邻的面有2,3,4,5,所以与"1"相对应的数字为"6",再根据第三个正方体所标数字,可知$a=6$.
11. 5. 通过三视图还原的物体可知,小正方体的个数为5个.
12. $2\sqrt{2}$. 先在$\triangle O'A'B'$中,利用余弦定理可求出$O'B'=\sqrt{2}$,则平面图形$\triangle OAB$为直角三角形,且直角边$OA=2$,$OB=2\sqrt{2}$,故$\triangle ABC$的面积为$2\sqrt{2}$.
13. 10,11,12,13,14,15,16. 根据俯视图可知此几何体应有三行和三列,且右列的第一行、第二行都没有立方体,其余的各列、各行都有小立方体,再根据主视图,左列中有一行是三层,中列中至少有一行是两层,右列第三行只有一层,这样可知最少要10个小立方体,最多要16个小立方体. 故n的所有值为10,11,12,13,14,15,16.

第三节　平面的性质、异面直线

1. (D). 根据异面直线的定义.
2. (D). 截面六边形除过已知的三点外,还过C_1D_1、DD_1、BB_1的中点.
3. (C). 四点共面或任三点确定一个平面.
4. (B). 无三点共线未必能推出无四点共面,但无四点共面必可推出无三点共线.
5. 1;4. 当四点共面时为1个;当任意三点能确定一个平面时为4个.
6. 3. 由于$EF=\frac{1}{2}AC$, $FG=\frac{1}{2}BD$,所以
$$EF^2+FG^2=\frac{AC^2+BD^2}{4}=\frac{(AC+BD)^2-2AC\cdot BD}{4}=3.$$
7. 设AB、AD确定的平面为α,因$E\in AB$, $F\in AD$, $AB\subset\alpha$, $AD\subset\alpha$,故$E\in\alpha$, $F\in\alpha$, $EF\subset\alpha$,又$G\in EF$,故$G\in\alpha$,故$DG\subset\alpha$,即$DC\subset\alpha$,故$C\in\alpha$,又$A,B,D\in\alpha$,故A,B,C,D四点共面,即$ABCD$为平面四边形.
8. 如图8-4,因$AB\cap AD=A$,故AB和AD确定平面ABD. 因$B\in AB$,$D\in AD$,故$BD\subset$平面ABD. 又因$E\in AB$, $F\in AD$,故$EF\subset$平面ABD. 又因$EF\cap GH=P$,故$P\in EF$,$P\in$平面ABD. 同理可

证 $P\in$ 平面 BCD. 故点 P 为平面 ABD 和平面 BCD 的公共点．因为平面 $ABD\cap$ 平面 $BCD=BD$，由公理2知，点 P 在平面 ABD 与平面 BCD 的交线 BD 上，即点 P 在直线 BD 上．

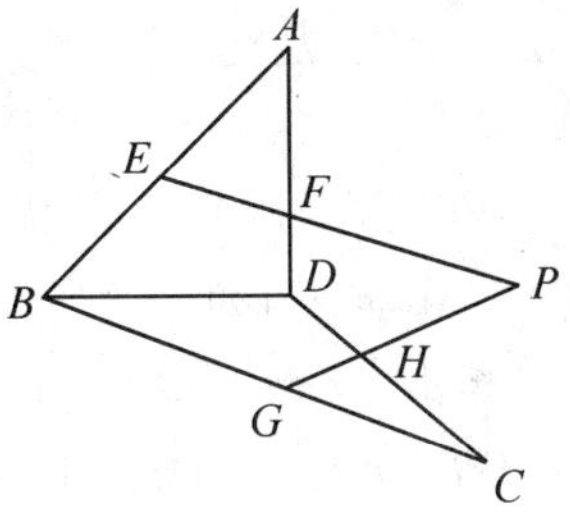

图8-4

9. 8；4. 当3个平面两两相交时，可以把空间分成8个部分；当3个平面互相平行时，只能把空间分成4个部分．

10. $\frac{7}{2}$ cm^2. 根据条件可以求出 $AB=\sqrt{5}$ cm，$BC=\sqrt{13}$ cm，$CA=\sqrt{10}$ cm，再利用余弦定理求出 $\cos\angle BAC=\frac{\sqrt{2}}{10}$，进而求出 $\sin\angle BAC=\frac{7\sqrt{2}}{10}$，所以 $S_{\triangle ABC}=\frac{1}{2}AB\cdot CA\cdot\sin\angle BAC=\frac{7}{2}(cm^2)$.

11. (反证法) 如图8-5所示，假设 A,B,C 三点共线，即都在直线 l 上，因 $A,B,C\in\alpha$，故 $l\subset\alpha$. 因 $c\cap l=C$，故 c 与 l 可确定一平面 β(推论2). 因 $c\cap a=M$，故 $M\in\beta$，又 $A\in\beta$，故 $a\subset\beta$. 同理 $b\subset\beta$，所以直线 a、b 共面．这与已知 a 与 b 不共面矛盾．因此 A,B,C 三点不共线．

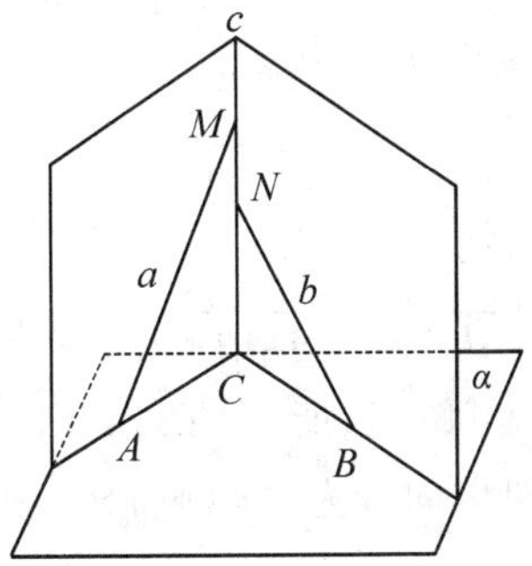

图8-5

12. $\frac{3\sqrt{17}}{17}$. 由题意 $AB//CD$，所以 $\angle C_1BA$ 是异面直线 BC_1 与 DC 所成的角．如图8-6所示，连结 AC_1 与 AC，在 $Rt\triangle ADC$ 中，可得 $AC=\sqrt{5}$，又在 $Rt\triangle ACC_1$ 中，可得 $AC_1=3$. 在梯形 $ABCD$ 中，过 C 作 $CH//AD$ 交 AB 于 H，得 $\angle CHB=90°$，$CH=2$，$HB=3$，故 $CB=\sqrt{13}$. 又在 $Rt\triangle CBC_1$ 中，可得 $BC_1=\sqrt{17}$，在 $\triangle ABC_1$ 中，$\cos\angle ABC_1=\frac{AB^2+BC_1^2-AC_1^2}{2AB\cdot BC_1}=\frac{3\sqrt{17}}{17}$. 故异面直线 BC_1 与 DC 所成角的余弦值为 $\frac{3\sqrt{17}}{17}$.

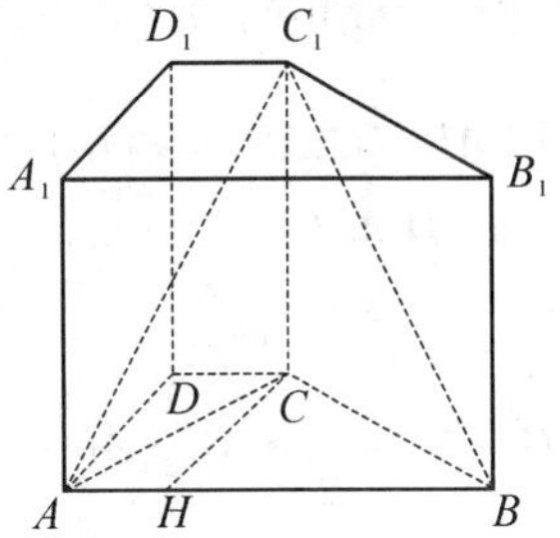

图8-6

第四节　空间向量及其运算

第一课时

1. (C). 根据两个向量相等的定义可知．
2. (B). 由 $|\boldsymbol{a}+\boldsymbol{b}|^2=\boldsymbol{a}^2+2\boldsymbol{a}\cdot\boldsymbol{b}+\boldsymbol{b}^2=16$，$|\boldsymbol{a}-\boldsymbol{b}|=\boldsymbol{a}^2-2\boldsymbol{a}\cdot\boldsymbol{b}+\boldsymbol{b}^2=4$，相加得 $\boldsymbol{a}^2+\boldsymbol{b}^2=10$，而 $\boldsymbol{b}^2=1$，则 $\boldsymbol{a}^2=9$，故 $|\boldsymbol{a}|=3$.
3. (B). 根据定义确定．
4. 3；$\sqrt{13}$. 由 $\boldsymbol{a}\cdot\boldsymbol{b}=|\boldsymbol{a}|\cdot|\boldsymbol{b}|\cos\langle\boldsymbol{a},\boldsymbol{b}\rangle=3$，$|\boldsymbol{a}-2\boldsymbol{b}|=\sqrt{(\boldsymbol{a}-2\boldsymbol{b})^2}=\sqrt{13}$.
5. $\frac{1}{2}$. 由于 $\langle\boldsymbol{a},\boldsymbol{b}\rangle=\langle\boldsymbol{b},\boldsymbol{c}\rangle=60°$，$\langle\boldsymbol{c},\boldsymbol{a}\rangle=120°$，所以 $\boldsymbol{a}\cdot\boldsymbol{b}+\boldsymbol{b}\cdot\boldsymbol{c}+\boldsymbol{c}\cdot\boldsymbol{a}=\frac{1}{2}$.
6. a^2. 利用基底的方法求解或利用数量积公式求解．
7. $6\sqrt{3}-23$. $(\boldsymbol{a}+2\boldsymbol{b})\cdot(\boldsymbol{a}-\boldsymbol{b})=\boldsymbol{a}^2+\boldsymbol{a}\cdot\boldsymbol{b}-2\boldsymbol{b}^2$
$=|\boldsymbol{a}|^2+|\boldsymbol{a}|\cdot|\boldsymbol{b}|\cos\langle\boldsymbol{a},\boldsymbol{b}\rangle-2|\boldsymbol{b}|^2$
$=9+6\sqrt{3}-32=6\sqrt{3}-23$.
8. $\frac{2}{3}$. 设正四面体的棱长为1，$\overrightarrow{OA}=\boldsymbol{a}$，$\overrightarrow{OB}=\boldsymbol{b}$，$\overrightarrow{OC}=\boldsymbol{c}$，则 $|\boldsymbol{a}|=|\boldsymbol{b}|=|\boldsymbol{c}|=1$，且 $\langle\boldsymbol{a},\boldsymbol{b}\rangle=\langle\boldsymbol{b},\boldsymbol{c}\rangle=\langle\boldsymbol{c},\boldsymbol{a}\rangle=60°$. 于是 $\boldsymbol{a}\cdot\boldsymbol{b}=\boldsymbol{b}\cdot\boldsymbol{c}=\boldsymbol{c}\cdot\boldsymbol{a}=\frac{1}{2}$.
又 $\overrightarrow{OE}=\frac{1}{2}(\boldsymbol{a}+\boldsymbol{b})$，$\overrightarrow{BF}=\frac{1}{2}\boldsymbol{c}-\boldsymbol{b}$. 则
$\overrightarrow{OE}\cdot\overrightarrow{BF}=\frac{1}{2}(\boldsymbol{a}+\boldsymbol{b})\cdot\left(\frac{1}{2}\boldsymbol{c}-\boldsymbol{b}\right)$

$=\frac{1}{4}(\boldsymbol{a}\cdot\boldsymbol{c}-2\boldsymbol{a}\cdot\boldsymbol{b}+\boldsymbol{b}\cdot\boldsymbol{c}-2\boldsymbol{b}^2)$

$=-\frac{1}{2}$,

且 $|\overrightarrow{OE}|=|\overrightarrow{BF}|=\frac{\sqrt{3}}{2}$.

故 $\cos\langle\overrightarrow{OE},\overrightarrow{BF}\rangle=\frac{\overrightarrow{OE}\cdot\overrightarrow{BF}}{|\overrightarrow{OE}|\cdot|\overrightarrow{BF}|}=-\frac{2}{3}$.

故 OE 与 BF 所成角的余弦值为$\frac{2}{3}$.

9. (C). 易知 AB,AC,AD 两两互相垂直,进而 $AB^2+AC^2+AD^2=(2r)^2=64$.

$S_{\triangle ABC}+S_{\triangle ACD}+S_{\triangle ADB}$

$=\frac{1}{2}\cdot AB\cdot AC+\frac{1}{2}\cdot AC\cdot AD+\frac{1}{2}\cdot AD\cdot AB$

$\leqslant\frac{AB^2+AC^2}{4}+\frac{AC^2+AD^2}{4}+\frac{AD^2+AB^2}{4}$

$=\frac{AB^2+AC^2+AD^2}{2}=32$.

10. 等边三角形. 因 $\boldsymbol{a}+\boldsymbol{b}+\boldsymbol{c}=\overrightarrow{BC}+\overrightarrow{CA}+\overrightarrow{AB}=0$,故 $\boldsymbol{a}+\boldsymbol{b}=-\boldsymbol{c}$,两边平方并整理得,$\boldsymbol{a}^2+\boldsymbol{b}^2+2\boldsymbol{a}\cdot\boldsymbol{b}=\boldsymbol{c}^2$,同理$\boldsymbol{b}^2+\boldsymbol{c}^2+2\boldsymbol{b}\cdot\boldsymbol{c}=\boldsymbol{a}^2$,两式相减且根据 $\boldsymbol{a}\cdot\boldsymbol{b}=\boldsymbol{b}\cdot\boldsymbol{c}$ 可得$\boldsymbol{a}^2=\boldsymbol{c}^2$,即$|\boldsymbol{a}|=|\boldsymbol{c}|$. 同理可得$|\boldsymbol{a}|=|\boldsymbol{b}|$.

11. $6-4\sqrt{2}$. 设 $\overrightarrow{AB}=\boldsymbol{a}$, $\overrightarrow{AC}=\boldsymbol{b}$,$\overrightarrow{AO}=\boldsymbol{c}$,则$|\boldsymbol{a}|=6$,$|\boldsymbol{b}|=4$,$|\boldsymbol{c}|=8$,且$\langle\boldsymbol{b},\boldsymbol{c}\rangle=45°$,$\langle\boldsymbol{a},\boldsymbol{c}\rangle=60°$,又 $\overrightarrow{BC}=\overrightarrow{AC}-\overrightarrow{AB}=\boldsymbol{b}-\boldsymbol{a}$,则

$\overrightarrow{OA}\cdot\overrightarrow{BC}=-\boldsymbol{c}\cdot(\boldsymbol{b}-\boldsymbol{a})=\boldsymbol{c}\cdot\boldsymbol{a}-\boldsymbol{c}\cdot\boldsymbol{b}$

$=|\boldsymbol{c}|\cdot|\boldsymbol{a}|\cos\langle\boldsymbol{c},\boldsymbol{a}\rangle-|\boldsymbol{c}|\cdot|\boldsymbol{b}|\cos\langle\boldsymbol{c},\boldsymbol{b}\rangle$

$=24-16\sqrt{2}$,

故 $\cos\langle\overrightarrow{OA},\overrightarrow{BC}\rangle=\frac{\overrightarrow{OA}\cdot\overrightarrow{BC}}{|\overrightarrow{OA}|\cdot|\overrightarrow{BC}|}=\frac{24-16\sqrt{2}}{8|\overrightarrow{BC}|}=\frac{1}{2}$,

解得 $|\overrightarrow{BC}|=6-4\sqrt{2}$.

12. (1)如图 8-7,设 $\overrightarrow{CD}=\boldsymbol{a}$, $\overrightarrow{CB}=\boldsymbol{b}$, $\overrightarrow{CC_1}=\boldsymbol{c}$, $\overrightarrow{CD}$、$\overrightarrow{CB}$、$\overrightarrow{CC_1}$ 中两两所成夹角为 θ,则 $|\boldsymbol{a}|=|\boldsymbol{b}|$, $\overrightarrow{BD}=\overrightarrow{CD}-\overrightarrow{CB}=\boldsymbol{a}-\boldsymbol{b}$,因 $\overrightarrow{CC_1}\cdot\overrightarrow{BD}=\boldsymbol{c}\cdot(\boldsymbol{a}-\boldsymbol{b})=\boldsymbol{c}\cdot\boldsymbol{a}-\boldsymbol{c}\cdot\boldsymbol{b}=|\boldsymbol{c}|\cdot|\boldsymbol{a}|\cos\theta-|\boldsymbol{c}|\cdot|\boldsymbol{b}|\cos\theta=0$,故 $\overrightarrow{CC_1}\perp\overrightarrow{BD}$,即$C_1C\perp BD$.

(2)要使 $A_1C\perp$ 平面 C_1BD,只需证 $A_1C\perp BD$, $A_1C\perp C_1D$,因

$\overrightarrow{CA_1}\cdot\overrightarrow{BD}=(\overrightarrow{CA}+\overrightarrow{AA_1})\cdot(\overrightarrow{CD}-\overrightarrow{CB})$

$=(\boldsymbol{a}+\boldsymbol{b}+\boldsymbol{c})\cdot(\boldsymbol{a}-\boldsymbol{b})$

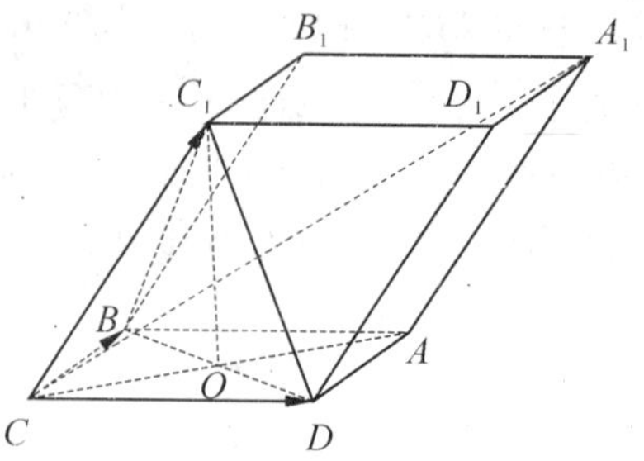

图 8-7

$=|\boldsymbol{a}|^2-|\boldsymbol{b}|^2+\boldsymbol{c}\cdot\boldsymbol{a}-\boldsymbol{c}\cdot\boldsymbol{b}$

$=|\boldsymbol{c}|\cdot|\boldsymbol{a}|\cos\theta-|\boldsymbol{c}|\cdot|\boldsymbol{b}|\cos\theta=0$,

而 $\overrightarrow{CA_1}\cdot\overrightarrow{C_1D}=(\overrightarrow{CA}+\overrightarrow{AA_1})\cdot(\overrightarrow{CD}-\overrightarrow{CC_1})$

$=(\boldsymbol{a}+\boldsymbol{b}+\boldsymbol{c})\cdot(\boldsymbol{a}-\boldsymbol{c})$

$=|\boldsymbol{a}|^2-|\boldsymbol{c}|^2+\boldsymbol{b}\cdot\boldsymbol{a}-\boldsymbol{b}\cdot\boldsymbol{c}$

$=|\boldsymbol{a}|^2-|\boldsymbol{c}|^2+|\boldsymbol{b}|\cdot|\boldsymbol{a}|\cos\theta-|\boldsymbol{b}|\cdot|\boldsymbol{c}|\cos\theta$

$=(|\boldsymbol{a}|-|\boldsymbol{c}|)\cdot(|\boldsymbol{a}|+|\boldsymbol{c}|+|\boldsymbol{b}|\cos\theta)$,

故当$|\boldsymbol{a}|=|\boldsymbol{c}|$时,$A_1C\perp C_1D$.

故当$\frac{CD}{CC_1}=1$ 时,$A_1C\perp$平面 C_1BD.

第二课时

1. (B). 设点 B 的坐标为(x,y,z),则 $(x-1,y-1,z)=(8,0,4)$.

2. (C). 由 $\cos\langle\boldsymbol{a},\boldsymbol{b}\rangle=\frac{\boldsymbol{a}\cdot\boldsymbol{b}}{|\boldsymbol{a}|\cdot|\boldsymbol{b}|}=0$ 解得 $\langle\boldsymbol{a},\boldsymbol{b}\rangle=90°$.

3. (D). 若 $\boldsymbol{a},\boldsymbol{b},\boldsymbol{c}$ 三向量共面,则有 $\boldsymbol{c}=x\boldsymbol{a}+y\boldsymbol{b}$,代入求解即可.

4. -200. $(2\boldsymbol{a}-3\boldsymbol{b})(\boldsymbol{a}+2\boldsymbol{b})=2\boldsymbol{a}^2+\boldsymbol{a}\cdot\boldsymbol{b}-6\boldsymbol{b}^2$

$=-200$.

5. $\frac{1}{6}$, $-\frac{3}{2}$. 若 $\boldsymbol{a},\boldsymbol{b}$ 共线,则$\frac{2x}{1}=\frac{1}{-2y}=\frac{3}{9}$,

故$x=\frac{1}{6}$,$y=-\frac{3}{2}$.

6. $[1,2]$. $|\overrightarrow{AB}|=\sqrt{\cos^2\theta+4\sin^2\theta}=\sqrt{1+3\sin^2\theta}$,而 $\sin^2\theta\in[0,1]$,所以$|\overrightarrow{AB}|\in[1,2]$.

7. 设所求单位向量为 $\boldsymbol{c}=(x,y,z)$,则

$\begin{cases}x^2+y^2+z^2=1\\2x+2y+z=0\\4x+5y+3z=0\end{cases}$,解得$\begin{cases}x=\frac{1}{3}\\y=-\frac{2}{3}\\z=\frac{2}{3}\end{cases}$或$\begin{cases}x=-\frac{1}{3}\\y=\frac{2}{3}\\z=-\frac{2}{3}\end{cases}$,

故 $\boldsymbol{c}=\left(\frac{1}{3},-\frac{2}{3},\frac{2}{3}\right)$ 或 $\boldsymbol{c}=\left(-\frac{1}{3},\frac{2}{3},-\frac{2}{3}\right)$.

8. $\left(\frac{4}{3},\frac{4}{3},\frac{8}{3}\right)$. 设 $\overrightarrow{OQ}=t\overrightarrow{OP}=(t,t,2t)$，则
$\overrightarrow{QA}=\overrightarrow{OA}-\overrightarrow{OQ}=(1-t,2-t,3-2t)$，
$\overrightarrow{QB}=\overrightarrow{OB}-\overrightarrow{OQ}=(2-t,1-t,2-2t)$，
故 $\overrightarrow{QA}\cdot\overrightarrow{QB}=6t^2-16t+10=6\left(t-\frac{4}{3}\right)^2-\frac{2}{3}$.
为此当 $t=\frac{4}{3}$ 时，$\overrightarrow{QA}\cdot\overrightarrow{QB}$ 取得最小值 $-\frac{2}{3}$.
此时 $\overrightarrow{OQ}=\left(\frac{4}{3},\frac{4}{3},\frac{8}{3}\right)$.

9. (A). 若 $\boldsymbol{a}$ 与 $\boldsymbol{b}$ 的夹角为钝角，则 $\boldsymbol{a}\cdot\boldsymbol{b}<0$，即 $3x+4-2x<0$，故 $x<-4$.

10. $\left(0,\frac{2}{3}\right]$. 由 $\boldsymbol{a}\cdot\boldsymbol{b}\leqslant 0$，得 $3-\frac{2}{x}\leqslant 0$，即
$\frac{3x-2}{x}\leqslant 0$，故 $0<x\leqslant\frac{2}{3}$.

11. (1)因 $\boldsymbol{a}=\overrightarrow{AB}=(2,2,0)$，$\boldsymbol{b}=\overrightarrow{AC}=(-2,0,4)$，故 $\cos\langle\boldsymbol{a},\boldsymbol{b}\rangle=\frac{\boldsymbol{a}\cdot\boldsymbol{b}}{|\boldsymbol{a}|\cdot|\boldsymbol{b}|}=\frac{-4}{2\sqrt{2}\cdot 2\sqrt{5}}$
$=-\frac{\sqrt{10}}{10}$.

(2)向量 $k\boldsymbol{a}+\boldsymbol{b}$ 与 $k\boldsymbol{a}-2\boldsymbol{b}$ 互相垂直 $\Leftrightarrow(k\boldsymbol{a}+\boldsymbol{b})\cdot(k\boldsymbol{a}-2\boldsymbol{b})=0\Leftrightarrow k^2\boldsymbol{a}^2-k\boldsymbol{ab}-2\boldsymbol{b}^2=0$，因 $\boldsymbol{a}^2=|\boldsymbol{a}|^2=8$，$\boldsymbol{b}^2=|\boldsymbol{b}|^2=20$，$\boldsymbol{ab}=-4$，
故 $2k^2+k-10=0$，解得 $k=2$ 或 $k=-\frac{5}{2}$.

12. (1)设 $P(a,0,0)$，则由已知有
$\sqrt{(a-1)^2+(-2)^2+1^2}=\sqrt{(a-2)^2+2^2}$，
解得 $a=1$. 故点 P 的坐标为 $(1,0,0)$.
(2)设 $M(x,0,z)$，则有
$\sqrt{(x-1)^2+(-2)^2+(z+1)^2}$
$=\sqrt{(x-2)^2+(z-2)^2}$，
整理得：$x+3z-1=0$，故点 M 的坐标所满足的关系式为 $x+3z-1=0$.

第五节　平行问题

1. (B). 由 $\frac{x}{8}=\frac{1}{\frac{1}{2}x}$，且 $x>0$，解得 $x=4$.

2. (D). 根据线面的位置关系判断.

3. (D). 根据线面的位置关系判断.

4. (C). 根据 m、n 共面的条件确定.

5. 1；无数.

6. $\frac{2\sqrt{39}}{3}$. 在 $\triangle ABC$ 中，$AB=5$，$AC=7$，$\angle A=60°$，
利用余弦定理可以求得 $BC=\sqrt{39}$，而 $\frac{MN}{BC}=\frac{2}{3}$，
故 $MN=\frac{2\sqrt{39}}{3}$.

7. 如图 8-8，取 AB 的中点 G，连 CG、FG，则 $GF /\!/ BE$，且 $GF=\frac{1}{2}BE$. 故 $GF /\!/ CD$ 且 $GF=CD$. 为此四边形 $FGCD$ 是平行四边形，$DF /\!/ CG$. 又因 $CG\subset$ 平面 ABC，$DF\not\subset$ 平面 ABC，故 $DF /\!/$ 平面 ABC.

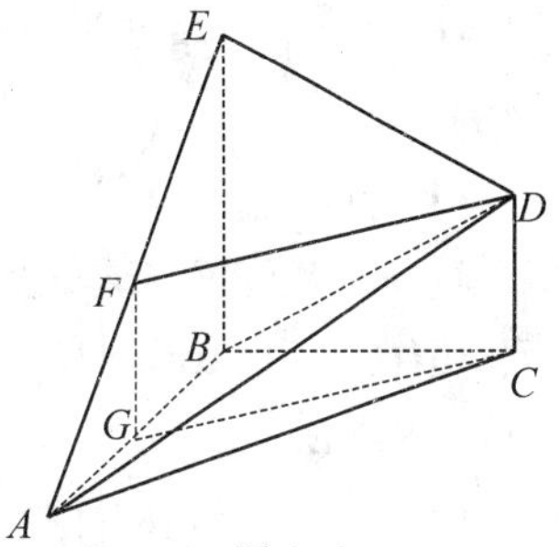

图 8-8

8. 证明 1：如图 8-9，连结 B_1D_1，因 N，P 分别是 C_1B_1，C_1D_1 的中点，故 $NP /\!/ B_1D_1$，而 $B_1D_1 /\!/ BD$，所以 $NP /\!/ BD$. 同理可证 $NM /\!/ A_1D$，又由于 BD 与 A_1D 是平面 A_1BD 内的相交直线，NP 与 NM 是平面 MNP 内的相交直线，所以平面 $MNP /\!/$ 平面 A_1BD.

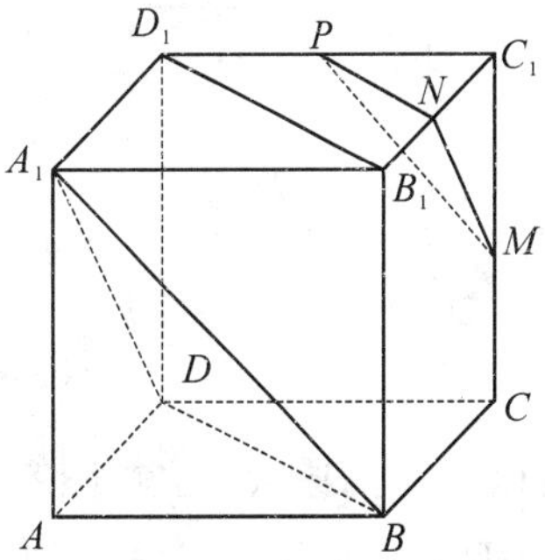

图 8-9

证明 2：以点 D 为原点，建立如图 8-10 的空间直角坐标系 $D\text{-}xyz$，设正方体的棱长为 2，则 $D(0,0,0)$，$A_1(2,0,2)$，$B(2,2,0)$，$N(1,2,2)$，$P(0,1,2)$，$M(0,2,1)$，于是 $\overrightarrow{DA_1}=(2,0,2)$，$\overrightarrow{DB}$

$=(2,2,0)$，$\overrightarrow{NP}=(-1,-1,0)$，$\overrightarrow{NM}=(-1,0,-1)$. 显然 $\overrightarrow{DA_1}=-2\overrightarrow{NM}$，$\overrightarrow{DB}=-2\overrightarrow{NP}$，故 $\overrightarrow{DA_1}\parallel\overrightarrow{NM}$，$\overrightarrow{DB}\parallel\overrightarrow{NP}$. 又由于 BD 与 A_1D 是平面 A_1BD 内的相交直线，NP 与 NM 是平面 MNP 内的相交直线，故平面 $MNP\parallel$平面 A_1BD.

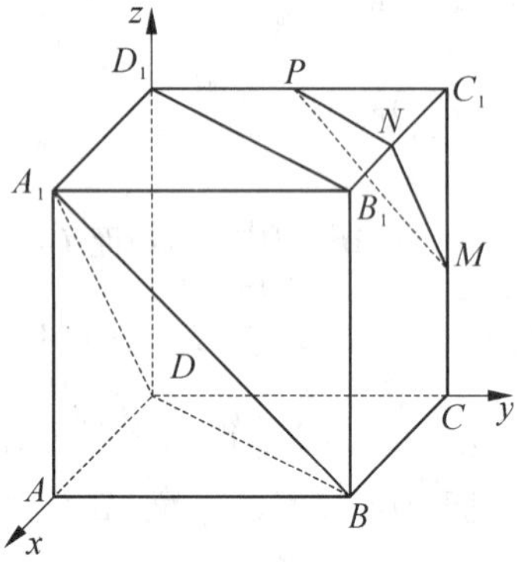

图 8-10

9. (B). 根据线面的位置关系可以判断②④符合条件.

10. 因 $EFGH$ 为平行四边形，故 $EF\parallel HG$. 因 $HG\subset$平面 ABD，故 $EF\parallel$平面 ABD. 因 $EF\subset$平面 ABC，平面 $ABD\cap$平面 $ABC=AB$，因 $EF\parallel AB$，故 $AB\parallel$平面 $EFGH$.

11. (1) $V_{D\text{-}D_1BC}=V_{D_1\text{-}DBC}=\dfrac{1}{3}\times\dfrac{1}{2}\times2\times2\times1=\dfrac{2}{3}$.

(2) 方法 1：记 D_1C 与 DC_1 的交点为 O，连结 OE. 因 O 是 CD_1 的中点，E 是 BC 的中点，故 $EO\parallel BD_1$. 因 $BD_1\not\subset$平面 C_1DE，$EO\subset$平面 C_1DE，故 $BD_1\parallel$平面 C_1DE.

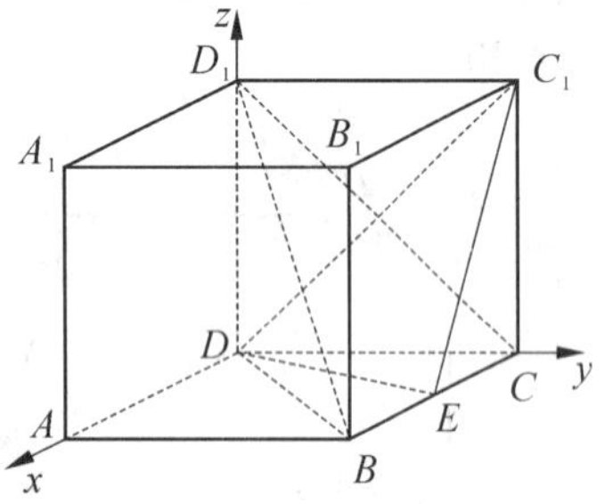

图 8-11

方法 2：以点 D 为原点建立如图 8-11 所示的空间直角坐标系，因 $AB=AD=2$，$DD_1=1$，则 $A(2,0,0)$，$B(2,2,0)$，$C(0,2,0)$，$D(0,0,0)$，$C_1(0,2,1)$，$D_1(0,0,1)$，$E(1,2,0)$. 故 $\overrightarrow{BD_1}=(-2,-2,1)$，$\overrightarrow{DC_1}=(0,2,1)$，$\overrightarrow{DE}=(1,2,0)$. 设平面 C_1DE 的法向量为 $\boldsymbol{n}=(x,y,z)$，则 $\begin{cases}\boldsymbol{n}\cdot\overrightarrow{DC_1}=0\\\boldsymbol{n}\cdot\overrightarrow{DE}=0\end{cases}$，

即 $\begin{cases}(x,y,z)\cdot(0,2,1)=0\\(x,y,z)\cdot(1,2,0)=0\end{cases}$，$\begin{cases}2y+z=0\\x+2y=0\end{cases}$.

取 $y=-1$，得平面 C_1DE 的一个法向量为 $\boldsymbol{n}=(2,-1,2)$. 而 $\overrightarrow{BD_1}\cdot\boldsymbol{n}=0$，且 $BD_1\not\subset$平面 C_1DE，故 $BD_1\parallel$平面 C_1DE.

12. $\dfrac{3}{4}$或$\dfrac{27}{4}$. 根据题意，有两种情形：①点 P 在平面 α 与 β 平面之间（图 8-12），因 $AB\cap CD=P$，且平面 $\alpha\parallel$平面 β，故 $AC\parallel BD$. 则 $\triangle PAC\backsim\triangle PBD$，故$\dfrac{PA}{PB}=\dfrac{PC}{PD}$. 由于 $PA=4$，$AB=5$，$PC=3$，则$PB=AB-PA=1$.

故$PD=\dfrac{PB\cdot PC}{PA}=\dfrac{3}{4}$.

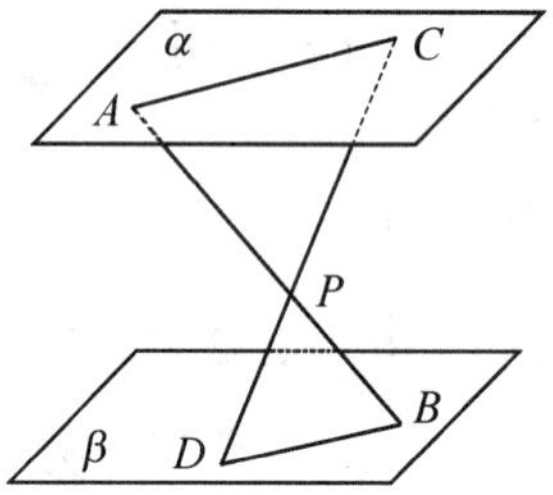

图 8-12

②点 P 不在平面 α 与平面 β 之间（图 8-13），因 $AB\cap CD=P$，且平面 $\alpha\parallel$平面 β，故 $AC\parallel BD$. 又 $\triangle PAC\backsim\triangle PBD$，故$\dfrac{PA}{PB}=\dfrac{PC}{PD}$. 由于 $PA=4$，$AB=5$，$PC=3$，则$PB=PA+AB=9$.

故 $PD=\dfrac{PB\cdot PC}{PA}=\dfrac{27}{4}$.

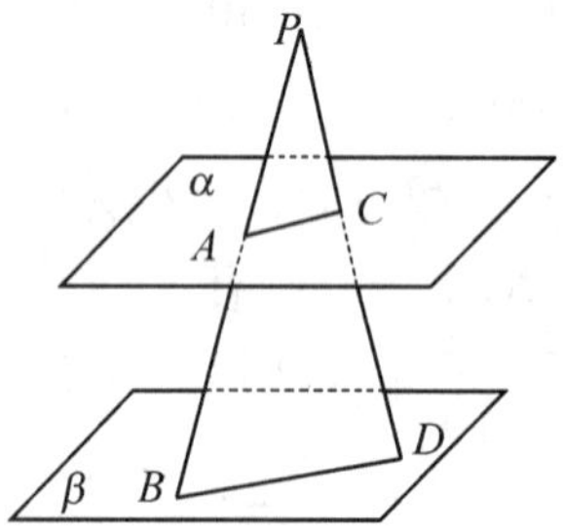

图 8-13

第六节　垂直问题

1. (B). 根据线面位置关系的性质判定.
2. (C).
3. (C). ①②⇒③；①③⇒②.
4. 13. 连结 AD，则

$CD=\sqrt{AC^2+AD^2}=\sqrt{AC^2+AB^2+BD^2}=13$.

5. $AC \perp BD$(或 $ABCD$ 是正方形、菱形等).

6. $3+\sqrt{3}$. 折起后有 3 个直角边为$\sqrt{2}$的等腰直角三角形和一个边长为 2 的等边三角形,则

$S_{全}=3\times\frac{1}{2}\times\sqrt{2}\times\sqrt{2}+\frac{\sqrt{3}}{4}\times 2^2=3+\sqrt{3}$.

7. (1)如图 8－14,因 $PD\perp$ 面 $ABCD$,BD 为 PB 在面 $ABCD$ 上的射影,又 $PB\perp AC$,由三垂线定理的逆定理得,$BD\perp AC$,则▱$ABCD$ 为菱形,又 $PA\perp AB$,由三垂线定理的逆定理得,$AB\perp AD$,故四边形 $ABCD$ 是正方形.

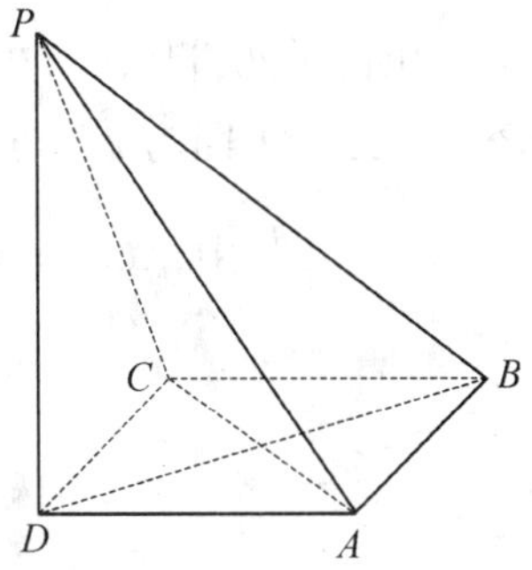

图 8–14

(2)因 $PD\perp$ 面 $ABCD$,$BC\perp DC$,故由三垂线定理得:$PC\perp BC$.

8. 如图 8－15,连结 MO、A_1C_1,在正方体 $ABCD$-$A_1B_1C_1D_1$ 中,因 $DB\perp AA_1$,$DB\perp AC$,$AA_1\cap AC=A$,故 $DB\perp$ 平面 ACC_1A_1. 因 $A_1O\subset$ 平面 ACC_1A_1,故 $A_1O\perp DB$. 在矩形 ACC_1A_1 中,因 $\tan\angle AA_1O=\frac{\sqrt{2}}{2}$,$\tan\angle MOC=\frac{\sqrt{2}}{2}$,故 $\angle AA_1O=\angle MOC$,$\angle A_1OA+\angle MOC=90°$,故 $A_1O\perp OM$. 又 $OM\cap DB=O$,故 $A_1O\perp$ 平面 MBD.

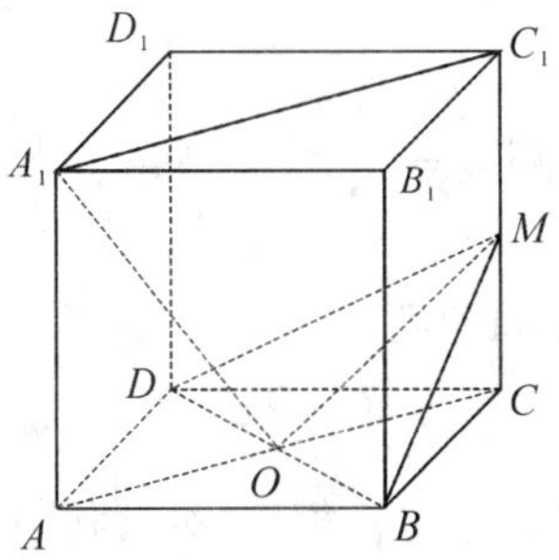

图 8–15

9. (D). (A)选项缺少条件 $m\subset\alpha$;(B)选项,当 $\alpha/\!/\beta$,$\beta\perp\gamma$ 时,$m/\!/\beta$;(C)选项,当 $\beta\cap\gamma=m$ 时,$m\subset\beta$. 故选(D).

10. 证明 1:以点 A 为原点,建立如图 8－16 的空间直角坐标系 A-xyz,令 $AB=AA_1=BC=2$,则 $A(0,0,0)$,$B(\sqrt{3},1,0)$,$D(0,2,1)$,$B_1(\sqrt{3},1,2)$. 故 $\overrightarrow{BD}=(-\sqrt{3},1,1)$,$\overrightarrow{AB_1}=(\sqrt{3},1,2)$. 因 $\overrightarrow{BD}\cdot\overrightarrow{AB_1}=0$,故 $\overrightarrow{BD}\perp\overrightarrow{AB_1}$,即 $BD\perp AB_1$.

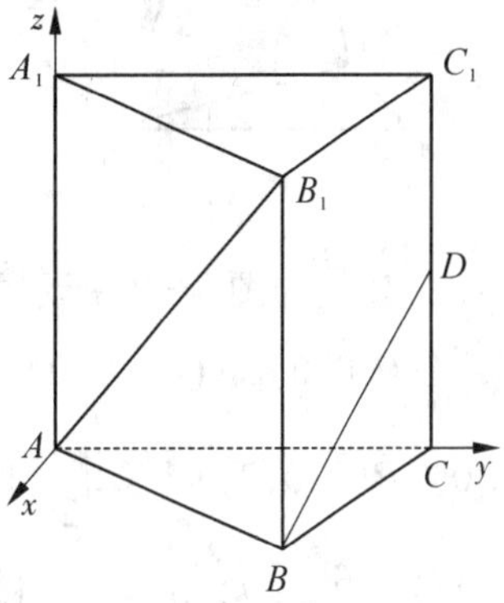

图 8–16

证明 2:如图 8－17,取 BC 的中点 E,连结 B_1E、AE,在 Rt△B_1BE 和 Rt△BCD 中,$B_1B=BC$,$BE=CD$,$\angle B_1BE=\angle BCD=90°$. 故 Rt△$B_1BE$≌Rt△$BCD$. 即 $\angle B_1EB=\angle BDC$. 于是 $\angle B_1EB+\angle EBD=90°$,故 $BD\perp B_1E$. 正三棱柱 $A_1B_1C_1-ABC$ 中,平面 $B_1C\perp$ 平面 ABC,且两平面的交线为 BC,$AE\perp BC$,故 $AE\perp$ 平面 B_1C. 因 $BD\subset$ 平面 B_1C. 故 $AE\perp BD$. 因 $AE\cap B_1E=E$,故 $BD\perp$ 平面 AB_1E. 因 $AB_1\subset$ 平面 AB_1E,故 $BD\perp AB_1$.

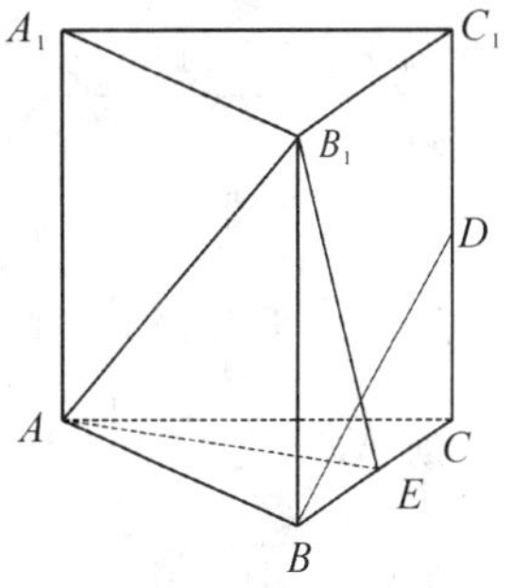

图 8–17

11. 如图 8－18,连 PM、MB,因 $PD\perp$ 平面 $ABCD$,故 $PD\perp MD$. 故 $PM^2=PD^2+MD^2=\frac{3}{2}a^2$,又 $BM^2=AB^2+AM^2=\frac{3}{2}a^2$,故 $PM=BM$. 又点 N 为 PB 的中点,故 $MN\perp PB$. 因 $PD=DC=a$,$BC=\sqrt{2}a$,故 $PC=\sqrt{2}a=BC$. 得 $NC\perp PB$. 故 $PB\perp$ 平面 MNC. 因 $PB\subset$ 平面 PBC,故平面 $MNC\perp$ 平面 PBC.(请同学们利用空间向量的坐标运算证明本题)

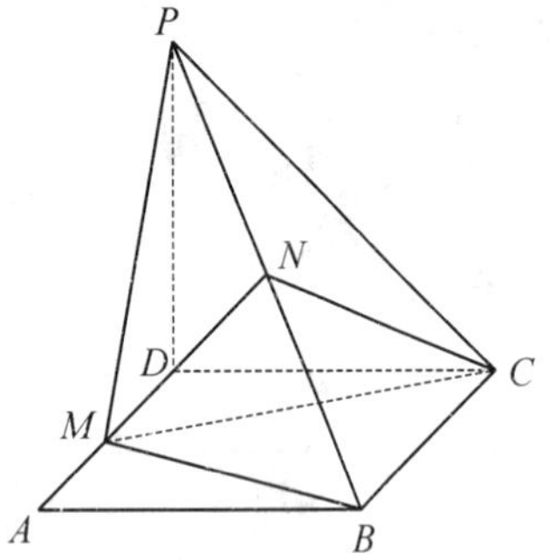

图 8-18

12. 解法 1：(1) 建立如图 8-19 所示的空间直角坐标系，则 $A(0,0,0)$，$B(\sqrt{3},0,0)$，$C(\sqrt{3},1,0)$，$D(0,1,0)$，$P(0,0,2)$，$E\left(0,\frac{1}{2},1\right)$，从而 $\overrightarrow{AC}=(\sqrt{3},1,0)$，$\overrightarrow{PB}=(\sqrt{3},0,-2)$. 设 $\overrightarrow{AC}$ 与 $\overrightarrow{PB}$ 的夹角为 θ，则 $\cos\theta=\frac{|\overrightarrow{AC}\cdot\overrightarrow{PB}|}{|\overrightarrow{AC}|\cdot|\overrightarrow{PB}|}=\frac{3}{2\sqrt{7}}=\frac{3\sqrt{7}}{14}$，故 AC 与 PB 所成角的余弦值为 $\frac{3\sqrt{7}}{14}$.

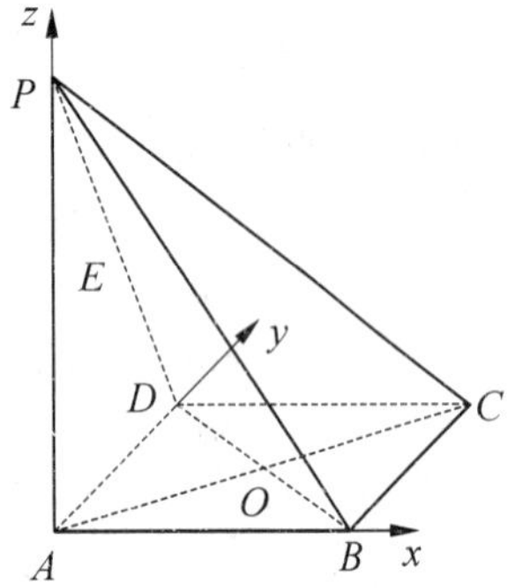

图 8-19

(2) 由于点 N 在侧面 PAB 内，故可设点 N 坐标为 $(x,0,z)$，则 $\overrightarrow{NE}=\left(-x,\frac{1}{2},1-z\right)$，由 $NE\perp$ 平面 PAC 可得 $\begin{cases}\overrightarrow{NE}\cdot\overrightarrow{AP}=0\\ \overrightarrow{NE}\cdot\overrightarrow{AC}=0\end{cases}$. 即

$$\begin{cases}\left(-x,\frac{1}{2},1-z\right)\cdot(0,0,2)=0\\ \left(-x,\frac{1}{2},1-z\right)\cdot(\sqrt{3},1,0)=0\end{cases}$$，化简得

$\begin{cases}z-1=0\\ -\sqrt{3}x+\frac{1}{2}=0\end{cases}$，故 $\begin{cases}x=\frac{\sqrt{3}}{6}\\ z=1\end{cases}$. 即点 N 的坐标为 $\left(\frac{\sqrt{3}}{6},0,1\right)$，从而点 N 到 AB、AP 的距离分别为 1、$\frac{\sqrt{3}}{6}$.

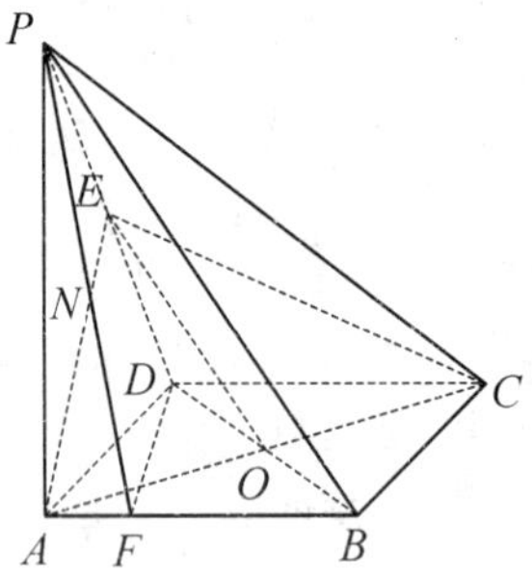

图 8-20

解法 2：(1) 如图 8-20，设 $AC\cap BD=O$，连 OE，则 $OE//PB$，故 $\angle EOA$ 即为 AC 与 PB 所成的角或其补角．在 $\triangle AOE$ 中，$AO=1$，$OE=\frac{1}{2}PB=\frac{\sqrt{7}}{2}$，$AE=\frac{1}{2}PD=\frac{\sqrt{5}}{2}$，故 $\cos\angle EOA=\frac{1+\frac{7}{4}-\frac{5}{4}}{2\times\frac{\sqrt{7}}{2}\times1}=\frac{3\sqrt{7}}{14}$. 即 AC 与 PB 所成角的余弦值为 $\frac{3\sqrt{7}}{14}$.

(2) 在面 $ABCD$ 内过点 D 作 AC 的垂线交 AB 于 F，则 $\angle ADF=\frac{\pi}{6}$. 连 PF，则在 $\mathrm{Rt}\triangle ADF$ 中，$DF=\frac{AD}{\cos\angle ADF}=\frac{2\sqrt{3}}{3}$，$AF=AD\cdot\tan\angle ADF=\frac{\sqrt{3}}{3}$.

设 N 为 PF 的中点，连 NE，则 $NE//DF$，因 $DF\perp AC$，$DF\perp PA$，故 $DF\perp$ 面 PAC，从而 $NE\perp$ 面 PAC. 所以点 N 到 AB 的距离 $=\frac{1}{2}AP=1$，点 N 到 AP 的距离 $=\frac{1}{2}AF=\frac{\sqrt{3}}{6}$.

第七节　空间的角

第一课时

1. (B). 建立空间直角坐标系，利用向量的坐标运算即可．
2. (B). 通过作出两条异面直线的夹角或建立空间直角坐标系求解．
3. (C). 由正四棱锥的高、底面对角线的一半和侧棱构造直角三角形，侧棱与底面对角线所成的角为所求；也可利用向量的坐标运算求解．

4. $\frac{1}{5}$. 取 DD_1 的中点 G，连结 AG，则 $\angle EAG$ 为所求，或直接建立空间直角坐标系求解.

5. $\frac{\sqrt{5}}{5}$. 侧面等腰三角形的底角就是异面直线 PA 与 BC 所成的角.

6. $\frac{1}{4}$. $\angle VAE$ 即为侧棱 VA 与底面所成的角，作 $VH\perp AE$ 于 H，由 $S_{\triangle VAE}=\frac{1}{4}$，求得 $VH=\frac{\sqrt{3}}{6}$，故 $\tan\angle VAE=\frac{VH}{AH}=\frac{1}{4}$.

7. (1) $\angle C_1CD$ 即为异面直线 AB 与 CC_1 所成的角，故 $\angle C_1CD=90°$.
(2) $\angle B_1BC_1$ 即为 AA_1 与 BC_1 所成的角，$\angle B_1BC_1=45°$.
(3)连结 A_1C_1、A_1B，则 $\angle A_1C_1B$ 就是 AC 与 BC_1 所成的角，$\angle A_1C_1B=60°$.

8. $\frac{3}{8}$. 建立如图 8-21 的空间直角坐标系，则 $O(0,0,0)$，$B(3,0,0)$，$A(0,4,0)$，$O_1(0,0,4)$，$D\left(\frac{3}{2},2,4\right)$，设$P(3,0,h)$，则 $\overrightarrow{BD}=\left(-\frac{3}{2},2,4\right)$，$\overrightarrow{OP}=(3,0,h)$. 由 $OP\perp BD$ 知，$\overrightarrow{OP}\cdot\overrightarrow{BD}=0$，即 $(3,0,h)\cdot\left(-\frac{3}{2},2,4\right)=0$，解得 $h=\frac{9}{8}$. 因为 OP 与底面 AOB 所成的角为 $\angle POB$，所以 $\tan\angle POB=\frac{PB}{OB}=\frac{\frac{9}{8}}{3}=\frac{3}{8}$. 故 OP 与底面 AOB 所成角的正切值为$\frac{3}{8}$.

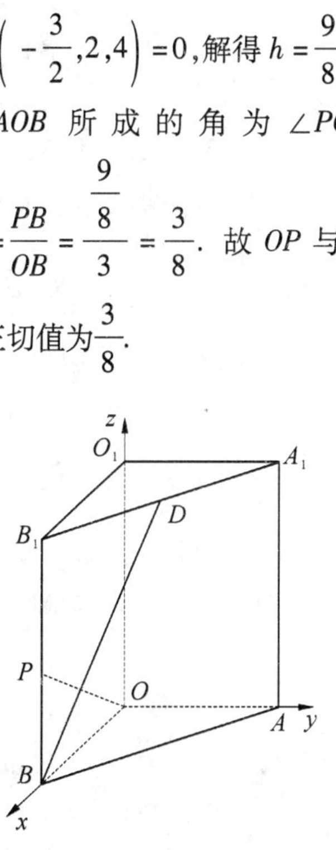

图 8-21

9. $\frac{\sqrt{3}}{3}$. 以 C 为原点，CA、CB 所在直线为 x 轴、y 轴建立空间直角坐标系，利用向量的坐标运算求解.

10. $\frac{\pi}{2}$. 将四棱锥补成一个正方体，则体对角线 SC 与面对角线 AM、AN 都垂直；也可利用向量的坐标运算求解.

11. (1)设正方体的棱长为 a，则 $\overrightarrow{DE}=\left(\frac{a}{2},0,a\right)$，$\overrightarrow{DB}=(a,a,0)$，因 $\overrightarrow{HC_1}\cdot\overrightarrow{DE}=0$，$\overrightarrow{HC_1}\cdot\overrightarrow{DB}=0$，故 $\overrightarrow{HC_1}\perp\overrightarrow{DE}$，$\overrightarrow{HC_1}\perp\overrightarrow{DB}$，又 $DE\cap DB=D$，故 $HC_1\perp$平面 EDB.
(2) $\overrightarrow{BC_1}=(-a,0,a)$，由(1)知 $\overrightarrow{HC_1}$是平面 EDB 的一个法向量，设 BC_1 与平面 EDB 所成的角为 θ，则
$$\sin\theta=\frac{|\overrightarrow{BC_1}\cdot\overrightarrow{HC_1}|}{|\overrightarrow{BC_1}|\cdot|\overrightarrow{HC_1}|}=\frac{|2ma+ma|}{\sqrt{2}a\cdot 3|m|}=\frac{\sqrt{2}}{2},$$
故 $\theta=45°$，即 BC_1 与平面 EDB 所成的角为 45°.

12. (1)因 $PA\perp$底面 $ABCD$，有 $PA\perp AB$，又知 $AB\perp AD$，故 $AB\perp$面 PAD，推得 $BA\perp AE$，又 $AM/\!/CD/\!/EF$，且 $AM=EF$，证得 $AEFM$ 是矩形，故 $AM\perp MF$，即 $AB\perp MF$. 又因 $AE\perp PD$，$AE\perp CD$，故 $AE\perp$面 PCD. 而 $MF/\!/AE$，得 $MF\perp$面 PCD，故 $MF\perp PC$. 因此 MF 是 AB 与 PC 的公垂线.
(2)建立如图 8-22 的空间直角坐标系 A-xyz. 设 $AB=1$，则 $PA=3$. 由于 $AE\perp PD$，可得 $AE=\frac{AD\cdot PA}{PD}=\frac{3\sqrt{10}}{10}$，则$A(0,0,0)$，$B(1,0,0)$，$C(1,1,0)$，$E\left(0,\frac{9}{10},\frac{3}{10}\right)$. 由于 AC 与平面 EAM 所成的角即为 AC 与平面 ABE 所成的角 α. 设 $\boldsymbol{n}=(x,y,z)$ 是平面 ABE 的法向量，由 $\begin{cases}\boldsymbol{n}\cdot\overrightarrow{AB}=0\\\boldsymbol{n}\cdot\overrightarrow{AE}=0\end{cases}$，可求得 $x=0$，$z=-3y$，故平面 ABE 的一个法向量为 $\boldsymbol{n}=(0,1,-3)$. 由 $\sin\alpha=\frac{|\boldsymbol{n}\cdot\overrightarrow{AC}|}{|\boldsymbol{n}|\cdot|\overrightarrow{AC}|}=\frac{\sqrt{5}}{10}$. 故直线 AC 与平面 EAM 所成角的正弦值为$\frac{\sqrt{5}}{10}$.

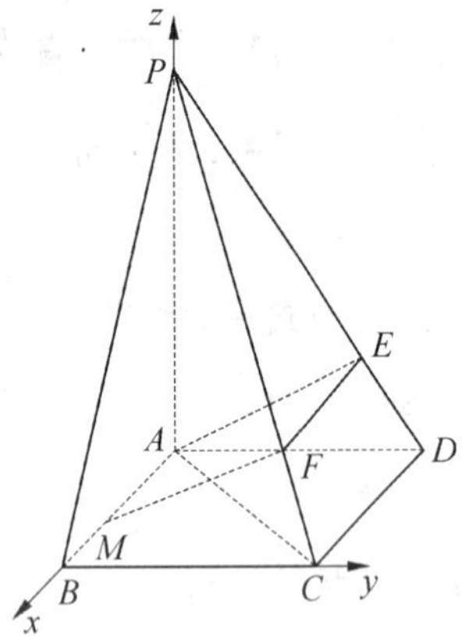

图 8-22

第二课时

1. (B). $\angle A_1BA$ 即为所求.

2. (B). 只需证明 $BC\perp$ 平面 PAC.

3. (C). 将图形补成一个正方体后再求解或建立空间直角坐标系,利用向量的坐标运算求解.

4. 30°. $\angle A_1AD_1$ 即为平面 D_1AB 与平面 AA_1B_1B 所成的角.

5. 30°. 根据正四棱锥的体积为4,可求得其高为1,所以 $\tan\theta=\dfrac{1}{\sqrt{3}}=\dfrac{\sqrt{3}}{3}$.

6. 60°. 折成后 $\angle BDC$ 为所求,由于折叠后有 $BC=BD=DC=\dfrac{1}{2}a$,所以 $\angle BDC=60^\circ$.

7. $\dfrac{2}{3}$. 解法1:作 $BG\perp B_1F$,如图8-23所示. 连结 EG,根据三垂线定理得 $EG\perp B_1F$,故 $\angle EGB$ 是二面角 $B\text{-}FB_1\text{-}E$ 的平面角. 因 $BG=\dfrac{B_1B\cdot BF}{B_1F}=\dfrac{\sqrt{5}}{5}a$,故 $\tan\angle EGB=\dfrac{EB}{BG}=\dfrac{\sqrt{5}}{2}$,即 $\cos\angle EGB=\dfrac{2}{3}$.

故二面角 $B\text{-}FB_1\text{-}E$ 的平面角的余弦值为 $\dfrac{2}{3}$.

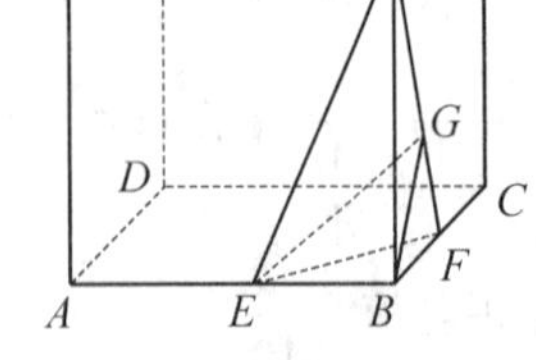

图 8-23

解法2:以点 D 为原点建立如图8-24所示的空间直角坐标系,则 $B(a,a,0)$, $B_1(a,a,a)$, $E\left(a,\dfrac{a}{2},0\right)$, $F\left(\dfrac{a}{2},a,0\right)$.

显然 $\overrightarrow{DC}=(0,a,0)$ 是平面 BFB_1 的一个法向量,设 $\boldsymbol{n}=(x,y,z)$ 是平面 EFB_1 的法向量,由

$$\begin{cases}\boldsymbol{n}\cdot\overrightarrow{EF}=0\\ \boldsymbol{n}\cdot\overrightarrow{EB_1}=0\end{cases}\text{得}\begin{cases}-\dfrac{a}{2}x+\dfrac{a}{2}y=0\\ \dfrac{a}{2}y+az=0\end{cases},\ \text{取}\ z=-1,\text{则}$$

$\boldsymbol{n}=(2,2,-1)$ 是平面 EFB_1 的一个法向量,而 $\overrightarrow{DC}$ 与 $\boldsymbol{n}$ 所成的角就是二面角的平面角,由

$$\cos\langle\overrightarrow{DC},\boldsymbol{n}\rangle=\frac{\overrightarrow{DC}\cdot\boldsymbol{n}}{|\overrightarrow{DC}|\cdot|\boldsymbol{n}|}=\frac{2}{3},$$

故二面角 $B\text{-}FB_1\text{-}E$ 的平面角的余弦值为 $\dfrac{2}{3}$.

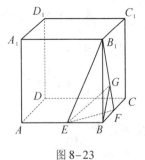

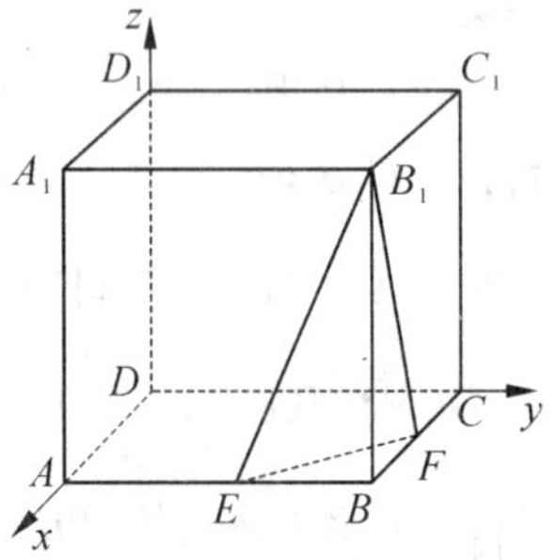

图 8-24

8. (1) 以点 A 为原点, $\overrightarrow{AB}$、$\overrightarrow{AD}$、$\overrightarrow{AA_1}$ 分别为 x 轴、y 轴、z 轴的正方向建立如图8-25的空间直角坐标系,则有 $D(0,3,0)$, $D_1(0,3,2)$, $E(3,0,0)$, $F(4,1,0)$, $C_1(4,3,2)$. 于是 $\overrightarrow{DE}=(3,-3,0)$, $\overrightarrow{EC_1}=(1,3,2)$, $\overrightarrow{FD_1}=(-4,2,2)$. 设向量 $\boldsymbol{n}(x,y,z)$ 是平面 C_1DE 的法向量,则由 $\begin{cases}\boldsymbol{n}\cdot\overrightarrow{DE}=0\\ \boldsymbol{n}\cdot\overrightarrow{EC_1}=0\end{cases}$,即 $\begin{cases}3x-3y=0\\ x+3y+2z=0\end{cases}$,解得 $x=y=-\dfrac{1}{2}z$,取 $z=2$,则 $\boldsymbol{n}=(-1,-1,2)$ 是平面 C_1DE 的一个法向量. 而 $\overrightarrow{AA_1}=(0,0,2)$ 是平面 CDE 的一个法向量,且 $\boldsymbol{n}$ 与 $\overrightarrow{AA_1}$ 所成的角就是二面角 $C\text{-}DE\text{-}C_1$ 的平面角. 因 $\cos\theta=\dfrac{\boldsymbol{n}\cdot\overrightarrow{AA_1}}{|\boldsymbol{n}|\cdot|\overrightarrow{AA_1}|}=\dfrac{\sqrt{6}}{3}$,故 $\tan\theta=\dfrac{\sqrt{2}}{2}$. 故二面角 $C\text{-}DE\text{-}C_1$ 的平面角的正切值为 $\dfrac{\sqrt{2}}{2}$.

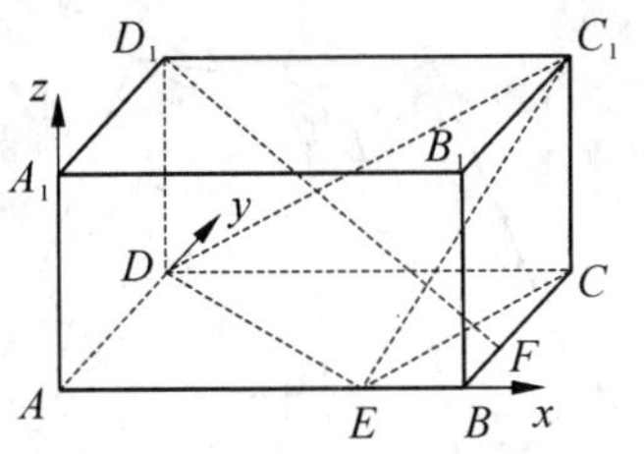

图8-25

(2)设 EC_1 与 FD_1 所成角为 β,则

$$\cos\beta=\frac{|\overrightarrow{EC_1}\cdot\overrightarrow{FD_1}|}{|\overrightarrow{EC_1}|\cdot|\overrightarrow{FD_1}|}$$

$$=\frac{|1\times(-4)+3\times2+2\times2|}{\sqrt{1^2+3^2+2^2}\times\sqrt{(-4)^2+2^2+2^2}}$$

$$=\frac{\sqrt{21}}{14}.$$

故直线 EC_1 与 FD_1 所成角的余弦值为 $\frac{\sqrt{21}}{14}$.

9. (A). 过 A 分别作直线 l 和平面 β 的垂线,垂足为 C,D,连 CD,DB,设 $BC=a$,则 $AB=\sqrt{2}a,AC=a$,因 $\angle ACD=45°$,故 $AD=\frac{\sqrt{2}}{2}a$,故 $\sin\angle ABD=\frac{AD}{AB}=\frac{1}{2}$.

10. 30°. 过点 A 作 $AH\perp BD$ 于 H,连结 HP,则 $\angle AHP$ 为所求.

11. (1)由题意知 $B(a,a,0),C(-a,a,0),D(-a,-a,0),E\left(-\frac{a}{2},\frac{a}{2},\frac{h}{2}\right),V(0,0,h)$,由此得

$$\overrightarrow{BE}=\left(-\frac{3a}{2},-\frac{a}{2},\frac{h}{2}\right),\ \overrightarrow{DE}=\left(\frac{a}{2},\frac{3a}{2},\frac{h}{2}\right),$$

$$\text{则}\overrightarrow{BE}\cdot\overrightarrow{DE}=-\frac{3a}{2}\cdot\frac{a}{2}-\frac{a}{2}\cdot\frac{3a}{2}+\frac{h}{2}\cdot\frac{h}{2}$$

$$=-\frac{3a^2}{2}+\frac{h^2}{4},$$

又 $|\overrightarrow{BE}|=|\overrightarrow{DE}|$

$$=\sqrt{\left(-\frac{3a}{2}\right)^2+\left(-\frac{a}{2}\right)^2+\left(\frac{h}{2}\right)^2}$$

$$=\frac{1}{2}\sqrt{10a^2+h^2}.$$

$$\text{故}\cos\langle\overrightarrow{BE},\overrightarrow{DE}\rangle=\frac{\overrightarrow{BE}\cdot\overrightarrow{DE}}{|\overrightarrow{BE}|\cdot|\overrightarrow{DE}|}$$

$$=\frac{-6a^2+h^2}{10a^2+h^2}.$$

(2)若 $\angle BED$ 是二面角 α-VC-β 的平面角,则 $\overrightarrow{BE}\perp\overrightarrow{CV}$,即有 $\overrightarrow{BE}\cdot\overrightarrow{CV}=0$. 因 $\overrightarrow{CV}=(a,-a,h)$,由 $\overrightarrow{BE}\cdot\overrightarrow{CV}=-\frac{3a^2}{2}+\frac{a^2}{2}+\frac{h^2}{2}=0$ 解得 $h=\sqrt{2}a$,则

$$\cos\langle\overrightarrow{BE},\overrightarrow{DE}\rangle=\frac{-6a^2+h^2}{10a^2+h^2}$$

$$=\frac{-6a^2+(\sqrt{2}a)^2}{10a^2+(\sqrt{2}a)^2}=-\frac{1}{3}.$$

故 $\cos\angle BED=-\frac{1}{3}$.

12. 以点 D 为坐标原点,$\overrightarrow{DA},\overrightarrow{DC},\overrightarrow{DD_1}$ 分别为 x 轴,y 轴,z 轴的正方向建立空间直角坐标系 D-xyz,设 $AE=x$,则 $D(0,0,0),C(0,2,0),D_1(0,0,1),E(1,x,0)$. 设平面 D_1EC 的法向量为 $\boldsymbol{n}=(a,b,c)$,因 $\overrightarrow{CE}=(1,x-2,0),\overrightarrow{D_1C}=(0,2,-1)$,

由 $\begin{cases}\boldsymbol{n}\cdot\overrightarrow{D_1C}=0\\ \boldsymbol{n}\cdot\overrightarrow{CE}=0\end{cases}\Rightarrow\begin{cases}2b-c=0\\ a+b(x-2)=0\end{cases}$. 令 $b=1$,得 $c=2,a=2-x$,故 $\boldsymbol{n}=(2-x,1,2)$ 是平面 D_1EC 的一个法向量. 而 $\overrightarrow{DD_1}=(0,0,1)$ 是平面 ECD 的一个法向量,依题意

$$\cos\frac{\pi}{4}=\frac{|\boldsymbol{n}\cdot\overrightarrow{DD_1}|}{|\boldsymbol{n}|\cdot|\overrightarrow{DD_1}|}\Rightarrow\frac{2}{\sqrt{(x-2)^2+5}}=\frac{\sqrt{2}}{2},$$

故 $x_1=2+\sqrt{3}$(不合,舍去),$x_2=2-\sqrt{3}$.

故当 $AE=2-\sqrt{3}$ 时,二面角 D_1-EC-D 的大小为 $\frac{\pi}{4}$.

第八节　空间几何体的表面积与体积

1. (D). $V_{A'\text{-}ABD}=\frac{1}{3}S_{\triangle ABD}\cdot AA'$

$$=\frac{1}{3}\cdot\frac{1}{2}\cdot a\cdot a\cdot a=\frac{1}{6}a^3.$$

2. (A). 设圆柱的底面半径为 R,高为 h,则 $4R+2h=l$,即 $h=\frac{l}{2}-2R$. 则

$$S=2\pi Rh=2\pi R\cdot\left(\frac{l}{2}-2R\right)$$

$$=-4\pi R^2+\pi lR=-4\pi\left(R-\frac{l}{8}\right)^2+\frac{\pi}{16}l^2.$$

本题也可利用均值不等式或导数的方法求解.

3. (C). 设圆锥的底面半径为 r,母线长为 l,由 $S_{圆锥全}=3S_{圆锥底}$,得 $\pi rl+\pi r^2=3\pi r^2$,即 $l=2r$,则由 $2\pi r=l\theta\Rightarrow 2\pi r=2r\cdot\theta\Rightarrow\theta=\pi$.

4. 50π. 由于长方体的对角线长等于球的直径,则有 $2R=\sqrt{3^2+4^2+5^2}=5\sqrt{2}$,即 $R=\frac{5\sqrt{2}}{2}$,所以 $S_{球}=4\pi R^2=50\pi$.

5. 3∶2. 设球的半径为 R,则圆柱的底面半径为 R,高为 $2R$,故 $S_{圆柱}:S_{球}=3:2$.

6. $\frac{\sqrt{2}}{24}a^3$;$\frac{3+\sqrt{3}}{4}a^2$. 依题意可知此正三棱锥的侧棱长为 $\frac{\sqrt{2}}{2}a$,所以 $V=\frac{\sqrt{2}}{24}a^3$,$S_{全}=\frac{3+\sqrt{3}}{4}a^2$.

7. 如图 8-26,四边形 $ABCD$ 绕 x 轴旋转一周所得到的几何体为一个圆台挖去一个圆锥,故

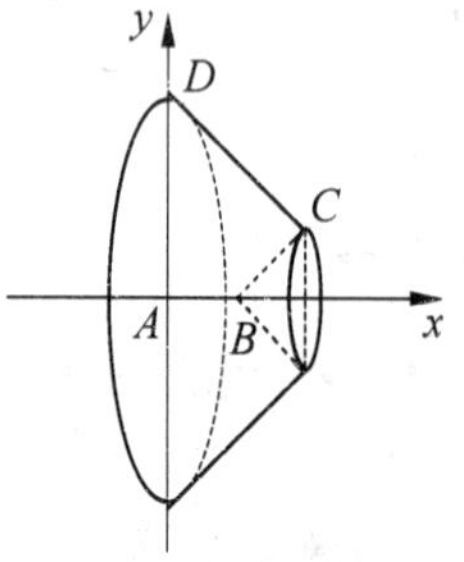

图 8-26

$$V=V_{圆台}-V_{圆锥}$$
$$=\frac{\pi}{3}(1^2+3^2+1\times3)\times2-\frac{1}{3}\pi\times1^2\times1$$
$$=\frac{25\pi}{3}.$$

$$S_{表}=S_{圆台侧}+S_{圆台下底}+S_{圆锥侧}$$
$$=\pi(1+3)\times2\sqrt{2}+\pi\times3^2+\pi\times1\times\sqrt{2}$$
$$=9(\sqrt{2}+1)\pi.$$

8. 如图 8-27,正三棱台 $ABC\text{-}A_1B_1C_1$ 中,$A_1B_1=4$,$AB=6$.

(1)设 O_1、O 分别为正三棱台上、下底面的中心,连 C_1O_1 交 A_1B_1 于 D_1,连 CO 交 AB 于 D,连 O_1O、D_1D,则 D_1D 为正三棱台的斜高. 由 $S_{侧}=S_{上底}+S_{下底}$ 得

$$\frac{1}{2}(12+18)\times D_1D=\frac{\sqrt{3}}{4}\times4^2+\frac{\sqrt{3}}{4}\times6^2,$$

解得 $D_1D=\frac{13}{15}\sqrt{3}$. 故正三棱台的斜高为 $\frac{13}{15}\sqrt{3}$.

(2)过点 D_1 作 CD 的垂线,垂足为 H,则 D_1H 就

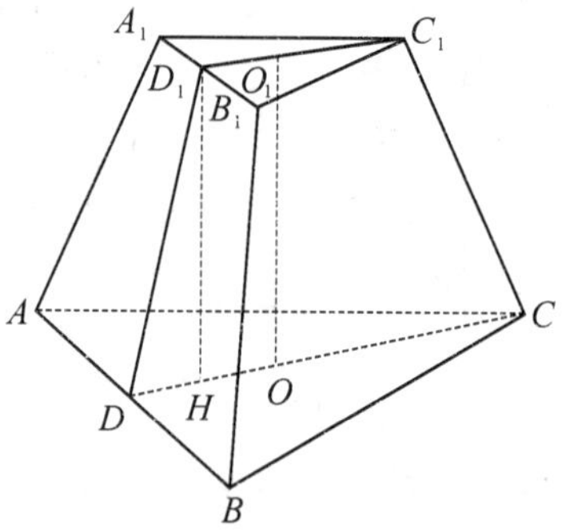

图 8-27

是正三棱台的高,而 $DH=DO-D_1O_1=\frac{\sqrt{3}}{6}\times6-\frac{\sqrt{3}}{6}\times4=\frac{\sqrt{3}}{3}$,由(1)知 $D_1D=\frac{13}{15}\sqrt{3}$,故

$$D_1H=\sqrt{D_1D^2-DH^2}=\sqrt{\left(\frac{13\sqrt{3}}{15}\right)^2-\left(\frac{\sqrt{3}}{3}\right)^2}=\frac{4\sqrt{3}}{5}.$$

故正三棱台的体积

$$V=\frac{1}{3}(S_{上底}+S_{下底}+\sqrt{S_{上底}S_{下底}})h$$
$$=\frac{1}{3}\left(\frac{\sqrt{3}}{4}\times4^2+\frac{\sqrt{3}}{4}\times6^2+\frac{\sqrt{3}}{4}\times4\times6\right)\times\frac{4\sqrt{3}}{5}=\frac{76}{5}.$$

9. (D). 棱锥的高为球的半径 R,底面正方形的对角线长为 $2R$,则 $V_{P-ABCD}=\frac{1}{3}(\sqrt{2}R)^2R=\frac{16}{3}$,解得 $R=2$,故 $S_{球}=4\pi R^2=16\pi$.

10. 7∶5. 设三棱柱的底面面积为 S,高为 h,体积为 V,依题意 $S_{\triangle AEF}=\frac{1}{4}S$,则 $V_1=\frac{7}{12}Sh$,所以

$$\frac{V_1}{V_2}=\frac{V_1}{V-V_1}=\frac{\frac{7}{12}Sh}{Sh-\frac{7}{12}Sh}=\frac{7}{5}.$$

11. 如图 8-28,过点 P 作 CD 的垂线,垂足为 H,则 $PH\perp$面 $ABCD$. 因 $\triangle PCD$ 是边长为 2cm 的等边三角形,故 $PH=\sqrt{3}$.

(1) $V=\frac{1}{3}S_{ABCD}\cdot PH$
$$=\frac{1}{3}\times2\sqrt{3}\times\sqrt{3}=2(\text{cm}^3).$$

故这个四棱锥的体积为 2cm^3.

(2)因底面 $ABCD$ 是面积为 $2\sqrt{3}\,\text{cm}^2$ 的菱形,且边长为 2,故 $S_{ABCD}=2\times2\sin\angle ADC=2\sqrt{3}$. 又

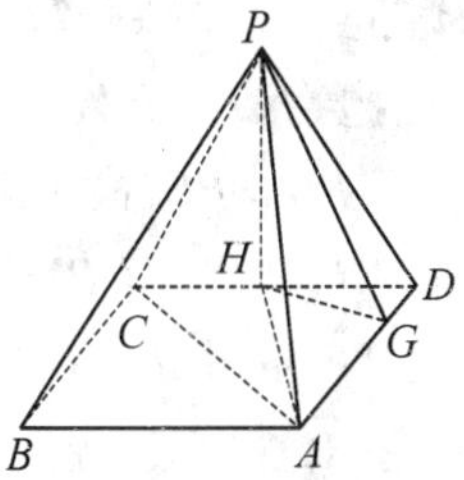

图8-28

$\angle ADC$ 是锐角,故 $\angle ADC=60°$. 连结 AC、HA,因 $\triangle ACD$ 是正三角形,故 $AH\perp CD$. $PA\perp CD$,即 $PA\perp AB$. 在 $\triangle PAH$ 中,因 $PH=HA=\sqrt{3}$,故 $PA=\sqrt{6}$. $S_{\triangle PAB}=\frac{1}{2}AB\cdot PA=\sqrt{6}$. 过 H 作 $HG\perp AD$ 于 G,连 PG,则 $PG\perp AD$. 在 $\triangle PHG$ 中,因 $PH=\sqrt{3}$,可以求得 $HG=\frac{\sqrt{3}}{2}$,故 $PG=\frac{\sqrt{15}}{2}$. 故 $S_{\triangle PAD}=\frac{1}{2}AD\cdot PG=\frac{\sqrt{15}}{2}$,同理 $S_{\triangle PCD}=\sqrt{3}$,又因为 $S_{\triangle PBC}=\frac{\sqrt{15}}{2}$. 故

$$\begin{aligned}S_{全}&=S_{\triangle PAB}+S_{\triangle PBC}+S_{\triangle PCD}+S_{\triangle PDA}+S_{ABCD}\\&=(3\sqrt{3}+\sqrt{6}+\sqrt{15})\text{cm}^2.\end{aligned}$$

故这个四棱锥的全面积为 $(3\sqrt{3}+\sqrt{6}+\sqrt{15})\text{cm}^2$.

12. $\frac{\sqrt{3}}{36}\pi a^3$. 如图 8-29,连结 AE,因为 $\triangle SBC$ 和 $\triangle ABC$ 都是边长为 a 的正三角形,并且 SE 和 AE 分别是它们的中线,所以 $SE=AE$,从而 $\triangle SAE$ 为等腰三角形,由于点 D 是 SA 的中点,所以 $ED\perp SA$. 作 $DF\perp SE$,交 SE 于点 F. 则有 $SE\cdot DF=SD\cdot DE$.

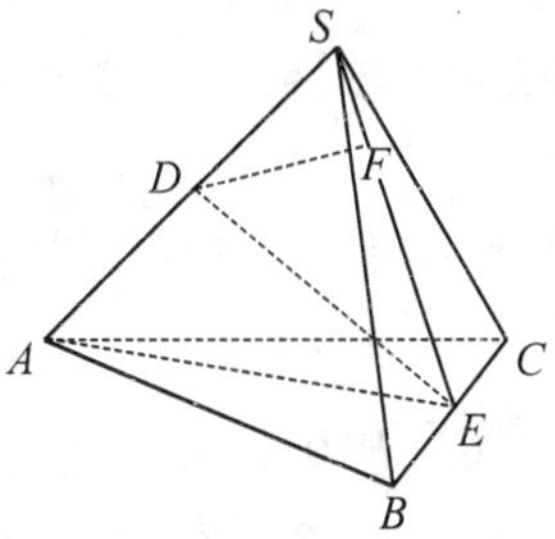

图8-29

因 $SE=\sqrt{SB^2-BE^2}=\sqrt{a^2-\left(\frac{a}{2}\right)^2}=\frac{\sqrt{3}}{2}a$,

$DE=\sqrt{SE^2-SD^2}=\sqrt{\frac{3}{4}a^2-\left(\frac{a}{2}\right)^2}=\frac{\sqrt{2}}{2}a$,

故 $DF=\frac{SD\cdot DE}{SE}=\frac{\sqrt{6}}{6}a$.

所求的旋转体的体积是以 DF 为底面半径,分别以 SF 和 EF 为高的两个圆锥的体积的和,即

$$\begin{aligned}V&=\frac{1}{3}\pi\cdot DF^2\cdot SF+\frac{1}{3}\pi\cdot DF^2\cdot EF\\&=\frac{\pi}{3}\cdot DF^2\cdot SE=\frac{\pi}{3}\cdot\frac{a^2}{6}\cdot\frac{\sqrt{3}}{2}a=\frac{\sqrt{3}}{36}\pi a^3.\end{aligned}$$

第九节　立体几何综合问题

第一课时

1. (D). 过点 P 且与直线 l 垂直的直线可能与 l 异面.
2. (B). 设点 B 的坐标为 $(x_0,1-x_0,0)$,则
$$\begin{aligned}|AB|&=\sqrt{(x_0+1)^2+(2-x_0)^2+4}\\&=\sqrt{2\left(x_0-\frac{1}{2}\right)^2+\frac{17}{2}},\end{aligned}$$
则当 $x_0=\frac{1}{2}$ 时,$|AB|_{\min}=\sqrt{\frac{17}{2}}=\frac{\sqrt{34}}{2}$.
3. (B). 如图 8-30,连结 BC、BA、PA,因 $CA^2+CB^2=(PA^2-PC^2)+(PC^2-PB^2)=AB^2$,故 $\triangle ABC$ 是以点 C 为直角顶点的直角三角形,故点 C 在平面 α 内的轨迹是圆,但要去掉 A、B 两点.

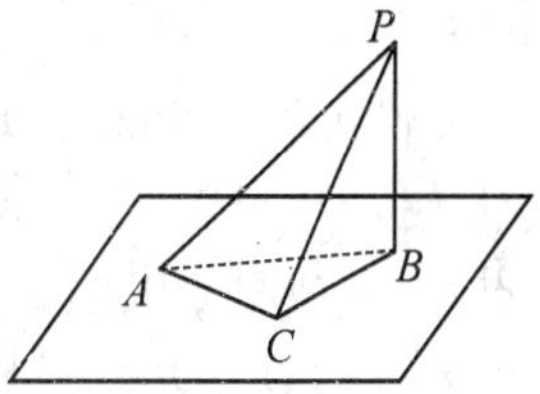

图8-30

4. $\sqrt{3}$. 设 $D(0,0,z)$,则 $\overrightarrow{AD}=(-1,1,z-3)$,$\overrightarrow{BC}=(-1,-2,1)$,由 $\overrightarrow{AD}\perp\overrightarrow{BC}$,得 $\overrightarrow{AD}\cdot\overrightarrow{BC}=0$,求得 $z=4$,即 $\overrightarrow{AD}=(-1,1,1)$,故 $|\overrightarrow{AD}|=\sqrt{3}$.
5. $\frac{\pi}{2}$. 由已知可得正四棱柱 $ABCD-A_1B_1C_1D_1$ 的外接球半径为1. 连接球心 O 与点 A、点 C,所得的 $\triangle AOC$ 为直角三角形,其中 $\angle AOC=\frac{\pi}{2}$. 所以 A、C 两点之间的球面距离即最大圆中 $\overset{\frown}{AC}$ 的长 $\frac{\pi}{2}\times1=\frac{\pi}{2}$.
6. ③④. ① $\alpha/\!/\beta$,m,n 两条直线可能异面;②若 m,n 两条直线平行,则平面 α,β 可能相交;③④均

正确.

7. 如图 8-31,取 SD 的中点 G,连结 FG,AG,则 FG 为$\triangle SCD$ 的中位线,所以 $FG \mathrel{\underline{\parallel}} \frac{1}{2}CD$,又 $AE \mathrel{\underline{\parallel}} \frac{1}{2}AB$,$AB \mathrel{\underline{\parallel}} CD$,所以 $FG \mathrel{\underline{\parallel}} AE$,故四边形 $AEFG$ 为平行四边形. 所以 $EF \parallel AG$. 又 $EF \not\subset$ 平面 SAD,$AG \subset$ 平面 SAD,故 $EF \parallel$ 平面 SAD.

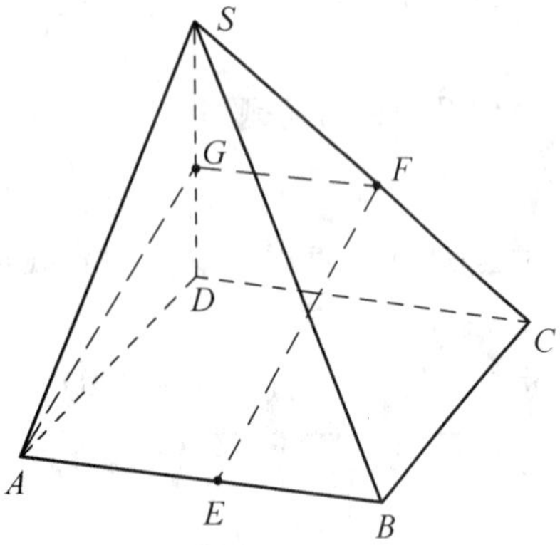

图 8-31

8. 如图 8-32,假设 BC 边上存在点 Q,使 $PQ \perp QD$,连结 AQ,DQ,因 $PA \perp$ 平面 $ABCD$,故 $AQ \perp QD$. 设 $BQ = x$,则 $QC = a - x$. 在 Rt$\triangle ABQ$ 中,$AQ = \sqrt{x^2+1}$,在 Rt $\triangle CDQ$ 中,$DQ = \sqrt{(a-x)^2+1}$,则在 Rt$\triangle ADQ$ 中,由 $AQ^2 + DQ^2 = AD^2$ 得 $x^2+1+(a-x)^2+1=a^2$,即
$x^2 - ax + 1 = 0$.
因 $\Delta = a^2 - 4$,故当 $0 < a < 2$ 时,BC 边上不存在这样的点 Q,使 $PQ \perp QD$;当 $a = 2$ 时,BC 边上存在唯一的点 Q,使 $PQ \perp QD$;当 $a > 2$ 时,BC 边上存在两个点 Q,使 $PQ \perp QD$.

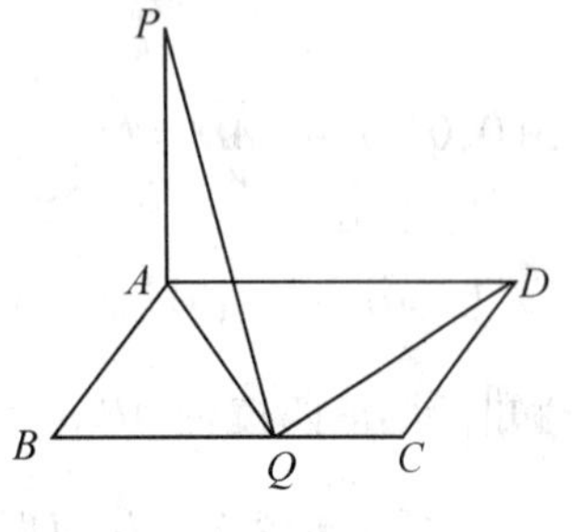

图 8-32

9. (C). 因为垂直于同一条直线的两平面互相平行,所以①正确;因为垂直于同一平面的两平面不一定平行,所以②错误;因为当 α 与 β 相交时,若 m,n 平行于两平面的交线,则 $m \parallel n$,所以③错误;因为若 m,n 是异面直线,$m \subset \alpha$,$m \parallel \beta$,$n \subset \beta$,$n \parallel \alpha$,当且仅当 $\alpha \parallel \beta$,所以④正确.

10. (D). 点 P 到点 C_1 的距离就是点 P 到 C_1D_1 的距离,根据抛物线定义便知.

11. 方法 1:(1)因 $PB = PC$,故 $PO \perp BC$. 又因平面 $PBC \perp$ 平面 $ABCD$,平面 $PBC \cap$ 平面 $ABCD = BC$,故 $PO \perp$ 平面 $ABCD$. 在梯形 $ABCD$ 中,可证 Rt$\triangle ABO \cong$ Rt$\triangle BCD$. 故 $\angle BEO = \angle OAB + \angle DBA = \angle DBC + \angle DBA = 90°$,即 $AO \perp BD$. 因 PA 在平面 $ABCD$ 内的射影为 AO,故 $PA \perp BD$.

(2)如图 8-33,取 PB 的中点 N,连结 CN,
因 $PC = BC$,故 $CN \perp PB$. ①
因 $AB \perp BC$,且平面 $PBC \perp$ 平面 $ABCD$,故 $AB \perp$ 平面 PBC. 因 $AB \subset$ 平面 PAB,
故平面 $PBC \perp$ 平面 PAB. ②
由①②知 $CN \perp$ 平面 PAB. 取 PA 的中点 M,连结 DM,MN,则由 $MN \parallel AB \parallel CD$,$MN = \frac{1}{2}AB = CD$,得四边形 $MNCD$ 为平行四边形,故 $CN \parallel DM$. 故 $DM \perp$ 平面 PAB. 因 $DM \subset$ 平面 PAD,故平面 $PAD \perp$ 平面 PAB.

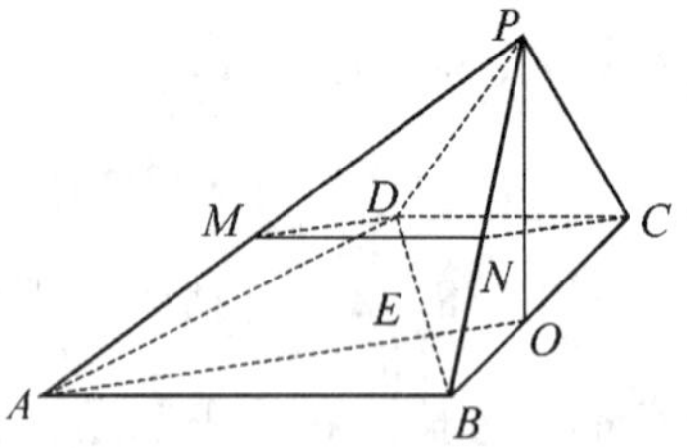

图 8-33

方法 2:因为$\triangle PBC$ 是等边三角形,由侧面 $PBC \perp$ 底面 $ABCD$,得 $PO \perp$ 底面 $ABCD$. 以 BC 中点 O 为原点,以 BC 所在直线为 x 轴,过点 O 与 AB 平行的直线为 y 轴,建立如图 8-34 所示的空间直角坐标系 O-xyz. 因 $CD = 1$,且在直角梯形 $ABCD$ 中,$AB = BC = 2$. 为此在等边三角形 PBC 中,$PO = \sqrt{3}$. 则 $A(1,-2,0)$,$B(1,0,0)$,$D(-1,-1,0)$,$P(0,0,\sqrt{3})$.

(1) 因 $\overrightarrow{BD} = (-2,-1,0)$,$\overrightarrow{PA} = (1,-2,-\sqrt{3})$,故
$\overrightarrow{BD} \cdot \overrightarrow{PA} = (-2)\times 1 + (-1)\times(-2) + 0 \times (-\sqrt{3}) = 0$.
故 $\overrightarrow{PA} \perp \overrightarrow{BD}$,即 $PA \perp BD$.

(2)设 $\boldsymbol{n} = (x,y,z)$ 是平面 PAD 的法向量,由 $\begin{cases} \boldsymbol{n} \cdot \overrightarrow{AD} = 0 \\ \boldsymbol{n} \cdot \overrightarrow{PA} = 0 \end{cases}$ 得 $\begin{cases} -2x + y = 0 \\ x - 2y - \sqrt{3}z = 0 \end{cases}$. 取 $x = 1$,则
$\boldsymbol{n} = (1,2,-\sqrt{3})$ 是平面 PAD 的一个法向量. 同理

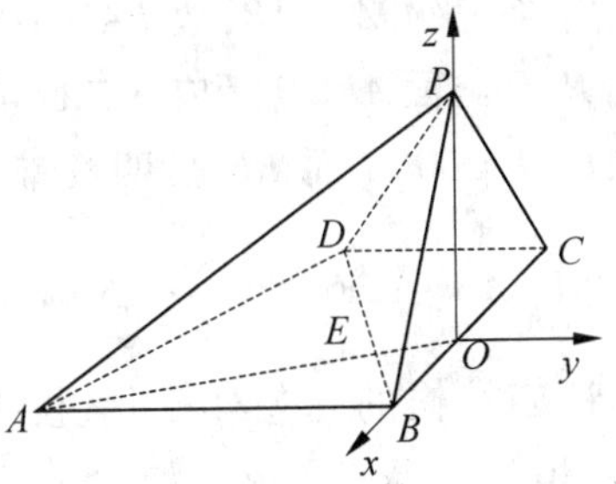

图 8-34

求得$\boldsymbol{m}=(\sqrt{3},0,1)$是平面 PAB 的一个法向量.

因为$\boldsymbol{m}\cdot\boldsymbol{n}=0$,故平面 $PAD\perp$平面 PAB.

12. 解法1:以 A 为原点,以 AB,AD,AP 所在直线为 x 轴、y 轴、z 轴建立如图 8-35 所示的空间直角坐标系. 则$B(1,0,0)$,$C(2,2,0)$,$D(0,2,0)$,$P(0,0,2)$,$M(1,1,1)$. 在平面 PAD 内设 $N(0,y,z)$,则 $\overrightarrow{MN}=(-1,y-1,z-1)$. 因$\overrightarrow{PB}=(1,0,-2)$,$\overrightarrow{DB}=(1,-2,0)$,由 $\overrightarrow{MN}\perp\overrightarrow{PB}$,$\overrightarrow{MN}\perp\overrightarrow{DB}$,故 $\overrightarrow{MN}\cdot\overrightarrow{PB}=-1-2z+2=0$,$\overrightarrow{MN}\cdot\overrightarrow{DB}=-1-2y+2=0$. 故 $y=\dfrac{1}{2}$,$z=\dfrac{1}{2}$,即$N\left(0,\dfrac{1}{2},\dfrac{1}{2}\right)$. 又 PD 的中点 $E(0,1,1)$,所以点 N 是 AE 的中点. 故当点 N 是$\triangle PAD$ 边 PD 中线 AE 的中点时,$MN\perp$平面 PBD.

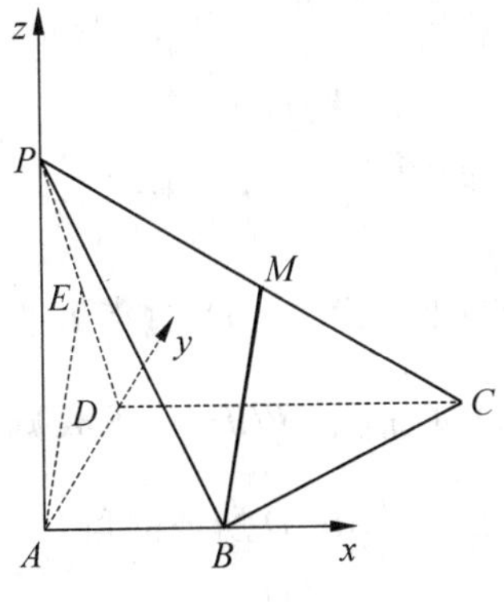

图 8-35

解法2:取 PD 的中点 E,连结 ME,AE,易知四边形 $ABME$ 为平行四边形. $PA\perp$底面 $ABCD$,$AB\subset$底面 $ABCD$,故 $PA\perp AB$. 又 $AB\perp AD$,故 $AB\perp$平面 PAD. 同理 $CD\perp$平面 PAD. $AE\subset$平面 PAD,故 $AB\perp AE$. 为此四边形 $ABME$ 为矩形. 因 $CD/\!/ME$,$CD\perp PD$,又 $PD\perp AE$,故 $ME\perp PD$. 故 $PD\perp$平面 $ABME$,$PD\subset$平面 PBD. 故平面 $PBD\perp$平面 $ABME$. 如图 8-36,作 $MF\perp EB$ 于 F,MF 交 AE 于 N,故 $MF\perp$平面 PBD.

在矩形 $ABME$ 内,$AB=ME=1$,$AE=\sqrt{2}$,故 $MF=\dfrac{\sqrt{6}}{3}$,$NE=\dfrac{\sqrt{2}}{2}$,故点 N 为 AE 的中点. 故当点 N 是$\triangle PAD$ 边 PD 上的中线 AE 的中点时,$MN\perp$平面 PBD.

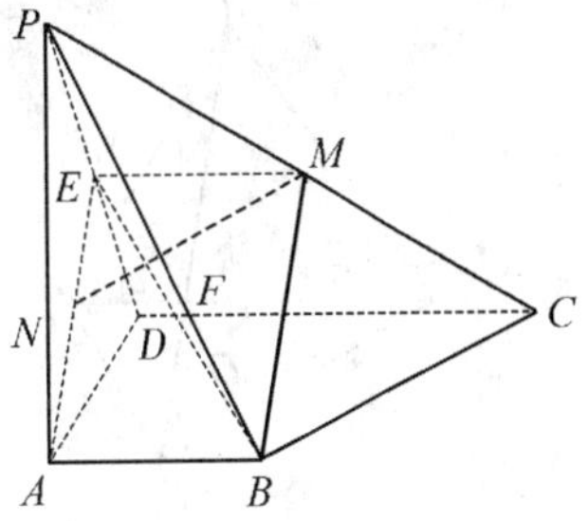

图 8-36

第二课时

1. (C). 取 BC 的中点 E,连结 DE,AE,则$\angle AED$为所求.

2. (C). 由正四面体 $S\text{-}ABC$ 的表面积为 $3\sqrt{3}$,求得正四面体的棱长为$\sqrt{3}$,为使 $SD+DO$ 最小,剪开 SA,SB 后,使平面 SAB 与底面 ABC 在同一平面内,连 SC,则 SO 为 $SD+DO$ 的最小值.

3. (A). 设圆台上、下底面半径分别为 r_1,r_2,高为 h,则圆柱的底面半径 $R=\dfrac{r_1+r_2}{2}$. 所以

$$V_1=\pi\left(\frac{r_1+r_2}{2}\right)^2h,\quad V_2=\frac{\pi h}{3}(r_1^2+r_1r_2+r_2^2),$$

由 $V_2-V_1=\dfrac{\pi h}{12}(r_1-r_2)^2$,知 $V_1<V_2$.

4. $\dfrac{PA'\cdot PB'\cdot PC'}{PA\cdot PB\cdot PC}$.

5. $45°$;$\sqrt{2}$.

6. 11π. 由题意可求得圆台的上、下底面半径分别为1,2,母线长为2,则圆台的侧面积为6π,上底面面积为π,下底面面积为4π,故全面积为11π.

7. 如图 8-37,设点 P 为正四面体 $ABCD$ 内任一点,AO 为正四面体的高,点 P 到各面的距离分别为 d_1,d_2,d_3,d_4,则

$V_{ABCD}=V_{P\text{-}ABC}+V_{P\text{-}ACD}+V_{P\text{-}ABD}+V_{P\text{-}BCD}$,

即$\dfrac{1}{3}S_{\triangle BCD}\cdot AO=\dfrac{1}{3}S_{\triangle ABC}\cdot d_1+\dfrac{1}{3}S_{\triangle ACD}\cdot d_2+$

$\frac{1}{3}S_{\triangle ABD}\cdot d_3+\frac{1}{3}S_{\triangle BCD}\cdot d_4$.

因正四面体各面是全等的正三角形，故

$\frac{1}{3}S_{\triangle BCD}\cdot AO=\frac{1}{3}S_{\triangle BCD}(d_1+d_2+d_3+d_4)$.

为此，$d_1+d_2+d_3+d_4=AO$.

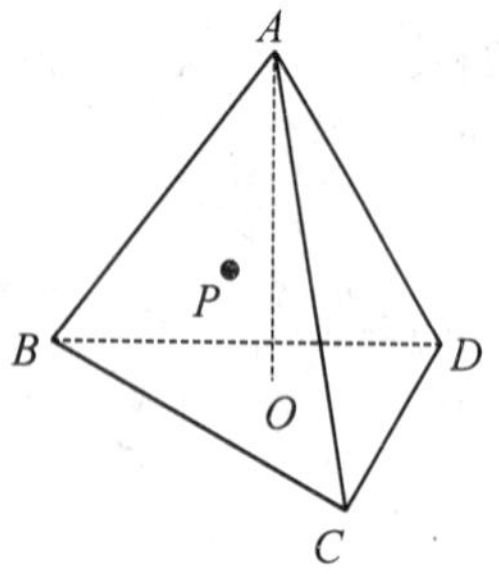

图 8-37

8. $\frac{R}{2}$，$2R$. 如图 8-38，设圆台母线为 l，则 $l=r_1+r_2$，由平面几何知识得 $(2R)^2+(r_2-r_1)^2=(r_1+r_2)^2$，即 $R^2=r_1r_2$，又

$S_{圆台全}=\pi(r_1+r_2)l+\pi r_1^2+\pi r_2^2$

$=\pi[(r_1+r_2)^2+r_1^2+r_2^2]$，

$S_{球}=4\pi R^2=4\pi r_1r_2$，

由题意得 $\frac{\pi[(r_1+r_2)^2+r_1^2+r_2^2]}{4\pi r_1r_2}=\frac{21}{8}$，

即 $4r_1^2-17r_1r_2+4r_2^2=0$，解得 $r_2=4r_1$，

代入 $R^2=r_1r_2$，解得 $r_1=\frac{R}{2}$，$r_2=2R$.

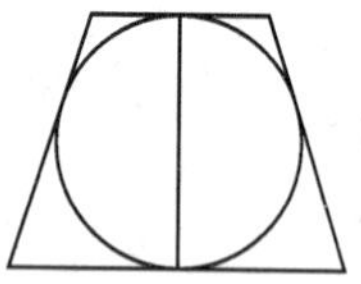

图 8-38

9. (C). 当平面 $DAC\perp$ 平面 BAC 时，三棱锥 $ABCD$ 的体积最大，此时直线 BD 与平面 ABC 所成的角的大小为 $45°$.

10. $\sqrt{3}$；$\frac{\sqrt{2}}{4}$. 在底面菱形 $ABCD$ 中，由已知可得 $AC=\sqrt{3}$，则截面 ACC_1A_1 的面积为 $\sqrt{3}$. 连结 BD_1，则 $\angle BCD_1$ 为所求，故

$$\cos\angle BCD_1=\frac{\frac{1}{2}BC}{D_1C}=\frac{\frac{1}{2}}{\sqrt{2}}=\frac{\sqrt{2}}{4}.$$

11. (1)因 $PB\perp$ 面 $ABCD$，故 BA 是 PA 在面 $ABCD$ 上的射影. 又 $DA\perp AB$，故 $PA\perp DA$. 故 $\angle PAB$ 是面 PAD 与面 $ABCD$ 所成的二面角的平面角，即 $\angle PAB=60°$. 而 PB 是四棱锥 $P\text{-}ABCD$ 的高，$PB=AB\cdot\tan60°=\sqrt{3}a$，故 $V_{锥}=\frac{\sqrt{3}}{3}a^3$.

(2)不论四棱锥的高怎样变化，棱锥侧面 PAD 与 PCD 恒为全等三角形. 如图 8-39，作 $AE\perp DP$，垂足为 E，连结 EC，则 $\triangle ADE\cong\triangle CDE$，故 $AE=CE$，$\angle CED=90°$. 故 $\angle CEA$ 是面 PAD 与面 PCD 所成的二面角的平面角. 设 $PB=x$，则 $CE=AE=\frac{a\sqrt{x^2+a^2}}{\sqrt{2a^2+x^2}}$，又 $AC=\sqrt{2}a$，在 $\triangle AEC$ 中，

$$\cos\angle CEA=\frac{AE^2+EC^2-AC^2}{2AE\cdot EC}=-\frac{a^2}{x^2+a^2}<0.$$

故面 PAD 与面 PCD 所成的二面角恒大于 $90°$.（请同学们利用空间向量的坐标运算解答本题）

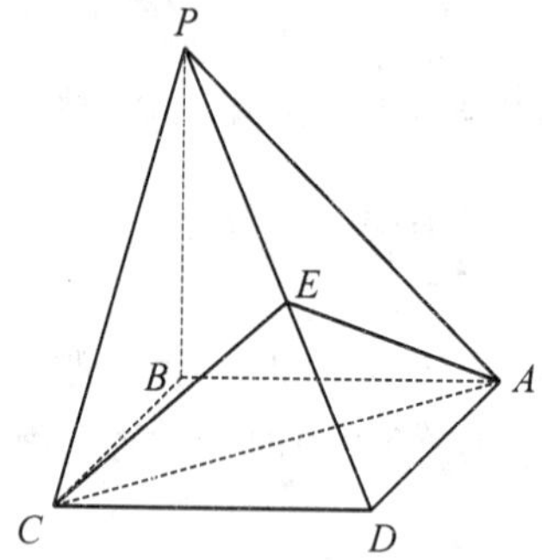

图 8-39

12. 解法 1（如图 8-40）：(1) $\lambda=\frac{1}{2}$ 时，$\frac{PE}{ED}=\frac{BF}{FA}=\frac{1}{2}$，因 $PA\perp$ 平面 $ABCD$，过点 E 作 $EM\perp AD$ 于 M，则 $EM\perp$ 平面 $ABCD$，连 FM，则 $\angle EFM$ 为直线 EF 与平面 $ABCD$ 所成的角. $EM=\frac{2a}{3}$，

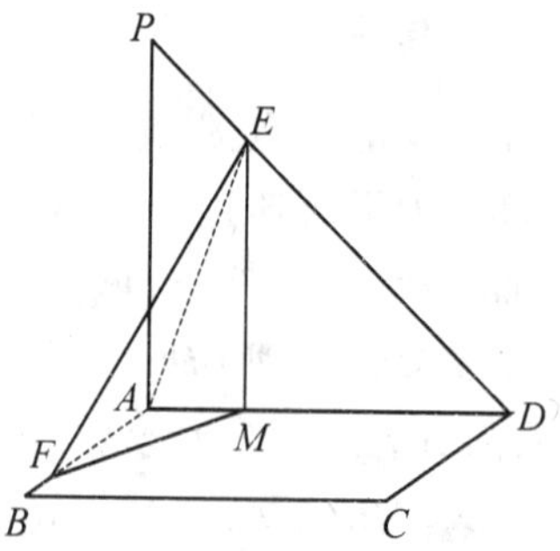

图 8-40

$FM=\sqrt{AM^2+AF^2}=\sqrt{\left(\frac{a}{3}\right)^2+\left(\frac{2\sqrt{2}a}{3}\right)^2}=a.$

在 Rt△FEM 中，$\tan\angle EFM=\frac{EM}{FM}=\frac{2}{3}$.

故$\sin\angle EFM=\frac{2}{13}\sqrt{13}$，即 EF 与平面 $ABCD$ 所成角的正弦值为$\frac{2\sqrt{13}}{13}$.

(2)设存在实数λ，使异面直线 EF 与 CD 所成的角为60°. 因 $AB\parallel CD$，故$\angle AFE$ 为异面直线 EF 与 CD 所成的角，则$\angle AFE=60°$. 因 $PA\perp$平面 $ABCD$，故 $PA\perp AB$，又因 $ABCD$ 是矩形，故 $AB\perp AD$，故 $AB\perp$平面 PAD. 连结 AE，则$\angle FAE=90°$. 因$\frac{PE}{ED}=\frac{BF}{FA}=\lambda$，故 $EM=\frac{a}{1+\lambda}$，$AM=\frac{a\lambda}{1+\lambda}$，$AF=\frac{\sqrt{2}a}{1+\lambda}$. 在 Rt △$AME$ 中，$AE^2=AM^2+ME^2=\left(\frac{a\lambda}{1+\lambda}\right)^2+\left(\frac{a}{1+\lambda}\right)^2=\frac{a^2(\lambda^2+1)}{(1+\lambda)^2}$. 在 Rt△$FAE$ 中，$\tan\angle AFE=\frac{AE}{AF}$，故 $\tan60°=\frac{AE}{AF}$，$AE=\sqrt{3}AF$，即 $AE^2=3AF^2$. 故$\frac{a^2(\lambda^2+1)}{(1+\lambda)^2}=3\cdot\frac{2a^2}{(1+\lambda)^2}$，解得 $\lambda=\pm\sqrt{5}$. 因$\lambda>0$，故 $\lambda=\sqrt{5}$. 因此，存在实数λ，使异面直线 EF 与 CD 所成的角为60°，且λ 的值为$\sqrt{5}$.

解法 2：以点 A 为坐标原点，分别以 AB，AD，AP 所在的直线为 x 轴、y 轴、z 轴，建立如图 8-41 的空间直角坐标系. 因 $PA=AD=a$，$AB=\sqrt{2}a$，故 $P(0,0,a)$，$A(0,0,0)$，$B(\sqrt{2}a,0,0)$，$C(\sqrt{2}a,a,0)$，$D(0,a,0)$.

(1)当 $\lambda=\frac{1}{2}$时，$\overrightarrow{PE}=\frac{1}{2}\overrightarrow{ED}$，$\overrightarrow{BF}=\frac{1}{2}\overrightarrow{FA}$，故

$E\left(0,\frac{a}{3},\frac{2a}{3}\right)$，$F\left(\frac{2\sqrt{2}a}{3},0,0\right)$.

故$\overrightarrow{EF}=\left(\frac{2\sqrt{2}a}{3},-\frac{a}{3},-\frac{2a}{3}\right)$.

显然 $\boldsymbol{n}=(0,0,1)$是平面 $ABCD$ 的一个法向量. 设直线 EF 与平面 $ABCD$ 所成角为θ，则

$$\sin\theta=\frac{|\overrightarrow{EF}\cdot\boldsymbol{n}|}{|\overrightarrow{EF}|\cdot|\boldsymbol{n}|}=\frac{\left|\left(\frac{2\sqrt{2}a}{3},-\frac{a}{3},-\frac{2a}{3}\right)\cdot(0,0,1)\right|}{\frac{\sqrt{13}a}{3}\cdot1}=\frac{2}{13}\sqrt{13}.$$

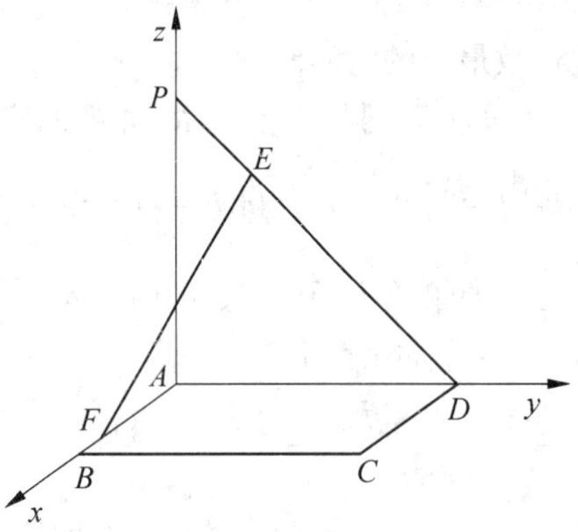

图 8-41

(2)假设存在实数λ，使异面直线 EF 与 CD 所成角为 60°. 由已知可得点 E，F 的坐标为 $E\left(0,\frac{\lambda a}{1+\lambda},\frac{a}{1+\lambda}\right)$，$F\left(\frac{\sqrt{2}a}{1+\lambda},0,0\right)$，则 $\overrightarrow{EF}=\left(\frac{\sqrt{2}a}{1+\lambda},-\frac{\lambda a}{1+\lambda},-\frac{a}{1+\lambda}\right)$，$\overrightarrow{CD}=(-\sqrt{2}a,0,0)$.

由 $\cos60°=\frac{|\overrightarrow{EF}\cdot\overrightarrow{CD}|}{|\overrightarrow{EF}|\cdot|\overrightarrow{CD}|}\Rightarrow\frac{\sqrt{2}}{\sqrt{\lambda^2+3}}=\frac{1}{2}$，$\lambda^2=5$，解得 $\lambda=\pm\sqrt{5}$. 因 $\lambda>0$，故 $\lambda=\sqrt{5}$. 因此，存在实数$\lambda=\sqrt{5}$，使异面直线 EF 与 CD 所成的角为 60°.

习题八

1. (C). 因 BC 的中点坐标为 $D(2,1,4)$，故 $|AD|=\sqrt{(3-2)^2+(3-1)^2+(2-4)^2}=3$.
2. (A).
3. (A). 假设原梯形的高为 h，则其直观图的高为 $\frac{\sqrt{2}}{4}h$.
4. (D). 设圆柱的底面半径为 r，则高为 $2r$，则由

$$2\pi r\cdot2r=S\Rightarrow r=\sqrt{\frac{S}{4\pi}},$$

故

$$V=\pi r^2\cdot2r=\frac{S}{4}\sqrt{\frac{S}{\pi}}.$$

5. (D). 几何体就是一个底面腰长为 1 的等腰直角三角形,高为 1 的三棱锥.

6. (B). 将问题转化为求底面边长为 2,侧棱长为 R,高为$\frac{R}{2}$的正三棱锥中 R 的值.

7. (C). 将两个相同的长方体叠放在一起有三种不同的叠放方法,其对角线长分别为 $\sqrt{77}$,$7\sqrt{2}$,$5\sqrt{5}$,故最长的为$5\sqrt{5}$.

8. (C). 设底面圆的半径为 R,圆锥的高为 h. 由 $\frac{1}{3}\pi R^2h=\frac{4}{3}\pi R^3\times\frac{1}{2}$得 $h=2R$. 故圆锥的轴截面是一个腰长为$\sqrt{5}R$、底边长为 $2R$ 的等腰三角形. 故顶角的余弦值为

$$\frac{(\sqrt{5}R)^2+(\sqrt{5}R)^2-(2R)^2}{2\cdot\sqrt{5}R\cdot\sqrt{5}R}=\frac{3}{5}.$$

9. 24π. 由 $V=Sh=4$,得 $S=4$,得正四棱柱底面边长为 2,该正四棱柱的主对角线即为球的直径,而正四棱柱的主对角线长为 $\sqrt{2^2+2^2+4^2}=2\sqrt{6}$,即球的半径为 $R=\sqrt{6}$,故球的表面积为 $4\pi R^2=24\pi$.

10. $\frac{\pi}{3}$. 因 $PA=PB=PC$,故 P 在底面$\triangle ABC$ 的射影 O 是底面$\triangle ABC$ 的外心. 而$\triangle ABC$ 是直角三角形,故点 O 是 BC 的中点. 连结 AO,PO,在$\mathrm{Rt}\triangle PAO$ 中,$PA=1$,$PO=\frac{\sqrt{3}}{2}$,由 $\sin\angle PAO=\frac{PO}{PA}=\frac{\sqrt{3}}{2}$,故$\angle PAO=\frac{\pi}{3}$.

11. $90°$. 在平面 AED 内作 $MQ/\!/AE$ 交 ED 于 Q,则 $MQ\perp ED$,且点 Q 为 ED 的中点,连结 QN,则 $NQ\perp ED$ 且$QN/\!/EB$,$QN=EB$,$\angle MQN$ 为二面角 $A\text{-}DE\text{-}B$ 的平面角,故 $\angle MQN=45°$. 且$\angle NMQ$ 为 MN 与 AE 所成的角. 因点 A 在平面 $BCDE$ 内的射影恰为点 B,设 $BE=a$,故 $AE=\sqrt{2}a$. 在$\triangle MNQ$ 中,$MQ=\frac{1}{2}AE=\frac{\sqrt{2}}{2}a$,$NQ=a$,$\angle MQN=45°$,故 $MN=\frac{\sqrt{2}}{2}a$. 故$\angle NMQ=90°$. 即 MN 与 AE 所成的角等于$90°$.

12. (1)图中的几何体可看成是一个正三棱柱. 此正三棱柱的高为 1,底面边长为 2,可求得底面正三角形的高为$\sqrt{3}$. 所以

$$V=S\cdot h=\frac{1}{2}\times2\times\sqrt{3}\times1=\sqrt{3}(\mathrm{cm}^3).$$

$$S_{表面}=2S_{底}+S_{侧面}=2\times\frac{1}{2}\times2\times\sqrt{3}+3\times2\times1=(2\sqrt{3}+6)(\mathrm{cm}^2).$$

(2)图中的几何体可看成是一个底面为直角梯形的直棱柱(不要错误地认为是一个四棱台). 直角梯形的上底为 1,下底为 2,高为 1;棱柱的高为 1. 可求得直角梯形的四条边的长度为 1,1,2,$\sqrt{2}$. 所以,此几何体的体积

$$V=S_{梯形}\cdot h=\frac{1}{2}(1+2)\times1\times1=\frac{3}{2}(\mathrm{cm}^3).$$

$$S_{表面}=2S_{底}+S_{侧面}=\frac{1}{2}(1+2)\times1\times2+(1+1+2+\sqrt{2})\times1=(7+\sqrt{2})(\mathrm{cm}^2).$$

13. (1)如图 8－42,取 AD 的中点 M,连结 PM,QM. 因为$P-ABCD$与 $Q-ABCD$ 都是正四棱锥,所以 $AD\perp PM$,$AD\perp QM$. 从而 $AD\perp$平面 PQM. 又 $PQ\subset$平面 PQM,所以 $PQ\perp AD$. 同理 $PQ\perp AB$,所以 $PQ\perp$平面 $ABCD$.

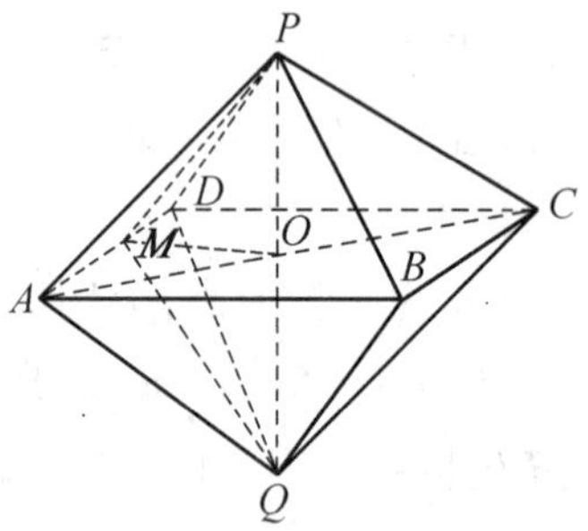

图 8－42

(2)连结 OM,则 $OM=\frac{1}{2}AB=2=\frac{1}{2}PQ$.

所以$\angle PMQ=90°$,即 $PM\perp MQ$.

由(1)知 $AD\perp PM$,所以 $PM\perp$平面 QAD. 从而 PM 就是四面体 $P-QAD$ 的高.

在直角$\triangle PMO$ 中,

$$PM=\sqrt{PO^2+OM^2}=\sqrt{2^2+2^2}=2\sqrt{2}.$$

又 $S_{\triangle QAD}=\frac{1}{2}AD\cdot QM=\frac{1}{2}\times4\times2\sqrt{2}=4\sqrt{2}$,

所以 $V_{P-QAD}=\frac{1}{3}S_{\triangle QAD}\cdot PM$

$=\frac{1}{3}\times4\sqrt{2}\times2\sqrt{2}=\frac{16}{3}.$

14. (1)在$\triangle ABC$中,$AC=BC$,点M为AB的中点,故$CM\perp AB$. 又因三棱柱$ABC\text{-}A_1B_1C_1$是直三棱柱,故平面$ABB_1A_1\perp$平面ABC,$CM\perp$平面ABB_1A_1,而$CM\subseteq$平面CMD,故平面$CMD\perp$平面ABB_1A_1.

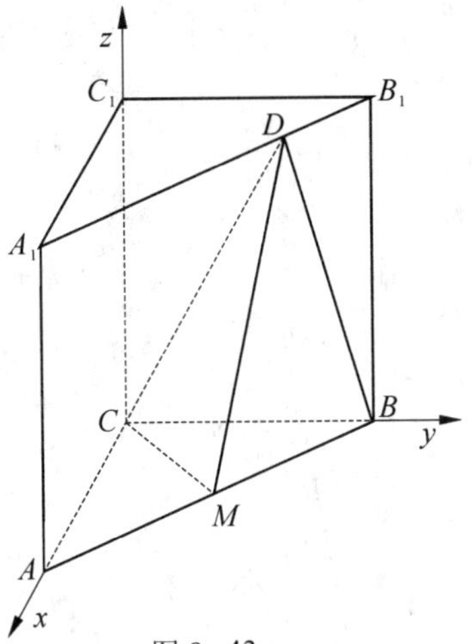

图 8-43

(2)以点C为原点,分别以CA,CB,CC_1所在直线为x,y,z轴,建立如图 8-43 的空间直角坐标系,令$AC=BC=CC_1=1$,则$C(0,0,0)$,$A(1,0,0)$,$A_1(1,0,1)$,$B(0,1,0)$,$B_1(0,1,1)$,$M\left(\frac{1}{2},\frac{1}{2},0\right)$,$D\left(\frac{1}{4},\frac{3}{4},1\right)$,$C_1(0,0,1)$,故$\overrightarrow{CB}=(0,1,0)$,$\overrightarrow{CD}=\left(\frac{1}{4},\frac{3}{4},1\right)$. 设平面$CBD$的法向量为$\boldsymbol{n}=(x,y,z)$,则$\begin{cases}\boldsymbol{n}\cdot\overrightarrow{CB}=0\\ \boldsymbol{n}\cdot\overrightarrow{CD}=0\end{cases}\Rightarrow$

$\begin{cases}y=0\\ \frac{1}{4}x+\frac{3}{4}y+z=0\end{cases}\Rightarrow\begin{cases}y=0\\ x+4z=0\end{cases}$,取$z=-1$,则$x=4,y=0$,故$\boldsymbol{n}=(4,0,-1)$. 而平面$MBD$的法向量是$\overrightarrow{CM}=\left(\frac{1}{2},\frac{1}{2},0\right)$,故

$$\cos\langle\overrightarrow{CM},\boldsymbol{n}\rangle=\frac{\left(\frac{1}{2},\frac{1}{2},0\right)\cdot(4,0,-1)}{\frac{\sqrt{2}}{2}\times\sqrt{17}}=\frac{2\sqrt{34}}{17}.$$

即二面角$C\text{-}BD\text{-}M$的余弦值为$\frac{2\sqrt{34}}{17}$.

15. (1)如图 8-44,连结AC交BD于点O. 连结

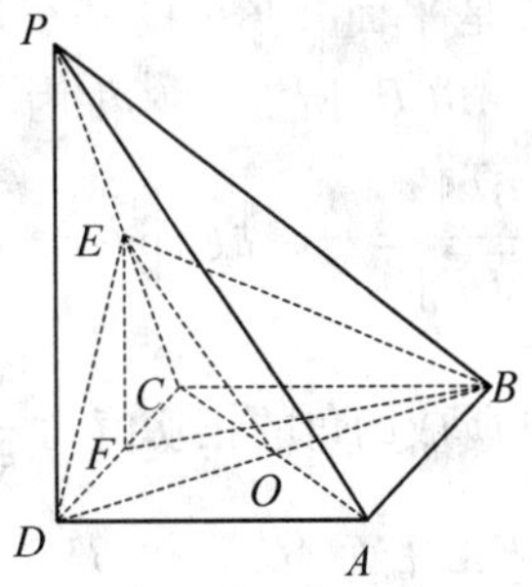

图 8-44

EO. 因底面$ABCD$是正方形,故点O是AC的中点. 又因点E为PC的中点,故EO是$\triangle PAC$的中位线,为此$PA\parallel EO$. 而$EO\subset$平面EDB且$PA\not\subset$平面EDB,所以$PA\parallel$平面EDB.

(2)方法1:作$EF\perp DC$交CD于F. 连结BF,设正方形$ABCD$的边长为a. 因$PD\perp$底面$ABCD$,故$PD\perp DC$. 故$EF\parallel PD$. 点F为DC的中点,$EF\perp$底面$ABCD$,BF为BE在底面$ABCD$内的射影,故$\angle EBF$为直线EB与底面$ABCD$所成的角. 在$\mathrm{Rt}\triangle BCF$中,$BF=\sqrt{BC^2+CF^2}=\sqrt{a^2+\left(\frac{a}{2}\right)^2}=\frac{\sqrt{5}}{2}a$. 因$EF=\frac{1}{2}PD=\frac{a}{2}$,所以在$\mathrm{Rt}\triangle EFB$中,$\tan\angle EBF=\frac{EF}{BF}=\frac{\frac{a}{2}}{\frac{\sqrt{5}}{2}a}=\frac{\sqrt{5}}{5}$.

故EB与底面$ABCD$所成的角的正切值为$\frac{\sqrt{5}}{5}$.

方法2:以D为坐标原点,建立如图 8-45 所示的空间直角坐标系,设$DC=PD=a$. 则$A(a,0,0)$,$B(a,a,0)$,$C(0,a,0)$,$P(0,0,a)$,$E\left(0,\frac{a}{2},\frac{a}{2}\right)$. 因$\overrightarrow{EB}=\left(a,\frac{a}{2},-\frac{a}{2}\right)$,且$\overrightarrow{DP}=$

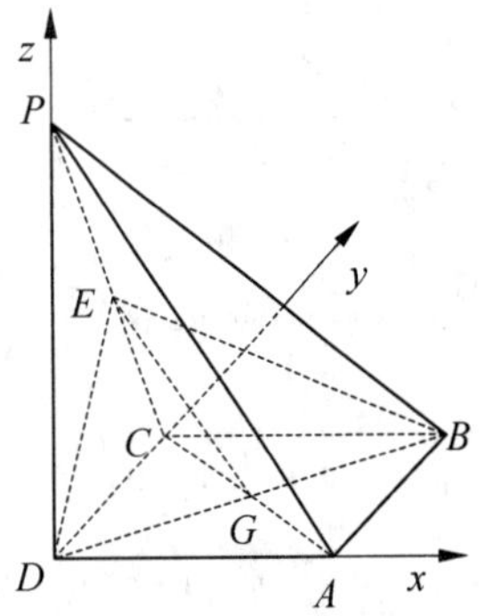

图 8-45

$(0,0,a)$是平面$ABCD$的一个法向量,设EB与底面$ABCD$所成的角为θ,则$\sin\theta=\dfrac{|\overrightarrow{EB}\cdot\overrightarrow{DP}|}{|\overrightarrow{EB}|\cdot|\overrightarrow{DP}|}=\dfrac{\sqrt{6}}{6}$. 故$\tan\theta=\dfrac{\sqrt{5}}{5}$. 故$EB$与底面$ABCD$所成的角的正切值为$\dfrac{\sqrt{5}}{5}$.

16. (1)因$BF\perp$平面ACE. 故$BF\perp AE$. 又因二面角$D\text{-}AB\text{-}E$为直二面角,且$CB\perp AB$,故$CB\perp$平面ABE. 故$CB\perp AE$. $AE\perp$平面BCE.

(2)以点A为原点,建立如图8-46的空间直角坐标系. 因$AE\perp$面BCE,$BE\subset$面BCE,故$AE\perp BE$. 则$A(0,0,0)$,$E(1,1,0)$,$C(0,2,2)$. $\overrightarrow{AE}=(1,1,0)$, $\overrightarrow{AC}=(0,2,2)$. 设平面$AEC$的法向量为$\boldsymbol{n}=(x,y,z)$,则$\begin{cases}\overrightarrow{AE}\cdot\boldsymbol{n}=0\\ \overrightarrow{AC}\cdot\boldsymbol{n}=0\end{cases}$, 即$\begin{cases}x+y=0\\2y+2z=0\end{cases}$,解得$\begin{cases}y=-x\\z=x\end{cases}$. 令$x=1$,得$\boldsymbol{n}=(1,-1,1)$是平面$AEC$的一个法向量. 又平面$BAC$的一个法向量为$\boldsymbol{m}=(1,0,0)$,且$\boldsymbol{m},\boldsymbol{n}$所成的角就是二面角$B\text{-}AC\text{-}E$的平面角,因$\cos\langle\boldsymbol{m},\boldsymbol{n}\rangle=\dfrac{\boldsymbol{m}\cdot\boldsymbol{n}}{|\boldsymbol{m}|\cdot|\boldsymbol{n}|}=\dfrac{1}{\sqrt{3}}=\dfrac{\sqrt{3}}{3}$,故二面角$B\text{-}AC\text{-}E$的余弦值为$\dfrac{\sqrt{3}}{3}$.

(3)因$\overrightarrow{AD}=(0,0,2)$,故点$D$到平面$ACE$的距离$d=\dfrac{|\overrightarrow{AD}\cdot\boldsymbol{n}|}{|\boldsymbol{n}|}=\dfrac{2}{\sqrt{3}}=\dfrac{2}{3}\sqrt{3}$.

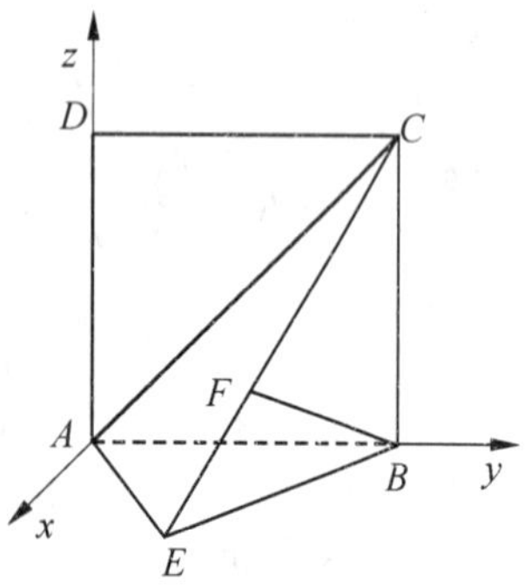

图 8-46

17. $\dfrac{8}{3}$. 解法1:以点B为原点,建立如图8-47的空间直角坐标系,则$A(0,2,0)$,$B(0,0,0)$,$C(2,0,0)$,$E(1,1,0)$. 设点D的坐标为$(0,0,z)$ $(z>0)$,AD与BE所成的角为θ,则$\overrightarrow{BE}=(1,1,0)$, $\overrightarrow{AD}=(0,-2,z)$. 因$\overrightarrow{AD}\cdot\overrightarrow{BE}=\sqrt{2}\times\sqrt{4+z^2}\times\cos\theta=-2$,而$AD$与$BE$所成角的余弦值为$\dfrac{\sqrt{10}}{10}$. 故由$\cos^2\theta=\dfrac{2}{4+z^2}=\dfrac{1}{10}$,得$z=4$,即$BD$的长度是4. 又$V_{D-ABC}=\dfrac{1}{6}AB\times BC\times BD=\dfrac{8}{3}$,因此四面体$D-ABC$的体积是$\dfrac{8}{3}$.

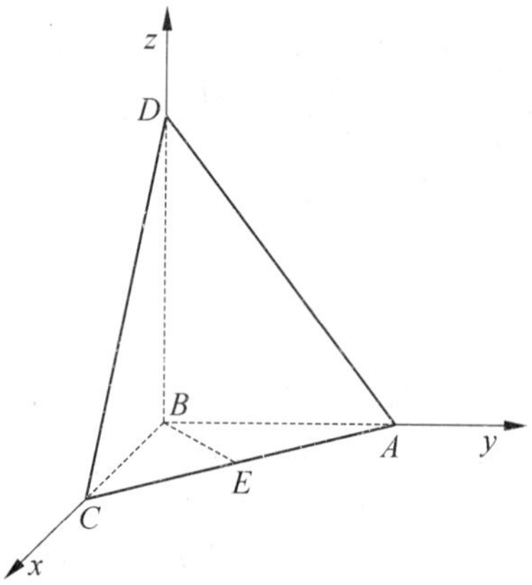

图 8-47

解法2:如图8-48,过点A引BE的平行线,交CB的延长线于F,连结DF,则$\angle DAF$是异面直线BE与AD所成的角. 故$\cos\angle DAF=\dfrac{\sqrt{10}}{10}$. 因$E$是$AC$的中点,故$B$是$CF$的中点,$AF=2BE=2\sqrt{2}$. 又$BF$,$BA$分别是$DF$,$DA$在平面$ABC$内的射影,且$BF=BC=BA$,故$DF=DA$. 即三角形$ADF$是等腰三角形. 故

$AD=\dfrac{AF}{2}\cdot\dfrac{1}{\cos\angle DAF}=2\sqrt{5}$,$BD=4$.

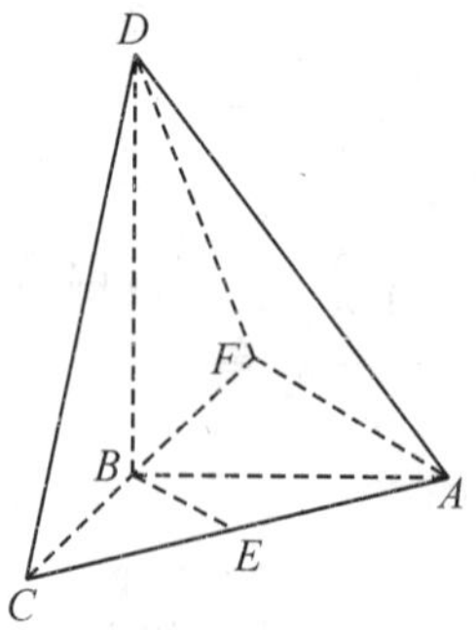

图 8-48

从而 $V_{D-ABC}=\frac{1}{6}AB\times BC\times BD=\frac{8}{3}$.

故四面体 $D-ABC$ 的体积是$\frac{8}{3}$.

18. 取 PE 的中点 F,连结 MF,NF,AP. 如图 8－49 所示.

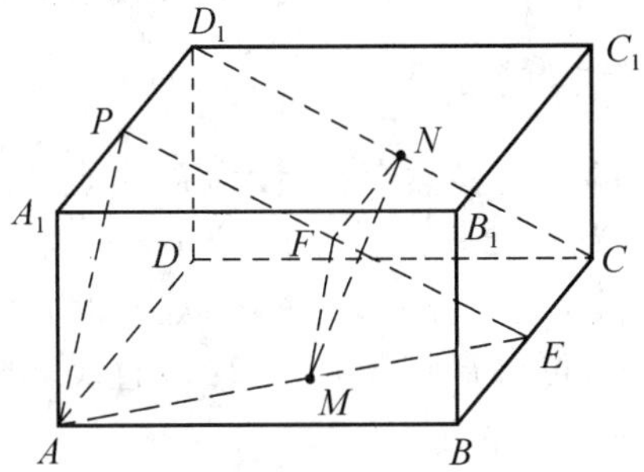

图 8-49

在长方体 $ABCD-A_1B_1C_1D_1$ 中,因为 $A_1D_1 \mathrel{\underline{/\!/}} BC$,又点 P 为 A_1D_1 的中点,点 E 为 BC 的中点.

所以 $PD_1 \mathrel{\underline{/\!/}} CE$,即四边形 $PECD_1$ 为平行四边形.

又因为点 F,N 分别为 PE,CD_1 的中点,所以四边形 $PFND_1$ 为平行四边形. 故 $NF/\!/PD_1$.

又因为 $NF\not\subset$平面 ADD_1A,$PD_1\subset$平面 ADD_1A_1,

所以 $NF/\!/$平面 ADD_1A_1.

在$\triangle EAP$ 中,易知 FM 为$\triangle EAP$ 的中位线,

所以 $FM/\!/AP$.

又因为 $FM\not\subset$平面 ADD_1A_1,$AP\subset$平面 ADD_1A_1,

所以 $FM/\!/$平面 ADD_1A_1.

因为 $NF\subset$平面 MNF,$FM\subset$平面 MNF,$NF\cap FM=F$,所以平面 $MNF/\!/$平面 ADD_1A_1,

所以 $MN/\!/$平面 ADD_1A_1.

第九章　直线和圆的方程

第一节　直线的方程

1. (D). 因为当 α_1 或 α_2 为 $90°$ 时, k_1 或 k_2 是不存在的. 从而无法比较, 故(A)、(B)均不正确; 但当 $k_1<0<k_2$ 时, $\alpha_1>90°$, $\alpha_2>90°$. 故 $\alpha_1>\alpha_2$. 故(C)错; 只有当 $k_1=k_2$ 时, 倾斜角才相等.

2. (C). 直线的斜率 $k=\tan\alpha=-\tan\frac{\pi}{7}$,

 因 $0<\alpha<\pi$, 又 $-\tan\frac{\pi}{7}<0$, 所以 $\alpha\in\left(\frac{\pi}{2},\pi\right)$,

 故 $\tan\alpha=\tan\left(\pi-\frac{\pi}{7}\right)$,

 即 $\alpha=\pi-\frac{\pi}{7}=\frac{6\pi}{7}\in\left(\frac{\pi}{2},\pi\right)$.

3. (A). 由两点式得直线方程为 $\frac{y-1}{q-1}=\frac{x+1}{3+1}$,

 即 $y=2x+3$. 令 $y=0$, 得 $x=-\frac{3}{2}$.

4. (C). 解法1: 由 $A\cdot C<0$, $B\cdot C<0$ 知, $B\neq 0$, 并且斜率 $k=-\frac{A}{B}$, 截距 $b=-\frac{C}{B}$. 可知 A、B 同号, 所以 $k<0$, $b>0$. 故直线不经过第三象限.

 解法2: 特值法. 取 $A=1$, $B=1$, $C=-1$, 则可判断直线不经过第三象限.

5. $y=-\frac{1}{2}x+1$. 设直线 $y=2x-4$ 的倾斜角为 θ, 它与 x 轴的交点为 $(2,0)$, 由于将该直线绕点 $(2,0)$ 逆时针旋转 $\frac{\pi}{2}$ 后, 得到直线的倾斜角为 $\theta+\frac{\pi}{2}$, 故斜率 $\tan\left(\theta+\frac{\pi}{2}\right)=-\cot\theta=-\frac{1}{\tan\theta}=-\frac{1}{2}$, 故所求直线的方程为 $y=-\frac{1}{2}(x-2)$, 即

 $y=-\frac{1}{2}x+1$.

6. $4x-3y-5=0$. 设直线 $x-2y-3=0$ 的倾斜角为 θ, 则 $\tan\theta=\frac{1}{2}$. 所求直线倾斜角为 α, 则 $\alpha=2\theta$.

 故 $\tan\alpha=\tan2\theta=\frac{2\tan\theta}{1-\tan^2\theta}=\frac{4}{3}$, 故由点斜式得

 $y-1=\frac{4}{3}(x-2)$, 即 $4x-3y-5=0$.

7. $x+2y-4=0$. 显然 $\text{Rt}\triangle POQ$ 中 $M(2,1)$ 恰好是斜边 PQ 的中点, 因此, 由 $|OM|=|MP|=|MQ|$ 得点 $P(4,0)$, 点 $Q(0,2)$. 从而由截距式得 P、Q 所在直线 l 的方程 $\frac{x}{4}+\frac{y}{2}=1$, 即 $x+2y-4=0$.

8. 直线 l 的斜率显然存在, 设为 k, 由点斜式可得 l 的方程为 $y-2=k(x+1)$. 令 $x=0$, 则 $y=k+2$, 得 $B(0,k+2)$. 又因为点 A 的纵坐标为 0, 由中点坐标公式可得 $k+2=4$, $k=2$. 故直线 l 的方程为 $2x-y+4=0$.

9. (C). 设点 $P(a,1)$, 由于 PQ 的中点为 $(1,-1)$, 则点 Q 的坐标为 $(2-a,-3)$, 代入直线 $x-y-7=0$, 求得 $a=-2$. 故点 $P(-2,1)$, $Q(4,-3)$, 所以 $k_{PQ}=-\frac{2}{3}$. 由点斜式可得 l 的方程为

 $2x+3y+1=0$.

10. (C). 由直线方程 $x\sin\theta-\sqrt{3}y+1=0$ 得 $k=\frac{\sqrt{3}}{3}\sin\theta$, 又 $\theta\in\mathbf{R}$, 得 $\sin\theta\in[-1,1]$, 故 $k=\tan\alpha\in\left[-\frac{\sqrt{3}}{3},\frac{\sqrt{3}}{3}\right]$. 当 $k\in[-1,0)$ 时, $\alpha\in\left[\frac{5\pi}{6},\pi\right)$; 当 $k\in[0,1]$ 时, $\alpha\in\left[0,\frac{\pi}{6}\right]$. 所以 $\alpha\in\left[0,\frac{\pi}{6}\right]\cup\left[\frac{5\pi}{6},\pi\right)$. 本题最好结合正切函数的图象来解.

11. 设 $B(x_0,y_0)$, 则 AB 的中点 E 的坐标为 $\left(\frac{x_0-8}{2},\frac{y_0+2}{2}\right)$. 由条件可得

 $\begin{cases}2x_0-5y_0+8=0\\ \frac{x_0-8}{2}+2\cdot\frac{y_0+2}{2}-5=0\end{cases}$, 即 $\begin{cases}2x_0-5y_0+8=0\\ x_0+2y_0-14=0\end{cases}$,

 解得 $\begin{cases}x_0=6\\ y_0=4\end{cases}$. 同理, 可求得点 C 的坐标 $(5,0)$.

 故所求的直线 BC 的方程为 $\frac{y-0}{4-0}=\frac{x-5}{6-5}$, 即 $4x-y-20=0$.

12. 设 $Q(x_1,y_1)$、$M(x_2,0)$. 由题意知 $x_1>0$, $y_1>0$, $x_2>0$, 且 $x_1\neq x_2$, $y_1\neq 2$. 因 Q 在直线 l 上, 故 $y_1=\sqrt{3}x_1$, 由两点式得 PQ: $\frac{y-2}{\sqrt{3}x_1-2}=\frac{x-3}{x_1-3}$, 因 OQ 的斜率为 $\sqrt{3}$, 由等边三角形可知, PQ 的斜

率应为 $-\sqrt{3}$. 故 $k_{PQ}=\frac{\sqrt{3}x_1-2}{x_1-3}=-\sqrt{3}$,得 $x_1=\frac{9+2\sqrt{3}}{6}$,为此 $y_1=\frac{2+3\sqrt{3}}{2}$,故点 Q 的坐标为 $\left(\frac{9+2\sqrt{3}}{6},\frac{2+3\sqrt{3}}{2}\right)$.

第二节　两条直线的位置关系

1. (B). 由 $k_{AB}=-2$ 得 $k_{AB}=\frac{4-m}{m+2}=-2$,解得 $m=-8$.
2. (B). 因为 AB 的垂直平分线必过 AB 中点,且与 AB 垂直,所以 $k_{AB}=\frac{1-2}{3-1}=-\frac{1}{2}$,故 $k=2$,AB 中点为 $\left(2,\frac{3}{2}\right)$,故所求直线为 $y-\frac{3}{2}=2(x-2)$,即 $4x-2y-5=0$.
3. (B). $k_{AB}=0$,且过点 $A(1,2)$,显然与 x 轴平行.
4. (C). 过 $P(1,2)$ 与 $A(2,3)$ 和 $B(4,-5)$ 等距离的直线有两条,一条过点 P 且平行于 AB,另一条过点 P 且过 AB 的中点. 因 $k_{AB}=\frac{3+5}{2-4}=-4$,故过点 P 且与 AB 平行的直线为 $y-2=-4(x-1)$,即 $4x+y-6=0$. 又 AB 的中点为 $(3,-1)$,故过点 P 且过 AB 中点的直线为 $\frac{y-2}{-1-2}=\frac{x-1}{3-1}$,即 $3x+2y-7=0$,故选(C).
5. -3 或 1. 由互相垂直得 $a(a-1)+(1-a)(2a+3)=0$,即 $a^2+2a-3=0$,解得 $a=-3$ 或 $a=1$.
6. $4x+3y=0$. 解法1:设所求直线的斜率为 k,则 $k=-\frac{4}{3}$,又因直线过点 $(0,0)$,所以直线方程为 $y=-\frac{4}{3}x$,即 $4x+3y=0$.

   解法2:设所求直线方程为 $4x+3y+c=0$,将点 $(0,0)$ 代入,得 $c=0$,所以直线方程为 $4x+3y=0$.
7. $2x+3y-13=0$. 直线 l 的垂线的斜率 $k'=\frac{3}{2}$,则直线 l 的斜率 $k=-\frac{2}{3}$,由点斜式得直线 l 的方程为 $y-3=-\frac{2}{3}(x-2)$,即 $2x+3y-13=0$.
8. 如图 9-1,设点 B 的坐标为 (a,b),则 $a-4b+10=0$.　①

   设 M 为 AB 中点,则 $M\left(\frac{3+a}{2},\frac{b-1}{2}\right)$ 在 CM 上,且有 $6\times\frac{3+a}{2}+10\times\frac{b-1}{2}-59=0$,即 $3a+5b-55=0$.　②

   联立①②得 $a=10,b=5$,故 $B(10,5)$.

   因此 $k_{AB}=\frac{6}{7}$, $k_{BT}=\frac{1}{4}$ ($\angle B$ 平分线斜率).

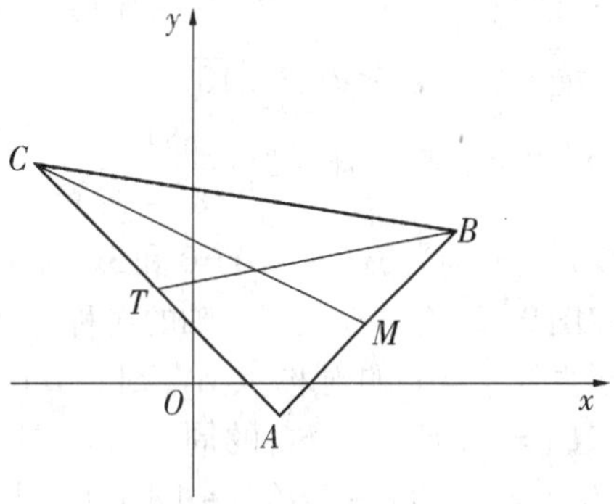

图 9-1

   由图知 BC 到 BT 的角等于 BT 到 BA 的角,故 $\frac{k_{BT}-k_{BC}}{1+k_{BT}\cdot k_{BC}}=\frac{k_{BA}-k_{BT}}{1+k_{BA}\cdot k_{BT}}$,

   即 $\frac{\frac{1}{4}-k_{BC}}{1+\frac{1}{4}k_{BC}}=\frac{\frac{6}{7}-\frac{1}{4}}{1+\frac{1}{4}\times\frac{6}{7}}$,解得 $k_{BC}=-\frac{2}{9}$.

   故 BC 的方程为 $y-5=-\frac{2}{9}(x-10)$,即 $2x+9y-65=0$.

   注:本题也可作点 A 关于 BT 的对称点. 根据两点式写出所求直线 BC 的方程.
9. (A). 由 $y=3x$ 绕原点逆时针旋转 90° 得 $y=-\frac{1}{3}x$,再向右平移 1 个单位得 $y=-\frac{1}{3}(x-1)$,即 $y=-\frac{1}{3}x+\frac{1}{3}$,故选(A).
10. $[-2,2]$;$(-1,1)$. 因直线 $y=-2x+b$ 是一组平行线. 因此直线只需过 A、B 时分别所得的 b 值,即可求得. 当过点 A 时,$b=-2$;当过点 B 时,$b=2$,故 b 的取值范围是 $[-2,2]$;由图象易知,直线 $y=kx-1$ 恒过点 $P(0,-1)$,从而 $k_{PA}<k<k_{PB}$ 时满足条件,即 $-1<k<1$.
11. (1)解法1:设两直线方程分别为 $y=kx+b_1$ 和 $y=kx+b_2$,则 $\begin{cases}2=6k+b_1\\-1=-3k+b_2\end{cases}$,即 $\begin{cases}b_1=2-6k\\b_2=3k-1\end{cases}$,

而$d=\frac{|b_2-b_1|}{\sqrt{1+k^2}}=\frac{|9k-3|}{\sqrt{1+k^2}}$,故$d^2+d^2k^2=81k^2-54k+9$,即$(81-d^2)k^2-54k+9-d^2=0$.

由于$k\in\mathbf{R}$,所以$\Delta=54^2-4(81-d^2)(9-d^2)\geqslant0$,整理得$4d^2(d^2-90)\leqslant0$,故$0<d^2\leqslant90$,即$0<d\leqslant3\sqrt{10}$.

解法2:画图可知,当两平行线均与线段PQ垂直时,距离$d=|PQ|=3\sqrt{10}$最大,当两直线重合,即都过P、Q时,距离$d=0$最小,但平行线不能重合,故$0<d\leqslant3\sqrt{10}$.

(2)当$d=3\sqrt{10}$时,$k=\frac{54}{2(81-90)}=-3$,故两直线方程分别为$3x+y-20=0$和$3x+y+10=0$.

12. 如图9-2,作点A关于x轴的对称点A_1,点A关于直线$y=x$的对称点A_2,则$|AB|=|A_1B|$,$|AC|=|A_2C|$. $\triangle ABC$的周长$=|AB|+|BC|+|CA|=|A_1B|+|BC|+|A_2C|\geqslant|A_1A_2|$,故$\triangle ABC$的周长最小值为$|A_1A_2|$. 而点$A_1$为点$A$关于$x$轴的对称点,即$A_1(2,-1)$,点$A_2$为点$A$关于$y=x$直线的对称点,即$A_2(1,2)$,故$|A_1A_2|=\sqrt{(2-1)^2+(-1-2)^2}=\sqrt{10}$. 而$A_1A_2$直线为$\frac{y-2}{-1-2}=\frac{x-1}{2-1}$,即$3x+y-5=0$. 令$y=0$,得$x=\frac{5}{3}$,故点$B$为$\left(\frac{5}{3},0\right)$. 由$\begin{cases}3x+y-5=0\\y=x\end{cases}$,得$\begin{cases}x=\frac{5}{4}\\y=\frac{5}{4}\end{cases}$,故点$C$为$\left(\frac{5}{4},\frac{5}{4}\right)$,故使$\triangle ABC$周长为最小值$\sqrt{10}$的点$B\left(\frac{5}{3},0\right)$,点$C\left(\frac{5}{4},\frac{5}{4}\right)$.

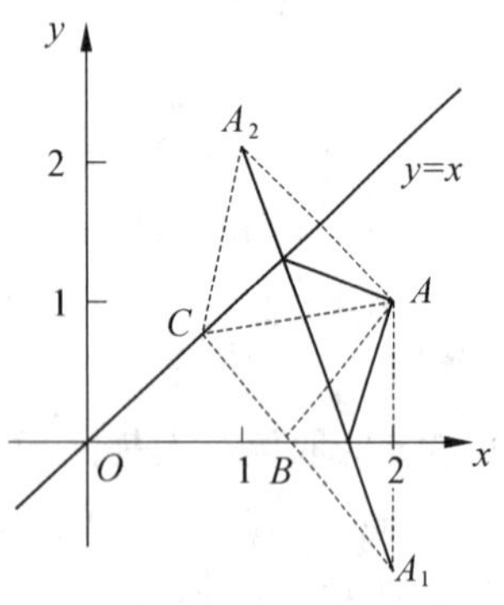

图9-2

第三节　圆的方程

1. (C). 方程表示圆的充要条件是$D^2+E^2-4F>0$,即$1+1-4m>0$,故$m<\frac{1}{2}$.

2. (A). 配方得$(x-2)^2+(y+1)^2=5$,所以圆心$(2,-1)$,半径为$\sqrt{5}$,故选(A).

3. (A). 因为已知圆的圆心为$(-2,1)$,而$(-2,1)$关于原点的对称点为$(2,-1)$,则C方程为$(x-2)^2+(y+1)^2=1$.

4. (D). 设圆的方程为$(x-m)^2+(y-n)^2=n^2$.

当$a=0$时,由$\begin{cases}m^2+(1-n)^2=n^2\\(4-m)^2+n^2=n^2\end{cases}$得$\begin{cases}m=4\\n=\frac{17}{2}\end{cases}$.

当$a=1$时,由$\begin{cases}m^2+(1-n)^2=n^2\\(4-m)^2+(1-n)^2=n^2\end{cases}$得$\begin{cases}m=2\\n=\frac{5}{2}\end{cases}$.

即$a=0$或$a=1$时,m、n只有一组解,故选(D).

5. $(x-1)^2+(y-2)^2=25$. 由点到直线的距离公式,得$r=5$,所以所求圆的方程为$(x-1)^2+(y-2)^2=25$.

6. 10或-68. 将圆配方得$(x-1)^2+(y+2)^2=25$,所以圆心为$(1,-2)$,半径$r=5$. 因为圆截直线所得的弦长为8,则易求圆心到弦长的距离为3. 由点到直线的距离公式可得$\frac{|\sqrt{5}\times1-12\times(-2)+m|}{13}=3$,解得$m=10$或$-68$.

7. 因为圆心在直线$l_1:x-3y=0$上,所以可设圆心$C(3t,t)$(t为参数),又因为圆C与y轴相切,所以圆的半径$r=|3t|$. 设圆心C到$l_2:x-y=0$的距离为d,则$d=\frac{|3t-t|}{\sqrt{2}}=\sqrt{2}|t|$. 又由圆$C$在直线$l_2$上截得弦长为$2\sqrt{7}$及圆的几何性质可得$|3t|^2=(\sqrt{7})^2+(\sqrt{2}|t|)^2$,解得$t=\pm1$. 所以圆心为$(3,1)$或$(-3,-1)$,半径$r=3$. 故圆的方程为$(x-3)^2+(y-1)^2=9$或$(x+3)^2+(y+1)^2=9$.

8. (1)令$\frac{y}{x}=k$,则$y=kx$表示一直线与圆$x^2+y^2-4x+1=0$有公共点,故圆心$(2,0)$到直线$y=kx$的距离$d=\frac{|2k|}{\sqrt{1+k^2}}\leqslant\sqrt{3}$,故$k^2\leqslant3$,即$-\sqrt{3}\leqslant k\leqslant\sqrt{3}$,$\left(\frac{y}{x}\right)_{\max}=\sqrt{3}$.

也可由图象数形结合求得切线时k的最大值.

(2)令$y-x=t$,即$x-y+t=0$,该直线与圆

$(x-2)^2+y^2=3$ 有公共点,则圆心(2,0)到直线 $x-y+t=0$ 的距离 $d=\frac{|t+2|}{\sqrt{2}}\leqslant\sqrt{3}$,

故 $t^2+4t-2\leqslant0$,即 $-2-\sqrt{6}\leqslant t\leqslant\sqrt{6}-2$,

所以 $(y-x)_{\min}=-2-\sqrt{6}$.

也可由图象数形结合求得.

(3)解法1:$(x+2)^2+(y-3)^2$ 可理解为圆 $(x-2)^2+y^2=3$ 上动点 $P(x,y)$ 与定点 $A(-2,3)$ 连线的距离的平方,即 $|PA|^2$. 而 $C(2,0)$,$r=\sqrt{3}$,由于 $|AC|-r\leqslant|PA|\leqslant|AC|+r$,即 $5-\sqrt{3}\leqslant|PA|\leqslant5+\sqrt{3}$,故 $28-10\sqrt{3}\leqslant|PA|^2\leqslant28+10\sqrt{3}$,即 $(x+2)^2+(y-3)^2$ 的取值范围为 $[28-10\sqrt{3},28+10\sqrt{3}]$.

解法2:令 $x=2+\sqrt{3}\cos\theta$,$y=\sqrt{3}\sin\theta$,则

$$(x+2)^2+(y-3)^2$$
$$=(4+\sqrt{3}\cos\theta)^2+(3-\sqrt{3}\cos\theta)^2$$
$$=25+8\sqrt{3}\cos\theta-6\sqrt{3}\sin\theta+3\cos^2\theta+3\sin^2\theta$$
$$=28+10\sqrt{3}\cos(\theta+\varphi)\ \left(其中\tan\varphi=-\frac{4}{3}\right).$$

因 $\cos(\theta+\varphi)\in[-1,1]$,

故 $28+10\sqrt{3}\cos(\theta+\varphi)\in[28-10\sqrt{3},28+10\sqrt{3}]$.

故 $(x+2)^2+(y-3)^2\in[28-10\sqrt{3},28+10\sqrt{3}]$.

9. (B). 解法1:由题意知圆心坐标为 $(x_0,1)$,可排除(A)、(C). 选项(B)中圆心(2,1)到直线 $4x-3y=0$ 的距离 $d=1$,即 $d=r$ 成立,故选(B).

解法2:由题意设圆心为 $(x_0,1)$,即 $d=r$,由 $\frac{|4\times2-3|}{\sqrt{4^2+3^2}}=1\Rightarrow x_0=2$ 或 $x_0=-\frac{1}{2}$(舍去). 故选(B).

10. $\left(\frac{5}{12},\frac{3}{4}\right]$. 如图9-3,曲线 C 是以(0,1)为圆心、$r=2$ 的上半圆. 直线 $l:y=k(x-2)+4$ 是过点 $A(2,4)$ 的动直线. 当直线 l 在直线 AT 与 AB 之间

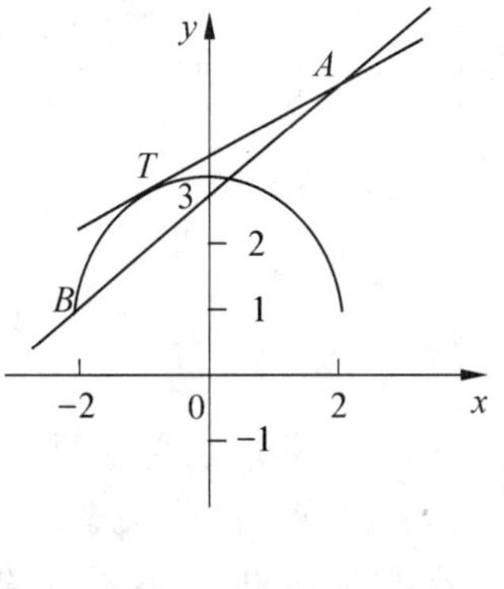

图9-3

时,与曲线 C 必有两个交点,此时 $k_{AT}<k\leqslant k_{AB}$. 而 $k_{AB}=\frac{4-1}{2-(-2)}=\frac{3}{4}$. 由 $2=\frac{|2k+1-4|}{\sqrt{1+k^2}}$,得 $4+4k^2=4k^2-12k+9$,即 $k=\frac{5}{12}$,故 k 的取值范围是 $\left(\frac{5}{12},\frac{3}{4}\right]$.

11. 设要求的圆的方程为 $x^2+y^2-3x+7y-10+\lambda(2x-3y-6)=0\ (\lambda\in\mathbf{R})$. 因该圆过点(1,3),故点(1,3)满足要求圆的方程,即 $1+9-8+21-10+\lambda(2-9-6)=0$,解得 $\lambda=1$,故圆的方程为 $x^2+y^2-6x+4y-16=0$.

12. (1)设 PQ 的中点 $M(x,y)$,则由 $Q(4,0)$ 得 $P(2x-4,2y)$,代入圆 $x^2+y^2=4$,得 $(2x-4)^2+(2y)^2=4$,即 $(x-2)^2+y^2=1$,故圆的方程为 $(x-2)^2+y^2=1$.

(2)设点 $R(x,y)$、$P(m,n)$. 已知 $|OP|=2$,$|OQ|=4$,所以 $\frac{|OP|}{|OQ|}=\frac{1}{2}$. 由角平分线性质知,$\frac{|OP|}{|OQ|}=\frac{|PR|}{|QR|}=\frac{1}{2}$. 又因点 R 在线段 PQ 上,且 $\frac{|PR|}{|QR|}=\frac{1}{2}$,故 $\overrightarrow{PQ}=3\overrightarrow{PR}$,得

$$\begin{cases}4-m=3(x-m)\\-n=3(y-n)\end{cases},解得\begin{cases}m=\frac{3x-4}{2}\\n=\frac{3}{2}y\end{cases},$$

故 $P\left(\frac{3x-4}{2},\frac{3}{2}y\right)$. 将点 P 代入圆 $x^2+y^2=4$,得 $\left(\frac{3x-4}{2}\right)^2+\left(\frac{3}{2}y\right)^2=4$,整理得点 R 的轨迹方程为 $\left(x-\frac{4}{3}\right)^2+y^2=\frac{16}{9}\ \left(x\neq\frac{8}{3}\right)$.

第四节　直线与圆、圆与圆的位置关系

第一课时

1. (D). 由题意,圆心(1,0)到直线的距离等于半径1,即 $\frac{|a+1+1|}{\sqrt{(a+1)^2+1}}=1$,故 $|a+2|=\sqrt{(a+1)^2+1}$,解之得 $a=-1$. 由于直线 $y=-(a+1)x-1$ 恒过点 $(0,-1)$,即圆外一点,因此按理应有两条,但根据实际情况,另一条是 y 轴,但无论 a 为何值,$y=-(a+1)x-1$ 的斜率都是存在的.

2. (A). 由题意得知圆心 $C(0,0)$ 到直线的距离小于半

径2,即$\frac{|4|}{\sqrt{a^2+b^2}}<2$,即$a^2+b^2>4$,故点$P(a,b)$在圆$C:x^2+y^2=4$的外部.

3. (D). 圆心为(2,0),点P在圆上,过P半径所在直线的斜率为$\frac{\sqrt{3}-0}{1-2}=-\sqrt{3}$,故切线斜率为$\frac{\sqrt{3}}{3}$,所以切线为:$y-\sqrt{3}=\frac{\sqrt{3}}{3}(x-1)$,即$x-\sqrt{3}y+2=0$.

4. (A). 解法1:过圆心作直线的垂线,交圆于一点,则该点到直线的距离最短,该直线的方程为$y=\frac{3}{4}x$,则由$\begin{cases}x^2+y^2=4\\ y=\frac{3}{4}\end{cases}$可解得$\begin{cases}x=\frac{8}{5}\\ y=\frac{6}{5}\end{cases}$或$\begin{cases}x=-\frac{8}{5}\\ y=-\frac{6}{5}\end{cases}$. 显然,$\left(-\frac{8}{5},-\frac{6}{5}\right)$是距直线最远的点,$\left(\frac{8}{5},\frac{6}{5}\right)$是距直线最近的点.

解法2:数形结合法,画出草图,由图象易知距直线最近的点肯定位于第一象限,故选(A).

5. $m>1$或$m<-3$. 若过点$(m,2)$总可以作两条直线与圆相切,则此点必在圆外,所以$(m+1)^2>4$,解得$m>1$或$m<-3$.

6. $2x+y-3=0$. 由题意知,圆C的一条直径通过直线$x-2y-3=0$被圆所截弦的中点,因而可设所求直径所在直线方程为$2x+y+C=0$,因是直径所在直线必过圆心$C(2,-1)$,故代入$2\times2-1+C=0$,故$C=-3$,故所求直线方程为$2x+y-3=0$.

7. 由题意可知圆心到直线的距离$d=\sqrt{2^2-(\sqrt{3})^2}=1$. 由点到直线的距离公式可得$d=\frac{|a-2+3|}{\sqrt{2}}=1$,解得$a=\sqrt{2}-1$或$a=-\sqrt{2}-1$(舍去).

8. 设所求圆的方程为$x^2+y^2+6x-3+\lambda(x^2+y^2-6y-3)=0$,即$(1+\lambda)x^2+(1+\lambda)y^2+6x-6\lambda y-3(1+\lambda)=0$,圆心坐标为$\left(-\frac{3}{1+\lambda},\frac{3\lambda}{1+\lambda}\right)$.

故圆心在$x+y+6=0$上,故$-\frac{3}{1+\lambda}+\frac{3\lambda}{1+\lambda}+6=0$,得$\lambda=-\frac{1}{3}$,则所求圆的方程为$x^2+y^2+9x+3y-3=0$.

9. (A). 因圆心$(3,-5)$到直线$4x-3y-2=0$的距离是5,故当$r=4$时,只有一个点到直线$4x-3y-2=0$的距离等于1;当$r=6$时,有三个点到直线$4x-3y-2=0$的距离等于1,因此当$r\in(4,6)$时,圆上有且只有两个点到直线$4x-3y-2=0$的距离为1.

10. (D). 由对称性可知圆$C:(x-5)^2+(y-7)^2=4$关于x轴的对称圆$C':(x-5)^2+(y+7)^2=4$的圆心$C'(5,-7)$与点A的连线的长度减去半径为此题中所求的最短光线路程,加上半径则为最长光线路程. 由于$|AC'|=\sqrt{(5+1)^2+(-7-1)^2}=10$,故最短路程为$10-2=8$.

11. (A). 圆心$(-1,2)$,因直线平分圆周,故直线必过圆心,将$(-1,2)$代入$a+b=1$,故$ab=a(1-a)=-a^2+a=-\left(a-\frac{1}{2}\right)^2+\frac{1}{4}\leqslant\frac{1}{4}$,当且仅当$a=\frac{1}{2}$,$b=\frac{1}{2}$时,等号成立.

12. $5x+12y-55=0$或$x=-1$. 设切线方程为$y-5=k(x+1)$(斜率存在). 即$kx-y+k+5=0$. 由圆心到切线的距离等于半径,得$\frac{|k-2+k+5|}{\sqrt{k^2+1}}=2$,解得$k=-\frac{5}{12}$. 因此切线方程为$5x+12y-55=0$. 又因为点$P$在圆$O$外,过圆外一点可作圆的两条切线,故还有一条切线为$x=-1$.

第二课时

1. (C). 由题意可知,A、B两点是关于$x-y+c=0$对称的,所以有方程组$\begin{cases}\frac{3-(-1)}{1-m}=-1\\ \frac{1+m}{2}-1+c=0\end{cases}$,解之得$\begin{cases}m=5\\ c=-2\end{cases}$,故$m+c=3$.

2. (C). 圆心$(-4,-1)$在直线上,故$4a+b=1$,故$\frac{1}{a}+\frac{4}{b}=\left(\frac{1}{a}+\frac{4}{b}\right)(4a+b)=8+\frac{b}{a}+\frac{16a}{b}$

$$\geqslant 8+2\sqrt{16}=16,$$

当且仅当$\frac{b}{a}=\frac{16a}{b}$,即$a=\frac{1}{8}$,$b=\frac{1}{2}$时,取得最小值16.

3. (C). 因为截距相等的切线无论圆在什么位置均有两条,而原点在圆外时,又有两条过原点使截距均为零的切线,因此,满足条件的切线有四条.

4. (D). 由圆心$C(2,-3)$到直线的距离

$d=\dfrac{|2-2\times(-3)-3|}{\sqrt{5}}=\sqrt{5}$及半径 $r=3$，

得弦$|PQ|=2\sqrt{r^2-d^2}=2\sqrt{9-5}=4$，而原点 O 到直线的距离 $h=\dfrac{3}{\sqrt{5}}$，故 $S_{\triangle POQ}=\dfrac{1}{2}|PQ|\cdot h=\dfrac{6\sqrt{5}}{5}$.

5. $3x-y-9=0$. 因为两圆相交时，弦的垂直平分线必过两圆圆心，所以所求直线方程为$\dfrac{y+3}{3}=\dfrac{x-2}{3-2}$，即 $3x-y-9=0$.

6. $1-\sqrt{2}\leqslant a\leqslant\sqrt{2}+1$. 因为圆与直线有公共点，所以直线与圆相切或相交．因而圆心到直线的距离 $d\leqslant r$，即$\dfrac{|0-1+a|}{\sqrt{2}}\leqslant 1$，解得

$1-\sqrt{2}\leqslant a\leqslant\sqrt{2}+1$.

7. 设所求圆的圆心 $C(a,b)$，由题意知，$CQ\perp$直线 $x+\sqrt{3}y=0$，故 $k_{CQ}=\dfrac{b+\sqrt{3}}{a-3}=\sqrt{3}$，即

$b=\sqrt{3}a-4\sqrt{3}$，则半径

$r=|CQ|=\sqrt{(a-3)^2+(b+\sqrt{3})^2}=2|a-3|$，

为此所求圆的方程为

$(x-a)^2+(y-\sqrt{3}a+4\sqrt{3})^2=4(a-3)^2$.

由于所求圆与已知圆$(x-1)^2+y^2=1$外切，故

$\sqrt{(a-1)^2+b^2}=1+r=a+2|a-3|$，

$\sqrt{(a-1)^2+3(a-4)^2}=1+2|a-3|$.

当 $a\geqslant 3$ 时，求得 $a=4$，$b=0$，$r=2$，故圆的方程为$(x-4)^2+y^2=4$.

当 $a<3$ 时，求得 $a=0$，$b=-4\sqrt{3}$，$r=6$，故圆的方程为$x^2+(y+4\sqrt{3})^2=36$.

综上所述，所求圆的方程为$(x-4)+y^2=4$ 或 $x^2+(y+4\sqrt{3})^2=36$.

8. 圆$(x+3)^2+(y+4)^2=4$ 关于原点对称的圆的方程为$(x-3)^2+(y-4)^2=4$. 因为两圆为等圆，所以两条外公切线与两圆的连心线平行，两圆连心线的斜率为$\dfrac{4}{3}$，设两条外公切线方程为 $4x-3y+C=0$. 由圆心到外公切线的距离等于半径，得$\dfrac{|C|}{5}=2$，故 $C=\pm 10$，两条外公切线的方程为 $4x-3y\pm 10=0$.

9. (A). 圆与 x 轴、y 轴正半轴的交点为 $A(1,0)$ 和 $B(0,\sqrt{5})$，则可知 $k_{MA}=0$，$k_{MB}=\dfrac{\sqrt{5}-0}{0-(-1)}=\sqrt{5}$，则 $k\in(0,\sqrt{5})$.

10. (D). 已知点 $M(\cos\alpha,\sin\alpha)$的轨迹方程为 $x^2+y^2=1$，由题意知直线$\dfrac{x}{a}+\dfrac{y}{b}=1$ 与圆 $x^2+y^2=1$ 有公共点，得圆心到直线的距离$\dfrac{1}{\sqrt{\dfrac{1}{a^2}+\dfrac{1}{b^2}}}\leqslant 1$，即$\dfrac{1}{a^2}+\dfrac{1}{b^2}\geqslant 1$. 故选(D).

11. (1)直线 l 的斜率 $k=\dfrac{m}{m^2+1}$，则$|k|=\dfrac{|m|}{m^2+1}\leqslant\dfrac{1}{2}$，当且仅当$|m|=1$ 时等号成立．故 $-\dfrac{1}{2}\leqslant k\leqslant\dfrac{1}{2}$，即 k 的取值范围是$\left[-\dfrac{1}{2},\dfrac{1}{2}\right]$.

(2)不能．由(1)知 l 的方程为 $y=k(x-4)$，其中$|k|\leqslant\dfrac{1}{2}$. 圆 C 的圆心为 $C(4,-2)$，半径 $r=2$. 圆心 C 到直线 l 的距离 $d=\dfrac{2}{\sqrt{1+k^2}}$. 由$|k|\leqslant\dfrac{1}{2}$，得 $d\geqslant\dfrac{4}{\sqrt{5}}>1$，即 $d>\dfrac{r}{2}$. 从而，若 l 与圆相交，则圆 C 截直线 l 所得的弦所对的圆心角小于$\dfrac{2\pi}{3}$. 所以 l 不能将圆 C 分割成弧长的比值为1∶2 的两段弧．

12. (1)圆的方程可化成：$(x-6)^2+y^2=4$，则圆心 $Q(6,0)$. 过 $P(0,2)$且斜率为 k 的直线方程为 $y=kx+2$，代入圆方程得

$x^2+(kx+2)^2-12x+32=0$，整理得

$(1+k^2)x^2+4(k-3)x+36=0$.　①

则$\Delta=[4(k-3)]^2-4\times 36(1+k^2)>0$，

解得 $-\dfrac{3}{4}<k<0$，故 k 的取值范围是$\left(-\dfrac{3}{4},0\right)$.

(2)设 $A(x_1,y_1)$，$B(x_2,y_2)$，则

$\overrightarrow{OA}+\overrightarrow{OB}=(x_1+x_2,y_1+y_2)$.

由方程①得 $x_1+x_2=-\dfrac{4(k-3)}{1+k^2}$.　②

又 $y_1+y_2=k(x_1+x_2)+4$，　③

而 $P(0,2)$、$Q(6,0)$，$\overrightarrow{PQ}=(6,-2)$.

因$\overrightarrow{OA}+\overrightarrow{OB}$与$\overrightarrow{PQ}$共线等价于

$-2(x_1+x_2)=6(y_1+y_2)$.　④

将方程②、③代入方程④，解得 $k=-\dfrac{3}{4}$.

由(1)知 $k\in\left(-\dfrac{3}{4},0\right)$，故没有符合题意的常数 k.

习题九

1.（B）. 因 $l_1 /\!/ l_2$，故 $\frac{a}{1}=\frac{2}{a-1}\neq\frac{6}{a^2-1}$，由 $a(a-1)=2$，得 $a=-1$ 或 $a=2$，代入验证 $a(a^2-1)\neq 6$，得 $a=-1$ 时，$l_1 /\!/ l_2$.

2.（A）. 显然（A）与（C）均可判断 $l_1 \perp l_2$. 但（C）中不含斜率不存在时的直线位置状态. 故排除（C）.

3.（B）. 只需将 l_1 中的 x，y 换为 $-y$，$-x$ 即可得关于 $x+y=0$ 对称的直线 l_2 的方程 $-x=-3y-4$，故 $y=\frac{1}{3}x-\frac{4}{3}$.

4.（C）. 因圆心（0，0）到弦的距离为 $d=\frac{|-2\sqrt{3}|}{2}=\sqrt{3}$，故弦长 $=2\sqrt{2^2-(\sqrt{3})^2}=2$，故弦与半径构成等边三角形.

5.（D）. 因直线 $x+\sqrt{3}y-m=0$ 与圆相切时，$m=\pm 2$，显然 $m=-2$ 舍去，而当直线过点（0，1）时，$m=\sqrt{3}$. 故满足题意的 m 值的范围是 $\sqrt{3}<m<2$.（因直线过（1，0）时 $m=1$ 且 $1<\sqrt{3}$，不合题意）.

6.（C）. 解法1：设圆心 C 坐标 $(a,2-a)$，由 $|CA|=|CB|$，求得 $a=1$，故 $C(1,1)$. 再由 $r=|CA|=2$ 得圆的方程为 $(x-1)^2+(y-1)^2=4$.
解法2：（A）、（C）两项的圆心（3，−1），（1，1）均适合直线 $x+y-2=0$，然而由于圆过 A、B 两点，代入后，只有（C）项适合.

7.（A）.（B）、（C）中两点同在第二或第四象限；（D）中两点不在直线 l_1 上.

8.（A）. 圆心到直线 $y=kx+1$ 的距离为 $1\times\cos 60^\circ=\frac{1}{2}$，即 $\frac{1}{\sqrt{1+k^2}}=\frac{1}{2}$，解得 $k=\pm\sqrt{3}$，故选（A）.

9.（D）. 直线 $ax+y+1=0$ 过定点 $C(0,-1)$. 当直线处在 AC 与 BC 之间时，必与线段 AB 相交，应满足 $-a\geqslant\frac{3+1}{2}$ 或 $-a\leqslant\frac{2+1}{-3}$，即 $a\leqslant -2$ 或 $a\geqslant 1$.

10.（D）. 由直线与圆交于 M、N 两点，且 M、N 关于 $x+y-1$ 对称，得 $k=1$. 又圆的标准方程为 $\left(x+\frac{k}{2}\right)^2+\left(y+\frac{m}{2}\right)^2=4+\frac{k^2+m^2}{4}$，圆心 $\left(-\frac{k}{2},-\frac{m}{2}\right)$ 在 $x+y-1=0$ 上，故有 $-\frac{k}{2}-\frac{m}{2}-1=0$，解得 $m=-3$. 联立 $\begin{cases}x-y+1\geqslant 0\\x+3y\leqslant 0\\y\geqslant 0\end{cases}$，所得平面区域如图9－4的阴影部分所示，$A\left(-\frac{3}{4},\frac{1}{4}\right)$，面积为 $\frac{1}{8}$.

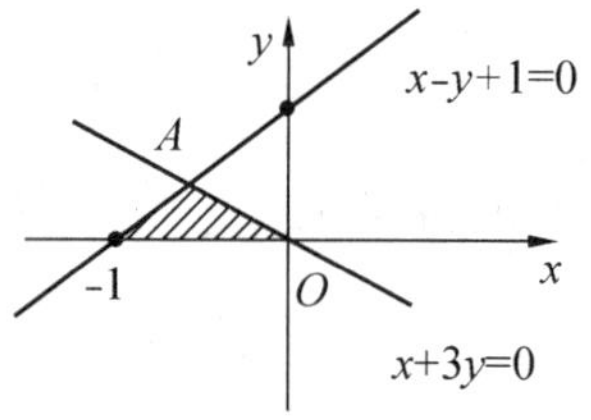

图9－4

11. $m=-3$ 或 $m=-13$. 直线 $x+2y+m=0$，按向量 $\boldsymbol{a}=(-1,-2)$ 平移后所得直线为 $x+2y+5+m=0$. 由圆心 $C(-1,2)$ 到直线的距离等于半径，即 $\frac{|8+m|}{\sqrt{5}}=\sqrt{5}$，得 $m=-3$ 或 $m=-13$.

12. $x^2+y^2+10x+9=0$；相交. 设已知圆上任一点 (x_0,y_0) 关于 $P(-2,1)$ 的对称点为 (x,y)，则 $\begin{cases}\frac{x_0+x}{2}=-2\\\frac{y_0+y}{2}=1\end{cases}$，故 $\begin{cases}x_0=-4-x\\y_0=2-y\end{cases}$，代入已知圆得 $(x+4)^2+(y-2)^2+2(x+4)+4(y-2)-11=0$.
因两圆心距为 $\sqrt{40}$，小于两半径和8. 或由已知圆心（1，2）得关于 $P(-2,1)$ 的对称圆心为（−5，0），半径 $r=4$ 不变，可得所求圆.

13. $(2+\sqrt{2},-3-\sqrt{2})$；$\frac{4+7\sqrt{2}}{2}$. 由圆心（2，−3）和直线 $x-y+2=0$ 确定的最远点所在直线方程为 $x+y+1=0$. 由图象的位置特点知，只需将圆心向右向下平移 $\frac{1}{\sqrt{2}}r$，即 $\sqrt{2}$. 故最远点为 $(2+\sqrt{2},-3-\sqrt{2})$，由圆心（2，−3）到直线 $x-y+2=0$ 的距离 d 加上半径 r 即可求得最远距离. 因 $d=\frac{7\sqrt{2}}{2}$，$r=2$，故距离为 $\frac{4+7\sqrt{2}}{2}$，或由最远点到直线距离求得.

14. $x^2+y^2+6x-8=0$. 因为两圆 $x^2+y^2-6x=0$ 和 $x^2+y^2=4$ 构成的圆系方程为：$x^2+y^2-6x+\lambda(x^2+y^2-4)=0$，即 $(1+\lambda)x^2+(1+\lambda)y^2-6x-4\lambda=0$，因此圆系方程表示了所有与 $x^2+y^2-6x=0$ 和 $x^2+y^2=4$ 具有公共弦的所有圆的方程，故所求圆也是其中之一，只需将所求圆过的点 $P(-2,4)$ 代入即可求得待定系数的值，从

而得所求圆的方程，即 $(1+\lambda)\cdot(-2)^2+(1+\lambda)\times4^2-6\times(-2)-4\lambda=0$ 得 $\lambda=-2$，故所求圆的方程为 $x^2+y^2+6x-8=0$.

15. 以直线被圆所截得弦为直径的圆，是面积最小的圆.

由 $\begin{cases}x^2+y^2+2x-4y+1=0\\2x+y+4=0\end{cases}$ 得 $5x^2+26x+33=0$. 设弦的中心为 (x_0,y_0)，则 $x_0=\dfrac{x_1+x_2}{2}=-\dfrac{13}{5}$，

$y_0=-4-2x_0=\dfrac{6}{5}$. 故弦中点为 $\left(-\dfrac{13}{5},\dfrac{6}{5}\right)$.

又 $|x_1-x_2|=\sqrt{(x_1+x_2)^2-4x_1x_2}=\dfrac{4}{5}$，

$y_1-y_2=(-2x_1-4)-(-2x_2-4)$
$=-2(x_1-x_2)$，

故 $(y_1-y_2)^2=4(x_1-x_2)^2=\dfrac{64}{25}$，

故弦长 $2R=\sqrt{(x_1-x_2)^2+(y_1-y_2)^2}=\dfrac{4\sqrt5}{5}$，

故 $R=\dfrac{2\sqrt5}{5}$. 故所求圆的方程为 $\left(x+\dfrac{13}{5}\right)^2+\left(y-\dfrac{6}{5}\right)^2=\dfrac{4}{5}$，或由圆系方程求 λ 值.

16. 设点 P 的坐标为 (x,y)，由题设有 $\dfrac{|PM|}{|PN|}=\sqrt2$，

即 $\sqrt{(x+1)^2+y^2}=\sqrt2\cdot\sqrt{(x-1)^2+y^2}$. 整理得 $x^2+y^2-6x+1=0$. ①

因为点 N 到 PM 的距离为 1，$|MN|=2$，所以 $\angle PMN=30°$，直线 PM 的斜率为 $\pm\dfrac{\sqrt3}{3}$，直线 PM 的方程为 $y=\pm\dfrac{\sqrt3}{3}(x+1)$. ②

将②代入①整理得 $x^2-4x+1=0$，解得 $x=2+\sqrt3$ 或 $x=2-\sqrt3$. 代入②得点 P 的坐标为 $(2+\sqrt3,1+\sqrt3)$ 或 $(2-\sqrt3,-1+\sqrt3)$；

$(2+\sqrt3,-1-\sqrt3)$ 或 $(2-\sqrt3,1-\sqrt3)$.

故直线 PN 的方程为 $y=x-1$ 或 $y=-x+1$.

17. (1)将直线 l 的方程化为

$m(2x+y-7)+(x+y-4)=0$.

它是过两条直线 $2x+y-7=0$ 与 $x+y-4=0$ 交点 $A(3,1)$ 的直线系方程，即对任意的 m 值，直线 l 恒过点 $A(3,1)$. 又因为圆心 $C(1,2)$，而 $|AC|=\sqrt{(3-1)^2+(1-2)^2}=\sqrt5<5$，所以点 A 在圆内，所以对任意的实数 m，直线 l 与圆 C 交于两点.

(2)由平面几何知识得，当所求弦与 AC 垂直时最短. 因为 $k_{AC}=-\dfrac{1}{2}$，所以 $k_l=2$. 则直线 l：$y-1=2(x-3)$. 即所求直线方程为 $2x-y-5=0$. 最短弦长为 $4\sqrt5$.

18. 依题意，设 l 的方程为 $y=x+b$，与 $x^2+y^2-2x+4y-4=0$ 联立得 $2x^2+2(b+1)x+b^2+4b-4=0$，设 $A(x_1,y_1)$、$B(x_2,y_2)$，则有

$\begin{cases}x_1+x_2=-(b+1)\\x_1x_2=\dfrac{1}{2}(b^2+4b-4)\end{cases}$. ①

因为以 AB 为直径的圆经过原点，所以 $\overrightarrow{OA}\perp\overrightarrow{OB}$，即 $x_1x_2+y_1y_2=0$. 又因为

$y_1y_2=(x_1+b)(x_2+b)=x_1x_2+b(x_1+x_2)+b^2$，

所以 $2x_1x_2+b(x_1+x_2)+b^2=0$.

由①得 $b^2+4b-4-b(b+1)+b^2=0$，

即 $b^2+3b-4=0$. 所以 $b=1$ 或 $b=-4$.

因此，满足条件的直线存在，其方程为

$x-y+1=0$ 或 $x-y-4=0$.

第十章　圆锥曲线方程

第一节　椭圆

1. (B). 设所求椭圆方程为$\frac{x^2}{b^2}+\frac{y^2}{a^2}=1$,依题意得$a=5,c=3$,故$b^2=16$,因此椭圆的方程是$\frac{x^2}{16}+\frac{y^2}{25}=1$.

2. (B). $2b=2,b=1,a=2$,故$c=\sqrt{3}$,所以椭圆的离心率是$\frac{\sqrt{3}}{2}$.

3. (A). 设$P(x,y)$,则有$\frac{x^2}{4}+\frac{y^2}{3}=1$,故$y^2=\frac{3}{4}(4-x^2)$. 因$M(-2,0)$、$N(2,0)$,故$k_{PM}\cdot k_{PN}=\frac{y}{x+2}\cdot\frac{y}{x-2}=\frac{y^2}{x^2-4}=-\frac{3}{4}$.
或特值法:取$P(0,\sqrt{3})$.

4. (D). 根据定义,$\triangle PF_1F_2$为直角三角形.

5. (D). 已知$|PF_2|=|F_1F_2|=2c$,$|PF_1|=2\sqrt{2}c$.
又因为$|PF_1|+|PF_2|=2a$,因此有$2\sqrt{2}c+2c=2a$,即$\frac{c}{a}=\frac{1}{\sqrt{2}+1}$. 故$e=\sqrt{2}-1$.

6. $\frac{64\sqrt{3}}{3}$. 由于$\cos60°=\frac{|PF_1|^2+|PF_2|^2-|F_1F_2|^2}{2|PF_1|\cdot|PF_2|}$.
设$|PF_1|=m$,$|PF_2|=n$,则$\cos60°=\frac{m^2+n^2-4c^2}{2\cdot m\cdot n}$.
又因为$m+n=2a$,$m^2+n^2=4a^2-2m\cdot n$,
得$\frac{1}{2}=\frac{4a^2-2m\cdot n-4c^2}{2m\cdot n}$,解得$m\cdot n=\frac{4\times64}{3}$.
故$S_{\triangle}=\frac{1}{2}m\cdot n\cdot\sin60°=\frac{64\sqrt{3}}{3}$.

7. $\frac{128}{9}$或18. 当$m<16$时,由$\frac{\sqrt{16-m}}{4}=\frac{1}{3}$,得$m=\frac{128}{9}$;当$m>16$时,由$\frac{\sqrt{m-16}}{\sqrt{m}}=\frac{1}{3}$,得$m=18$.

8. $\frac{x^2}{81}+\frac{y^2}{72}=1$. 由已知得$2a=18$,$2c=\frac{1}{3}\cdot2a=6$,故$a=9,c=3,b^2=72$. 所以所求椭圆方程是$\frac{x^2}{81}+\frac{y^2}{72}=1$.

9. 8. 根据定义,$\triangle ABF_2$的周长为$4a=20$,故$|AB|=8$.

10. $\frac{x^2}{80}+\frac{y^2}{20}=1$. 因$2a:2b=2$,故$a=2b$.
因为$c=2\sqrt{15}$,所以$4b^2=(2\sqrt{15})^2+b^2$,解得$b^2=20,a^2=4b=80$. 故$\frac{x^2}{80}+\frac{y^2}{20}=1$为所求.

11. $\left(0,\frac{\sqrt{2}}{2}\right)$. 根据题意,$M$点在圆内部,则$c<b\Rightarrow c^2<b^2\Rightarrow c^2<a^2-c^2\Rightarrow2c^2<a^2\Rightarrow\frac{c^2}{a^2}<\frac{1}{2}$,解得$0<e<\frac{\sqrt{2}}{2}$.

12. 设直线方程为$y=k(x-c)$,则点$C(0,-kc)$,$F_2(c,0)$. 因B为线段CF_2的中点,故$B\left(\frac{c}{2},-\frac{kc}{2}\right)$. 代入椭圆方程得$\frac{c^2}{4a^2}+\frac{c^2k^2}{4b^2}=1$,为此$\frac{c^2k^2}{4b^2}=1-\frac{c^2}{4a^2}=\frac{4a^2-c^2}{4a^2}$,
$a^2c^2k^2=(4a^2-c^2)b^2$. 因$b^2=a^2-c^2$,故$k^2=\frac{c^4-5a^2c^2+4a^4}{a^2c^2}=\frac{e^4-5e^2+4}{e^2}$.
因$|k|\leqslant\frac{2\sqrt{5}}{5}$,故$k^2\leqslant\frac{4}{5}$,为此$\frac{e^4-5e^2+4}{e^2}\leqslant\frac{4}{5}$.
即$5e^4-29e^2+20\leqslant0$,解之得$\frac{4}{5}\leqslant e^2\leqslant5$.
因$0<e<1$,故$\frac{2\sqrt{5}}{5}\leqslant e<1$. 故所求椭圆离心率的范围为$\left[\frac{2\sqrt{5}}{5},1\right)$.

第二节　双曲线

1. (D). 由已知得$b=1,c=2$. 解得$a=\sqrt{3}$,故$e=\frac{2}{\sqrt{3}}=\frac{2\sqrt{3}}{3}$.

2. (C).

3. (C). 已知焦点在x轴上,则$\frac{b}{a}=\frac{1}{2}$,

即 $a=2b, a^2=4b^2=4c^2-4a^2, 5a^2=4c^2$,

$\frac{c^2}{a^2}=\frac{5}{4}$,故 $e=\frac{\sqrt{5}}{2}$.

4. (C). 根据定义, $|PF_2|=|F_1F_2|=10$, $|PF_1|=16$,所以 $\triangle PF_1F_2$ 的面积等于 48,故选(C).

5. (A). 双曲线方程化为: $y^2-\frac{x^2}{-\frac{1}{m}}=1$,则有

$a^2=1, b^2=-\frac{1}{m}$,即 $2a=2, 2b=2\sqrt{-\frac{1}{m}}$. 所以

$2\times 2=2\sqrt{-\frac{1}{m}}$,即 $m=-\frac{1}{4}$.

6. $x^2-y^2=4$. 由题意得 $2a=4$,即 $a=2$.

设双曲线方程为 $\frac{x^2}{4}-\frac{y^2}{b^2}=1$,将点 $A(3,\sqrt{5})$ 代入得 $b^2=4$,故 $x^2-y^2=4$.

7. $x^2-\frac{y^2}{9}=1$. 设双曲线为 $9x^2-y^2=\lambda$,将点 $(2,3\sqrt{3})$ 代入得 $\lambda=9$. 故 $9x^2-y^2=9$,即 $x^2-\frac{y^2}{9}=1$.

8. $\frac{1+\sqrt{3}}{2}$. 由 $|AB|=2c$, $|BC|=2c$,根据余弦定理有 $|AC|=2\sqrt{3}c$,根据定义有 $2\sqrt{3}c-2c=2a$,故 $e=\frac{c}{a}=\frac{1+\sqrt{3}}{2}$.

9. (C). 因为动点 P 的轨迹是双曲线的一支,且 $2a=3, 2c=4$,解得 $a=\frac{3}{2}, c=2$,

故 $|PA|_{\min}=a+c=\frac{3}{2}+2=\frac{7}{2}$.

10. (D). 由已知得 $|NF_2|-|NF_1|=2a$,且 $|NF_2|=\sqrt{3}c$, $|NF_1|=c$,故 $\sqrt{3}c-c=2a$, $e=\frac{2}{\sqrt{3}-1}=\sqrt{3}+1$.

11. 1. 根据题意有 $\begin{cases}|PF_1|-|PF_2|=2a & ①\\ |PF_1|^2+|PF_2|^2=4c^2 & ②\end{cases}$

由①^2-②得 $|PF_1|\cdot|PF_2|=2b^2$,

即 $S_{\triangle PF_1F_2}=b^2=1$,故 $a^2=1$,解得 $a=1$.

12. $\frac{5}{3}$. 因 $|PF_1|-|PF_2|=2a$, $|PF_1|=4|PF_2|$,故 $|PF_2|=\frac{2}{3}a$. 因 $|PF_2|\geqslant c-a$,故 $\frac{2}{3}a\geqslant c-a$,有 $e\leqslant\frac{5}{3}$. 故 $e_{\max}=\frac{5}{3}$.

第三节 抛物线

1. (D). 因 $2p=4$,故 $\frac{p}{2}=1$,所求距离 $d=x_A+\frac{p}{2}=5$.

2. (B). 方程变为 $x^2=4y$,得 $\frac{p}{2}=1$. 又因 $y_m+\frac{p}{2}=2$,故 $y_m=1$.

3. (B). 因直线 $3x-4y-12=0$ 与 x 轴的交点为 $(4,0)$,抛物线开口向右,且为标准形式,故 $p=8$,其方程为 $y^2=16x$.

4. (B). 根据抛物线定义知 AF 垂直 x 轴,故 $S_{\triangle AFK}=8$.

5. -1. 将抛物线焦点 $(1,0)$ 代入 $ax-y+1=0$,解得 $a=-1$.

6. $2\sqrt{2}$. 设抛物线方程为 $x^2=my$,根据题意,点 $(2,-2)$ 在抛物线上,代入解得 $m=-2$. 因此有 $x^2=-2y$. 当 $y=-1$ 时, $x=\sqrt{2}$,故水面宽为 $2\sqrt{2}$.

7. $2\sqrt{3}$. 设正三角形边长为 x,则有 $36\sqrt{3}=\frac{1}{2}\cdot x^2\cdot\sin 60°$,解得 $x=12$. 故点 $(6\sqrt{3},6)$ 在抛物线上,代入 $y^2=ax$ 得 $a=2\sqrt{3}$.

8. 过 B 作准线的垂线,垂足为 B_0,依题设得 $|BC|=2|BB_0|$,故 $\angle BCB_0=30°$,从而 $\angle AFX=60°$,故

$y_A=3\sin 60°=\frac{3\sqrt{3}}{2}$,

$x_A=\frac{p}{2}+3\cos 60°=\frac{1}{2}(p+3)$,

代入抛物线方程得 $\left(\frac{3\sqrt{3}}{2}\right)^2=2p\frac{1}{2}(p+3)$. 解得 $p=\frac{3}{2}$ 或 $p=-\frac{9}{2}$(舍去). 故 $y^2=3x$ 为所求抛物线方程.

9. (A). $|AB|=x_1+x_2+p=6+2=8$.

10. $\frac{1}{3}$. 如图 10-1,作 AA' 垂直准线,垂足为 A'. 同理, BB' 垂直准线,垂足为 B'. 过 A 作 $AD\perp BB'$,

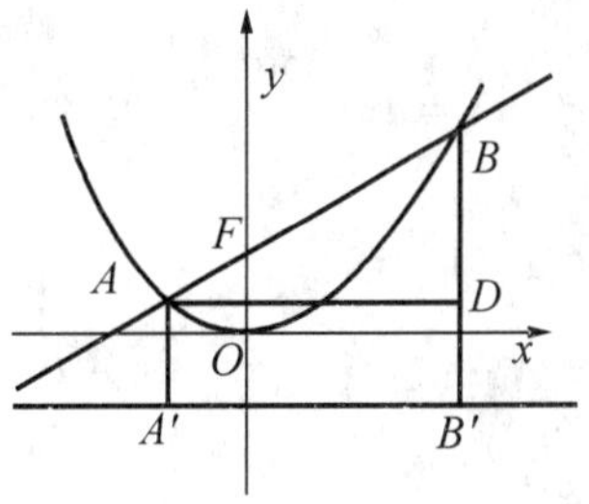

图 10-1

垂足为 D,设 $|AF|=n$,$|FB|=m$,则

$\frac{m-n}{m+n}=\frac{1}{2}$,解得 $\frac{n}{m}=\frac{1}{3}$.

11. $(2,2)$. 已知点 A 在抛物线内,设 P 到准线的距离为 d,则有 $|PA|+|PF|=|PA|+d$,过点 A 作 AB 垂直准线,垂足为 B,则 $|PA|+|PF|\geqslant|AB|$. 故 $P(2,2)$.

12. 设抛物线方程为 $y^2=2px$,将点 $A\left(\frac{3}{2},\sqrt{6}\right)$ 代入得 $p=2$,故准线为 $x=-1$. 双曲线的焦点是 $F(-1,0)$,$c=1$,再由点 A 在双曲线上及 $c^2=a^2+b^2$,解得 $a^2=\frac{1}{4}$,$b^2=\frac{3}{4}$,另一解舍去. 所以,抛物线方程为 $y^2=4x$,双曲线方程为 $4x^2-\frac{4y^2}{3}=1$.

第四节　直线与圆锥曲线的位置关系

第一课时

1. (C). 由 $\begin{cases}y=x-1\\y^2=4x\end{cases}$ 得 $x^2-6x+1=0$,则有 $x_1+x_2=6=2x_0$,解得 $x_0=3$,$y_0=2$. 故中点坐标为 $(3,2)$.

2. (B). 由点差法得 $\frac{x_0}{4y_0}+\frac{k}{2}=0$,即 $\frac{1}{4}+\frac{k}{2}=0$,

解得 $k=-\frac{1}{2}$.

3. (C). 由 $\begin{cases}y=x+b\\\frac{x^2}{4}+\frac{y^2}{2}=1\end{cases}$ 消去 y 得

$3x^2+4bx+2b^2-4=0$,

故 $\Delta=(4b)^2-4\times3(2b^2-4)\geqslant0$,

即 $-\sqrt{6}\leqslant b\leqslant\sqrt{6}$.

4. (C). 因直线 $y=kx+1(k\in\mathbf{R})$ 恒过定点 $(0,1)$,当点 $(0,1)$ 在椭圆上或内部时,恒有公共点,所以 $m\geqslant1$ 且 $m\neq5$.

5. $\frac{p^2}{4}$. 用特殊值法求解,当 l 与 x 轴垂直时,

$x_1\cdot x_2=\frac{p}{2}\cdot\frac{p}{2}=\frac{p^2}{4}$. 或用韦达定理求解.

6. $-\frac{1}{4}$ 或 0. 由 $\begin{cases}y^2=x\\y=ax-1\end{cases}$ 可得

$a^2x^2-(2a+1)x+1=0$.

当 $a=0$ 时,$x=1$.

当 $a\neq0$,且 $\Delta=(2a+1)^2-4a^2=0$ 时,即 $a=\frac{1}{4}$ 时,相切.

综上,$a=-\frac{1}{4}$ 或 0.

7. 4. 双曲线为 $\frac{y^2}{\frac{1}{9}}-\frac{x^2}{\frac{1}{m^2}}=1$,设 $a^2=\frac{1}{9}$,$\frac{1}{b^2}=\frac{1}{m^2}$,又因为 $\frac{ab}{c}=\frac{1}{5}$,故 $3c=5b\Rightarrow9c^2=25b^2\Rightarrow9(a^2+b^2)=25b^2$,解得 $b^2=\frac{1}{16}$,则有 $\frac{1}{m^2}=\frac{1}{16}$,即 $m^2=16$,故 $m=4$.

8. 2. 如图 10-2,设 $A(x_1,y_1)$、$B(x_2,y_2)$. 由点差法可得

$\frac{y_1-y_2}{x_1-x_2}\cdot(y_1+y_2)=4$,即 $4k_{AB}=4$,故 $k_{AB}=1$.

所以有 $A(0,0)$,$B(4,4)$,$S_{\triangle ABF}=\frac{1}{2}\times1\times4=2$.

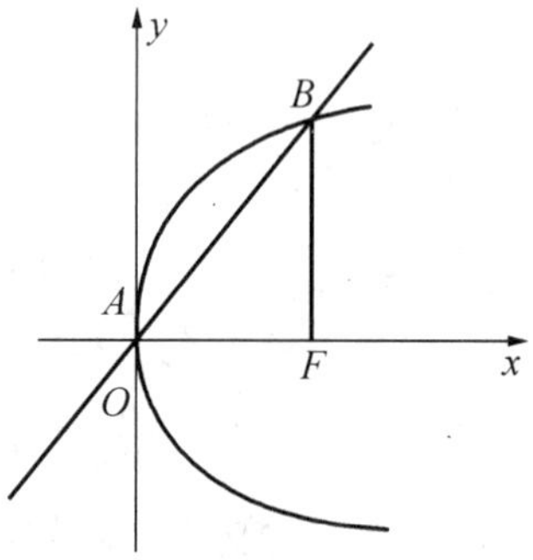

图 10-2

9. (A). 数形结合. 切线两条,平行于渐近线的直线两条,共4条.

10. $\frac{5}{3}$. 由 $\begin{cases}4x^2+5y^2=20\\y=2x-2\end{cases}$ 消去 x 得

$3y^2+2y-8=0$,解得 $y_1=-2$,$y_2=\frac{4}{3}$.

故 $S_{\triangle AFB}=\frac{1}{2}\times1\times|y_1-y_2|=\frac{5}{3}$.

11. -2. 由 $\begin{cases}y^2=2x\\y=x+b\end{cases}$ 消去 x 得 $y^2-2y+2b=0$,则有 $y_1y_2=2b$. 又因 $OA\perp OB$,故 $x_1x_2+y_1y_2=0$,即 $\frac{y_1^2}{2}\cdot\frac{y_2^2}{2}+y_1y_2=0$. 代入解得 $b=-2$.

12. $6x-5y-28=0$. 设 $M(x_1,y_1)$、$N(x_2,y_2)$. 连结 BF 交 MN 于点 P,则点 P 为 MN 中点. 设 $P(x_0,y_0)$,且 $F(2,0)$,由重心得

$\begin{cases}2=\frac{0+x_1+x_2}{3}\\0=\frac{4+y_1+y_2}{3}\end{cases}$,即 $\begin{cases}x_0=3\\y_0=-2\end{cases}$. 由点差法得

$\frac{x_0}{2y_0}+k_{MN}=0$,解得 $k=\frac{6}{5}$. 故直线 l 的方程为 $6x-5y-28=0$.

第二课时

1. (B). 由 $\begin{cases}y=2x-4\\y^2=4x\end{cases}$ 消去 y 得 $x^2-5x+4=0$. 解得 $x_1=1$ 或 $x_2=4$,故 $A(1,-2)$,$B(4,4)$. 故 $|AB|=3\sqrt{5}$.

2. (B). 过抛物线焦点所作的弦中,垂直 x 轴的通径最短. 根据定义有 $|AB|=x_1+x_2+p=5+2=7$. 而通径长为 4,故可作两条.

3. (C). 在对称曲线上任取一点 $P(x,y)$,则它关于 $x=2$ 的对称点 $Q(4-x,y)$ 在曲线 $y^2=4x$ 上. 将其代入曲线可得 $y^2=4(4-x)$. 故选(C).

4. $\frac{32}{15}$. 由 $\begin{cases}\frac{x^2}{9}-\frac{y^2}{16}=1\\y=\frac{4}{3}(x-5)\end{cases}$ 解得 $y=\frac{32}{15}$.

故 $S_{\triangle AFB}=\frac{1}{2}\times(5-3)\times\frac{32}{15}=\frac{32}{15}$.

5. $\frac{3}{2}$. 由对称性得 $k_{AB}=-1$,即

$\frac{y_1-y_2}{x_1-x_2}=\frac{2x_1^2-2x_2^2}{x_1-x_2}=2(x_1+x_2)=-1$,

故 $x_1+x_2=-\frac{1}{2}$. 又 $\frac{y_1+y_2}{2}=\frac{x_1+x_2}{2}+m$,

故 $\frac{2x_1^2+2x_2^2}{2}=(x_1+x_2)^2-2x_1x_2=-\frac{1}{4}+m$,

故 $m=\frac{3}{2}$.

6. -4. 由 $\begin{cases}y^2=4x\\2x-y+m=0\end{cases}$ 消去 y 得

$4x^2+4(m-1)x+m^2=0$.

利用弦长公式得 $3\sqrt{5}=\sqrt{1+2^2}\cdot\sqrt{(1-m)^2-m^2}$,解得 $m=-4$.

7. $\frac{51}{20}$. 设 $P(x,y)$,则 P 到直线的距离

$$d=\frac{|4x+3y+15|}{5}=\frac{|y^2+3y+15|}{5}=\frac{\left|\left(y+\frac{3}{2}\right)^2+\frac{51}{4}\right|}{5}\geqslant\frac{51}{20}.$$

8. $\frac{6\sqrt{3}}{5}$. 由题意可得 $a=3$,$c=2\sqrt{2}$,解得 $b=1$,因此椭圆方程为 $\frac{x^2}{9}+y^2=1$. 由 $\begin{cases}\frac{x^2}{9}+y^2=1\\y=x+2\end{cases}$ 消去 y 得 $10x^2+36x+27=0$. 由弦长公式可得 $|AB|=\frac{6\sqrt{3}}{5}$.

9. (D). 右支截得通径最短,两支截得实轴最短,所以为 3 条.

10. $-1<a<3$,配方得 $(x-a)^2+y^2=2a+4$,所以 $2a+4>0$,并且 $(0,1)$ 点恒在圆内,故有 $a^2+1<2a+4$,解得 $-1<a<3$.

11. $\frac{\sqrt{3}}{3}$. 由已知得 $\frac{a^2}{c}=3$. 入射线方程为 $y-1=-\frac{5}{2}(x+3)$,故入射点是 $\left(-\frac{9}{5},-2\right)$. 故反射线方程是 $y+2=\frac{5}{2}\left(x+\frac{9}{5}\right)$.

令 $y=0$,解得 $x=-1$,即 $c=1$. 故 $e=\frac{\sqrt{3}}{3}$.

12. $-\frac{2\sqrt{13}}{13}<m<\frac{2\sqrt{13}}{13}$. 设两对称点为 $A(x_1,y_1)$、$B(x_2,y_2)$,AB 中点 $M(x_0,y_0)$. 由点差法可得 $\frac{x_0}{4y_0}+\frac{k_{AB}}{3}=0$. 又因 $k_{AB}=-\frac{1}{4}$,故 $y_0=3x_0$. 代入直线 l:$y_0=4x_0+m$,

可得 $\begin{cases}x_0=-m\\y_0=-3m\end{cases}$. 又因点 (x_0,y_0) 在椭圆内部,

故有 $\frac{x_0^2}{4}+\frac{y_0^2}{3}<1$,即 $\frac{m^2}{4}+\frac{9m^2}{3}<1$,

解得 $m^2<\frac{4}{13}$,故 $-\frac{2\sqrt{13}}{13}<m<\frac{2\sqrt{13}}{13}$.

第五节 轨迹方程的求法

1. (C). 定义法.
2. (D). 直接法.
3. (A). 代入法.
4. (A). 设椭圆长轴长为 $2a$,因 P 是椭圆上的点,F_1、F_2 是焦点,故 $|PF_1|+|PF_2|=2a$. 又因 $|PQ|=|PF_2|$,故 $|QF_1|=|PQ|+|PF_1|=|PF_2|+|PF_1|=2a$,故点 Q 的轨迹是圆.
5. $(y-2)^2=-2(x-2)$. 代入法求轨迹.
6. $\frac{9x^2}{16}-y^2=1\ (y\neq0)$. 设 $P(x_1,y_1)$,$y_1\neq0$,$G(x,y)$. 因 $F_1(-5,0)$、$F_2(5,0)$,故重心 G 坐标为

$\begin{cases}x=\frac{x_1+(-5)+5}{3}\\y=\frac{y_1+0+0}{3}\end{cases}$,即 $\begin{cases}x_1=3x\\y_1=3y\end{cases}$.

因点 P 在双曲线上，故 $\frac{(3x)^2}{16}-\frac{(3y)^2}{9}=1$，

即 $\frac{9x^2}{16}-y^2=1(y\neq0)$.

7. $x+2y-4=0$. 直接法.

8. $x^2+y^2=4$. 由圆的切线性质及 $\angle APB=60°$，得 $|OP|=2|OA|=2$，故点 P 的轨迹是圆，方程为 $x^2+y^2=4$.

9. (A). 由于 $|PF_1|+|PF_2|=2|F_1F_2|=4>2$，根据椭圆定义，选(A).

10. (D). 由题意可知，动点 P 到直线 $x=-2$ 和到点(2,0)的距离相等，故点 P 的轨迹是抛物线.

11. 3. 设动点 $P(x,y)$. 由 $k_{PA}\cdot k_{PB}=k$，

即 $\frac{y}{x+a}\cdot\frac{y}{x-a}=k$，化简整理得 $\frac{x^2}{a^2}-\frac{y^2}{ka^2}=1$.

由离心率为2，得 $e^2=\frac{c^2}{a^2}=\frac{a^2+b^2}{a^2}=\frac{a^2+ka^2}{a^2}=4$，

即 $k+1=4$，解得 $k=3$.

12. $\frac{x^2}{4}+y^2=1$，设 $A(0,b)$、$B(a,0)$、$P(x,y)$.

由 $\overrightarrow{AP}=2\overrightarrow{PB}$ 可得 $(x,y-b)=2(a-x,0-y)$，

即 $\begin{cases}x=2a-2x\\y-b=-2y\end{cases}$，解得 $\begin{cases}a=\frac{3}{2}x\\b=3y\end{cases}$，

即 $A(0,3y)$，$B\left(\frac{3}{2}x,0\right)$. 由 $|AB|=3$ 可得

$\left(\frac{3}{2}x\right)^2+(3y)^2=9$，化简得 $\frac{x^2}{4}+y^2=1$. (参数法)

第六节 圆锥曲线综合问题

第一课时

1. (D). 因为 $a^2=6$，$b^2=2$. 所以 $c^2=4$ 即 $c=2$.

故椭圆的右焦点为(2,0). 因此 $\frac{p}{2}=2$，即 $p=4$.

2. (B). 已知 $m<6$，令 $m=5$，则曲线为 $\frac{x^2}{5}+\frac{y^2}{1}=1$.

又因 $5<n<9$，令 $n=6$，故曲线为 $\frac{x^2}{-1}+\frac{y^2}{3}=1$.

故选(B).

3. (A). 根据双曲线定义，曲线 C_2 是以(−5,0)、(5,0)为焦点，$2a=8$ 的双曲线，方程为 $\frac{x^2}{4^2}-\frac{y^2}{3^2}=1$. 故选(A).

4. (C). 由几何性质可得 $\frac{c}{a}=\frac{6}{2}=3$，故 $e=3$.

5. 4. 由 $e=\frac{c}{a}=\sqrt{3}$，得 $\frac{c^2}{a^2}=3$，且有 $\frac{a^2+b^2}{a^2}=3$，即

$1+\frac{b^2}{a^2}=3$，解得 $\frac{b^2}{a^2}=2$.

由 $\begin{cases}n>0\\12-n>0\\12-n=2n\end{cases}$ 解得 $n=4$ 或 $\begin{cases}n<0\\12-n<0\\-n=2(n-12)\end{cases}$ 无解. 故 $n=4$.

6. 7. 根据题意 $MO/\!/PF_2$ 得 $PF_2\perp F_1F_2$. 已知 $|PF_1|+|PF_2|=2a$，又因 $|PF_2|=\frac{b^2}{a}$，解得 $|PF_1|=\frac{7}{2}\sqrt{3}$，

$|PF_2|=\frac{1}{2}\sqrt{3}$. 故 $|PF_1|=7|PF_2|$.

7. $x>3$ 或 $x<1$.

8. $\sqrt{2}-1$. 由几何性质得 $\begin{cases}\frac{b^2}{a}=p\\c=\frac{p}{2}\end{cases}$，解得 $b^2=2ac$，

即 $a^2-c^2-2ac=0$，即 $e^2+2e-1=0$，故 $e=\sqrt{2}-1$.

9. (B). $|PA|+|PF_1|=2a+|PA|-|PF_2|$

$=2a-(|PF_2|-|PA|)$

$\geqslant 2a-|AF_2|=6-\sqrt{2}$.

10. $\sqrt{5}+2$. 由 $k_{AB}=1$ 得椭圆的切线：$y=x+b$，代入椭圆方程得 $5x^2+8bx+4b^2-4=0$，由 $\Delta=0$ 得 $b=\pm\sqrt{5}$. 当 $b=\sqrt{5}$ 时，P 到 AB 距离最大为 $\frac{\sqrt{5}+2}{\sqrt{2}}$. 故 $(S_\triangle)_{\max}=\frac{1}{2}|AB|\frac{\sqrt{5}+2}{\sqrt{2}}$

$=\frac{1}{2}\times2\sqrt{2}\times\frac{\sqrt{5}+2}{\sqrt{2}}$

$=\sqrt{5}+2$.

11. $\left(-\frac{\sqrt{2}}{2},\frac{\sqrt{2}}{2}\right)$. 由于渐近线的斜率为 $\pm\frac{\sqrt{2}}{2}$，数形结合，只要直线的斜率 $k\in\left(-\frac{\sqrt{2}}{2},\frac{\sqrt{2}}{2}\right)$，对任何实数 b 都有直线与双曲线相交.

12. $3x^2+6y^2=11$. 设 $A(x_1,y_1)$、$B(x_2,y_2)$，中点 $M(x_0,y_0)$，由点差法得 $\frac{x_0}{a^2y_0}+\frac{k_{AB}}{b^2}=0$.

又因为 $\frac{y_0}{x_0}=\frac{1}{2}$，$k_{AB}=-1$，化简得 $a^2=2b^2$.

故椭圆方程化为 $x^2+2y^2=2b^2$.

由 $\begin{cases}x^2+2y^2=2b^2\\x+y=1\end{cases}$ 消去 y 得 $3x^2-4x+2-2b^2=0$.

故 $\Delta=16-12(2-2b^2)$.

又因为 $|AB|=2\sqrt{2}$，即 $\sqrt{2}\cdot\frac{\sqrt{\Delta}}{3}=2\sqrt{2}$，

由 $16-12(2-2b^2)=36$ 解得 $b^2=\frac{11}{6}$.

故椭圆方程为 $3x^2+6y^2=11$.

第二课时

1. (C). 特值法，令 $k=2$ 即可.
2. (A). 代入检验即可．满足 $|PF_1|-|PF_2|<6$.
3. (B). 当 $M(0,3)$ 为椭圆 $\frac{x^2}{4}+\frac{y^2}{9}=1$ 的上顶点，$N(0,2m^2)$ 为抛物线 $x^2=y-2m^2$ 的顶点时，M、N 两点间的距离最小，则 $2m^2-3=5$，$m=\pm2$. 故选(B).
4. (C).
5. (2,0). 由圆的几何性质和抛物线定义可知，必过焦点.
6. $y=x^2-4x+5$. 设 $P_1(x_1,y_1)$ 为 $y=x^2+1$ 上的点，它关于直线 $x=1$ 的对称点为 $P(x,y)$，则有 $\begin{cases}y=y_1\\x+x_1=2\end{cases}$，故 $\begin{cases}y_1=y\\x_1=2-x\end{cases}$，代入方程 $y_1=x_1^2+1$，得 $y=(2-x)^2+1=x^2-4x+5$. 所以当 $x>1$ 时，$y=x^2-4x+5$.
7. $P(0,0)$. 设 $P(x,y)$，则
$$\begin{aligned}\overrightarrow{AP}\cdot\overrightarrow{BP}&=(x-2,y)\cdot(x-4,y)\\&=x^2-6x+8+y^2=x^2-10x+8\\&=(x-5)^2-17.\end{aligned}$$
又因 $x\leqslant0$，故当 $x=0$ 时，$\overrightarrow{AP}\cdot\overrightarrow{BP}$ 最小，即 $P(0,0)$.
8. $0<t<\frac{3}{2}$. 由 $A(0,-b)$，$P(0,t)$，则 $B(t+b,t)$，所以 $\overrightarrow{AB}=(t+b,t+b)$，$\overrightarrow{AP}=(0,t+b)$. 又 $\overrightarrow{AB}\cdot\overrightarrow{AP}=9$，所以 $(t+b)^2=9$，解得 $b=3-t$，则 $B(3,t)$，代入椭圆方程得 $\frac{9}{a^2}+\frac{t^2}{(3-t)^2}=1$，解得 $a^2=\frac{3(t-3)^2}{3-2t}$.
又 $a^2>b^2$，所以 $\frac{3(t-3)^2}{3-2t}>(3-t)^2$，
解得 $0<t<\frac{3}{2}$.
9. (B). 渐近线方程为 $bx-ay=0$，焦点 $F(c,0)$，故 $d=\frac{bc}{\sqrt{a^2+b^2}}=b$，即半径为 b.
10. (D). 根据抛物线的定义知.
11. (B). 由 $\begin{cases}y=\frac{1}{2}x-1\\x^2-y^2=2.\end{cases}\Rightarrow3x^2+4x-12=0$，故 AD 中点 M 的横坐标 $x_M=-\frac{2}{3}$，而直线 $y=\frac{1}{2}x-1$ 与两渐近线的交点横坐标为 $x_B=-2$，$x_C=\frac{2}{3}$，BC 的中点为 N，其横坐标为 $x_N=-\frac{2}{3}$. 故 BC 与 AD 的中点重合，由对称性可知，$|AB|=|CD|$，所以 $S_1=S_2$(等底等高)，故选(B).
12. 满足 $|PM|=10-|PN|$ 的点 P 的轨迹是椭圆 $\frac{x^2}{25}+\frac{y^2}{16}=1$，因为曲线①④与它有交点，即①④上存在点 P 满足条件，而曲线②③和它不相交，所以②③上没有点满足条件.

习题十

1. (D). $k=\frac{a}{b}=\frac{2}{\sqrt3}=\frac{2\sqrt3}{3}$.
2. (D).
3. (C). 因 $|PF_1|=\frac{b^2}{a}=\frac{1}{2}$，
$|PF_1|+|PF_2|=2a=4$，故 $|PF_2|=4-\frac{1}{2}=\frac{7}{2}$.
4. (B). $e^2=\frac{c^2}{a^2}=\frac{a^2-b^2}{a^2}=\frac{2-m}{2}=\frac{1}{4}$，故 $m=\frac{3}{2}$.
5. (C). 根据几何性质有 $\frac{b^2}{a}=a+c$，即 $b^2=a^2+ac$ $\Rightarrow c^2-a^2=a^2+ac\Rightarrow c^2-2a^2-ac=0\Rightarrow e^2-e-2=0$. 解得 $e=2$. 故选(C).
6. (C). 已知 $MF_1\perp MF_2$，则 M 在圆 $x^2+y^2=c^2$ 上，
因此有 $\begin{cases}x^2-y^2=3\\x^2-\frac{y^2}{2}=1\end{cases}$，解得 $y^2=\frac{4}{3}$，即 $y=\frac{2\sqrt3}{3}$.
故 M 到 x 轴的距离为 $\frac{2\sqrt3}{3}$.
7. (B). 设 $A(x_1,y_1)$、$B(x_2,y_2)$、$C(x_3,y_3)$、$F(1,0)$. 由 $\overrightarrow{FA}+\overrightarrow{FB}+\overrightarrow{FC}=0$ 得 $x_1-1+x_2-1+x_3-1=0$，即 $x_1+x_2+x_3=3$，故 $|\overrightarrow{FA}|+|\overrightarrow{FB}|+|\overrightarrow{FC}|=x_1+x_2+x_3+\frac{3}{2}p=3+3=6$.
8. (A). 由抛物线焦点(1,0)，知 $m>n>0$，$a=\sqrt m$，$c=1$，即 $\sqrt{m+n}=1$，所以 $m+n=1$. 因 $e=\frac{c}{a}=\frac{1}{\sqrt m}=2$，故 $m=\frac{1}{4}$，$n=\frac{3}{4}$，得 $mn=\frac{3}{16}$.
9. $(\sqrt2,\sqrt5)$. 由 $e^2=\frac{c^2}{a^2}=1+\frac{b^2}{a^2}$ 得 $e^2=1+\frac{(a+1)^2}{a^2}$ $=1+\left(1+\frac{1}{a}\right)^2$. 又因 $a>1$，所以 $0<\frac{1}{a}<1$，即 $2<e^2<5$，故 $\sqrt2<e<\sqrt5$.
10. $y^2=-12x$. 焦点 $F(-3,0)$.

11. $(1,2)$或$(1,-2)$. 设$A(x_0,y_0)$,则有$y_0^2=4x_0$. 又$F(1,0)$,有$\overrightarrow{OA}=(x_0,y_0)$,$\overrightarrow{AF}=(1-x_0,-y_0)$. 由于$\overrightarrow{OA}\cdot\overrightarrow{AF}=-4$,则$x_0-x_0^2-y_0^2=-4$.

联立$\begin{cases}y_0^2=4x_0\\x_0-x_0^2-y_0^2=-4\end{cases}$,解得$\begin{cases}x_0=1\\y_0=2\end{cases}$或$\begin{cases}x_0=1\\y_0=-2\end{cases}$.

12. $\dfrac{x^2}{8}+\dfrac{y^2}{2}=1$. 设椭圆方程为$\dfrac{x^2}{a^2}+\dfrac{y^2}{b^2}=1$,

则有$c^2=6$,$\dfrac{x^2}{a^2}+\dfrac{y^2}{a^2-6}=1$.

代入点$(2,1)$得$a^2=8$,$b^2=2$. 故$\dfrac{x^2}{8}+\dfrac{y^2}{2}=1$.

13. $\dfrac{\sqrt5-1}{2}$. 因$r=\dfrac{ab}{\sqrt{a^2+b^2}}=c$,$b^2=a^2-c^2$,故$c^4-3a^2c^2+a^4=0$,即$e^4-3e^2+1=0$. 故$e^2=\dfrac{3\pm\sqrt5}{2}$,

因$0<e<1$,故$e=\dfrac{\sqrt5-1}{2}$.

14. $\dfrac{x^2}{4}-\dfrac{3y^2}{4}=1$. 根据几何性质有$\dfrac{ab}{c}=1$.

又因$\dfrac{b}{a}=\dfrac{\sqrt3}{3}$,解得$\begin{cases}a^2=4\\b^2=\dfrac{4}{3}\end{cases}$.

15. 由题意得直线BD的方程为$y=x+1$. 因为四边形$ABCD$为菱形,所以$AC\perp BD$. 于是可设直线AC的方程为$y=-x+n$. 由$\begin{cases}x^2+3y^2=4\\y=-x+n\end{cases}$

得$4x^2-6nx+3n^2-4=0$.

因为A、C在椭圆上,所以$\Delta=-12n^2+64>0$,

解得$-\dfrac{4\sqrt3}{3}<n<\dfrac{4\sqrt3}{3}$.

设A、C两点坐标分别为(x_1,y_1)、(x_2,y_2),则有$x_1+x_2=\dfrac{3n}{2}$,$x_1x_2=\dfrac{3n^2-4}{4}$,$y_1=-x_1+n$,$y_2=-x_2+n$. 所以$y_1+y_2=\dfrac{n}{2}$. 所以AC的中点坐标为$\left(\dfrac{3n}{4},\dfrac{n}{4}\right)$.

由四边形$ABCD$为菱形可知,点$\left(\dfrac{3n}{4},\dfrac{n}{4}\right)$在直线$y=x+1$上,所以$\dfrac{n}{4}=\dfrac{3n}{4}+1$,解得$n=-2$.

所以直线AC的方程为$y=-x-2$,即$x+y+2=0$.

16. (1)由于点P在椭圆上,故$2a=|PF_1|+|PF_2|=6$,$a=3$. 在$\mathrm{Rt}\triangle PF_1F_2$中,

$|F_1F_2|=\sqrt{|PF_2|^2-|PF_1|^2}=2\sqrt5$.

解得$c=\sqrt5$,从而$b^2=a^2-c^2=4$.

因此椭圆C的方程为$\dfrac{x^2}{9}+\dfrac{y^2}{4}=1$.

(2)设A、B的坐标分别为(x_1,y_1)、(x_2,y_2). 已知圆的方程为$(x+2)^2+(y-1)^2=5$,圆心$(-2,1)$. 设直线l方程为:$y=k(x+2)+1$,代入椭圆C的方程得

$(4+9k^2)x^2+(36k^2+18k)x+36k^2+36k-27=0$.

由于A、B关于点M对称,所以

$\dfrac{x_1+x_2}{2}=-\dfrac{18k^2+9k}{4+9k^2}=-2$,解得$k=\dfrac{8}{9}$.

因此直线l的方程为$y=\dfrac{8}{9}(x+2)+1$,即

$8x-9y+25=0$.

17. 已知$c^2=5$,且动点P的轨迹方程为椭圆,设$|PF_1|+|PF_2|=2a\ \ (a>\sqrt5)$,由余弦定理得

$$\cos\angle F_1PF_2=\frac{|PF_1|^2+|PF_2|^2-|F_1F_2|^2}{2|PF_1|\cdot|PF_2|}=\frac{2a^2-10}{|PF_1|\cdot|PF_2|}-1.$$

又$|PF_1|\cdot|PF_2|\leqslant\left(\dfrac{|PF_1|+|PF_2|}{2}\right)^2=a^2$,

当且仅当$|PF_1|=|PF_2|$时,$|PF_1|\cdot|PF_2|$取最大值,此时$\cos\angle F_1PF_2$取最小值$\dfrac{2a^2-10}{a^2}-1$,

令$\dfrac{2a^2-10}{a^2}-1=-\dfrac{1}{9}$,故$a^2=9$,$b^2=4$,

故所求点P的轨迹方程为$\dfrac{x^2}{9}+\dfrac{y^2}{4}=1$.

18. 设抛物线方程为$y^2=2px(p>0)$,$A(x_1,y_1)$,$B(x_2,y_2)$,则$y_1^2=2px_1$,$y_2^2=2px_2$,故

$$k_{AB}=\frac{y_1-y_2}{x_1-x_2}=\frac{\frac{x_1^2}{2p}-\frac{x_2^2}{2p}}{x_1-x_2}=\frac{x_1+x_2}{2p}.$$

因$|AF|+|BF|=8$,故$\left(x_1+\dfrac{p}{2}\right)+\left(x_2+\dfrac{p}{2}\right)=8$,得$x_1+x_2=8-p$. 因$y_1^2-y_2^2=2p(x_1-x_2)$,故$y_1+y_2=2p\dfrac{x_1-x_2}{y_1-y_2}=\dfrac{4p^2}{x_1+x_2}=\dfrac{4p^2}{8-p}$. 因线段$AB$

的垂直平分线恒过定点 $Q(6,0)$，则 AB 的中点

$G\left(\frac{x_1+x_2}{2},\frac{y_1+y_2}{2}\right)$，故 $k_{GQ}=\frac{\frac{y_1+y_2}{2}}{\frac{x_1+x_2}{2}-6}=-\frac{1}{k_{AB}}$

$=-\frac{2p}{x_1+x_2}$，

即 $\frac{\frac{2p^2}{8-p}}{\frac{8-p}{2}-6}=-\frac{2p}{8-p}$，解得 $p=4$.

故抛物线方程为 $y^2=8x$.

第十一章　算法初步

第一节　算法与程序框图

1. (D). 计算机程序由算法和数据结构组成.
2. (D).
3. (C). 循环结构中一定包含选择结构.
4. (D). 判断框是唯一有超过一个出口的框图符号.
5. 处理类型，流程线.
6. $\frac{1}{2}$. $x=\log_4(1^2+1)$.
7. $y=\begin{cases}1 & x>0\\ 0 & x=0\\ -1 & x<0\end{cases}$. 此函数即为符号函数.
8. (B). 最后结果为 $s=5+4+3+2$.
9. (D).
10. (A). $S=8\times7$.
11. (A).
12. $S=G_1F_1+G_2F_2+G_3F_3+G_4F_4+G_5F_5=6.42$.

第二节　基本算法语句

1. (D).
2. (C). (2)、(3)、(4)是正确的.
3. (D).
4. (B).
5. 4　3.
6. $\sqrt{3}$.
7. $\frac{3}{5}$. $y=\cfrac{1}{1+\cfrac{1}{1+\cfrac{1}{1+1}}}$.
8. 解法1：输入 a，b；
   $M:=a$；
   if $a>b$，
   then $M:=b$；
   输出 M
   解法2：input a，b
   $M=a$
   if $a>b$ then
   $M=b$
   print M
   end if
   end
   若 $a=1$，$b=2$ 输出为1；若 $a=2$，$b=1$；输出1.
9. (D). $s=3+5+7+9+11+\cdots+21=120$.
10. 这个算法统计了10个数当中正数的个数 m，负数的个数 n，零的个数 s.
11. 解法1：输入 a，b；
    if $a>0$，
    then 输出"解为 $x>-\frac{b}{a}$"；
    else if $a<0$，
    then 输出"解为 $x<-\frac{b}{a}$"；
    else if $b\leqslant0$，
    then 输出"无解"；
    else 输出"解为全体实数"
    解法2：input a，b
    if $a>0$ then print"解为 $x>$"；$-\frac{b}{a}$
    else if $a<0$ then print"解为 $x<$"；$-\frac{b}{a}$
    else if $b\leqslant0$ then print"无解"
    else print"解为全体实数"
    end if
    end if
    end if
    end
12. 所求问题实际上是求最小的 n，使得 $3\times2+5\times2^2+7\times2^3+\cdots+(2n+1)\times2^n>7000$，错位相减求和得 $2+(2n-1)2^{n+1}>7000$，得到 $n=8$，$z=7682$.

第三节　算法案例

1. (A).
2. (B). $88=5\times17+3$，$17=5\times3+2$，$3=5\times0+3$，故 $88=323_{(5)}$.
3. (C).
4. (C).
5. 84. $1764=84\times21$.
6. 第一步：取北京 A 到广州 B 的光缆的中点 M；第二步：通过检测确定故障所在段(AM 或 BM)；第三步：以故障所在段的端点为 A，B 点，重复第一、第二步直到找到故障所在点.

7. $f(x)=((((((((7x+1)x+6)x+5)x+4)x+3)x+2)x+1)x$，$x=3$ 时，$f(3)=54129$.

8. (D).

9. (A). $A_{(16)}=10$，$B_{(16)}=11$，所以 $A\times B=110_{(10)}=16\times6^1+14\times6^0=6\mathrm{E}_{(16)}$.

10. (A). $111111_{(2)}=63_{(10)}$，$210_{(6)}=78_{(10)}$，$100_{(8)}=64_{(10)}$，$81_{(8)}=65_{(10)}$.

11. $45_{(10)}$，$55_{(8)}$.

12. (1) 计算 a_0x^n 需要 n 次乘法，a_1x^{n-1}需要$n-1$ 次乘法，…，计算 $a_{n-1}x$ 需要 1 次乘法，所以一共需要 $n+(n-1)+\cdots+2+1=\dfrac{n(1+n)}{2}$ 次乘法、n 次加法，共 $\dfrac{n^2+3n}{2}$ 次运算.

(2) 计算 $P_{k+1}(x)=xP_k(x)+a_{k+1}(k=1,\cdots,n-1)$需要 2 次乘法、1 次加法，计算 $P_{k+1}(x)=xP_k(x)+a_{k+1}\ (k=0)$需要 1 次乘法、1 次加法，所以共需要 $n-1$ 次乘法、n 次加法，共 $2n-1$ 次运算.

习题十一

1. (D). (A)、(B)、(C)都是不正确的，算法具备有穷性、抽象性，同一问题可以有不同的算法，而且算法的步骤是不可逆的.

2. (A).

3. (C). 圆角矩形表示起止，直角矩形表示处理.

4. (D). 不需要用到条件结构的只有(1).

5. (A). 记$f(x)=x^3-2^x$，因为$f(1)<0$，$f(2)>0$，根据堪根定理可得根在 1 和 2 之间.

6. (D). $s=3+7+11+15=36$.

7. (C). $x=2+\cfrac{1}{2+2+\cfrac{1}{2+0}}$.

8. (C).

9. (B).

10. (C).

11. (C). $S=2\times1+2\times2+\cdots+2\times50$

$=2\times\dfrac{1+50}{2}\times50=2550$.

12. 55；53. $s=1+2^2+3^2+4^2+5^2=55$，

$s=1+4\times13=53$.

13. $43_{(5)}$.

14. 2，4；10，$\sqrt{10}$.

15. 4. ①②④⑥⑦⑧用时 8 天，①②⑤⑦⑧用时$6+c$ 天，①③④⑥⑦⑧用时 9 天，因为工程总时数为 10 天，所以$c=4$.

16. (1) 见图 11-1.（说明：本题算法不唯一）

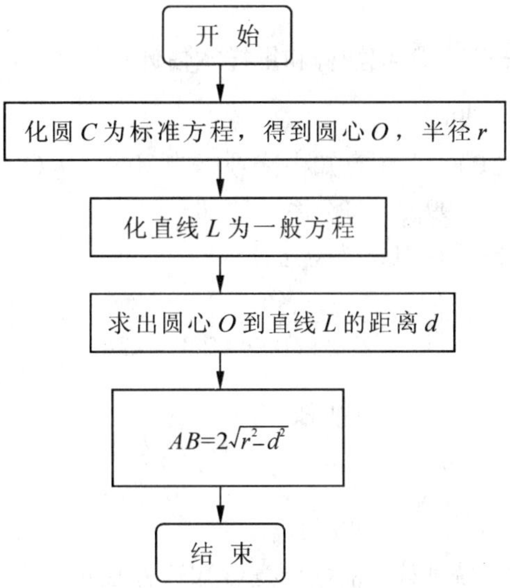

图 11-1

(2) 化圆方程为：$(x-1)^2+(y-1)^2=1$，得圆心 $O(1,1)$，半径 r 为 1，圆心 O 到直线 $2x-y+1=0$ 的距离为 $d=\dfrac{|2-1+1|}{\sqrt{2^2+1}}=\dfrac{2\sqrt5}{5}$，所以弦长 $AB=2\sqrt{1-\dfrac{4}{5}}=\dfrac{2\sqrt5}{5}$.

17. 设 $f(x)=\begin{cases}|x-1|-2 & |x|\leqslant1\\ \dfrac{1}{1+x^2} & |x|>1\end{cases}$，则最后输出的结果为 $f\left(f\left(\dfrac12\right)\right)=\dfrac{4}{13}$.

18.
```
input x
if x≥80 then
        print"良好"
        else if x≥60 then
                print"及格"
                else print"不及格"
            end if
end if
end
```

第十二章 统 计

第一节 随机抽样和用样本估计总体

第一课时

1. (B). 由题意知中奖号码为0068, 0168, 0268, …, 9968, 符合系统抽样.
2. 6; 30; 10. 按分层抽样时,

   抽样比 $=\frac{46}{1200+6000+2000}=\frac{1}{200}$,

   所以应分别抽取 $1200\times\frac{1}{200}=66000\times\frac{1}{200}=30, 2000\times\frac{1}{200}=10$.
3. 系统抽样. 根据题意可知这种抽样符合系统抽样的定义.
4. 300.
5. 1.2; 0.8. 最中间位置的一个数据(或最中间两个数据的平均数)称为中位数. 一组数据中, 出现次数最多的数据叫众数.
6. (C). $S^2=\frac{1}{48}[m+(50-70)^2+(100-70)^2]$,

   $S_1^2=\frac{1}{48}[m+(80-70)^2+(70-70)^2]$.

   所以 $S_1^2<S^2$, 即 $S_1<S$.
7. 30. $\frac{1200}{40}$.
8. ④⑤⑥. 2000名运动员的年龄情况是总体; 每个运动员的年龄是个体.
9. (D). 若为系统抽样, 则抽样间隔应该相等; 若可能为分层抽样, 则一、二、三年级应按4:3:3的比例进行抽取, 即1～108号抽取4人, 109～189号抽取3人, 192～270号抽取3人.
10. 63. 根据题意, 若 $m=6$. 则应在第2组中抽取18, 第3组中抽取29, 依次抽到第7组, 第7组中抽取63.
11. 80. 由产品数量比为2:3:5知B、C型号的产品分别为24件、40件, 故 $n=16+24+40=80$.
12. (1) 系统抽样法.

    (2) $\bar{x}_{甲}=100$, $\bar{x}_{乙}=100$; $S_{甲}^2=3.4286$, $S_{乙}^2=228.5714$, 甲车间产品较乙车间产品稳定.

第二课时

1. (D). 频率 $=\frac{频数}{样本容量}=\frac{2+3+4+5}{20}=\frac{14}{20}=0.7$.
2. (D). 直方图的高表示频率/组距, 矩形的面积表示频率.
3. (B). 前40个同学的总分为 $40M$, 则 $N=\frac{40M+M}{41}=M$, 所以 $M=N$.
4. (C). 这 $M+N$ 个数的总和为 $Mx+Ny$, 所以这 $M+N$ 个数的平均数为 $\frac{Mx+Ny}{M+N}$.
5. (A). 频数为 $100-(10+13+14+15+13+12+9)=14$; 频率为 $\frac{14}{100}=0.14$.
6. 120. 样本容量 $=\frac{每组所对应的频数}{每组所对应的频率}$.
7. 25.
8. 80%, 80. 及格率为 $0.025\times10+0.035\times10+0.01\times10+0.01\times10=0.8=80\%$. 优秀人数为 $(0.01\times10+0.01\times10)\times400=80$.
9. 96. $9+10+11+x+y=50, x+y=20$,

   $1+1+(x-10)^2+(y-10)^2=10$,

   $x^2+y^2-20(x+y)=-192$,

   $(x+y)^2-2xy-20(x+y)=-192, xy=96$.
10. 5. 频率 $=\frac{频数}{样本容量}$.
11. 16. 由已知知前七组的累积频数为 $0.79\times100=79$, 故后三组共有的频数为21, 依题意 $\frac{a_1(1-q^3)}{1-q}=21$, 即 $a_1(1+q+q^2)=21$, 解得 $a_1=1, q=4$. 故后三组频数最高的一组的频数为16.
12. (1) 小矩形的高之比为频率之比, 所以从左到右的频率之比为2:3:6:4:1. 最左边的一级所占的频率为 $\frac{2}{16}=\frac{1}{8}$, 所以样本容量 $=\frac{频数}{频率}=\frac{6}{\frac{1}{8}}=48$;

    (2) 105.5～120.5这一组的频率为 $\frac{6}{16}=\frac{3}{8}$,

所以频数为 $48\times\frac{3}{8}=18$；

(3)成绩大于120分所占的比为 $\frac{4+1}{16}=\frac{5}{16}$，所以考试成绩的优秀率为 $\frac{5}{16}=31.25\%$.

第二节　变量的相关性、回归分析和独立性检验

第一课时

1. (C).
2. (D).
3. (B). 当 $|r|\leqslant 0.25$ 时，我们可以说两个变量相关性很弱.
4. (D). 因为 $a=\bar{y}-b\cdot\bar{x}$，所以回归方程恒过点 $(\bar{x},\bar{y})$.
5. (C). $\Delta\hat{y}=2-2.5(x+1)-(2-2.5x)$
   $=-2.5$.
6. (B). 哪个点离某一直线最远，应考虑去掉哪一个点.
7. 3.404. $\hat{y}=1.215\times2+0.974=3.404$.
8. 6.5，8，327，396，$\hat{y}=1.4x+0.571$，直接根据公式求解.
9. (1)列表计算.

i	1	2	3	4	5	求和
x	2	3	4	5	6	20
y	2.2	3.8	5.5	6.5	7.0	25
x^2	4	9	16	25	36	90
xy	4.4	11.4	22.0	32.5	42.0	112.3

所以 $\bar{x}=4$，$\bar{y}=5$，

$b=\frac{112.3-5\times4\times5}{90-5\times4^2}=\frac{12.3}{10}=1.23$，

$a=\bar{y}-b\cdot\bar{x}=5-1.23\times4=0.08$.

(2) 回归直线方程是 $\hat{y}=1.23x+0.08$. 当 $x=10$ 时，$\hat{y}=1.23\times10+0.08=12.38\approx12.4$(万元). 即估计使用10年时，维修费用大概是12.4万元.

第二课时

1. (C).
2. (D).
3. (A).
4. (C).
5. (C).
6. 越大.
7. 第一种，残差平方和越小，函数模型对数据拟合效果越好；残差平方和越大，说明函数模型对数据拟合效果越差.
8. 1780，1691. 由题设知残差平方和占总偏差平方和的比例为 $1-0.95=0.05$，所以总偏差平方和为 $\frac{89}{0.05}=1780$，回归平方和：$1780\times0.95=1691$.
9. k^2 的观测值 $k=10.76>7.879$，故有99.5%的把握认为员工工作积极性与积极支持企业改革是有关系的，我们也可以认为企业的全体员工对待企业改革的态度与其工作的积极性是有关系的.

习题十二

1. (B). 抽取的比例为 $\frac{30}{150}=\frac{1}{5}$，$15\times\frac{1}{5}=3$，$45\times\frac{1}{5}=9$，$90\times\frac{1}{5}=18$.
2. (D). 总和为147，$a=14.7$；样本数据17分布最广，即频率最大，为众数，$c=17$；从小到大排列，中间一位，或中间两位的平均数，即 $b=15$.
3. (C). 因为总体中个体差异比较明显.
4. (B). 设一组数据 x_i 的平均数为 $\bar{x}$，方差为 S^2. 则一组数据 x_2-c 的平均数为
   $\frac{x_1-c+x_2-c+\cdots+x_n-c}{n}=\bar{x}-c$，
   方差为 $\frac{1}{n}\{[(x_1-c)-(\bar{x}-c)]^2+[(x_2-c)-(\bar{x}-c)]^2+\cdots+[(x_n-c)-(\bar{x}-c)]^2\}=\frac{1}{n}[(x_1-\bar{x})^2+(x_2-\bar{x})^2+\cdots+(x_n-\bar{x})^2]=S^2$.
5. (A). 抽样距 $=\frac{1200}{30}=40$.
6. (C). 在频率分布直方图中，直方图的高 h 为 $\frac{频率}{组距}$. 所以 $\frac{m}{|a-b|}=h$，所以 $|a-b|=\frac{m}{h}$.
7. (B).
8. (A). 一天中平均每人的课外阅读时间为 $(5\times0+0.5\times20+10\times1.0+2.0\times5)\div50$
   $=30\div50=0.6(\text{h})$.
9. (D). 由回归方程系数公式可得.
10. (A).
11. (B).
12. 0.24.
13. 900. 设A种零件有 x 个. 则 $x:200=20:10$，

所以 $x=400$，所以三种零件共有 90 个.

14. 乙、甲. 因为 $\bar{x}_{乙}>\bar{x}_{甲}$，$S_{甲}^2<S_{乙}^2$，所以乙同学的平均成绩好.

15. 208.

16. $\frac{1}{5}$. 每个个体被抽取的几率都是$\frac{20}{100}=\frac{1}{5}$.

17. $\frac{\sqrt{5}}{2}$. $\bar{X}=\frac{70+71+72+73}{4}=71.5$

18. 他们的平均速度为

$$\bar{x}_{甲}=\frac{1}{6}(27+38+30+37+35+31)=33;$$

$$\bar{x}_{乙}=\frac{1}{6}(33+29+38+34+28+36)=33.$$

$$S_{甲}^2=\frac{1}{6}[(-6)^2+5^2+(-3)^2+4^2+(-2)^2]$$

$$=\frac{47}{3};$$

$$S_{乙}^2=\frac{1}{6}[(-4)^2+5^2+1^2+(-5)^2+3^2]=\frac{38}{3}.$$

因为 $\bar{x}_{甲}=\bar{x}_{乙}$，$S_{甲}^2>S_{乙}^2$，所以乙的成绩比甲稳定，应选乙参加比赛更合适.

第十三章　计数原理

第一节　排列与组合

第一课时

1. (C). 从10道选择题中选有10种选法，从4道填空题中选有4种选法. 由乘法原理，不同的选择方法共有$10\times4=40$种，故选(C).
2. (C). 此问题同6名同学排成一排的问题一样，不同的排法种数为$6!=720$，故选(C).
3. (C). 第一步：从后排8个人中抽取2人，有C_8^2种；第二步：把2个人插到前排，一共有$A_5^1A_6^1$种；故共有$C_8^2A_5^1A_6^1=C_8^2A_6^2$种方法.
4. 8. 走上面有3种，走中间有1种，走下面有$2\times2=4$种，由加法原理得$3+1+4=8$种.
5. 9. 从数学书中取有4种取法，从英语书中取有5种选法. 由加法原理共有9种选法.
6. 120. 此题为从6个元素中取3个的排列问题，可组成没有重复数字的三位数的个数为$A_6^3=120$.
7. 依分类计数原理，分三类：①第一个向上的面标着的数字为4，则第二个向上的面标着的数字为5或6；共有两种不同情形；②第一个向上的面标着的数字为5，则第二个向上的面标着的数字为4或5或6；共三种不同情形；③第一个向上的面标着的数字为6，则第二个向上的面标着的数字为4或5或6；共有三种不同的情形. 由分类计数原理可知，两个数字之积不小于20的不同情形有$2+3+3=8$种.
8. (1) 男、女分别排在一起，把男、女分别排好，再交换位置，共有$A_4^4A_5^5A_2^2=5760$种.
   (2) 男女相间，先排男生，再把女生插空，故有$A_4^4A_5^5=2880$种.
9. (B). 按A—B—C—D顺序种花，可分A、C同色与不同色，共有$4\times3\times(1\times3+2\times2)=84$种.
10. 96. 根据第六棒分类：甲6，在乙、丙中选1人跑第一棒，其他四个人全排列，所以有$C_2^1A_4^4$种；乙6，在甲、丙中选1人跑第一棒，其他四个人全排列，所以有$C_2^1A_4^4$种；共有$C_2^1A_4^4+C_2^1A_4^4=96$种.
11. 40. 先考察偶数在奇数位□□□□12，有$A_2^2A_2^2=4$种情况；□□□2□□，1可以在2的左边或右边，此类情况有$C_2^1A_2^2A_2^2=8$种；□2□□□□，1可以在2的左边或右边，此类情况有$C_2^1A_2^2A_2^2=8$种；所以偶数在奇数位的情况一共有20种，偶数在偶数位的同样考虑也是20种，故共有40种.
12. (1) 体育课排在第二至第六节，有A_5^1种排法，其余课可以任意排，有A_6^6种排法；那么，不同的排法有$A_5^1A_6^6=3600$种.
    (2) 分两类：①一定有体育课，那么体育课的排法有A_2^1种排法，其余课的排法有A_6^3种排法；②不排体育课，有A_6^4种排法.
    故不同的排法有$A_2^1A_6^3+A_6^4=600$种.

第二课时

1. (D). $C_n^r=\dfrac{n!}{(n-r)!\ r!}=\dfrac{n}{r}\dfrac{(n-1)!}{(n-r)!\ (r-1)!}$
   $=\dfrac{n}{r}C_{n-1}^{r-1}$.
2. (C). 取3台分两类：①2台甲型1台乙型，有$C_4^2C_5^1$种；②1台甲型2台乙型，有$C_4^1C_5^2$种. 故共有$C_4^2C_5^1+C_4^1C_5^2=30+40=70$种取法.
3. (A). 全部的选派方案有$C_6^2=15$种，没女生的只有1种，故至少1名女生的选派方案有14种.
4. 15368种，分三类：①该老师不借字典，则5本书的不同借法为C_{17}^5；②该老师借1本字典，则5本书的不同借法为$C_3^1C_{17}^4$；③该老师借2本字典，则5本书的不同借法为$C_3^2C_{17}^3$. 于是，该老师不同的借法有$C_{17}^5+C_3^1C_{17}^4+C_3^2C_{17}^3=6188+7140+2040=15368$种不同借法.
5. 14. $\{c,d,e,f\}$的非空真子集有$2^{6-2}-2=14$.
6. 32. (间接法)先考虑七点中没有三点共线的情况，有C_7^3，而三点共线有3组，故共可构成三角形$C_7^3-3=32$个.
7. 分两类：①“2名会唱歌的”都来自于仅会唱歌的3名同学，此时，有$C_3^2C_3^1$种不同的选法；②“2名会唱歌的”中有一名是既会唱歌又会跳舞的，此时，有$C_3^1C_1^1C_2^1$种不同的选法. 于是，共有$C_3^2C_3^1+C_3^1C_1^1C_2^1=15$种不同的选法.
8. (1) 甲当选，乙不当选，则只需从6人中选出4人，选法有$C_6^4=15$种.
   (2) 甲、乙至多有一人当选，分为两人都不当选和仅有一人当选. 两人都不当选有$C_6^5=6$种，仅有一人当选有$2C_6^4=30$种，故共有$C_6^5+2C_6^4$

=36 种.

9. (D). 解法 1(直接法):①与上底面的 A_1B_1、A_1C_1、B_1C_1 成异面直线的有 15 对;②与下底面的 AB、AC、BC 成异面直线的有 9 对(除去与上底面的);③与侧棱 AA_1、BB_1、CC_1 成异面直线的有 6 对(除去与上下底面的);④侧面对角线之间成异面直线的有 6 对. 所以异面直线总共有 36 对,故选(D).

解法 2(间接法):①共一顶点的共面直线有 $6C_5^2=60$ 对;②侧面互相平行的直线有 6 对;③侧面的对角线有 3 对共面. 所以异面直线总共有 $C_{15}^2-60-6-3=36$ 对.

10. 70. 先确定需调换位置的 3 个人有 C_7^3 种方法,调换 3 个人的位置有 2 种方法,根据乘法原理得 $C_7^3\times2=70$ 种方法.

11. 分四类:①A 中仅含有 1 时,B 可以是$\{2,3,4,5\}$中的任意一个非空子集,共有 15 个;②A 中含有 2 时,集合 A 的可能有 2 个,此时,集合 B 可以是$\{3,4,5\}$中的任意一个非空子集,共 7 个;此类中符合要求的共有 $2\times7=14$;③A 中含有 3 时,集合 A 的可能有 4 个,此时,集合 B 可以是$\{4,5\}$中的任意一个非空子集,共 3 个;此类中符合要求的共有 $4\times3=12$;④A 中含有 4 时,集合 A 的可能有 7 个,此时,集合 B 只能是$\{5\}$;此类中符合要求的共有 $7\times1=7$. 那么不同的选择方法共有 $15+14+12+7=48$ 种.

12. 分两类:① 其中三张是同色,其余两张是另两种颜色,有 $C_3^1C_5^3C_2^1C_1^1$ 种;② 某种颜色一张,另两种颜色各两张,有 $C_3^1C_5^1C_4^2C_2^2$ 种. 故共有 $C_3^1C_5^3C_2^1C_1^1+C_3^1C_5^1C_4^2C_2^2=150$ 种.

第三课时

1. (B). 甲工程队不承建 1 号工程,则 1 号工程有 C_4^1 种承建方案,其他四项工程的承建方案有 A_4^4 种. 由乘法原理,不同的承建方案共有 $C_4^1A_4^4$ 种. 故选(B).

2. (B). 先定首位有 C_4^1 种,再定 5 的位置有 C_4^2 种,最后排另外两个位置有 A_8^2 种,运用乘法原理得这样的五位数有 $C_4^1C_4^2A_8^2$ 种,故选(B).

3. (A). 5 天中选 3 天来安排甲、乙、丙,甲在前面,只需安排乙、丙二人,故有 $C_5^3A_2^2=20$ 种.

4. 240. 把除甲、乙、丙以外的 4 人排好,有 5 个空位,选出 3 个位给甲、乙、丙即可,故有 $A_4^4C_5^3=240$ 种.

5. 3 801 600. 先从 10 名男生、12 名女生中各选 3 名,把女生排好后,有 4 个空给 3 名男生排,共有 $C_{10}^3C_{12}^3A_3^3A_4^3=3\,801\,600$ 种不同的排法.

6. 1560. 6 本不同的书全部分给 4 个同学,每人至少 1 本可分为两类:①有一人 3 本,其余每人 1 本,则有 $C_6^3A_4^4$;②有两人每人 2 本,另两人每人 1 本,则有 $\frac{C_6^2C_4^2C_2^1C_1^1}{A_2^2A_2^2}A_4^4$ 种,故共有

$$C_6^3A_4^4+\frac{C_6^2C_4^2C_2^1C_1^1}{A_2^2A_2^2}A_4^4=1560 \text{ 种}.$$

7. 必须含有奇数个奇数字,把满足条件的数分为两类:①三奇一偶,有 $C_5^3C_4^1A_4^4$ 种;②一奇三偶,有 $C_5^1C_4^3A_4^4$ 种. 故共有 $C_5^3C_4^1A_4^4+C_5^1C_4^3A_4^4=1440$ 种.

8. 36. 分情况讨论:甲 1,丙 4,有 $A_4^2=12$ 种方案;乙 1,甲或丙 4,有 $C_4^2A_4^2=24$ 种方案;故一共有 36 种不同方案.

9. (B). 由于黄瓜必选,故再选 2 种蔬菜的方法数是 C_3^2 种,在不同土质的三块土地上种植的方法数是 A_3^3 种. 故共有 $C_3^2A_3^3=18$ 种方法.

10. 300. ①四位数中包含 5 和 0 的情况:
$C_3^1C_4^1(A_3^3+A_2^1A_2^2)=120$;
②四位数中包含 5,不含 0 的情况:
$C_3^1C_4^2A_3^3=180$;
③四位数中包含 0,不含 5 的情况:
$C_3^2C_4^1A_3^3=72$.
故四位数总数为 $120+108+72=300$.

11. 设甲会英语也会日语,所有的安排方法分为三类:①甲作为英语导游,有 $C_5^2A_3^3A_2^2$ 种;②甲作为日语导游,有 $C_3^1A_5^3A_2^2$ 种;③甲没有被选中,有 $A_5^3A_3^2$ 种. 故共有 $C_5^2A_3^3A_3^2+C_3^1A_5^3A_2^2+A_5^3A_3^2=1080$ 种.

12. 432. $10=1+2+3+4=2+2+3+3=1+1+4+4$. 若为 1、2、3、4,因为每种卡片有两种颜色,所以有 $2^4A_4^4$ 种;若为 2、2、3、3,或 1、4、1、4,各有 A_4^4 种. 所以共有 432 种.

第二节　二项式定理

第一课时

1. (C). $T_{r+1}=(-1)^rC_{12}^rx^{12-r}x^{-\frac{r}{3}}$,令 $12-r-\frac{r}{3}=0$,解得 $r=9$,故 $(-1)^9C_{12}^9=-220$.

2. (D). 解法 1:$T_{r+1}=C_n^r(x^2)^{n-r}\left(-\frac{1}{x}\right)$
$=(-1)^rC_n^rx^{2n-3r}$.

又因为常数项为 15,故 $2n-3r=0$,

即 $r=\frac{2}{3}n$ 时，$(-1)^rC_n^r=15$，故 $n=6$. 故选(D).

解法2：把3、4、5分别代入验证，即可排除(A)、(B)、(C)三项，故选(D).

3. (A). 通过选括号(即5个括号中4个提供 x，其余1个提供常数)的思路来完成. 故含 x^4 的项的系数为 $(-1)+(-2)+(-3)+(-4)+(-5)=-15$.

4. (C). 常数项的系数：$C_6^0C_{10}^0+C_6^3C_{10}^4+C_6^6C_{10}^2=4246$.

5. -1320. $T_{r+1}=C_{11}^r\cdot x^{11-r}\cdot\left(-\frac{2}{x}\right)^r$
$=C_{11}^r\cdot(-2)^r\cdot x^{11-2r}$.
令 $11-2r=5$，得 $r=3$. 故展开式中 x^5 的系数为 $C_{11}^3(-2)^3=-1320$.

6. 0. $f(x)=C_n^1(x-1)+C_n^2(x-1)^2+C_n^3(x-1)^3+\cdots+C_n^n(x-1)^n=(x-1+1)^n-1=x^n-1$，所以含 x^6 项的系数为0.

7. $\left(x^3-\frac{2}{x}\right)^4$ 的通项公式为
$T_{r+1}=C_4^r\left(-\frac{2}{x}\right)^r\cdot(x^3)^{4-r}=C_4^r(-2)^rx^{12-4r}$，
令 $12-4r=0$，$r=3$，这时得 $\left(x^3-\frac{2}{x}\right)^4$ 的展开式中的常数项为 $C_4^3(-2)^3=-32$，$\left(x+\frac{1}{x}\right)^8$ 的通项公式为 $T_{k+1}=C_8^k\left(\frac{1}{x}\right)^kx^{8-k}=C_8^kx^{8-2k}$，令 $8-2k=0$，得 $k=4$，这时得 $\left(x+\frac{1}{x}\right)^8$ 的展开式中的常数项为 $C_8^4=70$，故 $\left(x^3-\frac{2}{x}\right)^4+\left(x+\frac{1}{x}\right)^8$ 的展开式中整理后的常数项等于38.

8. $T_{r+1}=C_n^r(\sqrt{x})^{n-r}(-2\sqrt[6]{x})^r=C_n^r(-2)^rx^{\frac{3n-2r}{6}}$，由条件有 $\frac{2^2C_n^2}{2^4C_n^4}=\frac{1}{4}\Rightarrow C_n^2=C_n^4$，解得 $n=6$；又 $-C_6^3(\sqrt{x})^32^3(\sqrt[6]{x})^3=-1600$，$x^2=10$，所以 $x=\sqrt{10}$ 或 $x=-\sqrt{10}$（舍去）.

9. (B). $(1-\sqrt{x})^6(1+\sqrt{x})^4=(1-x)^4\cdot(1-\sqrt{x})^2$，故 x 的系数：$1+C_4^1(-1)=-3$.

10. 1. $C_6^4k^4<120$，所以 $k^4<8$，结合 k 为正整数，解得 $k=1$.

11. (1) $C_{20}^{4r-1}=C_{20}^{r+1}$，显然 $4r-1\neq r+1$，所以 $4r-1+r+1=20$，$r=4$.
(2) $T_{4r}=T_{16}=C_{20}^{15}(-x^2)^{15}=-C_{20}^{15}x^{30}$
$=-15504x^{30}$；
故展开式中的第 $4r$ 项的系数是 -15504.

12. $T_{r+1}=C_{20}^r2^{\frac{1}{3}(20-r)}x^{20-r}(-1)^r2^{-\frac{1}{2}r}$；
令 $\frac{1}{3}(20-r)-\frac{1}{2}r=s$　$(0\leqslant r\leqslant 20)$ 为整数，即 $2(20-r)-3r=6s$，$5r=40-6s$，其中 $-10\leqslant s\leqslant 6$，且 s 是5的倍数，s 可取 -10、-5、0、5等4个值，相应的 r 取2、8、14、20等4个值，即系数是有理数的项共有4项.

第二课时

1. (C). 展开式中第6项的系数就是第6项的二项式系数，因此 $n=10$，故选(C).

2. (B). $1-90C_{10}^1+90^2C_{10}^2-90^3C_{10}^3+\cdots+(-1)^k90^kC_{10}^k+\cdots+90^{10}C_{10}^{10}=(1-90)^{10}=(88+1)^{10}$，故选(B).

3. (C). 各项系数和 $(1+3)^n=2^{2n}$. 二项系数和为 2^n. 由 $\frac{2^{2n}}{2^n}=64$ 得 $n=6$，故选(C).

4. 31. 令 $f(x)=(x-2)^5$，$-32=f(0)=a_0$，
$-1=f(1)=a_5+a_4+a_3+a_2+a_1+a_0$，
两式作差即得 $a_5+a_4+a_3+a_2+a_1=31$.

5. 35. 由题意得 x^2 项的系数为
$C_2^2+C_3^2+C_4^2+C_5^2+C_6^2=C_7^3=35$.

6. 星期一. 因 $8^{90}=(7+1)^{90}=C_{90}^07^{90}+C_{90}^17^{89}+\cdots+C_{90}^{89}7+C_{90}^{90}$，此式被7除余1，故再过 8^{90} 天后是星期一.

7. $2^{n-1}=1024=2^{10}\Rightarrow n=11$，展开式共有12项，系数最大的项是第7项；
$T_7=C_{11}^6\left(\sqrt[3]{\frac{1}{x}}\right)^5\cdot\left(\sqrt[5]{\frac{1}{x^2}}\right)^6=462x^{-\frac{61}{15}}$.

8. $2^{n+2}3^n+5n-4=4\times6^n+5n-4=4(5+1)^n+5n-4=4(5^n+C_n^15^{n-1}+C_n^25^{n-2}+\cdots+C_n^{n-2}5^2+5n+1)+5n-4=4(5^n+C_n^15^{n-1}+C_n^25^{n-2}+\cdots+C_n^{n-2}5^2)+25n$，所以 $2^{n+2}3^n+5n-4$ 能被25整除.

9. (A). 由题知 $a_i=C_8^i$　$(i=0,1,2,\cdots,8)$，
逐个验证知 $C_8^0=C_8^8=1$，其他为偶数，故选(A).

10. 7. $C_{33}^1+C_{33}^2+C_{33}^3+\cdots+C_{33}^{33}=C_{33}^0+C_{33}^1+C_{33}^2+C_{33}^3+\cdots+C_{33}^{33}-1=2^{33}-1=8^{11}-1=(9-1)^{11}-1=C_{11}^09^{11}-C_{11}^19^{10}+C_{11}^29^9-\cdots+(-1)^{10}C_{11}^{10}9+(-1)^{11}C_{11}^{11}-1$，故余数为7.

11. 由 $T_{r+1}=C_n^r(\sqrt{x})^{n-r}\cdot\left(\frac{3}{\sqrt[3]{x}}\right)^r=C_n^r\cdot3^r\cdot x^{\frac{3n-5r}{6}}$，

由于存在常数项，因此$\frac{3n-5r}{6}=0$，即$3n=5r$.

又因为$n, r\in\mathbf{N}^*$，得最小的自然数$n=5$，此时$r=3$. 那么，相应的常数项为$C_5^3\cdot 3^3=270$.

12. $2^n+112=2^{2n-1}$即$2^n=16$，所以$n=4$；第二个展开式中二项式系数最大项是第5项，$T_5=C_8^4(2x)^4\left(\frac{1}{\sqrt{x}}\right)^4=1120$，即$x^2=1$，所以$x=\pm1$（负值舍去），故$x=1$.

习题十三

1. (B). 事件是“确定冠军的得主”，分为三个步骤，每个步骤共有4种选择，因此冠军获得者可能有的种数是4^3，故选(B).
2. (D). 分三种情况：一前一后，有$C_2^1\times6\times7$种坐法；2人在前排有A_5^2种坐法；2人在后排有A_6^2种坐法；共有$84+20+30=134$种坐法.
3. (C). 由条件即为从10个不同元素中取出4个不同元素的组合问题，故选(C).
4. (B). 根据题意，m是不大于10的正整数，n是不大于8的正整数. 但是当$m=n$时，$\frac{x^2}{m^2}+\frac{y^2}{n^2}=1$是圆而不是椭圆. 先确定$n$，$n$有8种可能，对每一个确定的$n$，$m$有$10-1=9$种可能. 故满足条件的椭圆有$8\times9=72$个，故选(B).
5. (B). 考虑中间数字0～8，有$1^2+2^2+\cdots+9^2=285$种.
6. (D). 先看侧面的方案$C_3^1C_2^1C_1^1$，第一个被染色的相邻顶面的染色方法有C_2^1种，故所有的染色方案有$C_3^1C_2^1C_1^1C_2^1=12$种.
7. (B). 用排除法比较容易知：$C_6^2-2=13$.
8. (C). $\left(3x-\frac{1}{\sqrt[3]{x^2}}\right)^n$的展开式中各项系数之和为128，所以$n=7$，$\left(3x-\frac{1}{\sqrt[3]{x^2}}\right)^n$的通项为

$$T_{r+1}=C_7^r(3x)^r\left(-\frac{1}{\sqrt[3]{x^2}}\right)^{7-r}$$
$$=C_7^r(3)^r(-1)^{7-r}\cdot x^{r-\frac{2}{3}(7-r)},$$

令$r-\frac{2}{3}(7-r)=-3$，解得$r=1$，所以展开式中$\frac{1}{x^3}$的系数为

$$T_{1+1}=C_7^1(3x)^1\left(-\frac{1}{\sqrt[3]{x^2}}\right)^{7-1}=\frac{21}{x^3},$$

故$\frac{1}{x^3}$的系数是21，选(C).

9. (D). $2^{33}=8^{11}=(9-1)^{11}=C_{11}^0 9^{11}-C_{11}^1 9^{10}+C_{11}^2 9^8+\cdots+(-1)^{10}C_{11}^{10}9+(-1)^{11}C_{11}^{11}$，故余数为8，选(D).
10. (C). 设$f(x)=(2x+\sqrt{3})^3=a_0+a_1x+a_2x^2+a_3x^3$，则$f(1)=a_0+a_1+a_2+a_3=(2+\sqrt{3})^3$，$f(-1)=a_0-a_1+a_2-a_3=(-2+\sqrt{3})^3$，故

$$(a_0+a_2)^2-(a_1+a_3)^2$$
$$=(a_0+a_1+a_2+a_3)\cdot(a_0-a_1+a_2-a_3)$$
$$=(2+\sqrt{3})^3(-2+\sqrt{3})^3$$
$$=[(2+\sqrt{3})(-2+\sqrt{3})]^3=-1$$，故选(C).

11. (C). $(x+2)^5=C_5^0\cdot x^5+C_5^1\cdot2\cdot x^4+C_5^2\cdot2^2\cdot x^3+C_5^3\cdot2^3\cdot x^2+C_5^4\cdot2^4\cdot x+C_5^5\cdot2^5=x^5+10x^4+40x^3+80x^2+80x+32$，比较系数知：$x^k(k=1,2,3,4,5)$的系数不可能为50，故选(C).
12. 80. 用“插空法”把3个亮的二极管插到4个不亮的二极管构成的5个空中，有C_5^3种选取方案. 每个二极管有两种颜色，可以表示两种信息，所以这排二极管可以表示的信息数：$2^3C_5^3=80$.
13. 300. 分三类：①取5不取0，有$C_3^1C_4^2A_3^3$种；②取0不取5，有$C_3^2C_4^1A_3^3$种；③既取5又取0，有$C_3^1C_4^1(A_3^3+A_2^2A_2^2)$种. 故共有
$C_3^1C_4^2A_3^3+C_3^2C_4^1A_3^3+C_3^1C_4^1(A_3^3+A_2^2A_2^2)=300$（种）.
14. $-\frac{1}{2}$. x^7的系数为$C_{10}^7\times(-a)^3=15\Rightarrow$

$(-a)^3=\frac{1}{8}\Rightarrow a=-\frac{1}{2}$.

15. 5. 5次中有4次向正方向，1次向负方向，所以运动方法共有$C_5^1=5$种.
16. 20. 第一步：投放2个球，使其编号与盒子编号相同，有C_5^2种投法；第二步：投入其余3个球，以第一步的投法是1、2号球投入1、2号盒子内为例，其余3个球由于不能再出现与盒子号相同的投法，如框图所示，有2种投法.

④	⑤	③
3	4	5

⑤	③	④
3	4	5

综上可知，符合题意的投放方法共有$C_5^2\times2=20$种.

17. (1) $28+7+9+3=47$，因此有47种不同的选

法.

(2) $28\times7\times9\times3=5292$，因此有5292种不同的选法.

18. (1) 五位"渐升数"各位数字均不是0，且对于给定的5个不同的数字，都对应一个5位"渐升数"，因此五位"渐升数"的个数是 $C_9^5=126$.

(2) 其中首位是1的有 $C_8^4=70$ 个；首位是2的有 $C_7^4=35$ 个. $70+35=105$；首位是2的由大到小排列 26789，25789，25689，25679，25678，24789. 因此第100个数是24789.

19. (1)分两类：①取0，有 $(C_3^1C_3^1+C_3^2)A_2^1A_2^2$ 种；②不取0，有 $3A_3^3+C_3^1C_3^1C_3^1A_3^3$ 种.

由加法原理有

$(C_3^1C_3^1+C_3^2)A_2^1A_2^2+3A_3^3+C_3^1C_3^1C_3^1A_3^3=228$(种).

(2) 所有三位数的和为所有三位数的百位数、十位数、个位数的和相加，末位为1的三位数共有 $C_8^1C_8^1=64$，所以所有三位数的个位数的和为 $64(1+2+3+4+5+6+7+8+9)=2880$，所有三位数的十位数的和为 $64(1+2+3+4+5+6+7+8+9)10=28800$，所有三位数的百位数的和为 $A_9^2(1+2+3+4+5+6+7+8+9)100=324000$，故所有三位数的和为 $2880+28800+324000=355680$.

20. (1) 不存在连续三项的二项式系数成等比数列. 若 C_n^{r-1}，C_n^r，C_n^{r+1} 成等比数列，则

$(C_n^r)^2=C_n^{r-1}C_n^{r+1}$，

$$\frac{(n!)^2}{[r!(n-r)!]^2}=\frac{n!}{(r-1)!\ (n-r+1)!}\times\frac{n!}{(r+1)!\ (n-r-1)!},$$

故 $\frac{1}{r(n-r)}=\frac{1}{(n-r+1)(r+1)}$，

故 $n+1=0$，这是不可能的，故不存在连续三项的二项式系数成等比数列.

(2) 第三项的二项式系数为 C_n^2. ①若 C_n^0、C_n^1、C_n^2 成等差数列，则 $2C_n^1=C_n^0+C_n^2$，故 $2n=1+\frac{n(n-1)}{2}$，即 $n^2-5n+2=0$ 无自然数解，故此情况不可能. ②若 C_n^1、C_n^2、C_n^3 成等差数列，则 $2C_n^2=C_n^1+C_n^3$，故 $n^2-9n+14=0$，解得 $n=7$ 或 $n=2$(舍去). ③若 C_n^2、C_n^3、C_n^4 成等差数列，则 $2C_n^3=C_n^2+C_n^4$，故 $n^2-113n+34=0$ 无自然数解，故此情况也不可能. 由①②③知 $n=7$，此时二项式系数最大项是第4项和第5项，

$T_4=35a^4b$，$T_5=35a^3b^{\frac{4}{3}}$.

又 $T_{r+1}=C_7^r a^{7r}(\sqrt[3]{b})^r$，所以当 $\frac{r}{3}$ 为整数时，得到的是有理项，故 $r=0$，3，6. 故有理项分别为 $T_1=35a^7$，$T_4=35a^4b$，$T_7=35ab^2$.

第十四章　概　率

第一节　随机事件的概率

1. (B). (A)显然正确;直线 $y=k(x+1)$ 是直线方程的点斜式,它表示斜率为 k 且过点 $(-1,0)$ 的直线,故(C)正确;当 a、b、c、d 取不同值且满足 $a>b$,$c>d$ 时,则 $a+d>b+c$ 可能成立也可能不成立,(D)也正确;(B)不符合概率的定义,是错误的.
2. (A). 因为只有 2 件次品,所以从中任意抽出 3 件产品必然有一件是合格品,则至少有一件是正品是必然事件.
3. (B). 由对立事件与互斥事件的定义可知,A_1、A_2 对立,则 A_1、A_2 互斥,反之则不成立. 故选(B).
4. (C).
5. 0.96. 抽验一只是正品(甲级)的概率是 $1-3\%-1\%=96\%=0.96$.
6. (C).
7. $\frac{1}{2}$. 四个开关任意闭合 2 个,有 ab、ac、ad、bc、bd、cd 共 6 种,电路被接通的条件是:首先是开关 d 必须闭合,其次是开关 a、b、c 中有一个闭合,即有 ad、bd 和 cd 共 3 种,所以所求的概率是 $\frac{3}{6}=\frac{1}{2}$.
8. $\frac{1}{4}$. 所有的结果共有 16 种, 其中一个数是另一个数两倍的有 1, 2; 2, 1; 2, 4; 4, 2, 共四个结果.
9. (C). 因为 $3^{\log_9 a^2}=a(a\neq0)$ 对 $a\leqslant0$ 不成立,所以不是必然事件. 球的号数为偶数,即 2、4、6、8、10,而 $M=\{2,4,6,8,10\}$,$N=\{3,6,9\}$ 两集合有公共元素 6,所以 M、N 不是互斥事件. 又因为 $f(x)=x^2-2x+2$ 在 $x\geqslant2$ 时,$f(x)\geqslant2$,最小值不可能为 1,所以是不可能事件,故选(C).
10. 根据互斥事件、对立事件的定义来判断.
    (1)由于事件 C"至多订一种报"中有可能"只订甲报",即事件 A 与事件 C 有可能同时发生,故 A 与 C 不是互斥事件.
    (2)事件 B"至少订一种报"与事件 E"一种报也不订"是不可能同时发生的,故 B 与 E 是互斥事件. 由于事件 B 发生会导致事件 E 一定不发生,且事件 E 发生会导致事件 B 一定不发生,故 B 与 E 还是对立事件.
    (3)事件 B"至少订一种报"中有可能"只订乙报",即有可能"不订甲报",即事件 B 发生,事件 D 也可能发生,故 B 与 D 不是互斥事件.
11. 将一颗质地均匀的正方体骰子先后抛掷两次的基本事件总数 $N=6\times6=36$ 个.
    (1)因为事件"$x+y\leqslant3$"包含(1,1)、(1,2)、(2,1)三个基本事件,所以事件"$x+y\leqslant3$"的概率 $P_1=\frac{3}{36}=\frac{1}{12}$.
    (2)因为事件"$|x-y|=2$"包含(1,3)、(2,4)、(3,5)、(4,6)、(3,1)、(4,2)、(5,3)、(6,4)共 8 个基本事件,所以事件"$|x-y|=2$"的概率 $P_2=\frac{8}{36}=\frac{2}{9}$.
12. (1) 记"点(x, y)不在 x 轴上"为事件 A, 事件 A 包含的结果数为 11×11(x 的值取法有 11 种, y 值取法也是 11 种). 所以
    $P(A)=\frac{11\times11}{A_{12}^2}=\frac{11}{12}$.
    (2) 记"点(x, y)正好在第三象限"为事件 B, 因 $x<0$, $y<0$, 所以事件 B 包含的结果数为 A_6^2. 故 $P(B)=\frac{A_6^2}{A_{12}^2}=\frac{5}{22}$.

第二节　古典概型

1. (A). ①③④不是古典概型;②是古典概型.
2. (B). 相当于 3 张奖券中 1 张有奖,3 人抽取,最后一人抽到中奖券的概率为 $\frac{1}{3}$.
3. (D). 两个面涂有蓝色的正方形有 12 个,所以 $P(A)=\frac{4}{9}$.
4. 可能的结果有:(上上)、(上下)、(下上)、(下下)共 4 种. 所以恰有一枚硬币正面朝上的概率为 $\frac{2}{4}=\frac{1}{2}$.
5. (1)$P(\overline{A})=0.05$.
   (2) 事件 C(中靶环数小于 6)的概率 $P(C)=1-$事件 B(中靶环数大于 5)的概率 $P(B)$, 所以 $P(C)=1-0.7=0.3$.

6. (D). 设“所取两数满足 $a_i > b_j$”的事件为 A,则 $P(A)=\frac{1+2+3+4+5}{5\times5}=\frac{3}{5}$.

7. 基本事件有 36 种,落在圆内的有:(1,1),(1,2),(1,3),(2,1),(2,2),(2,3),(3,1),(3,2)共 8 个,所以所求的概率为$\frac{8}{36}=\frac{2}{9}$.

8. (1)$P(A)=\frac{C_3^2}{2^3}=\frac{3}{8}$.

(2)$P(B)=1-\frac{1}{2^3}=\frac{7}{8}$.

9. $\frac{1}{3}$. 根据已知条件,可得 $A=\{2,8,14,20,26,32\}$, $B=\{1,2,4,8,16,32\}$,故 $A\cup B=\{1,2,4,8,14,16,20,26,32,\}$, $A\cap B=\{2,8,32\}$. 任取 $x\in A\cup B$,则 $x\in A\cap B$ 的概率是$\frac{3}{9}=\frac{1}{3}$.

10. $\frac{11}{16}$. 设 $\bar{A}=\{$最多有一个 1$\}$. $\bar{A}$ 中元素的特征为四个数字均为 0,或一个 1、三个 0,具体为 0000,1000,0100,0010,0001,所以 $\bar{A}$ 中有 5 个元素. 所以

$P(\bar{A})=\frac{5}{16}$,$P(A)=1-P(\bar{A})=1-\frac{5}{16}=\frac{11}{16}$.

因此事件“码中至少有两个 1”的概率为$\frac{11}{16}$.

11. (A). 从 1,2,…,10 这十个数中任意取出两个,一共有$\frac{10\times9}{2}=45$ 种不同的取法,两个数的和是偶数时,两个数都是偶数或都是奇数,有$\frac{5\times4}{2}+\frac{5\times4}{2}=20$ 种取法,所以两个数的和是偶数的概率为 $p=\frac{20}{45}=\frac{4}{9}$;而当两个数的积是奇数时,两个数必须都是奇数,有$\frac{5\times4}{2}=10$,因此两个数的积是偶数的概率为 $q=1-\frac{10}{45}=\frac{7}{9}$,所以只有④$p\leq\frac{1}{2}$正确,故选(A).

12. (1)基本事件总数为 $6\times6=36$.
当 $a=1$ 时,$b=1,2,3$;当 $a=2$ 时,$b=1,2$;当 $a=3$ 时,$b=1$. 共有(1,1),(1,2),(1,3),(2,1),(2,2),(3,1)6个点落在条件区域内,故 $P(A)=\frac{6}{36}=\frac{1}{6}$.
(2)当 $m=7$ 时,有(1,6),(2,5),(3,4),(4,3),(5,2),(6,1)共有 6 种,此时 $P=\frac{6}{36}=\frac{1}{6}$ 最大.

第三节　几何概型

1. (C). 依题意,此点坐标不大于 2 的区间为[0,2],区间长度为 2,而区间[0,3]的长度为 3,所以此点坐标不大于 2 的概率是$\frac{2}{3}$.

2. 由几何概型公式知$\frac{S_{阴}}{S_{正}}=\frac{2}{3}$,所以 $S_{阴}=\frac{8}{3}$.

3. 3.14. 设正方形的边长为 a,则它的内切圆的半径为$\frac{a}{2}$,则正方形的面积为 a^2,内切圆的面积为 $\frac{a^2\pi}{4}$. 由几何概型的知识知,$\frac{\frac{a^2\pi}{4}}{a^2}=\frac{628}{800}$,解得 $\pi=3.14$.

4. (B). 根据几何概型的概率公式得,黄豆落在椭圆内的概率 $P=\frac{S_{椭圆}}{S_{矩形}}$,而 $P=\frac{300-96}{300}=0.68$, $S_{矩形}=24$,故 $S_{椭圆}=P\cdot S_{矩形}=0.68\times24=16.32$,故选(B).

5. $\frac{4}{9}$. $P=\frac{2^2}{3^2}=\frac{4}{9}$.

6. 记“所投的点落在梯形内部”为事件 A,则事件 A 所占的区域面积为$\frac{1}{2}(\frac{1}{3}a+\frac{1}{2}a)b=\frac{5}{12}ab$. 整个基本事件的区域面积为 ab. 由几何概型的概率计算公式得,$P(A)=\frac{\frac{5}{12}ab}{ab}=\frac{5}{12}$. 故所投的点落在梯形内部的概率是$\frac{5}{12}$.

7. $\frac{2}{3}$. 将木棒进行三等分,在两端的两等份内任意折都可以,所以 $P=\frac{2}{3}$.

8. (A). A 游戏盘的中奖概率为$\frac{3}{8}$,B 游戏盘的中奖概率为$\frac{1}{3}$,C 游戏盘的中奖概率为$\frac{(2r)^2-\pi r^2}{(2r)^2}=\frac{4-\pi}{4}$,D 游戏盘的中奖概率为$\frac{r^2}{\pi r^2}=\frac{1}{\pi}$,故 A 游戏盘的中奖概率最大.

9. $\frac{\pi}{4}$. 所取的点的横纵坐标要满足条件,则点应

该在以原点为圆心、半径为2的$\frac{1}{4}$个圆形区域内(第一象限)，而其面积为π，所以概率为$\frac{\pi}{2\times2}=\frac{\pi}{4}$.

10. (D). 根据题意，AG的长度应介于6到8之间，区间长度为2，故概率为$\frac{1}{5}$.

11. 设两个数为X、Y $(0\leqslant X\leqslant1, 0\leqslant Y\leqslant1)$，则$X+Y<\frac{6}{5}$，所以事件“两数之和小于$\frac{6}{5}$”的概率是直线$X+Y=\frac{6}{5}$和$X$轴、$Y$轴及$X=1$，$Y=1$围成的区域的面积与$X$轴、$Y$轴及$X=1$，$Y=1$围成的正方形的面积的比，所以

$$P=\frac{1-\frac{1}{2}\times\frac{4}{5}\times\frac{4}{5}}{1\times1}=\frac{17}{25}.$$

12. 如图14-1，集合$\{(x,y)|0\leqslant x\leqslant5, 0\leqslant y\leqslant4\}$为矩形内(包括边界)的点的集合，集合$\left\{(x,y)\left|\frac{x}{4}+\frac{y}{3}-\frac{19}{12}\geqslant0\right.\right\}$表示坐标平面内直线$\frac{x}{4}+\frac{y}{3}-\frac{19}{12}=0$上方(包括直线)所有点的集合，所以所求概率为$\frac{S_{阴影}}{S_{矩形}}=\frac{\frac{1}{2}\times4\times3}{4\times5}=\frac{3}{10}$.

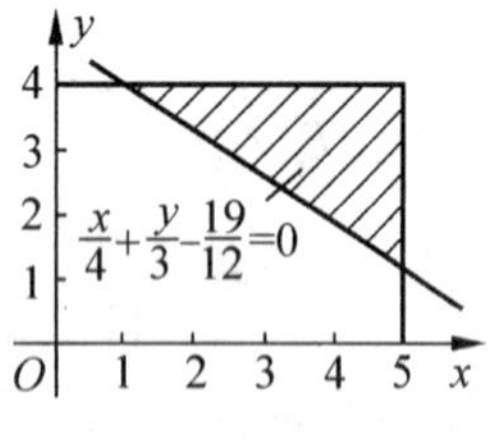

图14-1

第四节　条件概率与事件的相互独立性

1. (D). 两地均没雨的概率为$0.7\times0.6=0.42$.
2. (A).
3. (C). $\frac{1}{2}\times\frac{2}{3}+\frac{1}{2}\times\frac{1}{3}=\frac{1}{2}$.
4. $\frac{15}{64}$. $C_6^2\times\left(\frac{1}{2}\right)^6=\frac{15}{64}$.
5. $P=\frac{6}{12}\times\frac{4}{12}=\frac{1}{6}$.
6. (C).
7. (D). 可把问题看成从2只螺口灯和7只卡口灯中任取一只是卡口灯的概率.
8. (C). 灯亮的事件为A闭合或B闭合或C闭合至少有一个发生，所以它的对立事件为A不闭合且B不闭合且C不闭合，故
$P=1-\frac{1}{2}\times\frac{1}{2}\times\frac{1}{2}=\frac{7}{8}$.
9. (B). 质点由原点移动到(2,3)，需要移动5次，且必须有2次向右、3次向上，所以质点的移动方法有C_5^2种，而每一次移动的概率都是$\frac{1}{2}$，所以所求的概率等于$C_5^2\left(\frac{1}{2}\right)^5$. 故选(B).
10. (B). 3个球颜色不全相同的事件的对立事件是颜色全相同事件，所以
$P=1-C_3^1\times\frac{1}{3}\times\frac{1}{3}\times\frac{1}{3}=\frac{8}{9}$. 故选(B).
11. (B). 设射手每次击中的概率为P，至少命中一次的对立事件是四次均未命中. 所以
$1-(1-P)^4=\frac{80}{81}$，解得$P=\frac{2}{3}$.
12. (1)$P=\frac{C_3^2C_5^0}{C_8^2}=\frac{3}{28}$.

(2)设事件A为“从乙箱中取出一个产品是正品”，事件B_1为“从甲箱中取出2个产品都是正品”，事件B_2为“从甲箱中取出2个产品一个是正品一个是次品”，事件B_3为“从甲箱中取出2个产品都是次品”，则事件B_1、B_2、B_3互斥. $P(B_1)=\frac{C_5^2}{C_8^2}=\frac{5}{14}$，$P(B_2)=\frac{C_3^1C_5^1}{C_8^2}=\frac{15}{28}$，

$P(B_3)=\frac{C_3^2}{C_8^2}=\frac{3}{28}$，$P(A|B_1)=\frac{6}{9}$，

$P(A|B_2)=\frac{5}{9}$，$P(A|B_3)=\frac{4}{9}$，

$$P(A)=P(B_1)P(A|B_1)+P(B_2)P(A|B_2)+P(B_3)P(A|B_3)=\frac{5}{14}\times\frac{6}{9}+\frac{15}{28}\times\frac{5}{9}+\frac{3}{28}\times\frac{4}{9}=\frac{7}{12}.$$

第五节　离散型随机变量及其分布列

1. 0.3. 由$0.1+0.2+0.3+x+0.1=1$得$x=0.3$.
2. (C). 因为随机变量ξ等可能取值：1，2，…，n，所以$P(\xi=k)=\frac{1}{n}$ $(k=1, 2, \cdots, n)$，则$\frac{1}{n}\times3=0.3$，所以$n=10$.
3. (A). $C_6^3\left(\frac{1}{2}\right)^6=\frac{5}{16}$.

4. (D). 因为 $\xi=4=1+3=3+1=2+2$，所以 $\xi=4$ 表示的随机试验的结果是：一个是 1 点，另一个是 3 点；或两个都是 2 点.

5. (C). 因为：①某机场候车室中一天的游客数量为 ξ；②某网站一天内收到的上网次数为 ξ；④某立交桥一天经过的车辆数为 ξ 都是随机的且是有限的自然数，而③某水文站观察到一天中长江的水位为 ξ，虽然也是随机但数据不是自然数，所以不是离散型随机变量.

6. 由题意知，$P(\xi=x_1)=4P(\xi=x_2)$，而 $P(\xi=x_1)+P(\xi=x_2)=1$. 故 $P(\xi=x_2)=\frac{1}{5}$.

ξ	x_1	x_2
P	$\frac{4}{5}$	$\frac{1}{5}$

7. (C). 设 ξ 的分布列为

ξ	0	1
P	p	$2p$

即"$\xi=0$"表示试验失败，"$\xi=1$"表示试验成功，设失败概率为 p，成功的概率为 $2p$，由 $p+2p=1$ 解得 $p=\frac{1}{3}$，因此选(C).

8. $\frac{8}{27}$. $P(\xi=3)=C_4^2\left(\frac{1}{3}\right)^2\left(\frac{2}{3}\right)^2=\frac{8}{27}$.

9. (C). 由分布列的性质得

$$\begin{cases}0\leqslant 1-2q<1\\0\leqslant q^2<1\\0.5+1-2q+q^2=1\end{cases}\Leftrightarrow\begin{cases}0<q\leqslant\frac{1}{2}\\q=1\pm\frac{\sqrt{2}}{2}\end{cases}\Leftrightarrow q=1-\frac{\sqrt{2}}{2}.$$

10. $P(\xi=0)=\frac{C_2^2}{C_5^2}=0.1$，$P(\xi=1)=\frac{C_3^1C_2^1}{C_5^2}=0.6$，

$P(\xi=2)=\frac{C_3^2}{C_5^2}=0.3$，所以 ξ 的分布列为

ξ	0	1	2
P	0.1	0.6	0.3

11. (B). 因为 $\xi=2$ 表示甲投篮的次数为 2，这个事件包含两种情况，一是甲投篮第 2 次命中投球结束，二是乙投篮第 2 次命中投球结束，所以

$$P(\xi=2)=\frac{3}{5}\times\frac{2}{5}\times\frac{2}{5}+\frac{3}{5}\times\frac{2}{5}\times\frac{3}{5}\times\frac{3}{5}=\frac{114}{625}.$$

12. ξ 的取值为 1、2、3、4. 当 $\xi=1$ 时，即第一次取到合格品，故 $P(\xi=1)=\frac{10}{13}$. 当 $\xi=2$ 时，即第一次就取到次品，而第二次就取到合格品，故 $P(\xi=2)=\frac{3}{13}\times\frac{10}{12}=\frac{5}{26}$. 类似地有

$$P(\xi=3)=\frac{3}{13}\times\frac{2}{12}\times\frac{10}{11}=\frac{5}{143},$$

$$P(\xi=4)=\frac{3}{13}\times\frac{2}{12}\times\frac{1}{11}\times\frac{10}{10}=\frac{1}{286}.$$

因此，ξ 的分布列如下表所示：

ξ	1	2	3	4
P	$\frac{10}{13}$	$\frac{5}{26}$	$\frac{5}{143}$	$\frac{1}{286}$

第六节　离散型随机变量的均值与方差

第一课时

1. (A). 由随机变量的均值与方差的性质可得答案.

2. $E\xi=-\frac{1}{2}+\frac{1}{3}=-\frac{1}{6}$，$E\eta=\frac{2}{3}$.

3. (A). 因 $E\xi=nP=6$，$D\xi=nP(1-P)=3$，故 $P=\frac{1}{2}$，$n=12$，

$$P(\xi=1)=C_{12}^1\left(\frac{1}{2}\right)^{12}=3\times2^{-10}.$$

4. (B). 由题意可得 ξ 的分布列为

ξ	1	2
P	0.3	0.7

$E\xi=1\times0.3+2\times0.7=1.7$，
$D\xi=(1-1.7)^2\times0.3+(2-1.7)^2\times0.7=0.21$.

5. $\frac{1}{3}$，$\frac{1}{6}$. 由 $\begin{cases}a+b+\frac{1}{3}+\frac{1}{6}=1\\\frac{1}{3}+\frac{1}{3}+3b=\frac{7}{6}\end{cases}$，解得 $\begin{cases}a=\frac{1}{3}\\b=\frac{1}{6}\end{cases}$.

6. (D). $E\xi=1\times\frac{3}{4}+0\times\frac{1}{4}=\frac{3}{4}$.

7. (D).

ξ	1	0
P	m	$1-m$

$E\xi=m$，$D\xi=(1-m)^2m+(0-m)^2(1-m)=m(1-m)$，故选(D).

8. ξ 的取值可以是1,2,3,4,5. 且有

$P(\xi=1)=C_4^0\left(\frac{1}{3}\right)^4=\frac{1}{81}$,

$P(\xi=2)=C_4^1\left(\frac{2}{3}\right)\left(\frac{1}{3}\right)^3=\frac{8}{81}$,

$P(\xi=3)=C_4^2\left(\frac{2}{3}\right)^2\left(\frac{1}{3}\right)^2=\frac{8}{27}$,

$P(\xi=4)=C_4^3\left(\frac{2}{3}\right)^3\left(\frac{1}{3}\right)=\frac{32}{81}$.

$P(\xi=5)=C_4^4\left(\frac{2}{3}\right)^4=\frac{16}{81}$.

故 ξ 的分布列为

ξ	1	2	3	4	5
P	$\frac{1}{81}$	$\frac{8}{81}$	$\frac{8}{27}$	$\frac{32}{81}$	$\frac{16}{81}$

$$E\xi=1\times\frac{1}{81}+2\times\frac{8}{81}+3\times\frac{8}{27}+4\times\frac{32}{81}+5\times\frac{16}{81}=\frac{11}{3}.$$

9. $\frac{2}{3}$. ξ 的分布列为

ξ	0	1	2
P	$\frac{4}{9}$	$\frac{4}{9}$	$\frac{1}{9}$

故 $E\xi=\frac{6}{9}=\frac{2}{3}$.

10. (1)ξ 的分布列为

ξ	0	1	2	3	4
P	$\frac{1}{2}$	$\frac{1}{20}$	$\frac{1}{10}$	$\frac{3}{20}$	$\frac{1}{5}$

$$E\xi=0\times\frac{1}{2}+1\times\frac{1}{20}+2\times\frac{1}{10}+3\times\frac{3}{20}+4\times\frac{1}{5}=\frac{3}{2}.$$

$$D\xi=\left(0-\frac{3}{2}\right)^2\times\frac{1}{2}+\left(1-\frac{3}{2}\right)^2\times\frac{1}{20}+\left(2-\frac{3}{2}\right)^2\times\frac{1}{10}+\left(3-\frac{3}{2}\right)^2\times\frac{3}{20}+\left(4-\frac{3}{2}\right)^2\times\frac{1}{5}=\frac{11}{4}.$$

(2)由 $D\eta=a^2D\xi$,得 $a^2\times\frac{11}{4}=11$,即 $a=\pm2$.

又 $E\eta=aE\xi+b$,所以当 $a=2$ 时,由 $1=2\times\frac{3}{2}+b$,得 $b=-2$;

当 $a=-2$ 时,由 $1=-2\times\frac{3}{2}+b$,得 $b=4$.

故 $\begin{cases}a=2\\b=-2\end{cases}$ 或 $\begin{cases}a=-2\\b=4\end{cases}$.

11. (1)ξ 的所有可能值为0、1、2、3. 由其可能性事件的概率公式得 $P(\xi=0)=\frac{2^3}{3^3}=\frac{8}{27}$,

$P(\xi=1)=\frac{C_3^1\times2^2}{3^3}=\frac{12}{27}$,

$P(\xi=2)=\frac{C_3^2\times2}{3^3}=\frac{6}{27}$,

$P(\xi=3)=\frac{C_3^3\times1^3}{3^3}=\frac{1}{27}$.

因此 ξ 的分布列为

ξ	0	1	2	3
P	$\frac{8}{27}$	$\frac{12}{27}$	$\frac{6}{27}$	$\frac{1}{27}$

(2)因为 $\xi\sim B\left(3,\frac{1}{3}\right)$,即 ξ 服从二项分布,所以 $E\xi=nP=1$.

12. 用 A、B、C 分别表示事件甲、乙、丙面试合格. 由题意知 A、B、C 相互独立,且

$P(A)=P(B)=P(C)=\frac{1}{2}$.

(1)至少有1人面试合格的概率是

$$1-P(\bar{A}\bar{B}\bar{C})=1-P(\bar{A})P(\bar{B})P(\bar{C})=1-\left(\frac{1}{2}\right)^3=\frac{7}{8}.$$

(2)ξ 的可能取值为0,1,2,3.

$$P(\xi=0)=P(\bar{A}B\bar{C})+P(\bar{A}\bar{B}C)+P(\bar{A}\bar{B}\bar{C})=P(\bar{A})P(B)P(\bar{C})+P(\bar{A})P(\bar{B})P(C)+P(\bar{A})P(\bar{B})P(\bar{C})=\left(\frac{1}{2}\right)^3+\left(\frac{1}{2}\right)^3+\left(\frac{1}{2}\right)^3=\frac{3}{8}.$$

或 $P(\xi=0)=P(\bar{A})[1-P(BC)]=\frac{1}{2}\times\left(1-\frac{1}{4}\right)=\frac{3}{8}$.

$$P(\xi=1)=P(A\bar{B}C)+P(AB\bar{C})+P(A\bar{B}\bar{C})=P(A)P(\bar{B})P(C)+P(A)P(B)P(\bar{C})+P(A)P(\bar{B})P(\bar{C})=\left(\frac{1}{2}\right)^3+\left(\frac{1}{2}\right)^3+\left(\frac{1}{2}\right)^3=\frac{3}{8}.$$

或 $P(\xi=1)=P(A)[1-P(BC)]$
$=\frac{1}{2}\times\left(1-\frac{1}{4}\right)=\frac{3}{8}$.

$P(\xi=2)=P(\bar{A}BC)=P(\bar{A})P(B)P(C)=\frac{1}{8}$.

$P(\xi=3)=P(ABC)=P(A)P(B)P(C)=\frac{1}{8}$.

所以,ξ 的分布列为

ξ	0	1	2	3
P	$\frac{3}{8}$	$\frac{3}{8}$	$\frac{1}{8}$	$\frac{1}{8}$

$E\xi=0\times\frac{3}{8}+1\times\frac{3}{8}+2\times\frac{1}{8}+3\times\frac{1}{8}=1$.

第二课时

1. $\frac{3}{2}$. 由 $\begin{cases}0\leqslant\frac{1}{2}-P\leqslant1\\0\leqslant P\leqslant1\end{cases}$ 得 $0\leqslant P\leqslant\frac{1}{2}$,

故 $E\xi=1\times P+2\times\frac{1}{2}=P+1\leqslant\frac{3}{2}$.

2. 商场有两种方案可以选择:第一种方案是选择在商场内促销,此时可获利 2 万元;第二种方案是选择在商场外促销,此时可能获利 X 万元,X 分布如下:

X	10	-4
P	0.6	0.4

则第二种方案的平均收入为
$EX=10\times0.6+(-4)\times0.4=4.4$(万元).
若根据平均收入最高的准则,因为 $4.4>2$,所以应选择第二种方案.

3. (1) $P=\frac{C_4^1C_6^1+C_4^2}{C_{10}^2}=\frac{30}{45}=\frac{2}{3}$.

(2) ξ 的所有可能值为 0、10、20、50、60.

$P(\xi=0)=\frac{C_6^2}{C_{10}^2}=\frac{1}{3}$,$P(\xi=10)=\frac{C_3^1C_6^1}{C_{10}^2}=\frac{2}{5}$,

$P(\xi=20)=\frac{C_3^2}{C_{10}^2}=\frac{1}{15}$,$P(\xi=50)=\frac{C_1^1C_6^1}{C_{10}^2}=\frac{2}{15}$,

$P(\xi=60)=\frac{C_1^1C_3^1}{C_{10}^2}=\frac{1}{15}$. 故 ξ 的分布列为

ξ	0	10	20	50	60
P	$\frac{1}{3}$	$\frac{2}{5}$	$\frac{1}{15}$	$\frac{2}{15}$	$\frac{1}{15}$

从而期望 $E\xi=0\times\frac{1}{3}+10\times\frac{2}{5}+20\times\frac{1}{15}+50\times\frac{2}{15}+60\times\frac{1}{15}=16$. 由于 10 张券总价值为 80 元,即每张的平均奖品价值为 8 元,从而抽 2 张的平均奖品价值 $E\xi=2\times8=16$(元).

4. 方案甲、乙、丙的数学期望分别为:$E\xi_{甲}=0.4\times6+0.3\times2+0.3\times(-4)=1.8$(万元);$E\xi_{乙}=0.3\times7+0.4\times2.5+0.3\times(-5)=1.6$(万元);$E\xi_{丙}=0.4\times6.5+0.2\times4.5+0.4\times(-4.5)=1.7$(万元). 从而知 $E\xi_{甲}>E\xi_{丙}>E\xi_{乙}$,故该企业最好选择甲方案.

5. 假设罚款金额为 x 万元,则商家不采取预防措施时总花费的期望为
$E\xi_1=1000\times0.01+\frac{1}{2}x$(万元);采取预防措施的总花费的均值为 $E\xi_2=30-10=20$(万元),要鼓励商家采取预防措施则必须有:$E\xi_1>E\xi_2$,
即$\frac{1}{2}x+10>20$,所以 $x>20$(万元).
故罚款金额多于 20 万元才能起到鼓励作用.

6. 假设偷税额为 x,则偷税时商家受益的数学均值为 $E\xi=0.8x-0.2x-n\times0.2x=\left(\frac{3}{5}-\frac{n}{5}\right)x$,要使处罚有效,必须使$\left(\frac{3}{5}-\frac{n}{5}\right)x<0$,即 $n>3$. 故一旦查出至少应处以 3 倍以上的罚款,才能起到防止偷税现象发生的作用.

7. (1) 每次有放回地取球的事件是独立事件,取 2 次即独立重复进行了 2 次,取到白球的概率是 0.6,取到黑球的概率是 0.4,故
$P(A)=0.4\times0.6=0.24$.

(2) 设取出白球的个数为随机变量 η,依题意 $\eta\sim B(2,0.6)$,则 $\xi=2\eta+1(2-\eta)=2+\eta$,取出白球的数学期望为 $E\eta=2\times0.6=1.2$,则 $E\xi=E(2+\eta)=2+E\eta=2+1.2=3.2$.

8. (1) 某班三同学每人各投一次可分为 3 人都没投中、3 人中有两人没投中一人投中、3 人中有一人没投中两人投中、3 人都投中 4 种情况. 总得分 ξ 的概率分布列为

ξ	-300	-100	100	300
P	0.008	0.096	0.384	0.512

所以 $E\xi=-300\times0.008+(-100)\times0.096+100\times0.384+300\times0.512=180$.

(2) $P=0.384+0.512=0.896$.

9. 若执行方案一,设收益为 x 万元,则其分布列为

x	2	-3
P	$\frac{1}{2}$	$\frac{1}{2}$

故 $Ex=2\times\frac{1}{2}+(-3)\times\frac{1}{2}=-0.5$.

若执行方案二,设收益为 h 万元,则其分布列为

h	1.5	0	-2
P	$\frac{2}{5}$	$\frac{1}{5}$	$\frac{2}{5}$

故 $Eh=\frac{3}{2}\times\frac{2}{5}+0\times\frac{1}{5}+(-2)\times\frac{2}{5}=-0.2$.

若按方案三执行,收益为3.87万元.

又 $Dx=Ex^2-(Ex)^2$

$=4\times\frac{1}{2}+9\times\frac{1}{2}-(-0.5)^2$

$=6.25$.

$Dh=Eh^2-(Eh)^2$

$=\frac{9}{4}\times\frac{2}{5}+0\times\frac{1}{5}+4\times\frac{2}{5}-0.04=2.46$.

由上知 $Dx>Dh$.

由以上分析可知,目前无论是投资股票还是基金都不能盈利,且投资股票比投资基金的风险更大,只有把钱存入银行比较合算.

10. (1)设姓名字数为4个字的有 x 人,由条件可知,姓名字数为3个字或4个字的概率为:$\frac{x+200}{400}=0.7$,可得 $x=80$,即姓名字数为4个字的有80人,那么姓名字数为5个字的有 $400-200-100-80=20$ 人.

(2)设 η 表示姓名字数,则根据条件可知,

$P(\eta=2)=\frac{100}{400}=0.25$,$P(\eta=3)=\frac{200}{400}=0.5$,

$P(\eta=4)=\frac{80}{400}=0.2$,$P(\eta=5)=\frac{20}{400}=0.05$,

则打字员打字数的期望值为:

$E\eta=(2\times0.25+3\times0.5+4\times0.2+5\times0.05)\times100$

$=305$.

11. (1)设"获得价值50元的商品"为事件 A,则事件 A 发生的概率 $P(A)=\frac{1}{C_{10}^5}=\frac{1}{252}$.

(2)设"获得奖品"为事件 B,则事件 B 发生的概率 $P(B)=\frac{C_5^5+C_5^4C_5^1+C_5^3C_5^2}{C_{10}^5}=\frac{1}{2}$.

(3)设商家可以获得的利润为 y 元,若有10 000人参加这项促销活动,则 $y=$

$\left(\frac{1}{2}\times40-\frac{1}{252}\times50-\frac{25}{252}\times30-\frac{100}{252}\times10\right)\times10\ 000$

$\approx128\ 571$(元).

即商家可以获得的最大利润约为128 571元.

12. (1)因为一个面不需要维修的概率为

$P_5(3)+P_5(4)+P_5(5)=\frac{C_5^3+C_5^4+C_5^5}{2^5}=\frac{1}{2}$,

所以一个面需要维修的概率为 $\frac{1}{2}$.

因此,六个面中恰好有两个面需要维修的概率为 $P_6(2)=\frac{C_6^2}{2^6}=\frac{15}{64}$.

(2)因为 $\xi\sim B\left(6,\frac{1}{2}\right)$,又 $P_6(0)=\frac{C_6^0}{2^6}=\frac{1}{64}$,

$P_6(1)=\frac{C_6^1}{2^6}=\frac{3}{32}$,$P_6(2)=\frac{C_6^2}{2^6}=\frac{15}{64}$,

$P_6(3)=\frac{C_6^3}{2^6}=\frac{5}{16}$,$P_6(4)=\frac{C_6^4}{2^6}=\frac{15}{64}$,

$P_6(5)=\frac{C_6^5}{2^6}=\frac{3}{32}$,$P_6(6)=\frac{C_6^6}{2^6}=\frac{1}{64}$,

所以维修一次的费用 ξ 的分布列为

ξ	0	100	200	300	400	500	600
P	$\frac{1}{64}$	$\frac{3}{32}$	$\frac{15}{64}$	$\frac{5}{16}$	$\frac{15}{64}$	$\frac{3}{32}$	$\frac{1}{64}$

因为 $\xi\sim B(6,\frac{1}{2})$,所以 $E\xi=100\times6\times\frac{1}{2}=300$(元).

第七节　正态分布

1. (A).根据正态分布的性质:对称轴 $x=\mu$,σ 表示总体分布的分散与集中.由图可得,故选(A).

2. (D).由 $\xi\sim N(3,\sigma^2)$ 知 $\mu=3$,故 $P(\xi<3)=\frac{1}{2}$.故选(D).

3. μ.由 $P(X\geqslant a)+P(X<a)=1$,根据正态分布曲线中落在均值 μ 两边的概率相等,故 $P(X\geqslant a)=P(X<a)=\frac{1}{2}$,再根据正态曲线 $N(\mu,\sigma^2)$ 关于 $x=\mu$ 对称的性质知 $a=\mu$.

4. (B).已知 $\mu=2$,由正态分布的定义知其函数图象关于 $x=2$ 对称,于是 $\frac{c+1+c-1}{2}=2$,解得 $c=2$.故选(B).

5. (D).因为 $EX=1$,故 $E(3X)=3$,$DX=0.25$,$D(3X)=9DX=2.25$.

6. $P(2<\xi<4)=0.6826$.

7. 由 $f(x)$ 的表达式知 $\mu=4$,$\sigma=1$,因 $(3,5)=(4-1,4+1)=(\mu-\sigma,\mu+\sigma)$,故 $P(3<X\leqslant5)=0.6826$.

8. 因为$P(4-2<\xi<4+2)=0.6826$,所以$\sigma=2$,则$P(|\xi-4|<4)=P(0<\xi<8)=0.9544$.

9. 设ξ表示这个班的数学成绩，则$\xi\sim N(100,20^2)$.

$$P(100<\xi<120)=\frac{1}{2}P(80<\xi\leqslant120)$$
$$=\frac{1}{2}P(100-20<\xi\leqslant100+20)$$
$$=\frac{1}{2}\times0.6826=0.3413.$$

所以从理论上讲，在100～120分之间有$60\times0.3413=20$(人).

10. (C).$P\{X\geqslant120\}=\frac{1}{2}[1-P(80<X\leqslant120)]$

$=\frac{1}{2}(1-0.9544)=0.0228=2.28\%$,故选(C).

11. 设某人乘车从A地到B地所需时间(min)为X,则$X\sim N(30,10^2)$,故$P(20<X\leqslant40)=0.6826$,$P(10<X<50)=0.9544$.

$$P(40<X<50)=\frac{1}{2}(0.9544-0.6826)=0.1359.$$

12. 设ξ为冯老师从家出发赶到单位所用的时间，则走第一条路及时赶到的概率

$$P(\xi\leqslant80)=P(\xi\leqslant40)+P(40<\xi\leqslant80)$$
$$=\frac{1}{2}(1-0.9544)+0.9544$$
$$=0.9772.$$

走第二条路及时赶到的概率

$$P(0<\xi\leqslant80)=P(0<\xi\leqslant50)+P(50<\xi\leqslant80)$$
$$=\frac{1}{2}(1-0.9974)+0.9974=0.9987.$$

即为了及时赶到单位,冯老师应走第二条路.

习题十四

1. $\frac{1}{2}$. 1,2,3,…,100这100个正整数中有50个是2的倍数．所以所求概率为$\frac{50}{100}=\frac{1}{2}$.

2. (A).$P(1.5<\xi<3.5)=P(\xi=2)+P(\xi=3)$

$$=\frac{2}{21}+\frac{3}{21}=\frac{5}{21}.$$

3. (D). 根据题意，AG的长度应介于10～13之间，区间长度为3，故概率为$\frac{3}{20}$.

4. (D). $\frac{10}{60}=\frac{1}{6}$.

5. 6. $60\times\left(1-\frac{9}{10}\right)=6$(分钟).

6. $\frac{1}{5}$. 基本事件的个数为10,其中只有$x=\frac{\pi}{3}$和$x=\frac{5\pi}{3}$时能使$\cos x=\frac{1}{2}$,故其概率为$\frac{2}{10}=\frac{1}{5}$.

7. (A). $E\xi=(1+2+3)\times\frac{1}{3}=2$,

$E(3\xi+5)=3E\xi+5=11$.

8. (D). 由分布列的性质知,$a\times1+a\times2+\cdots+a\times n=1$,所以$a(1+2+3+\cdots+n)=1$,则$a=\frac{2}{n(n+1)}$.

9. 将这玩具抛掷2次，朝上的一面的数之和为10的概率是$P=\frac{3}{36}=\frac{1}{12}$.

10. $\frac{1}{\pi}$. 由于$S_{阴}=\int_0^{\pi}\sin x\,\mathrm{d}x=(-\cos x)\Big|_0^{\pi}$

$=1+1=2$.

所以$P=\frac{S_{阴}}{2\pi}=\frac{2}{2\pi}=\frac{1}{\pi}$.

11. 设“甲、乙各射击1次，至少有1人击中目标”为事件A，则其对立事件$\overline{A}$为“甲、乙均未击中目标”，则

$$P(A)=1-P(\overline{A})=1-\frac{2}{5}\times\frac{1}{2}=\frac{4}{5}.$$

12. 因为甲上午8:00从A站出发赶往B站，只能在B站上午9:00前见到乙，所以甲只有在60分钟以前赶到才能见到乙，否则甲见不到乙，所以甲见不到乙的概率为

$$P(t\geqslant60)=\frac{1}{2}[1-P(-20<t\leqslant60)]$$
$$=\frac{1}{2}\times0.0456=0.0228.$$

13. (1) 显然，一次试验中可能出现的结果有$n=C_5^1C_4^1=20$个，而这个事件包含的结果有$m=C_3^1C_1^1=3$，根据等可能事件的概率计算公式得

$$P_1=\frac{m}{n}=\frac{3}{20}.$$

(2) 同理,$P_2=\frac{C_2^1C_3^1}{C_5^1C_4^1}=\frac{6}{20}=\frac{3}{10}$.

(3) 同理，$P_3=\frac{C_3^1C_3^1}{C_5^1C_4^1}=\frac{9}{20}$.

14. (B). 因为 $P(\xi=3)=\frac{1}{C_6^3}=\frac{1}{20}$,

$P(\xi=4)=\frac{C_3^2}{C_6^3}=\frac{3}{20}$, $P(\xi=5)=\frac{C_4^2}{C_6^3}=\frac{6}{20}$,

$P(\xi=6)=\frac{C_5^2}{C_6^3}=\frac{10}{20}$. 所以 ξ 的数学期望为

$E\xi=3\times\frac{1}{20}+4\times\frac{3}{20}+5\times\frac{6}{20}+6\times\frac{10}{20}$

$=\frac{105}{20}=5.25$.

15. 在平面直角坐标系中分别画出区域 M 和 N,可计算得区域 M 和 N 的面积分别等于 $S=\frac{1}{2}\times8\times8=32$,$S'=\frac{1}{2}\times6\times2=6$,所以点 P 落入区域 N 的概率为 $P=\frac{6}{32}=\frac{3}{16}$.

16. 记“飞镖落在花瓣内”为事件 A,设正方形的边长为 $2r$,则 $P(A)=\frac{S_{花瓣}}{S_{正方形}}=\frac{\frac{1}{2}\pi r^2\times4-(2r)^2}{(2r)^2}$

$=\frac{\pi-2}{2}$,故飞镖落在花瓣内的概率为$\frac{\pi-2}{2}$.

17. (D). 由于

$1=P(\xi<-1)+P(-1<\xi<0)+$
$P(0<\xi<1)+P(\xi>1)$
$=2P(\xi>1)+2P(-1<\xi<0)$
$=2p+2P(-1<\xi<0)$.

所以 $P(-1<\xi<0)=\frac{1}{2}-p$. 故选(D).

18. (1)设5发子弹命中 $\xi(\xi=0,1,2,3,4,5)$发,则由题意知,$P(\xi=5)=C_5^5 0.5^5=\frac{1}{32}$.

(2)ξ 的分布列为

ξ	0	1	2	3	4	5
P_1	$\frac{1}{32}$	$\frac{5}{32}$	$\frac{10}{32}$	$\frac{10}{32}$	$\frac{5}{32}$	$\frac{1}{32}$

设游客在一次游戏中获得奖金为 X 元,于是 X 的分布列为

X	-2	0	40
P_2	$\frac{26}{32}$	$\frac{5}{32}$	$\frac{1}{32}$

故该游客在一次游戏中获得奖金的均值

$EX=(-2)\times\frac{26}{32}+0\times\frac{5}{32}+40\times\frac{1}{32}$

$=-0.375$(元).

第十五章　推理与证明

第一节　合情推理与演绎推理

1. (D). 用排除法很快可以排除(A)、(B)、(C)，即选(D). 或根据向量的数量公式即可知道向量的数量积具有交换律. 故选(D).
2. (B). 解法1:特殊值法. 当 $n=1$ 时，显然只有(B)成立.
   解法2:归纳推理法. 当 $n=2$ 时，
   $a_2=\sqrt{2+2\cos\theta}=2\cos\frac{\theta}{2}$；当 $n=3$ 时，
   $a_3=\sqrt{2+2\cos\frac{\theta}{2^2}}=2\cos\frac{\theta}{2^2},\cdots,a_n=2\cos\frac{\theta}{2^{n-1}}$，
   故选(B).
3. (C). 只有(1)是错误的，其余均正确. 故选(C).
4. (A). 大前提:“对数函数 $y=\log_a x$ 是增函数”是错误的，只有当 $a>1$ 时，才正确；故选(A).
5. 结论依次为:球心与截面(不过球心)圆心的连线垂直于截面；与球心距离相等的两个截面的面积相等；设球 O 的半径为 R，球心 O 到截面的距离为 d，则该截面圆的直径为 $2\sqrt{R^2-d^2}$；空间中不共面的四个点确定一个球；球的表面积为 $S=4\pi R^2$；球的体积为 $V=\frac{4}{3}\pi R^3$；以点 $C(x_0,y_0,z_0)$ 为球心，半径为 r 的球的方程为 $(x-x_0)^2+(y-y_0)^2+(z-z_0)^2=r^2$.
6. (1)类比的结论不唯一，可以是:如果一个平面和两个平行平面中的一个相交，则必与另一个相交. 该结论是正确的. 也可以是，如果一条直线和两个平行平面中的一个相交，则必与另一个相交. 该结论是正确的. 还可以是:如果一个平面和两条平行直线中的一条相交，则必与另一条相交. 该结论是正确的.
   (2)类比的结论不唯一，可以是:如果两个平面同时垂直于第三个平面，则这两个平面互相平行. 该结论是错误的. 也可以是:如果两条直线同时垂直于同一平面，则这两条直线互相平行. 该结论是正确的. 还可以是:如果两个平面同时垂直于一条直线，则这两个平面互相平行. 该结论是正确的.
7. 若 $a_{n+1}-a_n$ 为一个常数，则数列 $\{a_n\}$ 为等差数列，而 $a_{n+1}-a_n=k(n+1)+b-kn-b=k$ 为常数，因此数列 $\{a_n\}$ 为等差数列.
8. 一般性结论为 $\sin\alpha+\sin(\alpha+120°)+\sin(\alpha+240°)=0$.
   证明:
   $$\begin{aligned}\text{左边}&=\sin\alpha+\sin\alpha\cos120°+\cos\alpha\sin\alpha120°+\sin[180°+(60°+\alpha)]\\&=\sin\alpha-\frac{1}{2}\sin\alpha+\frac{\sqrt{3}}{2}\cos\alpha-\sin(60°+\alpha)\\&=\sin\alpha-\frac{1}{2}\sin\alpha+\frac{\sqrt{3}}{2}\cos\alpha-\frac{1}{2}\sin\alpha-\frac{\sqrt{3}}{2}\cos\alpha\\&=0\end{aligned}$$
   因此，等式成立.
   注:答案不唯一，如 α、β、γ 构成公差为 $\frac{2\pi}{3}$ 的等差数列，则 $\sin\alpha+\sin\beta+\sin\gamma=0$.
9. 答案不唯一，如“图形的全等”、“图形的相似”、“非零向量的共线”、“命题的充要条件”等.
10. $b_1b_2\cdots b_n=b_1b_2\cdots b_{19-n}\ (n<19,n\in\mathbf{N}^*)$
    证明:由于 $b_{10}=1$，则 $b_1b_{19}=b_2b_{18}=b_3b_{17}=\cdots=b_{20-n}b_n=b_{10}^2=1$.
    当 $n>10$ 时，因 $b_{20-n}b_{21-n}\cdots b_n=1$，故 $b_1b_2\cdots b_n=b_1b_2\cdots b_{19-n}(b_{20-n}b_{21-n}\cdots b_{n-1}b_n)=b_1b_2\cdots b_{19-n}$.
    当 $n<10$ 时，因 $b_{n+1}b_{n+2}\cdots b_{18-n}b_{19-n}=1$，故 $b_1b_2\cdots b_{19-n}=b_1b_2\cdots b_n(b_{n+1}b_{n+2}\cdots b_{18-n}b_{19-n})=b_1b_2\cdots b_n$.
11. 如图15-1，设点 P 与椭圆 $C:\frac{x^2}{a^2}+\frac{y^2}{b^2}=1(a>b>0)$ 在同一平面内，若椭圆的焦点分别为 F_1 和 F_2，则点 P 在椭圆 C 外的充要条件为 $|PF_1|+|PF_2|>2a$.
    先证必要性:(即证 P 在椭圆 C 外 $\Rightarrow|PF_1|+|PF_2|>2a$). 若点 P 在椭圆 C 外，连结 PF_1，则线段 PF_1 与椭圆 C 必有交点 Q，连结 QF_1、QF_2，则 $|PQ|+|PF_2|>|QF_2|$，所以 $|PF_1|+|PF_2|=|PQ|+|QF_1|+|PF_2|>|QF_1|>|QF_2|$. 由椭圆定义得 $|QF_1|+|QF_2|=2a$，故 $|PF_1|+|PF_2|>2a$.
    再证充分性:(即证 $|PF_1|+|PF_2|>2a\Rightarrow$ 点 P

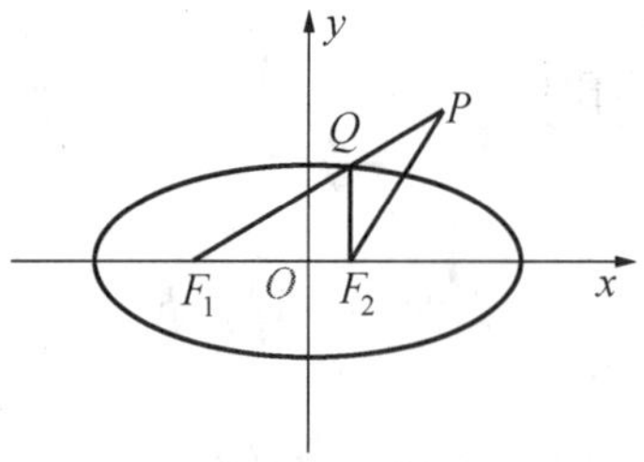

图 15－1

在椭圆 C 外）．采用反证法：假设点 P 不在椭圆 C 外，则点 P 在椭圆 C 上或在椭圆 C 内，若点 P 在椭圆 C 上，则由椭圆定义知，$|PF_1|+|PF_2|=2a$，与已知 $|PF_1|+|PF_2|>2a$ 矛盾；若点 P 在椭圆 C 内，如图 15－2，连结线段 PF_1，延长线段 F_1P 交椭圆 C 于点 Q，则 $|PF_2|-|PQ|<|QF_2|$，所以 $|PF_1|+|PF_2|=|QF_1|+|PF_2|-|PQ|<|QF_1|+|QF_2|$.

由椭圆定义得，$|QF_1|+|QF_2|=2a$.

所以 $|PF_1|+|PF_2|<2a$，与已知 $|PF_1|+|PF_2|>2a$ 矛盾，因此，假设不成立，即点 P 在椭圆 C 外．

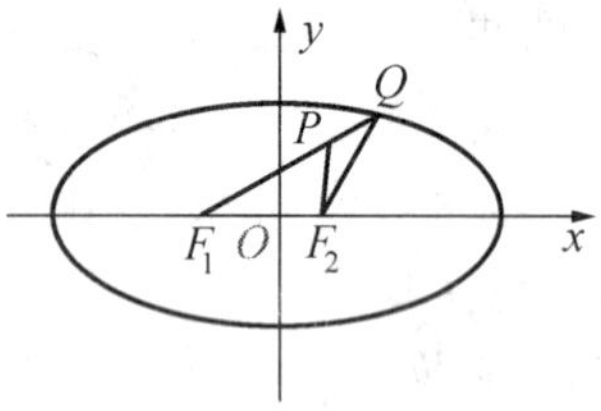

图 15－2

12. (1) $a_1C_2^0-a_2C_2^1+a_3C_2^2$

$=a_1(C_2^0-qC_2^1+q_2C_2^2)=a(1-q)^2$；

$a_1C_3^0-a_2C_3^1+a_3C_3^2-a_4C_3^3$

$=a_1(C_3^0-qC_3^1+q^2C_3^2-q^3C_3^3)=a(1-q)^3$；

一般性结论为：$a_1C_n^0-a_2C_n^1+a_3C_n^2+\cdots+(-1)^ka_{k+1}C_n^k+\cdots+(-1)^na_{n+1}C_n^n=a(1-q)^n$.

证明：左边 $=a_1[C_n^0-qC_n^1+q^2C_n^2+\cdots+(-1)^kq_kC_n^k+\cdots+(-1)^nq^nC_n^n]=a(1-q)^n$.

(2) 一般性结论为：$a_1C_n^0-a_2C_n^1+a_3C_n^2+\cdots+(-1)^ka_{k+1}C_n^k+\cdots+(-1)^na_{n+1}C_n^n=0$.

证明：左边 $=a_1[C_n^0-C_n^1+C_n^2+\cdots+(-1)^nC_n^n]-d[C_n^1-2C_n^2+3C_n^3+\cdots+(-1)^nnC_n^n]$，

由于 $(1+x)^n=C_n^0+C_n^1x+\cdots+C_n^kx^k+\cdots+C_n^nx^n$，①

取 $x=-1$，则①式为

$C_n^0-C_n^1+C_n^2+\cdots+(-1)^nC_n^n=0$，②

对①式两边求导得

$n(1+x)^{n-1}=C_n^1+2C_n^2x+\cdots+kC_n^kx^{k-1}+\cdots+nC_n^nx^{n-1}$，③

取 $x=-1$，则③式为

$C_n^1-2C_n^2+\cdots+(-1)^{k-1}\cdot kC_n^k+\cdots+(-1)^{n-1}\cdot nC_n^n=0$，④

由①④可知，要证结论的左边为 0，即结论成立．

说明：④式也可以通过 $kC_n^k=nC_{n-1}^{k-1}$ 来证明．即

$C_n^1-2C_n^2+\cdots+(-1)^{n-1}\cdot nC_n^n$

$=n[C_{n-1}^0-C_{n-1}^1+\cdots+(-1)^{n-1}C_{n-1}^{n-1}]$.

而 $C_{n-1}^0-C_{n-1}^1+\cdots+(-1)^{n-1}C_{n-1}^{n-1}=0$，

因此④式成立．

第二节　直接证明与间接证明

1. (C)．解法 1：由 $f(x)=0$ 得 $x(x^2+3x+6)=0$. 所以 $x=0$ 或 $x^2+3x+6=0$，而 $x^2+3x+6=0$ 无实根，故 $f(x)$ 只有一个零点 $x=0$，故选(C)．
解法 2：显然 $x=0$ 是 $f(x)$ 的一个零点，又因为 $f'(x)=x^2+2x+2=(x+1)^2+1>0$，即 $f(x)$ 在 $(-\infty,+\infty)$ 上为增函数，故 $f(x)$ 有且只有一个零点 $x=0$，故选(C)．
2. (B)．因为是利用三角公式和乘法公式直接推出结论．故选(B)．
3. (C)．由含有量词的否定即得：至多有一个的否定至少存在两个．
4. (B)．若 a、b 与 l 都不相交，则由于 a、l 都在平面 α 内，则 $a/\!/l$，同理 $b/\!/l$，则 $a/\!/b$，与 a、b 为异面直线矛盾．
5. $a<b$. 可用分析法证明；也可以根据 $\frac{1}{2+\sqrt{3}}>\frac{1}{\sqrt{6}+\sqrt{7}}$，化简得 $2-\sqrt{3}>\sqrt{7}-\sqrt{6}$，从而有 $2+\sqrt{6}>\sqrt{3}+\sqrt{7}$，即 $a<b$.
6. $a(2-b)$、$b(2-a)$ 都大于 1.
7. 证明：由于 $ABCD$ 为正方形，则 $BD\perp AC$，又 $PA\perp$ 平面 $ABCD$，且 BD 在平面 $ABCD$ 内，则 $PA\perp BD$，即 $BD\perp PA$，因此，$BD\perp$ 平面 PAC，故 $BD\perp PC$.
8. 假设 $\frac{1}{a}$、$\frac{1}{b}$、$\frac{1}{c}$ 成等差数列，则有

$\frac{2}{b}=\frac{1}{a}+\frac{1}{c}$.　①

而 a、b、c 成等差数列，则 $2b=a+c$，即 $b=\frac{a+c}{2}$，代入方程①得 $\frac{4}{a+c}=\frac{1}{a}+\frac{1}{c}$，整理得 $(a+c)^2=4ac$，即 $(a-c)^2=0$，因此 $a=c$，再代入方程①，得 $a=b=c$，即 a、b、c 成等差数列，且公差为 0，与题设公差不为 0 相矛盾，因此假设不成立，原命题成立．

9. 假设 b 与 c 不是异面直线，则由于直线 b 与 c 不相交，则 $b\parallel c$，而 $c\parallel a$，则 $a\parallel b$，与已知 a 和 b 是异面直线相矛盾，所以假设不成立，因此 b 与 c 是异面直线．

10. 由 A、B、C 成等差数列知 $B=60°$，由余弦定理得 $b^2=a^2+c^2-2ac\cos60°$，即 $b^2=a^2+c^2-ac$，而 a、b、c 成等比数列，则 $b^2=ac$，代入上式得 $(a-c)^2=0$，则 $a=c$，而$B=60°$，则 $\triangle ABC$ 为正三角形．

11. (1)由于对任意的正整数 m 和自然数 k，都有 $-1\leqslant a_m+a_{m+1}+\cdots+a_{m+k}\leqslant1$，设 $k=0$，则 $-1\leqslant a_m\leqslant1$，而$a_1=-1$，$a_n(n=2,3,\cdots)$是非零整数，则 $a_m=1$ 或$a_m=-1$，从而 $|a_m|=1$.
(2)假设$\{a_n\}$中存在相邻两项 a_s 与 a_{s+1} 的符号相同，则 $|a_s+a_{s+1}|=|a_s|+|a_{s+1}|=2$，而由已知 $-1\leqslant a_s+a_{s+1}\leqslant1$(在已知不等式中令 $m=s$，$k=1$)，于是产生矛盾，故假设不成立. 因此数列$\{a_n\}$中任何相邻两项的符号不相同，而由(1)知 $a_m=1$ 或 $a_m=-1$，且$a_1=-1$，故数列$\{a_n\}$的通项为 $a_n=(-1)^n$.

12. (1)由于直线 l 过点 $F(0,\frac{p}{2})$且与抛物线 C 交于点 A、B，则直线 l 的斜率一定存在，设其斜率为 k，则直线方程为 $y=kx+\frac{p}{2}$，代入抛物线方程整理得 $x^2-2pkx-p^2=0$. 设点 $A(x_1,y_1)$、$B(x_2,y_2)$，则 $x_1+x_2=2pk$，$x_1x_2=p^2$.
由于 $x^2=2py$，则 $y=\frac{x}{2p}$，$y'=\frac{x}{p}$，则 l_1 的方程为
$y-y_1=\frac{x_1}{p}(x-x_1)$.
令 $y=\frac{p}{2}$，得 $x_M=x_1-pk$. 同理，$x_N=x_2-pk$.
因此 $x_N+x_M=x_1+x_2-2pk=2pk-2pk=0$. 故点$M\left(x_M,\frac{p}{2}\right)$、$N\left(x_N,\frac{p}{2}\right)$关于 y 轴对称．
(2)$\overrightarrow{AM}\cdot\overrightarrow{BN}$
$=\left(\frac{p}{2}-y_1,x_M-x_1\right)\cdot\left(\frac{p}{2}-y_2,x_N-x_2\right)$
$=\left(\frac{p}{2}-y_1\right)\left(\frac{p}{2}-y_2\right)+p^2k^2$.
因此$\overrightarrow{AM}\cdot\overrightarrow{BN}=\left(\frac{p}{2}-y_1\right)\left(\frac{p}{2}-y_2\right)=kx_1kx_2+p^2k^2$
$=-p^2k^2+p^2k^2=0$.

第三节　数学归纳法

1. (C). 由于多边形最少是三角形，故选(C).
2. (D). 当 k 条直线再增加一条直线时，这条直线与 k 条直线都有交点，故当增加一条直线时就增加了 k 个交点，即 $f(k+1)=f(k)+k$，故选(D).
3. (B). 当 $n=k$ 时，左端的代数式是$(k+1)(k+2)\cdots(k+k)$，$n=k+1$ 时，左端的代数式是$(k+2)(k+3)\cdots(2k+1)(2k+2)$，所以应乘的代数式为$\frac{(2k+1)(2k+2)}{k+1}$，故选(B).
4. (B). 由于左边最后一项为 $\cos(2n-1)\alpha$，即 $n=1$ 时左边最后一项为 $\cos\alpha$，而第一项为$\frac{1}{2}$，因此当 $n=1$ 时，左边为$\frac{1}{2}+\cos\alpha$，故选(B).
5. ①当 $n=1$ 时，命题显然成立；②假设 $n=k$ 时命题成立，则 k^3+5k 能被 6 整除，则当 $n=k+1$ 时，$(k+1)^3+5(k+1)=k^3+3k^2+3k+1+5k+5=(k^3+5k)+3k(k+1)+6$，由假设知，$k^3+5k$能被 6 整除，而 $k(k+1)$为 2 的倍数，即 $3k(k+1)$为 6 的倍数，第三项 6 也能被 6 整除，因此，$(k^3+5k)+3k(k+1)+6$ 能被 6 整除．由①、②知，原命题成立．
6. ①当 $n=1$ 时，一个圆将平面分成两部分，而 $2=1^2-1+2$，故当 $n=1$ 时命题正确．②假设 $n=k$时命题正确，即满足条件的 k 个圆将平面划分成 k^2-k+2 部分，故当 $n=k+1$ 时，平面上增加了第 $k+1$ 个圆，它与原来的 k 个圆的每一个圆都相交于两个不同点，共 $2k$ 个交点．而这 $2k$ 个点将第 $k+1$ 个圆分成 $2k$ 段弧，每段弧将原来的一块区域隔成了两块区域，故区域的块数增加了 $2k$ 块，所以 $k+1$ 个圆将平面划分成的块数为 $(k^2-k+2)+2k=k^2+k+2=(k+1)^2-(k+1)+2$，所以 $n=k+1$ 时命题也正确．根据①、②知命题对 $n\in\mathbf{N}^*$ 都正确．
7. 计算得 $S_1=\frac{8}{9}$，$S_2=\frac{24}{25}$，$S_3=\frac{48}{49}$，$S_4=\frac{80}{81}$，猜测．

$S_n=\frac{(2n+1)^2-1}{(2n+1)^2}\ (n\in\mathbf{N}^*)$.

证法1：①当 $n=1$ 时，等式显然成立；②假设当 $n=k$ 时，等式成立，即 $S_k=\frac{(2k+1)^2-1}{(2k+1)^2}$.

当 $n=k+1$ 时，

$$S_{k+1}=S_k+\frac{8\times(k+1)}{(2k+1)^2\times(2k+3)^2}$$
$$=\frac{(2k+1)^2-1}{(2k+1)^2}+\frac{8\times(k+1)}{(2k+1)^2\times(2k+3)^2}$$
$$=\frac{(2k+1)^2\times(2k+3)^2-(2k+3)^2+8(k+1)}{(2k+1)^2\times(2k+3)^2}$$
$$=\frac{(2k+1)^2(2k+3)^2-(2k+1)^2}{(2k+1)^2\times(2k+3)^2}$$
$$=\frac{(2k+3)^2-1}{(2k+3)^2}.$$

由此可知，当 $n=k+1$ 时，等式也成立．综上所述，猜想成立．

证法2：用裂项求和：

由 $a_n=\frac{8\times n}{(2n-1)^2\times(2n+1)^2}$
$$=\frac{1}{(2n-1)^2}-\frac{1}{(2n+1)^2},$$

得 $S_n=\left(1-\frac{1}{3^2}\right)+\left(\frac{1}{3^2}-\frac{1}{5^2}\right)+\cdots+\frac{1}{(2n-1)^2}-\frac{1}{(2n+1)^2}$
$$=1-\frac{1}{(2n+1)^2}=\frac{(2n+1)^2-1}{(2n+1)^2}.$$

8. 假设存在 a、b、c 使题设的等式成立，这时令 $n=1,2,3$，有

$$\begin{cases}4=\frac{1}{6}(a+b+c)\\22=\frac{1}{2}(4a+2b+c)\\70=9a+3b+c\end{cases}，故\begin{cases}a=3\\b=11.\\c=10\end{cases}$$

于是，对 $n=1,2,3$，等式 $1\cdot2^2+2\cdot3^2+\cdots+n(n+1)^2=\frac{n(n+1)}{12}(3n^2+11n+10)$ 成立．

记 $S_n=1\cdot2^2+2\cdot3^2+\cdots+n(n+1)^2$，设 $n=k$ 时上式成立，即 $S_k=\frac{k(k+1)}{12}(3k^2+11k+10)$.

那么

$$S_{k+1}=S_k+(k+1)(k+2)^2$$
$$=\frac{k(k+1)}{12}(k+2)(3k+5)+(k+1)(k+2)^2$$
$$=\frac{(k+1)(k+2)}{12}(3k^2+5k+12k+24)$$
$$=\frac{(k+1)(k+2)}{12}[3(k+1)^2+11(k+1)+10],$$

也就是说，等式对 $n=k+1$ 也成立．

综上所述，当 $a=3,b=11,c=10$ 时，题设对一切自然数 n 均成立．

9. (C)．由于原命题与逆否命题等价，若 $n=k+1$，命题不成立，则 $n=k$ 命题不成立，故选(C).

10. (C)．因 $(2^{k+1}-1)-(2^k-1)=2^k$，故选(C).

11. (1) $S_n=\frac{1}{2}+\frac{2}{2^2}+\frac{3}{2^3}+\cdots+\frac{n}{2^n}$，　①

$\frac{1}{2}S_n=\frac{1}{2^2}+\frac{2}{2^3}+\frac{3}{2^4}+\cdots+\frac{n}{2^{n+1}}$，　②

由①－②得，$\frac{1}{2}S_n=\frac{1}{2}+\frac{1}{2^2}+\frac{1}{2^3}+\cdots+\frac{1}{2^n}-\frac{n}{2^{n+1}}=\frac{\frac{1}{2}\left[1-\left(\frac{1}{2}\right)^2\right]}{1-\frac{1}{2}}-\frac{n}{2^{n+1}}=1-\frac{1}{2^n}-\frac{n}{2^{n+1}}$.

所以 $S_n=2-\frac{1}{2^{n-1}}-\frac{n}{2^n}=2-\frac{n+2}{2^n}$.

(2)存在最小的自然数 $n_0=5$，对 $n>n_0$ 的一切自然数 n 都有 $S_n>2-\frac{1}{n}$ 成立．要 $S_n>2-\frac{1}{n}$，只需 $\frac{n+2}{2^n}<\frac{1}{n}$，亦即 $\frac{n(n+2)}{2^n}<1$，当 $n>5$ 时，可以证明 $\frac{n(n+2)}{2^n}<1$ 成立，

①当 $n=6$ 时，$\frac{6\times(6+2)}{2^6}=\frac{48}{64}=\frac{3}{4}<1$ 成立．

②假设当 $n=k(k\geqslant6)$ 时不等式成立，即 $\frac{k(k+2)}{2^k}<1$. 则当 $n=k+1$ 时，

$$\frac{(k+1)(k+3)}{2^{k+1}}=\frac{k(k+2)}{2^k}\cdot\frac{(k+1)(k+3)}{2k(k+2)}<\frac{(k+1)(k+3)}{(k+2)2k}<1.$$

由①②知，当 $n>5$ 时，$\frac{n(n+1)}{2^2}<1$，即 $S_n>2-\frac{1}{n}$.

但 $n=5$ 时，$\frac{n(n+2)}{2^n}=\frac{5\times7}{32}>1$，从而 $S_n<2-\frac{1}{n}$.

因此，存在最小的自然数 $n_0=5$，对 $n>n_0$ 的一切自然数 n 都有 $S_n>2-\frac{1}{n}$ 成立．

12. 证明：(1)设 a、b、c 为等比数列，$a=\frac{b}{q}$，$c=bq$，

所以 $a^n+c^n=\frac{b^n}{q^n}+b^nq^n=b^n\left(\frac{1}{q^n}+q^n\right)\geqslant 2b^2$.

(2)设 a、b、c 为等比数列，原不等式仍然成立.

由于 $2b=a+c$，即有不等式 $\frac{a^n+c^n}{2}\geqslant\left(\frac{a+c}{2}\right)^n$.

下面用数学归纳法证明：①当 $n=2$ 时，由

$2(a^2+c^2)\geqslant(a+c)^2$，故 $\frac{a^2+c^2}{2}\geqslant\left(\frac{a+c}{2}\right)^2$.

②假设 $n=k$ 时不等式成立，即 $\frac{a^k+c^k}{2}\geqslant\left(\frac{a+c}{2}\right)^k$，则当 $n=k+1$ 时，

$$\frac{a^{k+1}+c^{k+1}}{2}=\frac{1}{4}(a^{k+1}+c^{k+1}+a^{k+1}+c^{k+1})$$
$$\geqslant\frac{1}{4}(a^{k+1}+c^{k+1}+a^kc+c^ka)$$
$$=\frac{1}{4}(a^k+c^k)(a+c)$$
$$\geqslant\left(\frac{a+c}{2}\right)^k\left(\frac{a+c}{2}\right)=\left(\frac{a+c}{2}\right)^{k+1}.$$

这就是说 $n=k+1$ 不等式成立，由①、②知，不等式成立.

习题十五

1. (A).
2. (A). 如图 15－3，凸 $n+1$ 边形 $A_1A_2\cdots A_nA_{n+1}$ 的对角线比凸 n 边形 $A_1A_2\cdots A_n$ 对角线多的是点 A_{n+1} 与 $A_2,\cdots,A_{n-1}$ 的连线及 A_1A_n 共 $(n-1)$ 条，故 $f(n+1)=f(n)+n-1$. 故选(A).

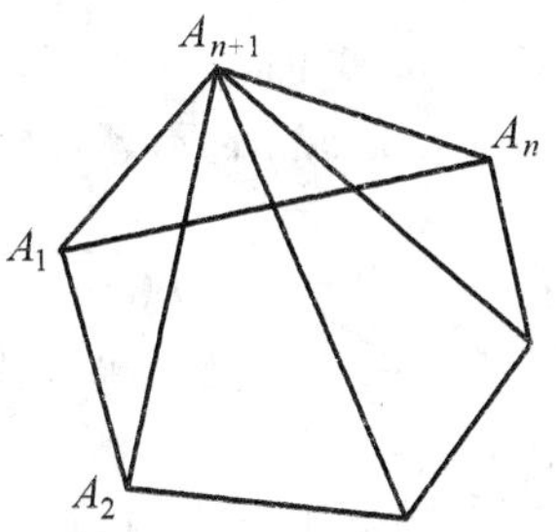

图 15－3

3. (C). 由前面已知几个即可发现，由 $n=1$，原不等式应小于 $\frac{3}{2}$，即可排除(A)、(B)、(D)，故选(C).
4. (C). 至少有一个正数，否则，如果两个数都不是正数，则它们的和为零或负数，与已知矛盾. 故选(C).
5. (B). 用特殊值法，取 $n=1$，$n=2$ 即可得出结论. 故选(B).
6. 在等比数列 $\{b_n\}$ 中，若等比数列的公比为 q，则对任意正整数 m，n 都有 $b_n=b_mq^{n-m}$.
7. 可与指数函数类比. 答案不唯一，可以是 $f(x)=2^x$ 等.
8. 因为 $\sqrt{n+1}-\sqrt{n}=\frac{1}{\sqrt{n+1}+\sqrt{n}}>\frac{1}{\sqrt{n+1}+\sqrt{n+1}}$，

   故 $\sqrt{n+1}-\sqrt{n}>\frac{1}{2\sqrt{n+1}}$.
9. $\sin^2\alpha+\cos^2(\alpha+30^\circ)+\sin\alpha\cos(\alpha+30^\circ)=\frac{3}{4}$.
10. 对应的表格各项依次为

四面体任意三个面的面积之和大于第四个面的面积.
四面体六个二面角的平分面交于一点，且该点是四面体内切球的球心.
四面体任意三条共顶点的棱的中点的连线所成的三角形的面积等于第四个面面积的 $\frac{1}{4}$，且该三角形所在平面平行于第四个面.
四面体的任何一个三角形面上的一条中线和这个三角形所在平面外一点所确定的平面将这个四面体分成体积相等的两部分.
四面体体积 $V=\frac{1}{3}Sh$，其中 S 表示四面体某个面的面积，h 表示另一个顶点与该面的距离.

11. 若 $\boldsymbol{a}$、$\boldsymbol{b}$ 为平面上的向量，则等式 $|\boldsymbol{a}+\boldsymbol{b}|^2+|\boldsymbol{a}-\boldsymbol{b}|^2=2(|\boldsymbol{a}|^2+|\boldsymbol{b}|^2)$ 成立，因

$$|\boldsymbol{a}+\boldsymbol{b}|^2+|\boldsymbol{a}-\boldsymbol{b}|^2$$
$$=(\boldsymbol{a}+\boldsymbol{b})\cdot(\boldsymbol{a}+\boldsymbol{b})+(\boldsymbol{a}-\boldsymbol{b})\cdot(\boldsymbol{a}-\boldsymbol{b})$$
$$=\boldsymbol{a}\cdot\boldsymbol{a}+2\boldsymbol{a}\cdot\boldsymbol{b}+\boldsymbol{b}\cdot\boldsymbol{b}+\boldsymbol{a}\cdot\boldsymbol{a}-2\boldsymbol{a}\cdot\boldsymbol{b}+\boldsymbol{b}\cdot\boldsymbol{b},$$

故 $|\boldsymbol{a}+\boldsymbol{b}|^2+|\boldsymbol{a}-\boldsymbol{b}|^2$

$$=(\boldsymbol{a}+\boldsymbol{b})\cdot(\boldsymbol{a}+\boldsymbol{b})+(\boldsymbol{a}-\boldsymbol{b})\cdot(\boldsymbol{a}-\boldsymbol{b})$$
$$=2(\boldsymbol{a}\cdot\boldsymbol{a}+\boldsymbol{b}\cdot\boldsymbol{b})$$
$$=2(|\boldsymbol{a}|^2+|\boldsymbol{b}|^2).$$

12. 证法1：$\sin^4\alpha+\cos^4\alpha$

$$=(\sin^2\alpha+\cos^2\alpha)^2-2\sin^2\alpha\cos^2\alpha$$
$$=1-\frac{1}{2}\sin^22\alpha,$$

而 $0<\alpha<\frac{\pi}{2}$，故 $0<2\alpha<\pi$，$\sin2\alpha>0$，

为此 $\sin^4\alpha+\cos^4\alpha=1-\frac{1}{2}\sin^22\alpha<1$.

证法2：$\sin^2\alpha,\cos^2\alpha\in(0,1)$，故

$$\sin^4\alpha+\cos^4\alpha$$
$$=\sin^2\alpha\sin^2\alpha+\cos^2\alpha\cos^2\alpha$$
$$<\sin^2\alpha+\cos^2\alpha,$$

得 $\sin^4\alpha+\cos^4\alpha<1$.

13. 取 AB、CD 的中点 H、G，连结 EH、HF、FG、GE，易证 $FGEH$ 为平行四边形，且 $AC=BD$，则 $FGEH$ 为菱形．在△EGH 中，$EG=\frac{1}{2}AC$，$FG=\frac{1}{2}BD=\frac{1}{2}AC$，故 $EG^2+FG^2==\frac{1}{2}AC^2$，而 $EF^2=\frac{1}{2}AC^2$，故 $EG^2+FG^2=EF^2$，即 $FG\perp EG$，而 $FG/\!/BD$，$EG/\!/AC$，故 $BD\perp AC$，又 $BD\perp CD$，故 $BD\perp$平面 ACD.

14. 设$\{a_n\}$、$\{b_n\}$的公比分别为 p、$q(p\neq q)$，假设$\{c_n\}$是等比数列，则 $c_2^2=c_1c_3$，即$(a_1p+b_1q)^2=(a_1+b_1)(a_1p^2+b_1q^2)$，展开整理得 $a_1b_1(p-q)^2=0$，由于 a_1，b_1 为等比数列中的项，显然不能为0，故 $p=q$，这与已知矛盾，因此$\{c_n\}$不是等比数列．

15. 当 $n=2$ 时，由 $f(1)=g(2)\left(\frac{3}{2}-1\right)$，得 $g(2)=2$；当 $n=3$ 时，由 $f(1)+f(2)=g(3)[f(3)-1]$得$g(3)=3$. 猜想，存在 $g(n)=n$ 使已知等式 $f(1)+f(2)+\cdots+f(n-1)=nf(n)-n$ 成立．

(1)当 $n=2$ 时，已证成立；

(2)假设 $n=k$ 时，$f(1)+f(2)+\cdots+f(k-1)=kf(k)-k$，则 $n=k+1$ 时，$f(1)+f(2)+\cdots+f(k-1)+f(k)=(kf(k)-k)+f(k)=(k+1)\cdot f(k)+1-(k+1)=(k+1)\cdot\left[f(k)+\frac{1}{k+1}\right]-(k+1)f(1)+f(2)+\cdots+f(k-1)+f(k)=(k+1)\cdot f(k+1)-(k+1)$，即$n=k+1$时，猜想也正确，故对 $n\geqslant 2$ 的一切自然数猜想都成立．

16. 设 $A(x_1,y_1)$、$B(x_2,y_2)$是函数图象上任意不同两点，则$\frac{y_1-y_2}{x_1-x_2}<1$，显然 $x_1\neq x_2$，不妨设 $x_1<x_2$，则 $y_1-y_2>x_1-x_2$，即 $y_1-x_1>y_2-x_2$，构造函数 $g(x)=f(x)-x$，则$g(x)$在 **R** 上是减函数，则 $g'(x)=-3x^2+2ax-1\leqslant 0$ 在 **R** 上恒成立，故 $\Delta=(2a)^2-12\leqslant 0$，解之得

$-\sqrt{3}\leqslant a\leqslant\sqrt{3}$.

17. (1)由题意可知，$A(-a,0)$、$B(a,0)$.

设 $P(x_0,y_0)$、$M(x_1,0)$、$N(x_2,0)$. 由于线段 PA 的垂直平分线与 x 轴相交于点 M，则有 $|MA|=|MP|$，即$(x_1+a)^2=(x_1-x_0)^2+y_0^2$，解得 $2(a+x_0)x_1=x_0^2+y_0^2+a^2$.

由于点 P 异于点 A，故 $a+x_0\neq 0$，从而

$x_1=\frac{x_0^2+y_0^2-a^2}{2(a+x_0)}$. 同理 $x_2=\frac{x_0^2+y_0^2-a^2}{2(-a+x_0)}$，则

$$|MN|=|x_1-x_2|=\left|\frac{x_0^2+y_0^2-a^2}{2(a+x_0)}-\frac{x_0^2+y_0^2-a^2}{2(-a+x_0)}\right|$$
$$=\left|\frac{a(x_0^2+y_0^2-a^2)}{a^2-x_0^2}\right|.\quad ①$$

又因为点 $P(x_0,y_0)$在椭圆 C 上，即

$\frac{x_0^2}{a^2}+\frac{y_0^2}{b^2}=1$，解得$y_0^2=\frac{b^2(a^2-x_0^2)}{a^2}$.

$$故|x_0^2+y_0^2-a^2|=\left|x_0^2-a^2+\frac{b^2(a^2-x_0^2)}{a^2}\right|$$
$$=\left|(a^2-x_0^2)\times\frac{b^2-a^2}{a^2}\right|$$
$$=\left|(a^2-x_0^2)\times\frac{a^2-b^2}{a^2}\right|.\quad ②$$

将②代入①得 $|MN|=\left|\frac{a^2-b^2}{a}\right|$.

又因为 $a>b>0$，则 $|MN|=\frac{a^2-b^2}{a}$.

(2)已知点 A、B 是双曲线 C：$\frac{x^2}{a^2}-\frac{y^2}{b^2}=1(a>0,b>0)$的实轴两端点，点 P 是双曲线 C 上异于 A、B 的任意一点，若线段 PA、PB 的垂直平分线分别与 x 轴相交于点 M、N，则线段 MN 的长为定值$\frac{a^2+b^2}{a}$.

18. (1)证明：①当 $n=2$ 时，$a_2=2\geqslant 2$，不等式成立．

②假设当 $n=k(k\geqslant 2)$时不等式成立，即 $a_k\geqslant 2(k\geqslant 2)$，那么 $a_{k+1}=\left(1+\frac{1}{k(k+1)}\right)a_k+\frac{1}{2^k}\geqslant 2$.

这就是说，当 $n=k+1$ 时不等式成立．根据①②可知，$a_n\geqslant 2$ 成立．

(2)证法1：由递推公式及(1)的结论有 $a_{n+1}=\left(1+\frac{1}{n^2+n}\right)a_n+\frac{1}{2^n}\leqslant\left(1+\frac{1}{n^2+n}+\frac{1}{2^n}\right)a_n(n\geqslant 1)$.

两边取对数并利用已知不等式得 $\ln a_{n+1}\leqslant\ln\left(1+\frac{1}{n^2+n}+\frac{1}{2^n}\right)+\ln a_n\leqslant\ln a_n+\frac{1}{n^2+n}+\frac{1}{2^n}$.

故 $\ln a_{n+1}-\ln a_n\leqslant\frac{1}{n(n+1)}+\frac{1}{2^n}(n\geqslant 1)$. 上式从 1 到 $n-1$ 求和可得 $\ln a_n-\ln a_1\leqslant\frac{1}{1\times 2}+$

$\frac{1}{2\times3}+\cdots+\frac{1}{(n-1)n}+\frac{1}{2}+\frac{1}{2^2}+\cdots+\frac{1}{2^{n-1}}=$

$1-\frac{1}{2}+\left(\frac{1}{2}-\frac{1}{3}\right)+\cdots+\frac{1}{n-1}-\frac{1}{n}+\frac{1}{2}\cdot\frac{1-\frac{1}{2^n}}{1-\frac{1}{2}}$

$=1-\frac{1}{n}+1-\frac{1}{2^n}<2.$

即 $\ln a_n<2$,故 $a_n<e^2\ (n\geqslant1)$.

证法 2:由数学归纳法易证 $2^n>n(n-1)$ 对 $n\geqslant2$ 成立,故 $a_{n+1}=\left(1+\frac{1}{n^2+n}\right)a_n+\frac{1}{2^n}<\left(1+\frac{1}{n(n-1)}\right)a_n+\frac{1}{n(n-1)}\ (n\geqslant2)$.

令 $b_n=a_n+1(n\geqslant2)$,$b_{n+1}\leqslant\left(1+\frac{1}{n(n-1)}\right)b_n\ (n\geqslant2)$.

取对数并利用已知不等式得 $\ln b_{n+1}\leqslant\ln\left(1+\frac{1}{n(n-1)}\right)+\ln b_n\leqslant\ln b_n+\frac{1}{n(n-1)}(n\geqslant2)$.

上式从 2 到 n 求和得 $\ln b_{n+1}-\ln b_2\leqslant\frac{1}{1\times2}+\frac{1}{2\times3}+\cdots+\frac{1}{n(n-1)}=1-\frac{1}{2}+\frac{1}{2}-\frac{1}{3}+\cdots+\frac{1}{n-1}-\frac{1}{n}<1$. 因 $b_2=a_2+1=3$. 故 $\ln b_{n+1}<1+\ln3$,$b_{n+1}<e^{1+\ln3}=3e\ (n\geqslant2)$.

故 $a_{n+1}<3e-1<e^2$,$n\geqslant2$,又显然 $a_1<e^2$,$a_2<e^2$,故 $a_n<e^2$ 对一切 $n\geqslant1$ 成立.

第十六章　复　　数

第一节　复数的概念及其表示法

1. (A). $z=i(1+2i)=-2+i$,虚部为1,故选(A).

2. (B). 由$\begin{cases}a^2+2a=3\\a^2+a=6\end{cases}$解得 $a=-3$,故选(B).

3. (C). 由$|z|=|3+4i|$得$|z|=5$,由复数模的几何意义知复数 z 在复平面上对应点的轨迹是圆,故选(C).

4. $z=m^2(1+i)-m(3+i)-6i$
$=m^2-3m+(m^2-m-6)i.$
当 z 为实数时,则 $m^2-m-6=0$,故 $m=3$ 或 $m=-2$;当 z 为虚数时,则 $m^2-m-6\neq0$,故 $m\neq3$ 且 $m\neq-2$;当 z 为纯虚数时,则$\begin{cases}m^2-3m=0\\m^2-m-6\neq0\end{cases}$,解得 $m=0$;当 z 为零时,则$\begin{cases}m^2-3m=0\\m^2-m-6=0\end{cases}$,解得 $m=3$.

5. $(-\sqrt{3},\sqrt{3})$,由$|z-2|<2$,得 $1+a^2<4$,解得 $a\in(-\sqrt{3},\sqrt{3})$.

6. 由题意得$\begin{cases}\sin2\theta-1=0\\\sqrt{2}\cos\theta+1\neq0\end{cases}$,解得$\begin{cases}\theta=k\pi+\dfrac{\pi}{4}\\\theta\neq2k\pi\pm\dfrac{3}{4}\pi\end{cases}$ $(k\in\mathbf{Z})$
故 $\theta=2k\pi+\dfrac{\pi}{4}$ $(k\in\mathbf{Z})$.

7. $k\in(-2,-\sqrt{3})\cup(\sqrt{3},2)$. 由条件有$\begin{cases}k^2-4<0\\-(k^2-3)<0\end{cases}$,解得$k\in(-2,-\sqrt{3})\cup(\sqrt{3},2)$.

8. 由 z 为纯虚数,可设 $z=bi(b\neq0)$,则有
$$\frac{1}{1+z}+\frac{1+z}{2}=\frac{1}{1+bi}+\frac{1+bi}{2}=\frac{1-bi}{1+b^2}+\frac{1+bi}{2}$$
$$=\frac{2(1-bi)+(1+b^2)(1+bi)}{2(1+b^2)}$$
$$=\frac{3+b^2+(b^3-b)i}{2(1+b^2)}\in\mathbf{R},$$
故 $b^3-b=0$,解得 $b=\pm1$ 或 $b=0$(舍去). 所以 $z=\pm i$.

9. (D). 解法1:设$\dfrac{a+3i}{1+2i}=ki$,则 $a+3i=ki(1+2i)=-2k+ki$,得 $k=3$,$a=-2k=-6$.
解法2:$\dfrac{a+3i}{1+2i}=\dfrac{(a+6)+(3-2a)i}{5}$为纯虚数,故$a=-6$,故选(D).

10. $m=3$,由条件得$\begin{cases}m^2>4\\m^2-3m=0\\m^3-4m^2+3m=0\end{cases}$,
解得 $m=3$.

11. 设 $z=x+yi(x,y\in\mathbf{R})$,将 $z=x+yi$ 代入原方程,得$(x+yi)(x-yi)-3i(x-yi)=1+3i$,整理得 $x^2+y^2-3y-3xi=1+3i$,根据复数相等的定义,得$\begin{cases}x^2+y^2-3y=1\\-3x=3\end{cases}$,解得$\begin{cases}x=-1\\y=0\end{cases}$或$\begin{cases}x=-1\\y=3\end{cases}$,故 $z=-1$ 或 $z=-1+3i$.

12. 设 $z=x+yi(x,y\in\mathbf{R})$,则 $x^2+y^2=1$;
$$z^2+2z+\frac{1}{z}=z^2+2z+\frac{z\bar{z}}{z}=z^2+2z+\bar{z}$$
$$=x^2-y^2+3x+(2xy+y)i<0;$$
$\begin{cases}x^2+y^2=1\\2xy+y=0\\x^2-y^2+3x<0\end{cases}\Rightarrow\begin{cases}x=-1\\y=0\end{cases}$或$\begin{cases}x=-\dfrac{1}{2}\\y=\dfrac{\sqrt{3}}{2}\end{cases}$或$\begin{cases}x=-\dfrac{1}{2}\\y=-\dfrac{\sqrt{3}}{2}\end{cases}$;所以 $z=-1$ 或 $z=-\dfrac{1}{2}\pm\dfrac{\sqrt{3}}{2}i$.

第二节　复数代数形式的运算

1. (D). 原式$=\dfrac{1}{2i}=-\dfrac{1}{2}i$,故选(D).

2. (B). $z=\dfrac{1}{1-i}=\dfrac{1+i}{2}$,故 $z=\dfrac{1}{1-i}$的共轭复数是$\dfrac{1}{2}-\dfrac{1}{2}i$,故选(B).

3. (C). $1+\omega=\dfrac{1}{2}+\dfrac{\sqrt{3}}{2}i$ 验证对比,故选(C).
或用 ω 的运算性质,由 $1+\omega+\omega^2=0$,得 $1+\omega=-\omega^2$,又 $\omega^3=1$,所以 $1+\omega=-\dfrac{1}{\omega}$.

4. 一. $\dfrac{z_1}{z_2}=\dfrac{3+i}{1-i}=\dfrac{(3+i)(1+i)}{(1-i)(1+i)}=1+2i$,故$\dfrac{z_1}{z_2}$为第一象限点.

5. $\frac{4}{5}$. 由于$\frac{2i}{2+i^3}=\frac{2i}{2-i}=\frac{2i(2+i)}{5}=-\frac{2}{5}+\frac{4}{5}i$，可知虚部为$\frac{4}{5}$，故填$\frac{4}{5}$.

6. 一条射线．$|z+3i|$表示动点Z到点$A(0,-3)$的距离，$|z-i|$表示动点Z到点$B(0,1)$的距离，从而$|z+3i|-|z-i|=4$表示动点Z到点$A(0,-3)$与到点$B(0,1)$的距离的差为4，因为距离之差等于两点A、B之间的距离，故满足条件$|z+3i|-|z-i|=4$的复数z在复平面上对应点的轨迹是以B为端点的射线．

7. $|z|=\frac{|1+i|^3|a-i|^2}{\sqrt{2}|a-3i|^2}=\frac{2\sqrt{2}(a^2+1)}{\sqrt{2}(a^2+9)}=\frac{2}{3}\Rightarrow 3(a^2+1)=a^2+9\Rightarrow a=\sqrt{3}$.

8. 由题意得$z_1=\frac{-1+5i}{1+i}=2+3i$，于是$|z_1-\bar{z}_2|=|4-a+2i|=\sqrt{(4-a)^2+4}$，$|z_1|=\sqrt{13}$，由$\sqrt{(4-a)^2+4}<\sqrt{13}$，得$a^2-8a+7<0,1<a<7$.

9. (C). $\frac{2+4i}{(1+i)^2}=\frac{2+4i}{2i}=\frac{(1+2i)(-i)}{i\cdot(-i)}=2-i$，故选(C).

10. $\frac{8}{3}$. $\frac{z_1}{z_2}=\frac{a+2i}{3-4i}=\frac{(a+2i)(3+4i)}{(3-4i)(3+4i)}$
$=\frac{(3a-8)+(4a+6)i}{5}$，

由$\frac{z_1}{z_2}$为纯虚数可知$\begin{cases}3a-8=0\\4a+6\neq0\end{cases}$，解得$a=\frac{8}{3}$.

11. $z=\frac{2i+3-3i}{2+i}=\frac{3-i}{2+i}=\frac{(3-i)(2-i)}{5}$
$=\frac{(5-5i)}{5}=1-i$，
$z^2+az+b=(1-i)^2+a(1-i)+b$
$=a+b-(2+a)i$，
因$z^2+az+b=1+i$，故$a+b=1$.

12. 由复数加减法的几何意义知：
向量$\overrightarrow{OC}$对应的复数为$z_1+z_2=(-3+i)+(5-3i)=2-2i$，向量$\overrightarrow{Z_1Z_2}$对应的复数$z_2-z_1=(5-3i)-(-3+i)=8-4i$，向量$\overrightarrow{Z_2Z_1}$对应的复数$z_1-z_2=(-3+i)-(5-3i)=-8+4i$.

习题十六

1. (A). 因$\frac{1+i}{1-i}=i$，故$\left(\frac{1+i}{1-i}\right)^{2005}=i^{2005}=i$，故选(A).

2. (C). $\frac{2}{z}=\frac{2}{1+i}=\frac{2(1-i)}{(1+i)(1-i)}=\frac{2(1-i)}{2}$
$=1-i$，
故选(C).

3. (B). $\frac{i}{1+i}+(1+\sqrt{3}i)^2=\frac{1+i}{2}-2+2\sqrt{3}i$
$=-\frac{3}{2}+\left(2\sqrt{3}+\frac{1}{2}\right)i$，

故在复平面内，复数$\frac{i}{1+i}+(1+\sqrt{3}i)^2$对应的点为$\left(-\frac{3}{2},2\sqrt{3}+\frac{1}{2}\right)$，故选(B).

4. (B). 由复数减法的几何意义知$\overrightarrow{AB}$对应复数为$(1+3i)-(1+i)=2i$，所以$|\overrightarrow{AB}|=2$，故选(B).

5. (C). 由$\frac{1-z}{1+z}=i$得$z=-i$，所以$|1+z|=|1-i|=\sqrt{2}$，故选(C).

6. (B). 由$z^2=-1$得$(\cos\theta-i\sin\theta)^2=-1$，即$\cos^2\theta-\sin^2\theta-2i\sin\theta\cos\theta=-1$，由复数相等条件得
$\begin{cases}\cos^2\theta-\sin^2\theta=-1\\2\sin\theta\cos\theta=0\end{cases}$，即$\begin{cases}\cos2\theta=-1\\\sin2\theta=0\end{cases}$，只有(B)项同时满足此式，故选(B).

7. (A). 因$z+|\bar{z}|=2+i$虚部为1，所以排除(B)、(D)，又由于实部为2，故只能选(A).

8. (A). 因$z_1=1+i$，故$|z_1|^2=z_1\bar{z}_1=2$. 所以
$\left|\frac{z_1-z_2}{2-\bar{z}_1z_2}\right|=\frac{|z_1-z_2|}{|z_1\bar{z}_1-\bar{z}_1z_2|}=\frac{|z_1-z_2|}{|\bar{z}_1||z_1-z_2|}=\frac{1}{|z_1|}$
$=\frac{\sqrt{2}}{2}$，

故选(A).

9. (B). 因$\frac{2+ai}{1+\sqrt{2}i}=-\sqrt{2}i$，所以
$2+ai=-\sqrt{2}i(1+\sqrt{2}i)=2-\sqrt{2}i$，
故$a=-\sqrt{2}$，故选(B).

10. i. $z_2=\frac{1+i}{1-i}=\frac{(1+i)^2}{(1-i)(1+i)}=i$.

11. $\frac{1}{5}$. $\frac{1}{2+i}+\frac{1}{1-2i}=\frac{1}{i(1-2i)}+\frac{1}{1-2i}=\frac{1-i}{1-2i}$
$=\frac{(1-i)(1+2i)}{(1-2i)(1+2i)}=\frac{3+i}{5}$.

12. $a=-1$或2. 由条件有$a^2-a-2=0$，解得$a=-1$或2.

13. 线段．由复数减法运算和模的几何意义知$|z+1|$表示点Z到点$(-1,0)$的距离，$|z-1|$表示点Z到点$(1,0)$的距离，从而$|z+1|+|z-1|=2$表示动点Z到点$(-1,0)$的距离与到点$(1,0)$的距离的和等于2的点的轨迹，故为以点$(-1,0)$和点$(1,0)$为端点的

线段.

14. 设 $z=x+y\mathrm{i}(x,y\in\mathbf{R})$,则 $(x+y\mathrm{i})(3+2\mathrm{i})=(3x+3)+(3y+2)\mathrm{i}$,则 $\begin{cases}3x-2y=3x+3,\\3y+2x=3y+2\end{cases}$,得 $\begin{cases}x=1\\y=-\dfrac{3}{2}\end{cases}$. 所以 $z=1-\dfrac{3}{2}\mathrm{i}$.

15. $\dfrac{3}{2}$;$\sqrt{2}$.

$z_1\cdot z_2=(\cos\theta\sin\theta+1)+\mathrm{i}(\cos\theta-\sin\theta)$. 实部为 $\cos\theta\sin\theta+1=1+\dfrac{1}{2}\sin2\theta\leqslant\dfrac{3}{2}$,所以实部的最大值为$\dfrac{3}{2}$.

虚部为 $\cos\theta-\sin\theta=\sqrt{2}\sin\left(\dfrac{\pi}{4}-\theta\right)\leqslant\sqrt{2}$,所以虚部的最大值为$\sqrt{2}$.

16. 因 z_1、z_2 为共轭复数,故设 $z_1=x+y\mathrm{i}(x,y\in\mathbf{R})$,则 $z_1+z_2=2x$,$z_1z_2=x^2+y^2$,由 $(z_1+z_2)^2-3z_1z_2\mathrm{i}=4-6\mathrm{i}$,得 $(2x)^2-3(x^2+y^2)\mathrm{i}=4-6\mathrm{i}$,则 $\begin{cases}4x^2=4\\3(x^2+y^2)=6\end{cases}$,解得 $\begin{cases}x=1\\y=1\end{cases}$ 或 $\begin{cases}x=1\\y=-1\end{cases}$,$\begin{cases}x=-1\\y=1\end{cases}$ 或 $\begin{cases}x=-1\\y=-1\end{cases}$,故 $z_1=1+\mathrm{i},z_2=1-\mathrm{i}$;或 $z_1=1-\mathrm{i},z_2=1+\mathrm{i}$;或 $z_1=-1+\mathrm{i},z_2=-1-\mathrm{i}$;或 $z_1=-1-\mathrm{i},z_2=-1+\mathrm{i}$.

17. 因 $\omega=\dfrac{a-\mathrm{i}}{1-\mathrm{i}}\left(\dfrac{a-\mathrm{i}}{1-\mathrm{i}}+\mathrm{i}\right)=\dfrac{a+1}{2}+\dfrac{a^2+a}{2}\mathrm{i}$,由题意得$\dfrac{a^2+a}{2}-\dfrac{a+1}{2}=\dfrac{3}{2}$,又 $a>0$,故 $a=2$,从而 $\omega=\dfrac{3+6\mathrm{i}}{2}$,$|\omega|=\dfrac{3\sqrt{5}}{2}$.

18. 设 $\omega=x+y\mathrm{i}(x,y\in\mathbf{R})$,因复数 z 对应的点在第一象限的角平分线上,则设 $z=t+t\mathrm{i}(t>0)$,

则 $\omega=z+\dfrac{1}{z}=t+t\mathrm{i}+\dfrac{1}{t+t\mathrm{i}}$

$=\left(t+\dfrac{1}{2t}\right)+\left(t-\dfrac{1}{2t}\right)\mathrm{i}$,

故 $\begin{cases}x=t+\dfrac{1}{2t}\\y=t-\dfrac{1}{2t}\end{cases}(t>0)$,消去 t 得

$x^2-y^2=2\ (x\geqslant\sqrt{2})$,它表示一条等轴双曲线的右支.